中國語言文字研究輯刊

十 二 編

許 錟 輝 主編

第 6 冊

楊愼古音學文獻探賾（上）

叢 培 凱 著

花木蘭文化出版社

國家圖書館出版品預行編目資料

楊慎古音學文獻探賾（上）／叢培凱 著 -- 初版 -- 新北市：
花木蘭文化出版社，2017〔民106〕
序2+ 目 4+294 面；21×29.7 公分
（中國語言文字研究輯刊 十二編；第 6 冊）
ISBN 978-986-404-980-6（精裝）
1. 漢語 2. 古音
802.08   106001503

ISBN-978-986-404-980-6

9 789864 049806

中國語言文字研究輯刊
十二編　　第六冊　　　　　ISBN：978-986-404-980-6

楊慎古音學文獻探賾（上）

作　　者　叢培凱
主　　編　許錟輝
總 編 輯　杜潔祥
副總編輯　楊嘉樂
編　　輯　許郁翎
出　　版　花木蘭文化出版社
社　　長　高小娟
聯絡地址　235 新北市中和區中安街七二號十三樓
　　　　　電話：02-2923-1455 ／傳真：02-2923-1452
網　　址　http://www.huamulan.tw 信箱 hml810518@gmail.com
印　　刷　普羅文化出版廣告事業
初　　版　2017 年 3 月
全書字數　318203 字
定　　價　十二編 12 冊（精裝）　台幣 30,000 元

楊愼古音學文獻探賾（上）

叢培凱 著

作者簡介

叢培凱，1982 年生於臺灣臺北，國立臺灣師範大學國文學系博士，現任東吳大學中國文學系助理教授、中華民國聲韻學學會祕書長。

著作有《楊慎古音學文獻探賾》、《段玉裁《說文解字讀》研究》、〈論段玉裁《說文解字讀》之反切及其成書時代〉、〈論陳宗彝《音通》的音韻觀念及方言現象〉、〈論楊慎《轉注古音》的音韻觀念及成書意義〉、〈論張之象《韻經》的古音觀念及其「轉注」收字分析〉、〈論《古今韻會舉要》對楊慎古音學的影響〉、〈論《諧聲譜》「絲牽繩引法」對於陳澧《說文》聲訓體系之影響〉、〈陳澧《說文聲表》批注考辨〉、〈郭紹虞「聲律說考辨」芻議——以詩歌文體演變論「四聲說」之產生背景〉、〈王重陽與北七真「藏頭拆字體」研究〉等論文二十餘篇。

提　要

楊慎，字用修，號升庵，明四川新都人。其學術領域廣泛，生平以博學著稱。

楊慎所處時代，古音之學尚未興盛，但其古音學著作豐碩，《轉注古音略》、《古音叢目》、《古音餘》、《古音附錄》、《古音駢字》、《古音複字》等文獻皆賦予「古音」之名。筆者以《楊慎古音學文獻探賾》為題，對楊慎古音學作一深入研究。本文總分六章，各章內容簡述如下。

第一章〈緒論〉，說明研究動機與目的，楊慎古音學著作雖豐，但在古音學史上，未有明確的評價。筆者藉文獻為證，呈現其研究價值。透過文獻回顧，整理前人對於楊慎古音學研究的成果與不足處，並闡明楊慎古音學文獻在本研究中的定位。介紹論文研究方法、步驟，呈現論據基礎，進行整體論文架構說明。

第二章〈楊慎《轉注古音略》之名義及其音釋來源考〉，「轉注古音」為楊慎古音學的理論基礎。前人以為「轉注古音」重視聲、義同源，筆者透過《古音後語》、〈答李仁夫論轉注書〉、〈轉注古音略題辭〉等證據，駁斥其說。並比較趙古則《六書本義》，認為楊慎「轉注古音」的判斷標準為古今異音。《轉注古音略》在此標準下，進行典籍中古今異音的搜羅，筆者根據《轉注古音略》切語、直音釋文，各自建立引書分析方法，以求楊慎引書的原委，並從中進行校勘。

第三章〈楊慎《古音叢目》「三品」說及其音釋考論〉，楊慎《古音叢目》內容結合吳棫《詩補音》、《楚辭釋音》、《韻補》及己身《轉注古音略》而成。由該書〈序文〉可知，楊慎運用「三品」標準擇選吳棫研究。筆者透過考釋比較，發現「三品」理論於應用上具有侷限，楊慎並未將「三品」貫徹於《古音叢目》中。筆者對《古音叢目》進行引書分析，以明該文獻的研究方式，並說明《古音叢目》的輯佚價值。筆者比較《古音叢目》、《轉注古音略》的差異，發現楊慎以《轉注古音略》音注作為《古音叢目》的擇音標準，其中亦透露出明代語音及新都方言的特徵。

第四章〈楊慎古音學文獻之檢討〉，說明前人研究楊慎古音學的盲點，在古音內涵、韻目、體系分析上，試圖釐清糾謬。並以引書研究為基，建立考釋凡例，擇選楊慎《轉注古音略》例字。以《廣韻》分類為樞紐，分析《轉注古音略》例字及切語，探究其古音結構。發現楊慎古音內容紛雜，不能以單一視角進行檢視。

第五章〈楊慎古音學文獻的價值〉，透過「叶音」史脈絡研究，說明楊慎繼承宋人韻書中多音選一音、找尋韻書失載之音等觀念，並反對「類推」求音方式。楊慎對於陳第、顧炎武的古音學皆有直接啟發。此外，「古今韻」韻書、韻圖、辭典等著作亦可見楊慎古音學之跡。

第六章〈結論〉，總結前說，試圖給予楊慎古音學公允的評價，並述說未來的研究展望及相關探討議題。

《楊愼古音學文獻探賾》序

　　時有古今，地有南北，人有雅俗，語言流變，在所難免。居今之日，不能起古人於地下，以聆聽其音讀，苟欲究其梗概，所憑藉者惟文獻記載而已。

　　古音研究，源自於古代韻文，與後世音讀有異，遂起探究之端，迭經改讀、韻緩、改經、通轉、叶音、本音之解讀，仍不免以今律古之弊。溯及古音研究，宋鄭庠、吳棫導其先路，明楊愼、陳第、焦竑繼之考音，清代顧炎武、江永、戴震、段玉裁、孔廣森、王念孫、江有誥諸人，畢世勤劬，各有啓悟，滌除塵氛，榛莽丕啓，古今音變之理，由朦朧漸致昭晰，而古音體系之建構，猶待民國以來之學者，繼起有作，審音補苴，而後有以成之。

　　宋人於古音研究，有先導之功，而古音究不若是之疏；清代治古音學者，名家蠭出，其創見與貢獻，尤其卓卓；而居於兩者之間，明代承先啓後，亦非乏善可陳。世之言古音者，每每推重明人陳第、焦竑，以爲古人自有本音，力闢叶音之謬，顧炎武即受其影響之顯例；殊不知明儒楊愼升庵古音學說，更有啓迪陳第對叶音之檢討，進而影響顧炎武《唐韻正》之著作，而使古音研究系統化。

　　楊愼，字用修，號升庵，四川新都人。明正德間，殿試進士第一，授翰林修撰，後因大禮議，受廷杖，終身謫戍雲南。當地人與清末經濟特科第一名之石屏袁嘉穀，並稱爲雲之南「狀元」雙璧。楊氏以博學著稱，明焦竑《升庵外

集‧序》謂「明興，博雅饒著述者，無如楊升庵先生」，陳大科亦謂「以論博物君子，其在我朝，則楊升庵先生執牛耳哉」，《明史》本傳載「明世記誦之博，著作之富，推慎爲第一」，旨哉斯言。

　　楊慎升庵治經不專限一藝，傳統不墨守一家。即以古音學文獻而言，留存有《轉注古音略》、《古音後語》、《古音叢目》、《古音略例》、《古音獵要》、《古音餘》、《古音附錄》、《古音駢字》、《古音複字》、《古音拾遺》等，自古音古訓以至金石銘刻、俗語雜字，兼容並蓄，楊慎於古音學之認知，由此可覘其概。詳究其實，楊氏古音學說之主張，且有影響於陳第、焦竑、顧炎武乃至後世者，其於古音學史上，自有其獨特之貢獻。今苟欲知曉楊慎古音學說之體系，無如從《楊慎古音學文獻探賾》著手，俾收事半功倍之效，幸讀者詳而覽焉。

丁酉上元　　陳廖安謹識於國立台灣師範大學

目次

第一章　緒　論

　　楊慎（1488～1559）〔註1〕，字用修，號升庵〔註2〕，四川新都人。其父楊廷和曾任明朝內閣首輔，《明史・楊廷和傳》：「及武宗之終，足安社稷者，廷和力也。」〔註3〕對楊廷和作出極高的評價。楊慎年未而立，正德三年（1511）即殿試奪魁。《明史・楊慎列傳》記載，楊慎初仕供職翰林，即有出類拔萃的表現：

> 武宗問欽天監及翰林：「星有注張，又作汪張，是何星也？」眾不能
> 對。慎曰：「柳星也。」歷舉《周禮》、《史記》、《漢書》以復。〔註4〕

此後，楊慎因「大禮議」政治鬥爭，於嘉靖三年（1524）受廷杖、充軍雲南，最終客死異鄉。楊慎仕途不盡如意，但學術成就豐碩，明人陳大科云：「以論博物君子，其在我朝，則楊升庵先生執牛耳哉。」〔註5〕《明史・楊慎列傳》亦稱：

〔註1〕關於楊慎卒年，有嘉靖三十八年（1559）、嘉靖四十年（1561）、嘉靖四十一年（1562）、隆慶元年（1567）等異說。豐家驊：〈楊慎卒年卒地新證〉，《南京師範大學文學院學報》（2006年3月第2期）。以《七十行戌稿》、〈翰林修撰楊公墓誌銘〉、〈升庵先生七十行戌稿序〉等文獻為據，認為楊慎卒於嘉靖三十八年七月，本文採其說法。

〔註2〕「升庵」一名，古籍文獻或作「升菴」。

〔註3〕〔清〕張廷玉等撰：《明史》（北京：中華書局，1974年），頁5039。

〔註4〕〔清〕張廷玉等撰：《明史》，頁5083。

〔註5〕王文才、張錫厚輯：《升庵著述序跋》（昆明：雲南人民出版社，1985年），頁120。

「明世記誦之博，著作之富，推慎爲第一。」〔註6〕楊慎以博學著稱，豐家驊《楊慎評傳》，將其學術範疇分爲哲學、文學、史學、訓詁考據、創作成就五方面論述。豐家驊觀察到楊慎於古音學史上的重要性，惜未能直書脈絡：

> 楊慎在音韻學上是一個承先啓後的重要人物，他對於音韻的研究，
> 上承宋代吳才老，下啓清代顧炎武，而我對音韻過去沒有下過功夫，
> 因而往往力不從心，難以放筆縱橫，還沒有能把楊慎的博學、才華、
> 成就等全都寫出來。〔註7〕

1934 年，楊崇煥〈陳第古音學出自楊升庵辨〉文中，稱：「是升庵公，於古音學，上承才老之餘緒，下開季立之先聲，其貢獻中國學者之成績，偉矣！」〔註8〕又對於楊慎在古音學史的定位，抱著不平之鳴：

> 乃近年學者，如某君《文學概論》稱陳第、楊慎著書頗考古音，既
> 誤以楊居陳後。如某君論朱熹叶音之謬誤曰：「吳棫《詩補音》後，
> 迄明季陳第《毛詩古音考》，使知古今異音。」竟捨楊而取陳，豈非
> 失考者哉？〔註9〕

時至今日，楊慎古音成就究竟爲何？眾說紛紜，莫衷一是。究其原因，由於楊慎古音學著作豐富，《轉注古音略》、《古音叢目》、《古音餘》、《古音附錄》、《古音駢字》、《古音複字》等著作，一時難窺全貌。楊慎所處時代，古音學研究又未成風尙，張民權曾云：「楊慎時期，研究古音的人還是很少。根據黃虞稷《千頃堂書目》，先後有梁倫《稽古叶聲》和張穎《古今韻釋》等。隆慶年間，先後有潘恩《詩韻輯略》和屠本畯《楚騷協韻》問世，這時距楊慎著《轉注古音略》等書已有三十餘年。」〔註10〕如此時空條件，對於研究楊慎古音體系，增加了一定困難。筆者以《楊慎古音學文獻探賾》爲題，希冀以「探賾索隱，鉤深致遠」的態度，闡明楊慎古音學價值。本章共分「研究動機與

〔註6〕〔清〕張廷玉等撰：《明史》，頁 5083。

〔註7〕豐家驊：《楊慎評傳》（南京：南京大學出版社，1998 年），頁 439。

〔註8〕林慶彰、賈順先編：《楊慎研究資料彙編》（臺北，中央研究院中國文哲研究所，1992 年），頁 537。

〔註9〕林慶彰、賈順先編：《楊慎研究資料彙編》，頁 537。

〔註10〕張民權：《清代前期古音學研究》（北京：北京廣播學院出版社，2002 年），頁 34。

目的」、「文獻回顧與探討」、「文獻研究方法與步驟」、「論文結構說明」等四節，討論如下。

第一節　研究動機與目的

「研究動機與目的」屬論文問題意識的開展基礎，「研究動機與目的」的確立，可使研究主題不至散漫無章，以達其預期研究結果。關於《楊慎古音學文獻探賾》的研究動機與目的，茲分四點表述。

壹、學術定位不明，釐清楊慎古音學面貌

明人焦竑《升庵外集・序》言：「明興，博雅饒著述者，無如楊升庵先生。」〔註11〕楊慎對於古音學開展亦有發明，豐家驊稱楊慎「在學術上建立正確的研究方法，開啓乾嘉學派先河」。〔註12〕楊慎於古音學史雖有著一席之地，但其學術價值卻無定論，今舉三家中國語言學史研究者對於楊慎「叶韻」的看法：

研究者	說　　　　法	著　　作
張世祿	明代楊慎、陳第諸人竭力排斥「叶韻」的謬誤。〔註13〕	《中國音韻學史》
濮之珍	楊慎不同意宋人「叶韻」之說，因爲宋人「叶韻」是無標準的。他提出古人「叶韻」是有標準的，是從「轉注」而來的。〔註14〕	《中國語言學史》
何九盈	楊慎強調「古音轉注」要以「義理」爲據，但他的「轉注」論還是字無定韻，可以隨上下文臨時改變音讀，跟宋人「叶音」說沒有本質上的差異。〔註15〕	《中國古代語言學史》（新增訂本）

楊慎「叶韻」觀點，三家說法並無共識，這顯現對於此方面研究尚未深入探析，三家或因未窺全貌，各執一隅，故呈現出差異。何九盈提及「古音轉注」，

〔註11〕〔明〕楊慎：《升庵外集》（臺北：臺灣學生書局，1971 年），頁 25。

〔註12〕豐家驊：《楊慎評傳》，頁 3。

〔註13〕張世祿：《中國音韻學史》（臺北：臺灣商務印書館，1986 年），頁 264。

〔註14〕濮之珍：《中國語言學史》（臺北：書林出版有限公司，1990 年），頁 353。

〔註15〕何九盈：《中國古代語言學史（新增訂本）》（北京：北京大學出版社，2006 年），頁 217。

涉及六書學術觀點，但如黃德寬、陳秉新《漢語文字學史》未述楊慎文字學成就。胡樸安《中國文字學史》批判其「轉注」說法，認為引證失當，未論及與「古音」間的關係。〔註16〕胡樸安並無直接探究楊慎的著作文獻，只依據《四庫全書總目》說法，對於楊慎《六書索隱》與《奇字韻》採負面評價。〔註17〕因此在語言學史的角度上，不論是古音、或是六書方面，楊慎的定位與價值仍不明確，這對於在明代以「博雅」著稱的楊慎而言，實屬遺憾。

貳、叶音研究俱進，探求楊慎古音學地位

王力《清代古音學》論及清代古音學的前奏時，吳棫、鄭庠、陳第等人皆入其說，但未列楊慎之名。上述語言學史論著談及楊慎成就時，皆與「叶音」相關。「叶音」之說，陳師新雄曾解釋：「宋朱熹《詩集傳》大量使用『叶音』之說，其意以為詩人為押韻方便，可任意將詩中之字音改讀一可協韻之音。」〔註18〕楊慎所處時代，尚未脫此風氣。就古音學方法而言，「叶音」研究是不科學的。陳師新雄對此評價：「叶音之說，所以為人所詬病者，乃以今律古，強古以適今，以致字無定音，音無正字，與研究古音之觀念，根本相違。」〔註19〕因此將「叶音」定位為古音學之起源，未列至重要範疇內。筆者以為楊慎在古音學史中，處於模糊地帶，楊慎雖與「叶音」相關，但《轉注古音略》、《古音叢目》著作中，亦言「正音」、「本音」。顧炎武〈轉注古音略跋〉云：「余不揣寡昧，僭為《唐韻正》一書，一循唐音正軌，而尤賴是書，以循其端委。」〔註20〕楊慎亦影響著後世古音學史發展，不能因「叶音」而區隔。

目前「叶音」研究，與時俱進，大體可分二方面：一為藉由「叶音」材料分析該時代的語音概況，如王力《漢語語音史》中，宋代音系部分即屬此研究方式：

朱熹的《詩集傳》和《楚辭集注》都有反切。他用反切來說明叶音，

〔註16〕胡樸安：《中國文字學史》（臺北：臺灣商務印書館，1937年），頁229。

〔註17〕胡樸安：《中國文字學史》，頁247。

〔註18〕陳師新雄：《古音研究》（臺北：五南圖書出版有限公司，1999年），頁14。

〔註19〕陳師新雄：《古音研究》，頁15。

〔註20〕王文才、張錫厚輯：《升庵著述序跋》，頁15。

那是錯誤的。但是，他所用的反切並不依照《切韻》，可見他用的是
宋代的讀音。這樣，朱熹反切就是很寶貴的語音史資料。〔註21〕

王力以朱熹「叶音」證宋代語音，金師周生《吳棫與朱熹新論》研究認為：「朱
熹讀《詩》力求『仿古』，也就是用『讀書音』而非『口語音』，『仿古』不成，
也就是依中古音讀仍不押韻，則設法『求叶』，『求叶』的方法是『改讀』，改
讀音與原音的聲、韻或調會作適宜的調整變更，它不是一般『口語音』，也不
是什麼『古音』。」〔註22〕王力以「叶音」證該時代語音現象，實際成果與預期
有著落差。

　　另一研究面向，即「叶音」與古音研究的關係，張民權《宋代古音學與吳
棫《詩補音》研究》云：

> 「通轉」、「叶音」說在當時古音學建立之初，是有著積極意義的。
> 否則，古韻研究還停留在陸德明的「韻緩」之說和六朝人的「取韻」
> 「協句」上……宋儒古韻通轉叶音之說，破除了人們觀念上的迷信，
> 把人們的視野引向了一個更深遠更廣闊的世界。從而也把古音研究
> 從今音學中分離出來，開拓了古音學（或古韻學）研究這一新的學
> 科領域。〔註23〕

就張民權說法，「叶音」研究與古音研究間並非相背，而實有其聯繫。汪業全
《叶音研究》進一步提出「叶音」研究屬於一種「泛古音」的系統：

> 越來越多的研究表明，叶音具有古音成分，將叶音與古音對立起來
> 顯然站不住腳；叶音的確含有不少非古音成分，以「古音」論定叶
> 音亦未允洽。叶音與古音的關係到底如何界定？叶音中古音與非古
> 音成分的總體構成狀況怎樣？回答這些問題，需要突破以往在叶音
> 問題上非此即彼的思維和基本上針對個案的研究範式。為此，筆者
> 在叶音語音屬性問題上首次提出「泛古音」概念，是指以古音為主
> 體，同時含有相當數量非古音成分的語音集合範疇。總體上看，叶

〔註21〕 王力：《漢語語音史》（北京：商務印書館，2008 年），頁 291。

〔註22〕 金師周生：《吳棫與朱熹音韻新論》（臺北：洪葉文化事業有限公司，2005 年），頁 82。

〔註23〕 張民權：《宋代古音學與吳棫《詩補音》研究》（北京：商務印書館，2005 年），頁 80。

音是一種泛古音。確認叶音是一種泛古音，是叶音語音屬性研究不

斷深入，對叶音語音根據的認識不斷深化的必然結果。〔註24〕

由於古音學研究方法差異，汪業全以「叶音」提出的「泛古音」說法，對學術史建構而言，無疑是一明朗契機。但觀楊愼，「叶音」、「本音」、「正音」觀念兼備，即說明著「叶音」屬「泛古音」研究，但並非「泛古音」的研究全貌，楊愼於「泛古音」至清代古音學之間，扮演著何種關鍵地位，筆者欲加以確認。

參、重視文獻聯繫，突顯楊愼古音學價值

筆者於碩士研究期間，研究重心集中在段玉裁《說文解字讀》。《說文解字讀》屬段玉裁早期的《說文》札記，筆者關注《說文解字讀》與《說文解字注》的差異比較，其後進一步發現段玉裁著《說文解字讀》時期，與另一著作《古文尙書撰異》有著重要聯繫，藉此考訂今傳《說文解字讀》疑非定本。〔註25〕此後筆者注重各古籍間的聯結性，如〈陳澧《說文聲表》批注考辨〉一文中，以姚文田《說文聲系》、張惠言、張成孫《諧聲譜》的差異，呈現陳澧於清代諧聲譜系學的價值，以及透過各版本《說文聲表》校勘、陳澧的書信內容，說明今本《說文聲表》與清人徐灝的關係。〔註26〕楊愼古音學文獻著作十分龐雜，有《轉注古音略》、《古音叢目》、《古音獵要》、《古音餘》、《古音附錄》、《古音略例》等著作，若彼此關係未明，無法呈現楊愼古音學核心成果，恐淪於泛論之語。以楊愼《古音叢目》爲例，他曾自言該書的編寫方式：

暇日取才老三書，去其當去，存其可存，又稗附以予所輯《轉注略》十之六，合爲一編。大書標其目，分注著其出，解詁引證，文多不載，本書備矣。〔註27〕

〔註24〕汪業全：《叶音研究》（長沙：嶽麓書社，2009年），頁149。

〔註25〕叢培凱：《段玉裁《說文解字讀》研究》（臺北：輔仁大學中國文學研究所碩士論文，2008年），頁261。

〔註26〕叢培凱：〈陳澧《說文聲表批注考辨》〉，《中國音韻學研究會第十六屆學術研討會暨漢語音韻學第十一屆國際學術研討會》（2010年8月），頁8。

〔註27〕〔明〕楊愼：《古音叢目》，見《函海》第十八函（臺北：宏業出版社，1968年），頁11144。爲求行文方便，本文以下簡稱此版本爲《古音叢目》（《函海》本）。

楊慎《古音獵要‧序》亦言：「予輯《古音叢目》，凡四千五百餘字，《詩補音》、《楚辭釋音》、《韻補》、《古音略》取十之六。」〔註28〕此段著書要旨，顯現楊慎古音學研究，自身與他人著作間，有著重要聯繫。若詳加深入，不僅可知楊慎古音學宗旨，亦可探析學思歷程的繼承脈絡，故筆者重視楊慎古音學文獻彼此聯繫關係。楊慎《古音獵要‧跋》言：「昔溫公作《資治通鑑》，文病其浩繁，乃作《稽古錄》，又作《目錄》提要，詳略皆有意，皆不可廢也。」〔註29〕筆者秉持此實事求是的精神，不論繁簡，欲透過彼此著作的聯繫關係，從中突顯楊慎古音學文獻的價值。

肆、回歸治學基礎，分析楊慎古音學體系

　　漢語上古音韻系統，至今雖尚無定論，但百家爭鳴，成果豐碩，各說漸趨成熟。當進行相關學術史研究時，擅用已知求未知，建構該時代古音學特色，此方式所得出的結論是否囿於今人認知？筆者欲回歸治學基礎，以整理楊慎古音學文獻為基，進而求其古音理論與方法。張舜徽曾云：「假若沒有歷代校讎學家們的辛勤勞動，僅管文獻資料堆積如山，學者們也是無法去閱讀、去探索的。」〔註30〕況且如今楊慎古音學文獻在版本對照上，前人已有成績。筆者欲在此基礎上，進一步整理，希冀闡明其古音學理論與方法。如「轉注古音」為楊慎古音學理論基礎，楊慎云：「原轉注之義，最為難明。《周禮》注云：『一字數義，展轉注釋而後可通。』後人不得其說。」〔註31〕胡樸安《中國文字學史》直錄其文，以表楊慎「轉注」性質，但今考《周禮》注卻未有此語，楊慎此項理論，究竟如何運用於古音研究中，筆者認為必須在文獻中尋求解答。

　　《古音叢日》乃集吳棫及楊慎本身著作而成，其中結合標準理論，楊慎稱之為「三品」：

　　吳才老嘗著《詩補音》、《楚辭釋音》、《韻補》三書，皆古音之遺也。

〔註28〕〔明〕楊慎：《古音獵要》，見《函海》第十八函（臺北：宏業出版社，1968年），頁11263。為求行文方便，本文以下簡稱此版本為《古音獵要》（《函海》本）。

〔註29〕王文才、張錫厚輯：《升庵著述序跋》，頁19。

〔註30〕張舜徽：《中國文獻學》（武昌：華中師範大學出版社，2004年），頁3。

〔註31〕〔明〕楊慎：《古音後語》，見《函海》第十八函（臺北：宏業出版社，1968年），頁11129。為求行文方便，本文以下簡稱此版本為《古音後語》（《函海》本）。

予嘗合而觀之，有三品焉，有當從而無疑者，有當疑而闕之者，有
當去而無疑者。〔註32〕

所謂「三品」本質爲何？必須由文獻整理中得知。理論與應用間，有著密切關
聯，但非等同性質。透過文獻整理，可求楊慎古音理論與著作應用之間的差異。
深入探析，可得楊慎未明言、但卻實際使用的古音學研究方法。

第二節　文獻回顧與探討

楊慎學術範疇廣泛，文、史、哲、語言學皆有涉及，臺灣地區碩、博士論
文研究概況，今表列如下：

表 1-2-1　臺灣碩、博士楊慎研究論文表

作者	題　名	畢業學校	學位年度	論文級別
盧淑美	《楊升菴古音學研究》	中正大學中國文學研究所	1993	碩士
劉桂彰	《升庵詩話研究》	淡江大學中國文學研究所	1994	碩士
江俊亮	《楊慎及其詞研究》	東海大學中文研究所	1997	碩士
林惠美	《楊慎及其詞學研究》	高雄師範大學國文研究所	2002	博士
郭章裕	《明代《文心雕龍》學研究——以明人序跋與楊慎、曹學佺評注爲範圍》	淡江大學中文研究所	2004	碩士
黃勁傑	《楊慎《升庵詩話》之詩學理論研究》	輔仁大學中文研究所	2005	碩士
許如蘋	《楊慎詩歌與詩學研究》	高雄師範大學國文研究所	2007	博士
曾允盈	《以身博考・四處非家——楊慎滇池書寫探論》	國立暨南國際大學中國語文學所	2011	碩士

上表中，除盧淑美外，臺灣碩、博士論文關於楊慎研究，皆以文學爲主體。
相較下，大陸地區，對於楊慎學術研究廣度多元，語言、地理、文學兼具，今
亦表列於下：〔註33〕

〔註32〕〔明〕楊慎：《古音叢目》（《函海》本），頁 11143。

〔註33〕關於本文大陸碩、博士論文目錄，依據〈中國博碩士論文全文資料庫〉系統及經
陳廖師指導、蒐集而得，而〈中國博碩士論文全文資料庫〉年代僅限於 1999～2013
年，故尚未全備。

表 1-2-2　大陸碩、博士楊慎研究論文表

作者	題　名	畢業學校	學位年度	論文級別
韓小荊	《楊慎小學評議》	湖北大學漢語言文字學研究所	1999	碩士
李勤合	《楊慎丹鉛諸錄研究》	華中師範大學歷史文獻學研究所	2003	碩士
戚紅斌	《楊慎謫滇及對雲南文化的貢獻》	雲南師範大學國古代史研究所	2005	碩士
馮玉華	《楊慎詩詞與雲南旅遊文化》	雲南師範大學中國古代史研究所	2006	碩士
曾紹皇	《楊慎俗文學研究》	湖南師範大學中國古代文學研究所	2007	碩士
付建榮	《楊慎《俗言》整理與研究》	內蒙古師範大學中國古典文獻學研究所	2008	碩士
程莉莉	《楊慎與西南地區地理學》	西南大學歷史地理學研究所	2009	碩士
王巍	《楊慎《墨池瑣錄》書學思想研究》	吉林大學歷史文獻學研究所	2009	碩士
王金旺	《楊慎古音學研究》	西北師範大學漢語言文字學研究所	2010	碩士
韓文進	《楊慎貶謫詞研究》	廣西師範學院中國古代文學研究所	2010	碩士
魯芳	《楊慎與《丹鉛餘錄》》	內蒙古師範大學歷史文獻學研究所	2010	碩士
張笑雷	《楊慎詞曲研究》	黑龍江大學中國古代文學研究所	2010	碩士
張福洪	《楊慎詞研究》	西南大學中國古代文學研究所	2010	碩士
楊釗	《楊慎研究──以文學爲中心》	四川師範大學中國古代文學研究所	2010	博士
孫芳	《楊慎貶謫后的生存狀態及復雜心態》	四川師範大學中國古代文學研究所	2011	碩士
趙青	《楊慎的唐詩觀》	華僑大學文藝學研究所	2011	碩士
陽旖晨	《楊慎詩歌用韻研究》	湖南師範大學漢語言文字學研究所	2011	碩士

劉豔	《楊愼詩學與明代中期文學復古思潮》	華中師範大學文藝學研究所	2011	碩士
劉單單	《楊愼詞曲用韻考》	吉林大學漢語言文字學研究所	2011	碩士
彭新有	《楊愼謫滇詞研究》	華東師範大學中國古代文學研究所	2012	碩士
郭瓊霞	《楊愼散文研究初探》	四川師範大學中國古代文學研究所	2012	碩士
蔣旅佳	《楊愼與六朝初唐詩學觀研究》	安慶師範學院中國古代文學研究所	2012	碩士

　　楊愼生平活動集中於四川、雲南一帶，大陸對於楊愼研究，地域性似乎亦屬其研究動機因素，但古音研究仍佔少數。賈順先、林慶彰〈楊愼研究論著目錄〉、侯美珍〈楊愼研究論著目錄續編〉、李勤合〈楊愼研究目錄增補〉等文中，論述楊愼古音學研究部分，相較文學領域，研究風氣亦不高。

　　早期楊愼古音學研究論述，大多簡述於古音學史中，如張世祿《中國古音學》，僅一節介紹楊愼古音學著作，並錄於陳第古音學學說之內。其後學術史論述，或有提及，如濮之珍《中國語言學史》、何九盈《中國古代語言學史（新增訂本）》，但皆未深入探討。因此本節進行楊愼古音學文獻述要，並分析大陸、臺灣地區楊愼古音學研究成果。

壹、楊愼古音學文獻述要

　　根據王文才《楊愼學譜》研究，楊愼以「古音」為名的文獻有《轉注古音略》、《古音後語》、《古音叢目》、《古音略例》、《古音獵要》、《古音餘》、《古音附錄》、《古音駢字》、《古音複字》、《古音拾遺》等著作。以上文獻基於內容主旨、流傳過程等原因，影響筆者對於該著作的研究定位，今分述如下。

一、《轉注古音略》

　　《轉注古音略》按其韻目分為五卷，並於韻字下錄其音讀、釋文。根據王文才《楊愼學譜》研究，今存版本有三：一為嘉靖本，藏於北京圖書館及四川省館。二為《四庫全書》本，收錄於《景印文淵閣四庫全書》。三為《函海》本，收錄於清人李調元《函海》。嘉靖本、《函海》本錄楊愼〈轉注古音略題辭〉，《四庫全書》本作《轉注古音略·原序》。此外，嘉靖本、《函海》本另錄楊愼〈跋古音略〉、明人顧應祥《轉注古音略·序》、明人楊士雲〈書轉注古音略後〉等

文。《轉注古音略》為楊愼古音學重要著作，楊愼〈答李仁夫論轉注書〉云：「轉注也，古音也，一也非二也。」〔註34〕楊愼將六書「轉注」與古音研究密切結合，形成己身獨特論點。欲明楊愼古音學，必須闡明《轉注古音略》內容。

二、《古音後語》

《古音後語》一卷，嘉靖本、《函海》本錄於《轉注古音略》文後，《四庫全書》本無收錄。相較於《轉注古音略》分別韻目，著錄音讀、釋文等研究方式，《古音後語》主以整理前人音韻理論。楊愼藉《古音後語》闡發「轉注古音」觀念，文中著重敘述明人趙古則「轉注」理論與「轉注古音」的同異處，對於楊愼「轉注古音」觀念之釐清頗有助益。

三、《古音叢目》

《古音叢目》按其韻目分為五卷，韻字下注其音讀、釋文，內容大都較《轉注古音略》簡略。嘉靖本、《函海》本、《四庫全書》本均收錄。楊愼《古音獵要·序》言：「予輯《古音叢目》，凡四千五百餘字，《詩補音》、《楚辭釋音》、《韻補》、《古音略》取十之六。」《詩補音》、《楚辭釋音》、《韻補》屬吳棫著作，《古音叢目》內容為結合吳棫研究與《轉注古音略》而成。按楊愼《古音叢目·序》所言，該書以「三品」標準檢視吳棫古音研究。因此，楊愼《古音叢目》蘊含吳棫古音研究及己身音韻標準，對於楊愼古音學研究而言誠屬重要。

四、《古音略例》

《古音略例》一卷，按王文才《楊愼學譜》研究，今存版本除嘉靖本、《函海》本、《四庫全書》本外，《升庵外集》另有收錄。該書主旨，李調元云：

> 自沈約創為《四聲韻譜》，後人率改古韻以就沈韻。如《詩》與《楚辭》，韻之祖也，反以沈韻而改《詩》與《楚辭》，尊今卑古，謬妄孰甚！升庵力排眾論，而恐其說無徵，因摘取經子諸書韻語，分為「舉略」、「變例」、「正誤」、「叶音」諸目。〔註35〕

〔註34〕〔明〕楊愼：〈答李仁夫論轉注書〉，見《景印文淵閣四庫全書》第1454冊《明文海》（臺北：臺灣商務印書館，1986年），頁807。為求行文方便，本文以下簡稱此版本為〈答李仁夫論轉注書〉（《四庫·明文海》本）。

〔註35〕〔明〕楊愼：《古音略例》，見《函海》第十八函（臺北：宏業出版社，1968年），頁11523。為求行文方便，本文以下簡稱此版本為《古音略例》（《函海》本）。

《古音略例》注重古韻文押韻研究，強調古韻與沈約韻的差異。其中內容，根據盧淑美研究：

> 《古音略例》則成書於《轉注古音略》之後五年，取《易》、《詩》、《禮記》、《楚辭》、《老子》、《莊子》、《荀子》、《管子》等五經諸子、古史緯書中韻語，共一百八十五個。標註古音反切，分爲「辨誤」、「變例」、「正誤」、「叶音」諸目。在書名下標注「正誤」者，乃是改正吳才老叶改音之誤。而標注「變例」者，乃楊升菴研究「韻例」的專部，或說「隔句用韻」、或說「三句一韻」。而書舉「叶音」之例不多，如《易》、《詩》各兩條，《楚辭》兩條，故稱略例。〔註36〕

筆者以爲盧淑美對於《古音略例》的「叶音」研究尚待商榷，觀《古音略例》標目，有〈《易》叶音例〉、〈《詩》叶音例〉、〈《尚書》叶音例〉、〈《楚辭》叶音〉、〈《老子》叶音〉等，並於其標目下，列其韻文，故「叶音」之例並非不多。但《古音略例》韻例零散，未對上古韻文作全面考察，欲藉此了解楊慎古音體系，具有一定侷限，但對於研究楊慎「叶音」觀念與學術風氣，則有裨益。

五、《古音獵要》

《古音獵要》依韻目分爲五卷，嘉靖本、《函海》本、《四庫全書》本皆收錄。楊慎《古音獵要·序》云：

> 予輯《古音叢目》，凡四千五百餘字，《詩補音》、《楚辭釋音》、《韻補》、《古音略》取十之六，亦既省矣，猶病其寡要也。又手錄其可叶之賦頌韻文者，凡千餘字，謂之《獵要》。〔註37〕

按楊慎所言，《古音獵要》似爲補充《古音叢目》之作，但根據盧淑美考釋：「《古音獵要》各韻所標之字，幾乎《古音叢目》都已收錄了。」〔註38〕盧文將《古音獵要》定位爲《古音叢目》「節本」，其中雖有增補處，就研究楊慎古音學而言，應作輔證爲宜。

〔註36〕盧淑美：《楊升菴古音學研究》，頁28。

〔註37〕王文才、張錫厚輯：《升庵著述序跋》，頁19。

〔註38〕盧淑美：《楊升菴古音學研究》，頁25。

六、《古音餘》

《古音餘》依韻目分爲五卷，嘉靖本、《函海》本、《四庫全書》本皆收錄。
楊愼《古音餘・後語》云：

> 《古音略》既勤梓人，大理董生難尤數數是者，則進而稱曰：「轉注
> 昭矣，然尚猶頗有遺餘焉。」則復採拾得千若字，予爲刪潤以爲《古
> 音餘》。〔註39〕

由〈序文〉得知，《古音餘》的語料，並非由楊愼搜羅而得，楊愼僅從中潤飾，
故在楊愼古音學研究中應屬輔證。

七、《古音附錄》

《古音附錄》一卷，嘉靖本、《函海》本、《四庫全書》本皆收錄。盧淑美
以爲：「此書不像楊升菴其他韻書般，按韻編排，而是隨意雜置，無章法可循。」
〔註40〕王文才以《鄭堂讀書記》等爲證，《古音附錄》應有五卷本：

> 《鄭堂讀書記》十四錄「《古音餘》五卷，函海本：《古音附錄》五
> 卷，影抄原刊本。」其附錄亦爲五卷，正合明人所見之數，《國史
> 經籍志》、《千頃堂書目》皆五卷本，則嘉靖別有五卷之書……鄭堂
> 云：「《古音附錄》所載凡五百十有二字，則又《叢目》、《獵要》、《古
> 音餘》之所無者，亦以韻敍，而注視頗極詳明。李雨村所刊本只作
> 一卷，又闕十八行，所存僅三百二十字，雜採而成，不以韻敍，蓋
> 升菴初稿，是本當爲後定之編也。」此辨二本之先後，初只一卷，
> 增成五卷，不知此本尚存否？〔註41〕

今見《古音附錄》因屬初稿、未全之作，故韻目編排、體例雜亂，李調元《函海》
爲之作序云：「中間脫簡一頁，原裝時已遺失之，故闕頁以候補錄。」〔註42〕故
筆者將此作定爲研究輔證。

〔註39〕〔明〕楊愼：《古音餘》，見《函海》第十八函（臺北：宏業出版社，1968年），頁
　　　　11351。爲求行文方便，本文以下簡稱此版本爲《古音餘》（《函海》本）。

〔註40〕盧淑美：《楊升菴古音學研究》，頁27。

〔註41〕王文才：《楊愼學譜》（上海：上海古籍，1988年），頁207。

〔註42〕〔明〕楊愼：《古音附錄》，見《函海》第十八函（臺北：宏業出版社，1968年），
　　　　頁11317。爲求行文方便，本文以下簡稱此版本爲《古音附錄》（《函海》本）。

八、《古音駢字》、《古音複字》

《古音駢字》、《古音複字》各依韻目分為五卷,《函海》本皆收錄,《四庫全書》本唯收錄《古音駢字》。根據王文才《楊慎學譜》研究,《古音駢字》、《古音複字》另有明刻李氏山海叢書本,藏於南京圖書館。二書主旨,並非全然屬古音學研究範疇。由楊慎〈古音駢字題辭〉可知,該書因典籍文字異文,為求「古人臨文用字」特色,故「隨筆韻分之」。李調元亦了解《古音駢字》旨趣,〈古音駢字序〉云:「至有不識古字為何物者,往往以古今通用之字,稍自博雅者出之,後人目不經見,遂乃色然而駭,少所見必多所怪也。先生有慨於此,博采群書,旁及鐘鼎銘識,於是其字而互用者,作為《古音駢字》四卷。」〔註43〕《古音複字》的性質,王文才云:「又卷十四錄《函海》本五卷本《古音複字》云:『此書從獺祭而來,取以備詞賦之取材耳。』其書固可用於臨文獵豔。」〔註44〕二書與異文、文學創作關係較為密切,筆者定於研究輔證地位。

九、《古音拾遺》

《古音拾遺》五卷,臺灣地區該書未見,根據王文才考證:

> 脈望館曾藏是書,歷見於焦竑編目、千頃堂目,上海南京皆有慎孫宗吾萬曆刊本《四川通志·經籍志》作《古今拾遺》,顯係字誤,注出《資部談資》,而不見何宇度目,實抄自李調元標目,原出焦目。〔註45〕

該書書名,由書目抄錄而得,並未見其書。筆者懷疑此書名有誤,考明萬曆刊本《升菴雜刻》未收《古音拾遺》,但錄《五音拾遺》五卷,孫宗吾編輯,今藏傅斯年圖書館,或與此相關。

　　基於以上定位,《轉注古音略》為楊慎古音著作的奠基之作,「轉注古音」思想充分展現於其中。《古音叢目》除繼承《轉注古音略》外,直引吳棫研究,可見其承繼與發展。故筆者以《轉注古音略》、《古音叢目》為研究主體,重視該音注方面的分析與校勘,而其餘文獻則作為研究的輔證。

〔註43〕〔明〕楊慎:《古音駢字》(《函海》本),頁11571。

〔註44〕王文才:《楊慎學譜》,頁210。

〔註45〕王文才:《楊慎學譜》,頁210。

貳、臺灣學者的研究

　　臺灣地區關於楊愼古音學研究，較不集中，偏重明代考據風氣論述，如林慶彰《明代考據學研究》，係依其博士論文修訂而成，對於楊愼文字音義研究，以「釐訂字音」、「訂定字義」、「考訂聯緜字」、「考方言俗語」等考據方式闡述〔註46〕，其古音學體系的建立非其論文研究要旨。鄭伊庭碩士論文《明代考據學家之博學風氣研究》，認爲楊愼考據學具有「博約並重」〔註47〕、「考據以求古」〔註48〕性質，著重學術思想的定位。

　　1992 年，中央研究院中國文哲研究所出版《楊愼研究資料彙編》，以單篇論文集結成冊，其中與楊愼古音學文獻研究相關者，有傅增湘〈《轉注古音略》跋〉，介紹顧亭林手評《轉注古音略》版本。楊崇煥〈陳第古音學出自楊升庵辨〉，強調楊愼古音研究早於陳第，以爲楊愼「好學深思，標定古音之名，徧搜諸字，著書多種，遂致古音學復興，則歸功復興，故宜自公始也」〔註49〕，該文發表於 1934 年，研究過程不免稍簡，但有奠基之功。

　　1993 年盧淑美碩士論文《楊升菴古音學研究》，集中探論楊愼古音學貢獻，在臺灣學者研究中，可謂創發。該文共分四章，正文探討〈楊升菴古音學產生之背景〉、〈楊升菴音學觀念〉、〈楊升菴考求古音之方法〉。在楊愼音學著作的介紹上，十分全面，可供參閱。筆者以爲盧文有五方面可作商議：

一、背景研究比例過重

　　該文研究頁數約一百七十二頁，但論其生平事蹟、學術背景、淵源，共七十七頁數，約佔全書比例近半。該研究雖以楊愼古音學爲主體，但主要論述似乎過狹。對於楊愼古音研究範疇，分別以「轉注古音」、「韻例」、「駢字」、「古今字」等方面論述。當時已出版王文才《楊愼學譜》，對楊愼生平、著作背景有詳細論述，如此重新陳述，似無必要。

〔註46〕林慶彰：《明代考據學研究》（臺北：臺灣學生書局，1983 年），頁 8。

〔註47〕鄭伊庭：《明代考據學之博學風氣研究》（臺北：臺灣師範大學國文研究所碩士論文，2010 年），頁 70。

〔註48〕鄭伊庭：《明代考據學之博學風氣研究》，頁 140。

〔註49〕林慶彰、賈順先編：《楊愼研究資料彙編》，頁 545。

二、舉例證音過狹

該文多以舉例方式說明楊慎古音學，似有不足處。如該研究以楊慎「湛」有七音爲例，對七音加以分析，進而證實楊慎有古音研究之功：

「湛」上古韻定紐侵部

（1）羊戎切，上古音餘紐冬部。

（2）耽，上古音端紐侵部，湛、耽疊韻。

（3）尖，上古音精紐談部。

（4）沈，上古音書紐侵部，湛、沈疊韻。

（5）禪，上古音定紐侵部，湛、禪疊韻。

（6）瀋，上古音昌紐侵部，湛、瀋疊韻。

（7）侵，上古音清紐侵部，湛、侵疊韻。〔註50〕

盧文以爲「這些例字中，除叶韻定讀的『羊戎切』外，及『尖』音外，其他析義定讀之音，皆異聲別義，但彼此之間仍具有聲韻之關聯。」〔註51〕考「湛」字《廣韻》有「直深切」、「丁含切」、「徒減切」三音，上古聲母的判定，失之過簡，其中忽略介音分析。就音韻材料而言，七音未深入探究，唯著重聲韻聯繫證據，實爲可惜。直以如今的古音學觀念解釋楊慎研究材料，似有「以今釋古」之嫌。

三、循環論證的考釋

該研究第四章以爲楊慎「利用駢字疊字同音異形之特性以求古音」〔註52〕。楊慎著有《古音駢字》，其理念爲：

> 古人臨文用字，或以同音而假借，或以異音而轉注，如嗚呼助語，書之人人殊；猗儺聯文，考之篇篇異。若此之儔，實紛有條，寮几閒隙，因隨筆而韻分之，稍見古哲匠文人，臨文用字之流例云。〔註53〕

〔註50〕盧淑美：《楊升菴古音學研究》（嘉義：中正大學中國文學研究所碩士論文，1993年），頁99。

〔註51〕盧淑美：《楊升菴古音學研究》，頁99。

〔註52〕盧淑美：《楊升菴古音學研究》，頁131。

〔註53〕〔明〕楊慎：《古音駢字》，見《函海》第十八函（臺北：宏業出版社，1968年），頁11569。爲求行文方便，本文以下簡稱此版本爲《古音駢字》（《函海》本）。

楊慎於《古音駢字》中，收集駢字與其經典通假字。就楊慎而言，他是否存在以駢字材料求古音觀念，值得進一步討論。然而盧文研究中，將這些駢文及其經典通假字作音韻聯繫分析，但駢字與其通假字之間，本身就具有音韻關係，盧文以這些音韻聯繫的材料，以音韻關係證之，似乎有循環論證之嫌

四、「古今字求古音」研究不足

盧文對於楊慎求古音之法，認為「升菴所搜羅『古今字』，即古字和今字音義完全相同而形體不同者。故升菴藉古今字音義相同之特性，以推求古音。」並從中舉例考釋，但如同該文的認知：「古今字在同一音義上，產生字形變異和分化。」〔註 54〕古今字考釋結果音韻自然彼此聯繫，這是否即可歸屬為楊慎的音韻觀念？楊慎除「古今字」外，亦以典籍中字形差異的「異文」作為釋文證據，在楊慎之前即有此研究視角，如《古今韻會舉要・六魚》「舒」注：「《集韻》或作『豫』，《史記》通作『荼』。」筆者以為典籍「異文」雖為楊慎釋文證據，但對於探求楊慎古音觀仍有不足，必須以楊慎古音學文獻的切語、直音為主。如《轉注古音略・二腫》「臾」注：「音湧。《漢書・衡山王傳》『日夜縱臾』，師古曰：『獎勸也。』《史記》作『從容』。又作『慫慂』《方言》：『已不欲喜怒而旁人說者曰慫慂。』」楊慎據《史記》「臾」字音「湧」，但《史記》亦作「容」字。故楊慎於《轉注古音略・二腫》「容」字作「勇」音：「容音勇。《漢書・郊祀歌》：『旌容容。』孟康讀。」筆者以「臾」、「容」為例，認為典籍的「異文」現象，屬考釋楊慎音讀的輔證，欲知楊慎古音學內容，仍須著重其切語、直音材料。盧文提出楊慎古音學以「古今字求古音」雖為確論，但若以此分析楊慎音讀，卻不易窺探楊慎古音學的全貌。

五、結論尚待商榷

因研究立場的不同，《四庫全書總目》評楊慎《轉注古音略》為「皆昧於古音之本」〔註 55〕。盧文於結論處對於楊慎成就貢獻以為「重視文字音義之關聯性，影響清儒『因聲求義』之法」：

> 他非常重視文字音義之關聯性，以音求義，以音通古義之原。顧炎武

〔註 54〕盧淑美：《楊升菴古音學研究》，頁 163。

〔註 55〕〔清〕紀昀、陸錫熊、孫士毅等著，四庫全書研究所整理：《欽定四庫全書總目《整理本》》（北京：中華書局，1997 年），頁 565。

> 自言其撰《唐韻正》一書之考據法則,正是就古音以求古義,後來的
> 戴震、段玉裁:王念孫等人也受其影響。戴震秉持疑於義者,以聲求
> 之,疑於聲者,以義求之的觀念。而段玉裁「今音、古音、今形、古
> 形、今義、古義,六者互相求」之旨,亦是受到升菴之啓發。王念孫
> 以聲求義,破其假借字而讀以本字之法,也是受到他的影響。〔註56〕

楊慎的聲訓觀是否對於清儒有如此巨大影響,筆者持保留態度。楊光榮《詞源觀念史》,將中國詞源學分爲「皖派」與「釋名派」,各自有發展脈絡。若言顧炎武、戴震、段玉裁、王念孫等人受楊慎影響,應提出直接證據,否則仍有未明之處。

　　盧文於論文結尾處云:「楊升菴古音學之範圍極爲龐雜,限於學力,目前僅作初步之探討。」〔註57〕筆者以爲在楊慎古音學文獻研究上,前人開創不易,研究方面雖與筆者見解有異,但從其選題、論述,足見對於楊慎古音學的重視,使本文研究有著極大的裨益。

參、大陸學者的研究

　　大陸對於楊慎相關古籍整理成果厚實,如 1985 年王文才、張厚錫輯《升庵著述序跋》,匯錄楊慎現存諸書序跋以及逸書遺序可考者。1988 年王文才著《楊慎學譜》,述其紀年、著述、評論、遺事、遺墨、遺像、交遊詩鈔等,對於楊慎學術研究而言,無疑是堅固基石。2002 年王文才、萬光治等出版《楊升庵叢書》,整理校勘楊慎相關著作,在古音學方面,楊慎《轉注古音略》、《古音略例》皆爲編纂之列。

　　1990 年李運益〈楊慎的古韻學〉,由楊慎古音著作,總歸納出「韻讀」、「韻例」、「韻理」三方面論述。

　　1999 年韓小荊碩士論文《楊慎小學評議》,全文四十頁,全面基礎介紹楊慎的小學著作。並於 2002 年發表〈楊慎的「四經二緯」說〉,闡發楊慎六書觀念的發展。

　　2000 年劉青松〈楊慎古音學初探〉,以爲楊慎古音思想與「叶音說」無異。

〔註56〕盧淑美:《楊升菴古音學研究》,頁 168。

〔註57〕盧淑美:《楊升菴古音學研究》,頁 171。

2004 年發表〈楊愼《古音略例》論述〉，整理楊愼《古音略例》的押韻情形，認爲楊愼對於後世有著深刻影響。

2007 年，雷磊〈楊愼古音學源流考辨〉，提出楊愼古音學出自吳棫，認爲楊愼古音學精要處的影響不容忽略。

2010 年王金旺碩士論文《楊愼古音學研究》，該文特點以如今上古音研究成果驗證楊愼古音觀念，筆者對此方法有不同見解。王文於結束語言：

> 首先，本人對楊愼古音學的研究，主要借助前人的研究成果，自己的創見很少，只是對別人研究成果的總結。其次，由於本人音韻學知識有限，理論基礎不夠紮實，對許多材料只是羅列，而缺乏深入的分析。最後，本論文主要以楊愼古音學研究爲主，就事論事，缺乏歷史的觀念，沒有把楊愼的古音學放在整個明代古音學史上去全盤考慮，無疑是片面的。〔註58〕

王文上述言語看似謙詞，實有深意，該文所謂「研究成果的總結」，如談及楊愼分析詩文韻例方面，明言參考劉青松〈楊愼《古音略例》論述〉。筆者以爲學術研究如長途接力，在前人成果上精進，實乃自然之理。對於前人研究，更應持尊重態度，筆者以爲王金旺《楊愼古音學研究》某些成果大幅出自前人論述，且不引出處。舉例言之，該文第四頁，論及楊愼「文學創作及文學理論研究」，前三段文字幾與高小慧〈楊愼研究綜述（下）〉相同。〔註59〕又如第二章第一節文中，認爲楊愼「首提『古音』說」，該篇文字大量與雷磊〈楊愼古音學源流考辨〉相似。比於臺灣，大陸學者對於楊愼古音學的研究內容稍豐，但王文卻藉此不當引用，甚爲可惜。

第三節　文獻研究方法與步驟

由於研究對象的不同，運用的研究方法與步驟亦有差異。筆者既以楊愼古音學文獻爲研究主題，古籍文獻、音韻學等領域研究方法均爲應用範疇，以循序漸進的過程進行相關分析。本文的研究方法與步驟，分述如下。

〔註58〕王金旺：《楊愼古音學研究》（蘭州：西北師範大學漢語文字學所碩士論文，2010年），頁 68。

〔註59〕高小慧：〈楊愼研究綜述（下）〉，《天中學刊》（2006 年 6 月第 21 卷第 3 期），頁 100。

壹、研究方法

當代語言文字研究，相較於過去，日趨成熟，整體研究可分兩大方向：一為在前人基礎上，進行更深刻研究，如古文字考釋、漢藏語比較等。二為在當今的語言文字研究立足點上，建構語言文字學史脈絡，呈現前人價值及後世影響，從中反省檢討，探以古鑑今的態度，開拓學術視野。本文研究即由第二種面向進行出發，但非以今釋古，以現有的語言文字觀念侷限解釋前人貢獻，亦非以今律古，以現今知識對於前人研究進行不合理的批判。故其研究方法甚為重要，以下分述之：

一、校勘法

陳垣《校勘學釋例》將校勘方法分為「對校法」、「本校法」、「他校法」、「理校法」等四例〔註 60〕，本文將依文獻證據的差異，採取不同的校勘方式。楊慎古音著作多引他書作為己身論證，故筆者著重其引文分析，亦屬陳垣所謂的「他校法」。前人如馬宗霍有《《說文解字》引經考》、《《說文解字》引群書考》、《《說文解字》引通人說考》等，皆是透過引文進行相關研究。程千帆、徐有富《校讎廣義·校勘篇》云：

> 校勘古籍，除了用本書的各種異本外，還可利用其它古書的引文。
> 引用各書較多的有古類書、古書注及書鈔。〔註61〕

進行楊慎古音學引文分析，當呈現與原古籍引文差異處，對此可以進行分析及校勘。

二、輯佚法

關於「輯佚法」，曹韋杰《中國古籍輯佚學論稿》解釋云：

> 專指將散見於現存圖書文獻中的散佚、亡佚文獻的殘篇散句等各種的佚存之文逐一摘錄出來，按一定的方法原則加工後編輯成冊（篇），使之集中復現流傳的整理活動，或以此為手段的研究方法。
> 〔註62〕

〔註60〕陳垣：《校勘學釋例》（北京：中華書局，1959 年），頁 144～150。

〔註61〕程千帆、徐有富：《校讎廣義·校勘篇》（濟南：齊魯書社，1998 年），頁 285。

〔註62〕曹韋杰《中國古籍輯佚學論稿》（長春：東北師範大學出版社，1998 年），頁 7。

楊慎古音學著作結合他書作爲己身理論、資料基礎，其中徵引的文獻，有些至今已散失未全、泯滅不傳。若透過輯佚方法，搜求整理，可提供難以知見的的古文獻亡佚資料，以補現存古籍之不備。

三、歷史比較法

歷史比較法源於印歐語系的研究方式，對於漢語音韻研究亦有深刻影響：

> 歷史比較法是歷史比較語言學的傳統方法，這一方法誕生於 19 世紀晚期印歐系語言的歷史比較研究。就語音方面來說，它主要是通過系統比較各親屬語言或方言的最古形式，找出各語言和方言間的語音對應關係……瑞典漢學家高本漢把這一方法移植到漢語語音史的研究，擬測出了中古漢語和上古漢語音系。〔註63〕

中國音韻學在高本漢研究影響下，成績斐然，筆者運用陳師新雄《古音研究》、《廣韻研究》、王力《漢語語音史》、葉寶奎《明清官話音系》、陳長祚《雲南漢語方音學史》等歷史音韻成果，與楊慎古音學相較，希冀可得其中內涵。

四、統計法

桂詩春、寧春岩《語言學方法論》云：

> 統計方法有兩大類：一是描寫統計法，又叫歸納統計方法，其目的是通過有關的量度來描寫和歸納數據。二是推斷統計方法，其目的是根據對一小部分數據的觀察來概括它所代表的總體特徵。〔註64〕

前人研究楊慎古音，偏向於「推斷統計」態度，以一部分楊慎的資料，如部分內容、序文、跋文，對於楊慎語言學文獻研究作一總體評價。筆者欲將研究材料擴展後，使用「算數統計法」進行分析，關於算數統計，馮蒸解釋：

> 算數統計在音韻研究中運用最爲普遍，這種統計法式運用初等數學中的一些簡單算法，如加、減、乘、除、乘方、開方、百分比等，計算這種情況下出現的次數、頻率，並進而計算百分比。〔註65〕

〔註63〕馮蒸：《馮蒸音韻論集》（北京：學苑出版社，2006 年），頁 12～13。

〔註64〕桂詩春、寧春岩：《語言學方法論》（北京：外語教學與研究出版社，2008 年），頁312。

〔註65〕馮蒸：《馮蒸音韻論集》，頁 11。

楊慎古音性質複雜，若能以「算數統計法」呈現結果，必能明顯呈現其古音性質與特色。

五、方音對照法

關於「方音對照法」，馮蒸言其應用方式：「研究近代漢語音韻史料，特別是明清時期的音韻史料，在可以準確或基本上準確地考知該音韻資料的撰作時代及作者籍貫或長期居住地的條件下，以及可以基本上確定該史料的音系性質是單一音系的情況下，如欲構擬該音韻資料的語音系統，完全可以用該書作者的籍貫地或長期居住地的今音與該音韻資料加以系統對照。」〔註 66〕與上述條件相較，楊慎古音學非屬單一音系，因此絕非以方言音系可進行全盤了解，故此法於本文中屬輔證方式，楊慎四川新都人，楊時逢《四川方言調查報告》〔註 67〕為筆者依據的四川方言文獻。

貳、研究步驟

一、蒐集、詳考楊慎各本著作

楊慎流傳著作龐雜，散於各叢書中，豐家驊《楊慎評傳》對於楊慎著作有初步整理，但仍有未精審處，如豐家驊以為楊慎著有《可知編》〔註 68〕，但《四庫全書總目》以為：

> 然升庵書目不載此名，其書分天、地、人三部，又分子目三十八，
>
> 援引踳駁，必坊賈所依托也。〔註 69〕

杜澤遜《四庫存目標注》據南京圖書館藏明萬曆刻本《可知編》八卷，考訂此書為明人梁禾撰，並非楊慎著作〔註 70〕，故筆者以為整理考察楊慎著作乃研究初步之基礎。基本上，在楊慎古音學著述版本方面，本文研究參照三版本，以

〔註 66〕馮蒸：《馮蒸音韻論集》，頁 15。

〔註 67〕楊時逢：《四川方言調查報告》（臺北：中央研究院歷史語言所，1984 年）。

〔註 68〕豐家驊：《楊慎評傳》（南京：南京大學出版社，1998 年），頁 410。

〔註 69〕〔清〕紀昀、陸錫熊、孫士毅等著，四庫全書研究所整理：《欽定四庫全書總目《整理本》》（北京：中華書局，1997 年），頁 1810。

〔註 70〕杜澤遜：《四庫存目標注》（上海：上海古籍出版社，2007 年），頁 2182。

《四庫全書》本為主，李調元《函海》本與《楊升庵叢書》整理本為輔。〔註71〕

二、整理、了解相關論著

前輩學者對於楊慎古音學文獻研究，於文獻回顧處已有論述，通觀各篇，雖有未全、說法未定之憾，但對於筆者撰作研究，有著非常厚實的基礎貢獻。自當以此為基，全面整理並充分了解，希冀能進一步探尋真理。此外，楊慎因「大議禮」事件而流放雲南，這對於其學術生命而言，有著重大的影響。故相關學術思想、環境背景亦必須充實。

三、文獻定位、分析及校勘

清儒樸學重音韻，王念孫《廣雅疏證》云：「訓詁之旨，本於聲音」〔註72〕，錢大昕亦言：「因文字音聲以求訓詁。」〔註73〕今觀楊慎小學著作，古音學方面占多數，欲明楊慎小學體系，其古音觀念必須釐清。《楊慎學譜》論楊慎古音著作有《轉注古音略》、《古音後語》、《古音叢目》、《古音獵要》、《古音餘》、《古音附錄》、《古音略例》、《古音駢字》、《古音複字》、《古音拾遺》等。面對此浩繁之作，筆者以為必須定位這些文獻於楊慎古音學研究的價值，主、輔關係必明，否則繁雜無章。

四、分析楊慎古音性質

清代以前古音學術發展脈絡，因研究方法差異，其「古音」內涵摻雜了許多因素，筆者欲從中分析，並以王力《漢語語音史》、葉寶奎《明清官話音系》等明代語言研究作對比，以新都、雲南方音輔佐考察。

五、建構楊慎古音學繼承與發展脈絡

楊慎著作影響甚鉅，明代甚至產生「正楊」風氣，林慶彰云：

〔註71〕 文獻校勘原則有二：一為慎選底本；二為廣求輔本。本文研究探求楊慎古音學文獻原委，欲借助〈文淵閣四庫全書電子版〉搜羅。故以《四庫全書》本為主，李調元《函海》本與《楊升庵叢書》整理本為輔。各版本文獻，本文於註釋說明，如引用《四庫全書》收錄《轉注古音略》，稱《轉注古音略》（《四庫》本）。

〔註72〕 〔清〕王念孫：《廣雅疏證》（南京：江蘇古籍出版社，2000年），頁1。

〔註73〕 〔清〕錢大昕：〈六書音韻表序〉，見〔漢〕許慎撰，〔清〕段玉裁，注：《說文解字注》（臺北：洪葉文化事業有限公司，1998年），頁812。

由於用修之書，訛誤過甚，故糾之者亦接踵而出，⋯⋯至徵引用修
之說者，更隨處有之。蓋糾用修，即勝用修，能勝用修，自爲士林
所重，是眾人皆樂此不疲也。〔註74〕

由「正楊」風氣可見楊慎學術流傳廣泛，其古音成就亦必影響後世。筆者在了
解楊慎古音體系後，分析楊慎古音學在學術史上的承繼與影響，以求楊慎在古
音學史上的定位。

第四節　論文結構說明

綜以上所述，本論文擬以六章進行討論，簡述如下：

第一章〈緒論〉，文分四節，第一節敘述研究楊慎古音學的動機與目的，強
調楊慎於古音學史的重要性，以及前人研究忽略處，欲以文獻考究爲基礎，對
其古音學術進行深入分析。第二節爲文獻回顧與探討，藉兩岸碩、博士論文的
領域分析，說明學術界對於楊慎古音學研究的不足。故進行楊慎古音學文獻述
要，對於楊慎古音學文獻，作一概況分析與研究定位。並以地區區分，闡述兩
岸楊慎古音學研究成果。第三節介紹本文使用的研究方法，有「校勘法」、「輯
佚法」、「歷史比較法」、「統計法」、「方音對照法」等，並說明筆者研究楊慎古
音學的過程。第四節爲簡述論文章節的安排。

第二章〈楊慎《轉注古音略》之名義及其音釋來源考〉，文分四節，第一節
說明前人對楊慎「轉注古音」的誤解，佐引論證，提出新說。第二節透過《轉
注古音略》切語及釋文證據，建立「切語引書分析法」，探討切語引書的可能依
據。第三節在切語引書的研究成果下，建立「直音引書分析法」，對於《轉注古
音略》直音引書進行分析，從中了解楊慎古音研究方式。第四節總結該章論點。

第三章〈楊慎《古音叢目》「三品」說及其音釋考論〉，文分四節，第一節
論述《古音叢目》「三品」說內涵及應用方式。第二節透過《古音叢目》引書分
析，了解《古音叢目》著作內容，與吳棫古音學的承接關係，並從中進行輯佚
分析。第三節將《轉注古音略》、《古音叢目》進行比較，了解《轉注古音略》
對《古音叢目》的影響性，並探討對照明代語音情況。第四節總結該章論點。

第四章爲〈楊慎古音學文獻之檢討〉，文分四節，第一節論述楊慎古音學在

〔註74〕林慶彰：《明代考據學研究》，頁 26～27。

研究上的盲點，分別探析楊愼的古音性質、體系與韻目，呈現筆者的不落陳言處。第二節爲楊愼古音韻母分析，在前章的研究成果下，對於楊愼古音韻母進行對照、數據統計，分析其韻母現象。第三節爲楊愼古音聲母分析，以對照、數據統計，分析其聲母性質。第四節總結該章論點。

第五章爲〈楊愼古音學文獻的價值〉，文分三節，第一節探討叶音理論至楊愼古音學中的轉變。第二節論述楊愼古音學對於陳第、顧炎武及其他明、清人士研究的影響。第三節總結該章論點。

第六章〈結論〉，將各章節的研究成果總結，並從中檢討得失，以此基礎規劃未來研究展望。

以上爲本文章節安排簡述，楊愼曾言：「愼苟非生執政之家，安得遍發皇史宬諸祕閣之藏；既得之，苟非生有嗜書癖，亦安從筍吾腹；既兼有是，苟非投諸窮裔荒檄，亦不暇也。」〔註75〕由於個人身世因素，造就了楊愼學術之豐。楊愼的古音學，在前人基礎之上，有著個人的創發見解，影響後世學術發展。楊愼評點《文心雕龍》云：「丈夫處世，懷實挺秀。辨雕萬物，智周宇宙。」〔註76〕筆者欲效法楊愼學術胸襟，對於楊愼古音學文獻作一深入研究，在中國語言學史研究上，略盡綿薄，啓迪來茲。

〔註75〕王文才、張錫厚輯：《升庵著述序跋》，頁 120。

〔註76〕王文才、萬光治等編注：《楊升庵叢書（四）》（成都：天地出版社，2002 年），頁 714。

第二章　楊慎《轉注古音略》之名義及其音釋來源考

　　根據王文才《楊慎學譜》考證，嘉靖九年（1530），楊慎遊大理點蒼山，於感通寺撰《轉注古音略》：

> 楊慎〈遊點蒼山記〉謂：庚寅二月，重遊大理，與李元陽遊點蒼山，寓感通寺二十日，撰《轉注例》，元陽題曰寫韻樓。元陽〈送升菴還螳川客寓詩序〉云：「先生舊嘗讀書點蒼山中，著《轉注古音》，以補字學之缺。一時問字者，肩摩山麓。」所記即本年事，書爲楊慎名著，關係明清古韻之學。〔註1〕

楊慎《轉注古音略》的成書目的，在闡發「轉注古音」的觀念，他將六書「轉注」與古音相結合，形成獨特說法，並於「轉注古音」基礎上，寫出相關古音學的著作。因此，欲明楊慎古音學體系，其「轉注古音」不可不察。前人對於楊慎「轉注古音」已有探析，但卻有未明處，故藉此節釐清探賾。

第一節　「轉注古音」探析

　　清人曹仁虎《轉注古義考》曾云：「六書中，惟轉注之義，古來說者，判不相合。」〔註2〕自許慎《說文》以來，「轉注」之說紛紜，莫衷一是，以學術史

〔註 1〕王文才：《楊慎學譜》（上海：上海古籍，1988 年），頁 76。

〔註 2〕〔清〕曹仁虎：《轉注古義考》（上海：商務印書館，1936 年），頁 1。

角度觀察，各有其發展脈絡。楊慎《轉注古音略》為其古音學理論基礎，強調「轉注」與音韻的結合，其〈轉注古音略題辭〉云：

《周官‧保氏》「六書終於轉注。」其訓曰：「一字數音，必輾轉注釋而後可知。」〈虞典〉謂之和聲，〈樂書〉謂之比音，小學家曰動靜字音。訓詁以定之，曰讀作某，若「於戲」讀作「嗚呼」是也。引證以據之，曰某讀，若云徐邈讀，王肅讀是也。《毛詩》、《楚辭》悉謂之叶韻，其實不越〈保氏〉轉注之義耳。……學者雖稍知崇誦，而猶謂「叶韻」自「叶韻」，「轉注」自「轉注」，是猶知二五而不知十也。〔註3〕

《四庫全書總目》對於楊慎「轉注古音」說法，提出批評：

是書前有自序，大旨謂《毛詩》、《楚辭》有「叶韻」，其實不越保氏「轉注」之義。《易經》疏云：「『賁』有七音。」始發其例，宋吳才老作《韻補》，始有成編。學者知「叶韻」自「叶韻」，「轉注」自「轉注」，是猶知二五而不知十也。考「叶韻」之說，始於沈重《毛詩音義》，後顏師古注《漢書》，李善注《文選》，並襲用之。後人之稱「叶韻」，自此而誤，然與六書之「轉注」則渺不相涉。慎書仍用「叶韻」之說，而移易其名於「轉注」，是朝三暮四改為朝四暮三也。〔註4〕

該書論點雖有不足，但卻影響古音學史的發展，故《四庫全書總目》亦言：「以其引證頗博，亦有足供考證者，故顧炎武作《唐韻正》，尤有取焉。」〔註5〕王文才針對此言云：

〔註3〕 〔明〕楊慎：《轉注古音略》見《函海》第十八函（臺北：宏業出版社，1968年），頁10939。為求行文方便，本文以下簡稱此版本為《轉注古音略》（《函海》本）。〈轉注古音略題辭〉，《轉注古音略》（《四庫》本）亦有收錄，作《轉注古音略‧原序》，為避免與顧應祥《轉注古音略‧序》淆混，故採《轉注古音略》（《函海》本）之名。

〔註4〕 〔清〕紀昀、陸錫熊、孫士毅等著，四庫全書研究所整理：《欽定四庫全書總目《整理本》》（北京：中華書局，1997年），頁565。

〔註5〕 〔清〕紀昀、陸錫熊、孫士毅等著，四庫全書研究所整理：《欽定四庫全書總目《整理本》》，頁565。

清人論愼音學者，但譏其誤「叶韻」爲「轉注」，昧古音之韻部，推陳第爲韻學之祖，而宗顧氏音書爲典則。然亭林自述所著，原從此出，絕無乾嘉師承之見。愼於古音之建樹，實不止《唐韻》一書多取其説也。〔註6〕

欲知楊愼古音學成就，須究其《轉注古音略》，欲明《轉注古音略》，楊愼「轉注古音」則爲探析基礎。

根據學者研究，大多認爲楊愼《轉注古音略》提及的「轉注古音」，乃重視文字的音、義關係。如盧淑美言：

升菴言轉注是一字數音，必輾轉注釋而後可知，他認爲除了音韻之依據外，仍須有音義之關連，故十分重視音義的關連性。〔註7〕

劉青松〈晚明時代古音學思想發微〉認爲：

一字多音是「古音轉注」的結果。「轉音而注義」，這就表明要把音和義緊密地聯繫在一起，「音轉」必須以「義別」爲依託。〔註8〕

何九盈《中國古代語言學史（新增訂本）》亦言：「楊愼強調『古音轉注』要以『義理』爲據。」〔註9〕另一方面，學者批評楊愼的「義理」擇取標準，認爲過於空泛，劉青松言：

楊愼認爲，不論是哪種方式的轉注，都必須符合「義」、「理」，遵循「音隨義轉」的原則。楊愼所謂「義」、「理」是以有無特定的意義或有無語言文獻資料證據爲標準的，符合「義」、「理」便可轉注。〔註10〕

韓小荊更直評：「楊愼這裡『轉注說』已發展到無所不轉的地步」〔註11〕：

〔註6〕王文才：《楊愼學譜》，頁204。

〔註7〕盧淑美：《楊升菴古音學研究》（嘉義：中正大學中國文學研究所碩士論文，1993年），頁97。

〔註8〕劉青松：〈晚明時代古音學思想發微〉，《語言研究》（2001年第4期），頁20。

〔註9〕何九盈：《中國古代語言學史（新增訂本）》（北京：北京大學出版社，2006年），頁217。

〔註10〕劉青松：〈楊愼古音學初探〉，《古漢語研究》（2000年第3期），頁21。

〔註11〕韓小荊：《楊愼小學評議》（武漢：湖北大學漢語言文字學研究所碩士論文，1999年），頁7。

他所據之「義理」的伸縮性是如此之大，只要有點兒依據──或是詞
義相通，或是有韻例可循，或是有異文可證，或是有方言可據，或是
有前人舊讀可考──都可定爲轉注，其實質也就是「有理可說的叶音」
這些義理的可靠性是如此值得懷疑，有時甚至是牽強附會。〔註12〕

韓小荊談及的楊慎「義理」，其中「韻例」、「方言」、「舊讀」已屬音韻範疇，應
與「義理」無涉。

　　眾家研究，一方面認爲楊慎「轉注古音」重視文字音、義關係，另一方面
卻又以爲楊慎對於「義理」的標準存在著瑕疵。至今研究，楊慎「轉注古音」
的音、義關係未明，筆者欲加以探討。

壹、「轉注古音」與「聲轉說」的關係

　　黨懷興曾言：

宋元明六書研究最爲淆雜的是「轉注」問題，眞可謂形形色色，莫
衷一是。這一時期的轉注研究，雖都成一家之言，但被後來學者認
可的極少，相反，受到的批評最多。這些研究實開啓後來「轉注」
研究淆雜之先河。〔註13〕

時處明代的楊慎，亦感到「轉注」學說的紛雜，他曾言：「原轉注之義，最爲難
明。」〔註14〕，對於眾家「轉注」之說，楊慎也有個人的見解與批評：

《周禮》注云：「一字數義，展轉注釋而後可通。」後人不得其說，
遂以反此作彼爲轉注。許慎云：「轉注，考、老是也。」毛晃云：「老
字下從匕，音化，考字下丂，音巧，各自成文，非反考爲老也。」
王柏《正始之音》亦以考、老之訓爲非。蕭楚謂一字轉其聲而讀，
是爲轉注。程端禮謂假借借聲，轉注轉聲。皆合《周禮》注展轉注
釋之說。〔註15〕

〔註12〕 韓小荊：《楊慎小學評議》，頁34。

〔註13〕 黨懷興：《宋元明六書學研究》（北京：中國社會科學出版社，2003年），頁154～
155。

〔註14〕 〔明〕楊慎：《古音後語》（《函海》本），頁11129。

〔註15〕 〔明〕楊慎：《古音後語》（《函海》本），頁11129～11130。

楊慎論據基礎在於《周禮》注:「一字數義,展轉注釋而後可通。」〈轉注古音略題辭〉言:「《周官》保氏,六書終於轉注。其訓曰:『一字數音,必展轉注釋而後可知。』」二者文辭略有差異。清人曹仁虎對此項論證提出批評:

> 案一字數義爲轉注,其說始於宋之張有及毛晃,並不見於《周禮》
> 注,……蓋毛氏自申其議論如此,楊氏用其說而不察其文義,遂直
> 以爲《周禮》注之文,則舛謬甚矣。〔註16〕

宋人毛晃曾言:「《周禮》六書,三曰轉注,謂一字數義,展轉注釋而後可通,後世不得其說,遂以反此作彼爲轉注。衛常《書勢》云:『五曰轉注,考、老是也』裴務齊《切韻》云:『考字左回,老字右轉。』其說皆非。」〔註17〕毛晃此段文字與楊慎《古音後語》論點極爲雷同,兩相比較下,筆者懷疑楊慎將毛晃所言「謂一字數義,展轉注釋而後可通」誤讀爲《周禮》注文,並藉此作爲論據基礎,以批評許慎等後人皆不知「轉注」意涵,此言雖出自毛晃,但屬楊慎誤讀前人典籍所致。

　　根據黎千駒〈歷代轉注研究述評〉,宋元明時期的「轉注」研究可分「形轉說」、「聲轉說」、「義轉說」、「文字組合說」四類〔註18〕,楊慎於《古音後語》曾言:「鄭漁仲《六書》,考論假借極有發明,至說轉注之義,則謬以千里矣。」〔註19〕楊慎反對鄭樵轉注之說,而引毛晃、王柏、蕭楚、程端禮等言論,皆屬「聲轉說」一類。「聲轉說」,黨懷興稱「音義變轉」〔註20〕,乃「以聲音發生變化而字義也扣應發生變化的字爲轉注字」〔註21〕,《古音後語》引毛晃之說,是對於「形轉說」的批評。「形轉說」,黨懷興稱「形體變轉」〔註22〕,乃「以

〔註16〕〔清〕曹仁虎:《轉注古義考》,頁51。

〔註17〕〔宋〕毛晃增註,毛居正重增:《增修互註禮部韻略》,見《景印文淵閣四庫全書》第237冊(臺北:臺灣商務印書館,1986年),頁461。

〔註18〕黎千駒:〈歷代轉注研究述評〉,《湖南城市學院學報》(2008年第29卷第4期),頁25～26。

〔註19〕〔明〕楊慎:《古音後語》(《函海》本),頁11129。

〔註20〕黨懷興:《宋元明六書學研究》,頁155。

〔註21〕黎千駒:〈歷代轉注研究述評〉,《湖南城市學院學報》(2008年第29卷第4期),頁25。

〔註22〕黨懷興:《宋元明六書學研究》,頁155。

轉變某個字得字形方向而產生的字爲轉注字」〔註23〕。在四家「轉注」學派中，楊慎屬「聲轉說」，並對於「形轉說」表示反對立場，如他藉元代周伯琦「形轉說」論述，批判「形轉說」之非：

> 周伯琦云：「象形、指事，文也；會意、諧聲，字也；轉注、假借，文字之變也。」夫既知轉注爲文字之變，是矣。而云轉注者，側「山」爲「臣」、倒「之」爲「帀」，何哉？若如其言，猶是常也，豈得爲變？側「山」爲「臣」，亦是象形；倒「之」爲「帀」，亦是會意，豈所以解轉注哉？〔註24〕

楊慎以前人論述爲基礎，運用誤讀的《周禮》注文爲論據，說明「聲轉說」的立場。即使同屬「聲轉說」的學者，彼此說法仍有差異。

貳、「轉注古音」與趙古則「聲轉說」的差異

根據盧淑美考釋，楊慎《古音後語》成書於嘉靖十一年（1532）〔註25〕，筆者對此存疑。楊慎〈轉注古音略題辭〉，署「嘉靖壬辰九月二十九」，即嘉靖十一年，盧文年代考證應據此而發。筆者以爲《古音後語》雖附《轉注古音略》文後，不表示〈轉注古音略題辭〉著作年份即與《古音後語》相同。故王文才《楊慎學譜》未訂此年爲《古音後語》成書之年。《古音後語》著作年代雖未明，但由上文可知，《古音後語》呈現楊慎「轉注古音」觀點，並對前人「轉注」說法加以評論。《古音後語》中，楊慎對於趙古則「轉注」研究十分重視，文中闡述其說對於「轉注古音」的影響，以下分析說明。

一、趙古則「轉注」分析

楊慎《古音後語》表示，「轉注古音」觀深受明人趙古則影響，其言：

> 趙古則《轉注論》曰：「轉注者，展轉其聲而注釋爲他字之用者也。」此句深韙有見。有因其意義而轉者，有但其轉其聲而無意義者，有再轉爲三聲用者，有三轉爲四聲用者，至於八九轉者亦有之。其轉之之法，則與造諧聲者相類，有轉同聲者，有轉傍聲者，有雙音並

〔註23〕 黎千駒：〈歷代轉注研究述評〉，《湖南城市學院學報》，頁25。

〔註24〕 〔明〕楊慎：《古音後語》（《函海》本），頁11140。

〔註25〕 盧淑美：《楊升菴古音學研究》，頁24。

義不爲轉注者，又有傍音、叶音不在轉注例者，吳棫《韻補》庶矣。
傍音之類，迄今無書，學者引申觸類可也。自許慎以來，同意相受，
『考』、『老』爲轉注。鄭玄以之解經，夾漈以之而成《略》，遂失其
本旨。又若『耆』、『耇』、『耊』、『漈』、『孝』、『臺』六字，皆從『老』
省爲義，以『旨』、『句』、『勿』、『占』、『子』、『至』聲，今夾漈以
之入轉注之篇，可乎哉？又若以『日』『月』成『易』而轉爲『明』，
以『目』『少』作『眇』而轉爲『省』，此又不達其旨之尤者也。」……
右趙古則所論，其全見《聲音文字通》，首云：「展轉其聲而注釋爲
他字之用者」，此可謂思過半矣。末節所論，眞中夾漈之膏肓，起叔
重之廢疾也。然其云「雙音並義不爲轉注者」，又云「傍音」、「叶音」
不在轉注例者，又非也。〔註26〕

楊慎引述趙古則之語，節略自趙古則《六書本義》的「轉注論」。除「雙音並義
不爲轉注者」、「傍音、叶音不在轉注例者」外，由「思過半」、「中膏肓」、「起
廢疾」評價，可看出楊慎基本上是贊同趙古則「轉注」說法，並認爲許慎之說
未得其旨。筆者以分析趙古則「轉注」爲基，進而開展至楊慎「轉注古音」研
究。趙古則《六書本義》將「轉注」分爲六方面探究，以下分述：

（一）因義轉注

趙古則《六書本義・轉注論》言：

> 因義轉注者，「惡」本「善惡」之「惡」，以有惡也，則「可惡」（去
> 聲，下同。），故轉爲「憎惡」之「惡」；「齊」本「齊一」之「齊」，
> 以其齊也則如齊。（與齋通，下同。）故轉爲「齊莊」之「齊」，此
> 其類也。〔註27〕

「善惡」之「惡」轉至「憎惡」之「惡」，「齊一」之「齊」轉至「齊莊」之
「齊」等例，可知趙古則「因義轉注」，主要著重字義彼此間的引申與其中的
音韻變化。

〔註26〕〔明〕楊慎：《古音後語》（《函海》本），頁 11131～11133。

〔註27〕〔明〕趙撝謙：《六書本義》，見《景印文淵閣四庫全書》第 228 冊（臺北：臺灣
　　　　商務印書館，1986 年），頁 294。爲求行文方便，本文以下簡稱此版本爲《六書本
　　　　義》（《四庫》本）。

（二）無義轉注

趙古則《六書本義‧轉注論》言：

> 無義轉注者，如「荷」乃「蓮荷」之「荷」而轉爲「負荷」（上聲，
> 下同）之「荷」；「雅」本「烏雅」之「雅」而轉爲「風雅」之「雅」，
> 此其類也。〔註28〕

相較「因義轉注」，趙古則「無義轉注」的標準，未包含引申義，惟重彼此字音
關係。「蓮荷」之「荷」轉至「負荷」之「荷」，「烏雅」之「雅」轉至「風雅」
之「雅」。黨懷興以爲趙古則「無義轉注」屬「詞義之假借，並有字音的變化」
〔註29〕，周美華提出趙古則「無義轉注」具有「字義完全無關，字音也跟轉變」
〔註30〕的特點。今觀趙古則所舉「荷」、「雅」等例，曹仁虎〈轉注古義考〉曾
提出批評：「負何之何，《說文》作何，訓儋也，本平聲。」〔註31〕糾謬趙古則
的聲調說法。但對於趙古則立場而言，他認爲上聲的「負荷」之「荷」，乃由平
聲之「蓮荷」之「荷」轉至而來。「風雅」之「雅」由平聲「烏雅」之「雅」轉
至上聲，筆者以爲黨懷興、周美華之說實爲確論。

（三）因轉而轉

趙古則《六書本義‧轉注論》言：

> 因轉而轉者，如「長」本長短字。長則物莫先焉，故轉爲「長（上）
> 幼」之「長」（長），長（上）則有餘，故又轉爲「長（去，下同）
> 物」之「長」；「行」本行止字，行則有軌跡，故轉爲「惠行」之「行」，
> 行則有次敘，故又轉爲「行列」之「行」。又謂之行（衡）行（幸）
> 之行（幸），「行（去，下同）行」之「行」。此其類也。〔註32〕

由「長」、「行」等例可知，所謂「因轉而轉」者，即「因義轉注」的遞增結果。
故由「長短」之「長」轉至「長幼」之「長」，又轉至「長物」之「長」；「行止」

〔註28〕〔明〕趙撝謙：《六書本義》（《四庫》本），頁294。
〔註29〕黨懷興：《宋元明六書學研究》，頁158。
〔註30〕周美華：《趙撝謙《六書本義》研究》（新竹：玄奘大學中國語文研究所碩士論文，2001年），頁197。
〔註31〕〔清〕曹仁虎：《轉注古義考》，頁48。
〔註32〕〔明〕趙撝謙：《六書本義》（《四庫》本），頁294。

之「行」轉至「德行」之「行」，又轉至「行列」之「行」。彼此字義引申聯繫，字音呈現變化。

（四）假借而轉注

趙古則《六書本義·轉注論》言：

> 「來」乃「來牟」之「來」，既借爲「來往」之「來」矣，而又轉爲「勞來」之「來」也；風乃「風蟲」之「風」，既借爲吹噓之風矣，因轉爲「風刺」之「風」（去），此其類也。〔註33〕

「假借而轉注」意指先有「假借」，後爲「轉注」，「來牟」之「來」，借爲「來往」之「來」，後轉爲「勞來」之「來」。「風蟲」之「風」借爲「吹噓之風」，再轉爲「風刺」之「風」。

趙古則「轉注」觀念，包含引申義、假借義及各字字音的變化，並非全然與引申義相關。在「無義轉注」中，「荷」、「雅」等字例，「轉注」注重字音的變化，而無字義的引申。

（五）「雙音並義」不爲轉注者

> 曰雙音並義不爲轉注者，如「翩（鳳同）皇（凰非）」之「朋」即「鵬朋」之「朋」（平），文皆象其飛形；「杷枋」之「杷」「補訝切」，收麥之器，「白加切」又爲木名，樂器之「枇杷」皆得从木以定意，从巴皆得諧其聲，此其類也。〔註34〕

「雙音並義」者，學者解釋有異，分別有「音義相同字」、「同形字」說法。周美華引張建葆《說文音義相同字研究》，以爲「文字非一人一時一地所造，由不同之人、時、地，據同一事物，同一語根所造不同形體之字，此即音義相同字。」〔註35〕。黨懷興認爲此爲「同形詞」〔註36〕。今觀趙古則論述，「翩皇」之「朋」，音與「鳳」同，屬去聲；「鵬朋」之「朋」，音屬平聲，二者其形雖同，但音義指別有異，彼此無「轉注」聯繫關係，因諸類字由不同時、空環境所造。故「杷」

〔註33〕〔明〕趙撝謙：《六書本義》（《四庫》本），頁294。

〔註34〕〔明〕趙撝謙：《六書本義》（《四庫》本），頁294。

〔註35〕張建葆：《說文音義相同字研究》（臺北：弘道文化事業有限公司，1974年），頁2。

〔註36〕黨懷興：《宋元明六書學研究》，頁158。

同爲从木八聲字,可爲收麥之器、木名、樂器名,但彼此卻無聯繫關係。其字「雙音」、「並義」,故不屬「轉注」。筆者以爲黨懷興定義的「同形詞」符合趙古則的觀點。

(六)方音、叶音者不在轉注例

「方音」、「叶音」者,不在「轉注」例也。如「聯叕」之「叕」「陟衛切」,南方之人則有「株列切」音;「兄弟」之「兄」「呼庸切」,東吳之人則以「呼榮切」;「之上下」之「下」,讀如「華夏」,押於語韻則音如「戶」;「明諒」之「明」,讀如「姓名」,押於陽韻,則音如「芒」。凡此之類不能悉載,吳棫《韻補》協音庶矣。方音之類,迄今无書,然亦不必書也。若夫「衰」有四音,「齊」有五音,「不」有六音,「從」有七音,「差」有八音,「敦」有九音,「辟」十有一音之類,或主意義,或無意義。然轉聲而無意義者多矣。學者引伸觸類而通,其餘可也。〔註37〕

趙古則以爲「方音」之屬,如聯叕之「叕」、兄弟之「兄」,其義皆同,但因地域之異而改其音。「明」、「下」等字,爲求其叶而變其讀。此類轉其聲卻無其意義變化者不爲「轉注」。

筆者以爲趙古則「轉注」音、義聯繫標準未統一,「無義轉注」、「雙音並義」標準皆與引申關係無涉,如何分別二者差異。基本上,趙古則秉持著「因音別義」的標準,「方音」、「叶音」既無「別義」,故不列於「轉注」。

二、楊慎「轉注古音」層次標準

趙古則與楊慎的「轉注古音」差異,明人顧應祥曾言:「升庵子是編,殆取諸此,而所論傍音、叶音之類,皆轉注之極,則又古則之所未及者也。」〔註38〕就楊慎「轉注古音」觀而言,趙古則所謂的「雙音並義」與「方音」、「叶音」皆屬於「轉注」範疇。趙古則認爲由於缺少字義聯繫與變化,這些文字不爲「轉注」。楊慎對此說有著不同見解,《古音後語》云:

「雙音並義」、「傍音」、「叶音」,皆「轉注」之極也。極則窮、窮則變、

〔註37〕〔明〕趙撝謙:《六書本義》(《四庫》本),頁294~295。

〔註38〕〔明〕楊慎:《轉注古音略》(《函海》本),頁10936。

變則通，蓋「轉注」爲六書之變，而「雙音」、「傍音」、「叶音」，又「轉注」之變也。若曰不爲「轉注」，則當爲何事？曰不在「轉注」例，則何以例之？是六書之法不盡，而聖人之作遺餘力矣。又當六書之外，別立一法以括之乎？茲余不得不辨者，不敢以疑網墮來哲也。〔註39〕

楊慎此論，似未對趙古則理據進行直接說明，而是另立他說，反詰「雙音並義」、「方音」、「叶音」若不屬六書，又當何爲？筆者以爲，楊慎於此段敘述中，已說明他與趙古則「轉注」差異原由。楊慎注重詞語使用，如前文所述，對周伯琦「形轉說」的評判，以「常」、「變」性質差異加以說明。「雙音並義」與「方音」、「叶音」之屬，楊慎稱「轉注之極」、「轉注之變」，並強調「極」、「變」關係爲「極則窮、窮則變、變則通」，這說明楊慎「轉注古音」標準存在層次別異。他一方面贊同趙古則《六書本義》提出的轉注例，另一方面認爲「雙音並義」、「方音」、「叶音」屬於不同的「轉注」層次。楊慎並非反對趙古則對於「雙音並義」、「方音」、「叶音」的說明，而是以層次別異方式將「轉注」的範疇擴大。其中關鍵在於音、義重視的不同，楊慎所謂「轉注之極」、「轉注之變」，與一般「轉注」的差異，在於「音」重於「義」。楊慎於〈轉注古音略題辭〉云：「古人恆言音義，得其音，斯得其義矣。」〔註40〕又於《古音後語》言：「轉注，轉音而注義。」〔註41〕「雙音並義」、「方音」、「叶音」何以屬「轉注」？由於存在音讀差異。就楊慎而言，音讀上的差異即屬「轉注古音」，而「義」的聯繫關係與否，分屬「轉注」的不同層次。這種觀念，影響著楊慎古音學研究方法，他於〈答李仁夫論轉注書〉中言：

故凡見經傳子集與今韻殊者，悉謂之「古音轉注」。〔註42〕

楊慎結合「轉注」與音韻研究，「轉注古音」的標準爲古籍中與今韻殊異者，此標準未包括字義關係，古今異音屬「轉注古音」範疇，字義是否聯繫，分別爲「轉注古音」的不同層次，判斷是否屬「轉注古音」，直以擇取古今音讀相異者即可。

〔註39〕　〔明〕楊慎：《古音後語》（《函海》本），頁 11133～11134。

〔註40〕　〔明〕楊慎：《轉注古音略》（《函海》本），頁 10940。

〔註41〕　〔明〕楊慎：《古音後語》（《函海》本），頁 11133。

〔註42〕　〔明〕楊慎：〈答李仁夫論轉注書〉（《四庫‧明文海》本），頁 807。

　　因此，楊慎《轉注古音略》以韻書形式進行歸納，甚少探討彼此字義聯繫，此舉在當時已造成學術界的疑惑，楊慎於〈答李仁夫論轉注書〉曾言：

> 遠枉書札，下問「假借」之字有限，「轉注」之法亦有限邪？凡字皆
>
> 可轉邪？走近著《轉注古音》悉之矣。然遠近諸君子觀省者，皆以
>
> 尋常韻書視之，未有琢磨陶冶，洗髓伐毛至此者。〔註43〕

由於楊慎「轉注古音」的標準，導致《轉注古音略》未能使時人明瞭，而以「尋常韻書視之」，甚至影響後代研究者對於楊慎「轉注古音」的誤解。

參、「轉注古音」及其相關術語聯繫

　　楊慎〈轉注古音略題辭〉言：「《周官・保氏》六書終於轉注。其訓曰：『一字數音，必輾轉注釋而後可知。』〈虞典〉謂之和聲，〈樂書〉謂之比音，小學家曰動靜字音。訓詁以定之，曰讀作某，若『於戲』讀作『嗚呼』是也。引證以據之，曰某讀，若云徐邈讀，王肅讀是也。《毛詩》、《楚辭》悉謂之叶韻，其實不越〈保氏〉轉注之義耳。」〔註44〕楊慎強調「轉注古音」在不同典籍，有不同術語名稱，除「叶韻」、「讀作某」、「某讀」等已明確直指「轉注古音」與音讀關係外，「和聲」、「比音」、「動靜字音」等術語，亦是包括此概念，以下分述之。

一、和　聲

　　楊慎所言「〈虞典〉謂之和聲」，今考出自《尚書・舜典》：

> 詩言志，歌永言，聲依永，律和聲，八音克諧，無相奪倫，神人以
>
> 和。〔註45〕

關於「聲依永，律和聲」，其〈傳〉言：「聲謂五聲：宮、商、角、徵、羽。律謂六律六呂，十二月之音氣，言當依聲律以和樂。」清人李光地對此云：「〈虞書〉命夔先言詩後言聲律，教冑子之事，辨志為先也。《周禮》太師先言聲律，後言六詩，教瞽矇之事，審音為重也。」〔註46〕所謂「和聲」乃指六呂、六律諧和五

〔註43〕　〔明〕楊慎：〈答李仁夫論轉注書〉（《四庫・明文海》本），頁807。

〔註44〕　〔明〕楊慎：《轉注古音略》（《函海》本），頁10939。

〔註45〕　〔漢〕孔安國傳〔唐〕陸德明音義，孔穎達疏：《尚書注疏》，見《景印文淵閣四庫全書》第54冊（臺北：臺灣商務印書館，1986年），頁70～71。

〔註46〕　清人李光地之言，見於《尚書注疏・卷二考證》，頁76。

聲音樂，楊慎藉由音樂的諧和變化比擬文字音韻，如同「叶音」乃求典籍押韻的和諧。楊慎《六書索隱·序》言：「伏羲觀圖畫卦，文字生焉；虞舜依律和聲，音韻出焉。」〔註47〕此語亦可證楊慎觀念中「和聲」與音韻的密切關係。

二、比　音

「比音」之說出於《禮記·樂記》：

> 凡音之起，由人心生也。人心之動，物使之然也。感於物而動，故形於聲。聲相應，故生變；變成方，謂之音；比音而樂之，及干戚羽旄，謂之樂。〔註48〕

孔穎達〈疏〉云：「樂以音聲為本，音聲由人心而生，此章備論音聲起於人心，故名樂。」〔註49〕又云：「比音而樂之，及干戚羽旄，謂之樂者。言以樂器次比音之歌曲，而樂器播之併及干戚羽旄，鼓而舞之，乃謂之樂也。」〔註50〕同於「和聲」，「比音」原指音樂上之諧調演奏，而楊慎藉此比擬文字音韻。

三、動靜字音

小學家曰動靜字音，與元人劉鑑《經史動靜字音》相關。劉鑑云：「凡字之動者，在諸經史當以朱筆圈之，靜者不當圈也。」〔註51〕其言針對經史文籍中的詞性差異。竺家寧〈論殊聲別義〉認為《經史動靜字音》具有「殊聲別義」的現象：

> 殊聲別義原是漢語言本有的現象，六朝開始有了人為的制定，表現在讀書音當中。於是殊聲別義在兩個階層分別發展著：某些知識分子的書面語言，和廣大百姓的自然語言。這是古代社會明顯的兩個階層。由於一般百姓（佔人口百分之九十以上）並不讀古籍，所以

〔註47〕〔明〕楊慎：《六書索隱》，見《四庫全書存目叢書》經部第 189 冊（臺南：莊嚴文化，1997 年），頁 354。

〔註48〕〔漢〕鄭玄注〔唐〕陸德明音義，孔穎達疏：《禮記注疏》，見《景印文淵閣四庫全書》第 116 冊，頁 94。

〔註49〕〔漢〕鄭玄注〔唐〕陸德明音義，孔穎達疏：《禮記注疏》，頁 94。

〔註50〕〔漢〕鄭玄注〔唐〕陸德明音義，孔穎達疏：《禮記注疏》，頁 95。

〔註51〕〔元〕劉鑑：《經史動靜字音》，見《叢書集成續編》第七十四冊（臺北：新文豐出版社，1989 年），頁 375。

人爲的殊聲別義對他們不會發生影響，而知識分子的日常語言中也一定不像他們讀書時，需要做那麼多的區別。六朝以來這種人爲的殊聲別義到了宋代而達於極盛，代表當時風氣和觀念的兩部書——宋代破音大全——是賈昌朝的《群經音辨》和劉鑑的《經史動靜字音》。後者雖屬元代，由於元代時間很短，劉氏所收集的殊聲別義資料基本上還是代表宋代的產物。〔註52〕

竺文提及賈昌朝的《群經音辨》，「爲中國古代語言學史上第一部專門辨析音辨構詞類別義異讀的典範性著作」〔註53〕。此外，竺文以周祖謨與胡楚生研究爲基〔註54〕，將《經史動靜字音》「殊聲別義」分爲兩大類：一爲詞性不同而變調者、二爲意義不同而變調者。〔註55〕如《經史動靜字音》云：

> 賓（平聲），客也。以禮會賓曰賓（去聲）。衣（平聲），身章也。施諸身曰衣（去聲）。〔註56〕

「動靜字音」以一字多音的方式呈現字義、詞性變化，音韻差異爲其中性質，與楊慎「轉注古音」注重異讀方式相符，古今異讀屬「轉注古音」的判斷範疇，「義」的聯繫屬「轉注古音」的層次差異。

楊慎引用「和聲」、「比音」、「動靜字音」等術語，皆顯示「轉注古音」關鍵爲重視文字音讀差異，可見楊慎說明的匠心之處。

肆、「轉注古音」層次舉例

楊慎的「轉注古音」觀念中，「古今異讀」屬判斷「轉注古音」的標準，在此之下，分別有三種不同層次的音讀解釋方式。如楊慎〈答李仁夫論轉注書〉曾云：

〔註52〕竺家寧：〈論殊聲別義〉，《淡江學報》（1989 年第 27 期），頁 197。

〔註53〕杜季芳、吳科啓：〈論賈昌朝《群經音辨序》的內容及學術價值〉，《聊城大學學報》（2013 年第 1 期），頁 38。

〔註54〕關於周、胡二文研究，詳見周祖謨：〈四聲別義釋例〉，《問學集》（北京：中華書局，1966 年），頁 81～119。胡楚生：《訓詁學大綱》（臺北：華正書局，2005 年），頁 39～57。

〔註55〕關於兩類的詳細舉隅，詳見竺家寧：〈論殊聲別義〉，《淡江學報》（1989 年第 27 期），頁 199～201。

〔註56〕〔元〕劉鑑：《經史動靜字音》，頁 375。

「日」之爲字，有人、忍、任、日，是其四聲，其音「若」、音「熱」，
是其切響，音「若」者，日生於若木，故《毛詩》之音叶之，音「熱」
者，日本陽精而影炎，故《楚辭》之音叶之，今楚南方言，猶呼日
頭爲熱頭。〔註57〕

楊慎以爲在《詩經》、《楚辭》中，「日」另有叶音，楊慎於《古音略例・楚辭
叶音》：「菎蔽象棊，有六簿些，分曹並進，遒相迫些。成梟而牟，呼五白些。
晉制犀比，費白日些。鏗鐘搖虡，揳梓瑟些。」段後進行補充：

「日」叶「熱」，則上下皆叶矣。南中有此音，呼日頭爲熱頭，緣楚
接南中，南中之音，莊蹻遺民之音也。舊叶音「若」，以日出若木，
「瑟」叶音「朔」，古語有瑟縮之稱，但上句改音太多，不若從「熱」
音，則上下皆叶矣。〔註58〕

「日」叶「若」音、或叶「熱」音，楊慎皆提出理據解釋，因「日生於若木」
故音「若」，因「日本陽精而影炎」故音「熱」。楊慎以字音中的聲訓關係作爲
音韻解釋。

除聲訓之外，楊慎「轉注古音」另一音讀層次，乃論某字的字音、字義，
但彼此音義聯繫關係，卻未論及，如《升庵外集・苴有十四音》云：

苴，「七閭切」，麻也。「子閭切」，苴杖也。又「子旅切」，屨中薦也。
又「布交切」，天苴，地名，在益州，見《史記》注。又「子邪切」，
菜壤也，一曰獵場。又「似嗟切」，苴咩城在雲南。又「鉏加切」，《詩
傳》曰「木中傳草也。」水草曰「苴」，字一作「葅」又作「泟」，
今作丨渣飛。又作「都賣切」，土苴不精細也。又「測不切」，糞草
也。又「側魚切」，《說文》曰酢菜也。又「莊俱切」，姓也，漢有苴
氏。又「則吾切」，芋藉祭也。又「將預切」，糟魄也。又「子余切」，
包苴囊貨也。〔註59〕

〔註57〕〔明〕楊慎：〈答李仁夫論轉注書〉《四庫・明文海》本），頁808。

〔註58〕〔明〕楊慎：《古音略例》，見《景印文淵閣四庫全書》第239冊。頁339。爲求行
　　　　文方便，本文以下簡稱此版本爲《古音略例》（《四庫》本）。

〔註59〕〔明〕楊慎：《升庵外集》（臺北：臺灣學生書局，1971年），頁3382。

〈苴有十四音〉的研究方式，楊慎羅列「苴」字各字音及其釋義，但分析方式，卻與「日」叶「若」、叶「熱」音不同。

此外，楊慎亦有重其古今異讀，忽略字義聯繫關係的情形，如楊慎《丹鉛餘錄》曾云：

> 「孟」字《集韻》作「莫更切」。予每疑之嘗考之四方之音無，南北皆呼「孟」與「夢」同聲。如依韻切則當呼「命」，呼「孟子」爲「命子」，指「孟津」爲「命津」可乎！但未有古韻語可爲證以改訂之，一日觀《說文》云：「東方之孟，陽氣萌動。」乃躍然曰：「『孟』與『動』叶乃是古中原之音，可正沈約騃舌之繆矣。」〔註60〕

楊慎在「孟」字考證過程中，惟重其韻文叶韻關係，至於字義方面，則未有論述。

以上三層次舉例可知，楊慎「轉注古音」並非是「無所不轉」，乃以古今異讀作爲判斷「轉注古音」的關鍵，在層次下有三種區分。若未明楊慎「轉注古音」，對於研究楊慎古音學則窒礙難行。

伍、「類推說」對楊慎「轉注古音」的影響

何九盈、劉青松、韓小荊等人，論及楊慎「轉注古音」研究，皆談論「義理」一詞。楊慎的「轉注古音」觀念，具有鮮明層次思考，非以「義理」一語即可完整論述。學者之所以以「義理」論楊慎「轉注古音」，受到楊慎〈答李仁夫論轉注書〉中，「原古人轉注之法，義可互則互，理可通則通」的論述影響，如盧淑美《楊升菴古音學研究》、王金旺《楊慎古音學研究》即引楊慎此文後，加以推衍其義理觀，藉此判定楊慎「轉注」與「義理」的關係。其實楊慎此段論述乃針對宋人「類推說」的批評：

> 程可久又爲之說曰：「才老之說雖多，不過四聲互用，切響通用而已。」朱子又因可久而衍其說云：「明乎此，古音雖不盡見，而可以類推。」愚謂可久互用，通用之說近之，類推之說可疑也。凡字皆有四聲，皆有切響，如皆可通也，皆可互也，則爲字爲音不勝其繁矣。原古

〔註60〕〔明〕楊慎：《丹鉛餘錄》，見《景印文淵閣四庫全書》第 855 冊（臺北：臺灣商務印書館，1986 年），頁 67。

人轉注之法，義可互則互，理可通則通，未必皆互皆通也。〔註61〕

程迥與朱熹等語，出於朱熹《原本韓集考異》。〔註62〕關於程迥「四聲互用」、「切響通用」之解，學者論述有異，「四聲互用」方面，王力根據《四庫提要》認為指「三聲通用」〔註63〕、劉曉南提出「陰入陽聲相配」及「平上去聲之間互通」之說〔註64〕、何九盈以為「平上去三聲相承的字在古音中可以通一韻」〔註65〕、張民權認為「四聲只是習慣用語，實際上只有三聲互用。因為《詩經》及漢代詩文用韻往往是入聲韻與陰聲韻合用，而《廣韻》雖陽入相承，撇去入聲，在古詩只有三聲」。〔註66〕「切響通用」方面，劉曉南以為「同聲母的字之間可以通用」〔註67〕、何九盈亦認為「是指音轉根據以雙聲為條件」〔註68〕、張民權以為「切響主要是一種協韻方式，指的是某篇詩歌的韻段裡，如果韻字不和諧，則取某韻字的聲紐與他韻字的聲母相拼切產生叶讀音。」〔註69〕各家說法有異，但如張民權所言：「由於程書不傳，後人對『切響通用』之理解也多有偏差。」〔註70〕此處楊慎對於宋人「四聲互用」、「切響通用」衍伸的「類推說」進行批判，以為「四聲」、「切響」並非「類推」互通，必須依據「義理」。但「義理」標準為何？楊慎曾針對宋人「類推」舉一實例：

> 至於音韻之間，亦不屑蹈古人成跡，而自出一喉吻焉。今舉其略：

〔註61〕〔明〕楊慎：〈答李仁夫論轉注書〉（《四庫·明文海》本），頁807～808。

〔註62〕朱熹《原本韓集考異》云：「沙隨程可久曰：『吳說雖多，其例不過四聲互用，切響通用二條而已。』此說得之，如通其說，則古書雖不盡見，今可以例推也。」〔宋〕朱熹：《原本韓集考異》，見《景印文淵閣四庫全書》第1073冊，頁179。

〔註63〕王力：《漢語音韻學》，見《王力文集》第四卷（濟南：山東教育出版社，1986年），頁237。

〔註64〕劉曉南：〈論朱熹詩騷叶音的語音根據及其價值〉，《古漢語研究》（2003年第4期），頁28～29。

〔註65〕何九盈：《中國古代語言學史（新增訂本）》，頁165。

〔註66〕張民權：《宋代古音學與吳棫《詩補音》研究》（北京：商務印書館，2005年），頁26。

〔註67〕劉曉南：〈重新認識宋人叶音〉，《語文研究》（2006年第4期），頁4。

〔註68〕何九盈：《中國古代語言學史（新增訂本）》，頁165。

〔註69〕張民權：《宋代古音學與吳棫《詩補音》研究》，頁25。

〔註70〕張民權：《宋代古音學與吳棫《詩補音》研究》，頁28。

如「園」之音「云」,「鴨」之音「鷁」,「平」之音「便」,「直」之音「竹」,求之於古,則《易》、《詩》、《楚辭》所無也,求之於今,則方言謠俗不叶也。如其類而推之,則當呼「天」爲「鐵」,名「日」爲「忍」矣,可乎?不可乎?故余作《古音略》,宋人之叶音,咸無取焉,爲是故爾。〔註71〕

由求之古《易》、《詩》、《楚辭》、考之今方言謠俗等方式,可知楊慎「轉注古音」的「義理」準則乃探尋古今異讀爲證,即筆者所述「轉注古音」的層次關鍵,若以「類推說」認爲楊慎「轉注古音」以「音義關連」作爲標準,則有疏漏不足處。

陸、楊慎「轉注古音」的音學觀

楊慎對於「轉注古音」曾言「『叶韻』自『叶韻』,『轉注』自『轉注』,是猶知二五而不知十也」,他將「叶韻」與「轉注」作一結合,建立層次標準。這種研究方式,清人對此批評。《四庫全書總目》明確認爲「叶韻」與「轉注」毫無關係,楊慎何以將此二者結合論述?筆者以爲楊慎是受到前人古音學侷限,對於古今音變觀念不足所致,劉曉南〈重新認識宋人叶音〉曾對於宋人「基於叶韻的古音學說之不足」加以探討:

> 古音界定模糊,從「叶音」的角度考求古音,其意圖完全是爲了解釋文獻語音現象,並不是爲了研究歷史語音以揭示音變規律。所以,凡文獻中表現出來的古音現象,宋人一概目之爲古音,……缺乏音系古今變化的認識。由於把文獻中表現出的一個個與今音不同的具體字音,看作韻書失收的「古之遺音」,宋人對這些字音進行考證主要是爲了「補」韻書失收的古音。〔註72〕

宋人項安世《項世家說》曾云:「又有一字而兩呼者,古人本皆兼用之。後世小學,字皆定爲一聲,則古之聲韻遂失其傳,而天下之言字者,於是不復知有本聲矣。」〔註73〕「古人本兼用之」之語呈現缺乏古今音變的概念。楊慎〈答李

〔註71〕〔明〕楊慎:〈答李仁夫論轉注書〉(《四庫·明文海》本),頁808。

〔註72〕劉曉南:〈重新認識宋人叶音〉,頁5。

〔註73〕〔宋〕項安世:《項氏家說》(臺北:臺灣商務印書館,1965年),頁48。

仁夫論轉注書〉中亦有與項安世雷同的論述：

> 蓋「轉注」，六書之變也。自沈約之韻一出，作詩者據以爲定，若法
> 家之玉條金科，而古學遂失傳矣。〔註74〕

所謂「沈約之韻」即指韻書創制之始，此屬誤解的觀念，清人陳澧曾云：「紀文達公以世俗謂今所行陸氏韻爲沈約韻，乃取沈約詩文編爲《沈氏四聲考》，而譏陸氏《切韻》竊據沈氏而作，此亦文達之誤也。」〔註75〕魏建功《十韻彙編・序》云：「向來各家說沈約撰韻，有一部《四聲譜》，後來人就將現行的韻書當作他的遺制。」〔註76〕何以「沈約之韻一出」，「轉注」遂失傳？由於楊愼古今音變觀念不足，認爲由於韻書「定音」關係，捨棄與韻書相異者，「轉注」的判斷原則在於音讀相異，因此一旦「定音」，則「轉注」失傳，須由文獻中的古籍異讀加以探尋，方能恢復「轉注古音」之旨，茲將其概念圖示如下：

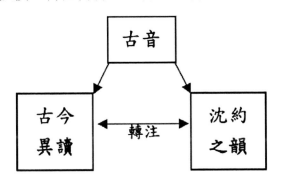

楊愼《升庵外集・大字古音》云：

> 「大」字古音「戴」、音「堁」而無一駕切者，惟今音有之。今之韻
> 書二十二禡亦不收大字，豈以爲非古音乎！予考《淮南子》宋康王
> 世有雀生鷂占曰：「小而生大必霸天下」以「大」叶「下」，古亦有
> 一駕切之音矣。惜乎作韻書者之不考也，予作《古音略》、《古音餘》
> 二書，於字之形聲多所發明，而刊補前人者有一得之愚，必有後世
> 子雲知之耳。〔註77〕

〔註74〕〔明〕楊愼：〈答李仁夫論轉注書〉（《四庫・明文海》本），頁807。

〔註75〕〔清〕陳澧撰，羅偉豪點校：《切韻考》（廣州：廣東高等教育出版社，2004年），頁159。

〔註76〕魏建功：《魏建功文集（貳）》（南京：江蘇教育出版社，2001年），頁227。

〔註77〕〔明〕楊愼：《升庵外集》，頁3404。

楊慎以「大」字音讀為例，說明《轉注古音略》等音韻著作，即是刊補前人韻書的闕漏，以恢復「轉注古音」之旨，如今視之，這亦呈現出楊慎缺乏古今音變的觀念。

第二節　《轉注古音略》切語來源考

楊慎「轉注古音」既以典籍中古今異音為判斷標準。因此，《轉注古音略》的切語音自當有據，並非楊慎依己意構擬而成。關於楊慎的切語引書依據，在《轉注古音略》中，難直窺其原委。本節欲針對《轉注古音略》切語音釋注文進行考究，建立分析步驟，藉此了解楊慎古音學方法的應用，並從中進行正誤、校勘。

壹、《轉注古音略》引書體例

楊慎《轉注古音略》，全書五卷，卷一、卷二屬平聲韻字，卷三至卷五，分別為上、去、入聲韻字。根據盧淑美研究，「編排的韻書，皆以當時官方通行的平水韻（詩韻）排列。」〔註78〕韻目下韻字，置入音讀、釋文，如卷二〈十一尤〉云：

> 鱐：所留切。《周禮》「腒鱐」，腒，乾雉。鱐，乾魚。

> 蟊：音矛。盤蟊，毒蟲也。

《轉注古音略》文前附書目及相關資料，與宋人郭忠恕《汗簡》、夏竦《古文四聲韻》、吳棫《韻補》相似，但《轉注古音略》書目，似未與考釋內容直接聯繫。〔註79〕該書目有二，分別為〈聞見字書目錄〉、〈夏英公集古篆韻所引書目〉，表列於下〔註80〕：

〔註78〕盧淑美：《楊升菴古音學研究》，頁 14。關於楊慎古音學著作，韻目有不同合併現象，將於第四章分析。

〔註79〕〔宋〕郭忠恕：《汗簡》（北京：中華書局，1983 年）。〔宋〕夏竦：《古文四聲韻》（北京：中華書局，1983 年）。〔宋〕吳棫：《韻補》（《四庫》本），見《景印文淵閣四庫全書》第 237 冊，為求行文簡便，文中不再附註。

〔註80〕楊慎〈聞見字書目錄〉內容，作者姓名排列混雜，或置於書名之上，或錄於其下注文。本表括弧處表其注文內容。

表 2-2-1 〈聞見字書目錄〉表

《石鼓文》（鄭樵注、王應麟注、蘇軾注）	《史篇》（《史籀》之遺《說文》引）	《九經韻補》	《群經音辨》（賈昌朝）	《小爾雅》（孔鮒）
《廣雅》（張揖）	《要雅》（梁劉香）	夏升郎《埤雅》（升郎漢永元中人）	《糾謬正俗》（顏師古）	《通俗文》（服虔）
《說文五義》（吳淑）	《說文繫傳》（徐鍇）	呂枕《字林》	陸該《字林》	葛洪《字苑》
曹產《字苑》	《御覽字府》	庾元威《字府》	《鐘鼎款識》（薛尚功）	《集古錄》（歐陽修）
《博古圖》（呂大臨）	《金石錄》（趙明誠）	《故跡遺文》	徐浩《古跡記》	《字辨》（北齊李鉉）
《五音譜》（李燾）	《七音韻鏡》	《字林音義》（宋吳恭）	《誤字》（張揖）	《難字》（周成）
《國語音》（宋庠）	《楚辭音》（智騫）	《莊子集音》（徐邈）	《莊子釋音》（甘輝、魏包）	《黃庭經音》（陶宏景）
《爾雅音》（孫炎）	《諸經音義》（釋元應）	《漢書音義》（蕭該）	李舟《切韻》	董南《一切韻指南》
《文字音》（晉王延）	《纂文》（何承天）	《文字集略》（阮孝緒）	《聲類》（李登）	《音譜》（李季節）
《集韻》（陸法言）	《韻纂》（隋潘徽）	《唐韻》（孫緬）	《桂苑珠叢》（曹憲）	《五經文字》（張參）
《九經字樣》（唐元度）	《古文四聲韻》（夏竦）	《廣古文四聲韻》（趙克繼）	《佩觿集》（郭忠恕）	《字始連環》（鄭樵）
《象類書》（鄭樵）	《切韻指掌圖》（溫公）	《書林韻會》（孟昶）	《韻會舉要》（黃公紹）	《韻補》（吳棫）
《干祿字書》（顏元孫）	《廣干祿字書》（婁機）	《六書正訛》（周伯溫）	《六書本義》（趙古則）	《小學篇》（王隆）
《說文字原》	《動靜字音》	《唐蒙博物記》	《字通》（彭山李肩吾）	《隸釋》（洪邁）
《韻集》（呂靜）	《音韻》（周思言）	《文字辯疑》	《夏侯該韻略》	《杜臺卿韻略》
陽休之《韻略》	《古今字詁》（張揖）	《古今文詁》（阮孝緒）	《班馬字類》	《文字指要》（邱陵）
《集韻拾遺》（郭知元）	《鄭氏篆髓》	《六書故》（戴侗）	《禮部韻略》（毛晃）	《平水韻》（劉淵）
李涪《刊誤》	《寶刻叢珠》（陳思）	《書苑菁華》	《正始之音》（王柏）	《字誋》
《隸格》	《聲本》	《聲緯》		

表 2-2-2 〈夏英公集古篆韻所引書目〉表

《汗簡》	《說文》	《石經》	《字略》	《夏書》
《籀韻》	《雲臺碑》	《豫讓文》	《古孝經》	《古周易》
《古尚書》	《演說文》	《雜古文》	《林罕集》	《古老子》
《山海經》	《古史記》	《古漢書》	《孫彊集》	《馬日磾集》
《牧子文》	《古世本》	《義雲章》	《古莊子》	《碧落文》
《華岳文》	《古案經》	《張揖集》	《亢倉子》	《古爾雅》
《古論語》	《古毛詩》	《開元文》	《李彤集》	《古春秋》
《古禮記》	《徐邈集》	《三方碑》	《茅君傳》	《古樂章》
《古周禮》	《石椁文》	《濟南集》	《馬田文》	《銀床頌》
《烟羅頌》	《荊山文》	《庾儼集》	《古月令》	《道德經》
《南嶽碑》	《陰符經》	《王庶子碑》	《祝尚書韻》	《比干墓銘》
衛宏《字說》	《具丘長碑》	《凌壇臺文》	《季札墓銘》	《滕公墓銘》
《周才字錄》	《朱育集字》	《樊先生碑》	《義雲切韻》	《群書古文》
《楊大夫集》	《天台經幢》	《蔡邕石經》	王維《畫記》	《顏黃門說》
庾儼《字書》	《正俗古文》	《王先生誄》	《彌勒傳碑》	《陳逸人碑》
《楊氏阡銘》	《鬱林序文》	《周書大傳》	《淮南子上昇記》	王維恭《黃庭經》
趙琬章《古字略》	王存義《切韻》	張庭珪《劍銘》	裴光遠《集綴》	郭昭卿《字指》
李商隱《略古》	崔希裕《略古》	邱光庭《序文》	《鳳栖記》	

以上〈聞見字書目錄〉、〈夏英公集古篆韻所引書目〉，能否視為《轉注古音略》主要引書依據，筆者對此存疑。考〈夏英公集古篆韻所引書目〉，為宋人夏竦《古文四聲韻》中〈古文所出書傳〉，李新魁、麥耘曾評論此書云：

> 這是一本依韻編排的古文字匯。有夏氏自序，寫於慶曆四年（1044），
> 云：「集前後所獲古體文字，準《唐切韻》分為四聲，庶令後學易於
> 討閱。」其體例以真書領古文，後注出處，並無釋義和注音。〔註81〕

「並無釋義與注音」的《古文四聲韻》，與《轉注古音略》著作體例、目的不同，其引書目，是否適於《轉注古音略》？此外，〈聞見字書目錄〉名為「聞見」，關於《轉注古音略》引用情況，未能有明確說法。楊慎〈答李仁夫論轉注書〉曾云：「故凡見經傳子集與今韻殊者，悉謂之古音轉注。」楊慎究竟參考哪些諸家各本作為己身研究，筆者以為透過〈聞見字書目錄〉、〈夏英公集古篆韻所引書目〉，無法獲得全面解答。今考《轉注古音略》切語、釋文的引書內容有三種待商榷現象。

〔註81〕李新魁、麥耘：《韻學古籍述要》（西安：陝西人民出版社，1993年），頁172。

一、引書存逸待考

〈聞見字書目錄〉中，楊慎著錄如李季節《音譜》、李登《聲類》、陽休之《韻略》、周思言《音韻》、夏侯詠《韻略》、杜臺卿《韻略》、呂靜《韻集》等音韻著作，這些原書，明代存逸情況，筆者甚感懷疑。楊慎《轉注古音略·二冬》「㸤」字云：

> 㸤：鳴龍切。羌中牛名，字又作犛。李登說。

考「李登說」非直引自《聲類》，與轉引相關，《集韻·三鍾》、《五音集韻·三鍾》「㸤」字作「鳴龍切」，《集韻》、《五音集韻》釋文直云：「鳴龍切。羌中牛名。李登說。」與《轉注古音略》釋文相似。〔註82〕又如《轉注古音略·十三問》「譔」字云：

> 譔：古困切。音與「混」同。《聲譜》曰：「順言謔弄曰譔。」

同「㸤」注之說，《轉注古音略》非直引李季節《聲譜》，今考《五音集韻·六慁》「譔」注作「古困切」，《五音集韻》釋文云：「順言謔弄貌。出《聲譜》。」與《轉注古音略》釋文相關。筆者以為《轉注古音略》釋文引書，並非與〈聞見字書目錄〉直接關聯。

二、引書出處不明

除原書存逸問題外，《轉注古音略》切語來源亦有不明處，如〈聞見字書目錄〉著錄陶宏景《黃庭經音》，如《轉注古音略·二冬》「膺」字云：

> 膺：於容切。《黃庭經》：「舌下玄膺生死岸。」陶宏景讀。

今考吳棫《韻補·一東》「膺」注，其切語、釋文與《轉注古音略》完全相同，究竟楊慎依據何本？又如《轉注古音略·四紙》「士」注：

> 士：上止切。古士有二讀：一與語韻相叶者，如今讀；一與紙韻相
>
> 　叶者，聲當如始，不當如今讀。「士」、「仕」、「史」、「使」皆做此。

此說未引出處，但非楊慎創見，考吳棫《韻補·四紙》「士」注：「上止切。事也。古『士』有二讀：一與語韻相叶者，聲如今讀；一與紙韻相叶者，聲

〔註82〕〔宋〕丁度等修訂：《集韻》（《四庫》本），見《景印文淵閣四庫全書》第236冊，頁443。〔金〕韓道昭：《五音集韻》（《四庫》本），見《景印文淵閣四庫全書》第238冊，頁11。為求行文簡便，文中不再附註。

當如古，不當如今讀。『士』、『仕』、『史』、『使』皆傚此。」切語相同，釋文相似，應與《韻補》相關。除逸書外，《轉注古音略》切語引書書目應有整體考察的必要。

三、引書註解有誤

2002 年，王文才、萬光治主編《楊升庵叢書》，將《轉注古音略》標點句讀，另附「校勘記」，其中雜有部份引書探究。然前修未密，今考其引書校勘內容，似有未確。如《轉注古音略·十五咸》「鑑」字：

> 鑑：古咸切。《說文》：「鑑諸，可以取水於明月中。」

《楊升庵叢書》對此校勘言：

> 「可以取水於明月中」，各本同。據《說文》當作「可以取明水於
> 月」。〔註83〕

《楊升庵叢書》校正「鑑」注釋文，以為楊慎引用有誤。今考大、小徐本《說文》，確如其言。但大徐本「鑑」注作「革懺切」、小徐本作「各撕反」，《轉注古音略》是否直引自大、小徐《說文》，筆者對此存疑。今考《五音集韻·十三咸》「鑑」注「古咸切」，釋文云：「《說文》：『鑑諸，可以取水於明月中。從金監聲。』又明也，照也，亦作『鑒』。」《五音集韻》引《說文》為「可以取水於明月中」，與《轉注古音略》訛誤相同，根據切語、釋文之證，筆者以為《轉注古音略》「鑑」注所以引《說文》有誤，與轉引《五音集韻》相關，惜校勘者未查。

《轉注古音略·十三職》「國」注，今考釋文與吳棫《韻補·五質》「國」注相近：

《轉注古音略》	《韻補》
越逼切。《釋名》：「國，域也」《博古圖·周南宮鼎》：「光和南國」〈周穆公鼎〉，「南國」、「東國」皆作「或」。《周官》「蟈氏」，鄭司農亦云：「蟈讀如『蜮』字。」從虫國聲。	越逼切。邦國。《釋名》：「國，域也」《博古圖·周南宮鼎》：「光相南國」〈周穆公鼎〉，「南國」、「東國」皆作「或」。《周官》「蟈氏」，鄭司農亦云：「蟈讀如『蜮』字。」從虫國聲。

〔註83〕王文才、萬光治等編注：《楊升庵叢書（一）》（成都：天地出版社，2002 年），頁670。

《楊升庵叢書》對「周南宮鼎」釋文，據《博古圖》校勘原文爲「周穆公鼎」：

> 周穆公鼎：原作「周南宮鼎」，各本同。案《博古圖》卷二〈周穆公
> 鼎〉有云：「南或，東或至於歷寒王。」今據正。〔註84〕

筆者以爲《楊升庵叢書》校勘有誤，今考《博古圖》，〈周南宮中鼎二〉、〈周南宮中鼎三〉有「先相南國」〔註85〕字句，《韻補》引書應據於此，《轉注古音略》進而轉引爲己用，《楊升庵叢書》不必校正「周南宮鼎」。由上表比較可知，《轉注古音略》「國」字切語、引書、釋文，均與《韻補》相關，惜校勘者未加詳查。

又如《轉注古音略·十灰》「焞」注，筆者以爲與《韻補·五支》「焞」注相關：

《轉注古音略》	《韻補》
吐雷切。盛也。《毛詩》：「嘽嘽焞焞，如霆如雷。」《漢書》引之作「推」，顏師古讀。又音寸。又音暾。見《儀禮》。	吐雷切。盛也。《毛詩》：「嘽嘽焞焞，如霆如雷。」《漢書·韋玄成傳》作「推」，顏師古讀。

《楊升庵叢書》以「顏師古讀」句，分析其反切：

> 顏師古讀：《漢書·韋玄成傳》顏師古注：「推：他回反」。案「吐雷
> 切」音同「他回反」。〔註86〕

由上述比較，「吐雷切」並非是楊慎依據《漢書》顏注改變其切語字，而與吳棫《韻補》相關。

《楊升庵叢書》中，校勘者明言對於《轉注古音略》引書有未明處，如《轉注古音略·二十四敬》「溁」字：

> 渠敬切。《說文》：「乾漬水也。」引《孟子》：「溁淅而行。」今作「接」，
> 《韻》注：「溁，瀊也。」今俗語溁水，瀘水也。徐音其兩切，非。
> 《說文》竟聲，其兩切，非聲也。《荀子》注亦音令。

〔註84〕王文才、萬光治等編注：《楊升庵叢書（一）》，頁886。

〔註85〕〔宋〕王黼：《重修宣和博古圖》（《四庫》本），見《景印文淵閣四庫全書》第840
　　　冊，頁413～414。爲求行文簡便，文中不再附註。

〔註86〕王文才、萬光治等編注：《楊升庵叢書（一）》，頁594。

《楊升庵叢書》附註言:「此云『《韻》注』,未詳。」〔註87〕筆者以為,欲研究楊慎古音學成就,須知其研究方法,楊慎依據的資料,亦是重要關鍵。以上待商榷的現象,呈現對於楊慎古音學憑據資料,存在模糊不明處,必須以更清楚的研究方式與步驟,使《轉注古音略》切語引書體例更加明確。

貳、「切語引書分析法」說明

根據上述原因,筆者建立「切語引書分析法」,欲藉明確的研究步驟,對《轉注古音略》切語依據作詳實考察,該方法步驟分述如下:

一、探尋古籍相關反切音

楊慎〈答李仁夫論轉注書〉中曾云:「故凡見經傳子集與今韻殊者,悉謂之古音轉注。」楊慎著《轉注古音略》,參考各方音韻相關資料,與今韻相較。《轉注古音略》論述中,亦透露此類研究方式,如《轉注古音略》「趰」、「䤩」、「冂」等注:

> 趰:起過切。班固〈北征頌〉:「趰凶河,臨安候。」章樵注:「趰:超而越之也」此字諸韻不收。(《轉注古音略‧七曷》)

> 䤩:呼鷤切。䤩町,山名,在滇池之律高山,出銀鉛。町,音挺。此字諸韻不收。(《轉注古音略‧十二錫》)

> 冂:音函。漢封蔣澄為冂亭侯,今宜興縣有冂山,即其地。按冂字,字書不收,疑即「函」之省耳。(《轉注古音略‧十三覃》)

「諸韻不收」、「字書不收」等語,呈現《轉注古音略》參考諸家資料,但哪些資料與其切語相關?未有確證前,須探尋古籍中與《轉注古音略》相關的反切音。如「約」字,《轉注古音略‧七遇》作「於妙切」,今考《四庫全書》,「約」作「於妙切」的古籍有《群經音辨》、《玉篇》、《附釋文互註禮部韻略》、《古今韻會舉要》、《洪武正韻》、《尚書注疏》、《毛詩注疏》、《周禮注疏》、《周李詳解》、《周禮訂義》、《周禮集說》、《周禮全經釋原》、《儀禮注疏》、《禮記註疏》、《儀禮經傳通解》、《春秋左傳注疏》、《春秋公羊傳注疏》、《胡氏春秋傳》、《春秋胡傳附纂疏》、《春秋大全》、《左傳杜林合注》、《經典釋文》、《增

〔註87〕王文才、萬光治等編注:《楊升庵叢書(一)》,頁812。

修互註禮部韻略》、《增修校正押韻釋疑》、《國語補音》、《文獻通考》、《續古今考》、《玉海》、《小學紺珠》等著作，這些資料皆有可能爲楊愼《轉注古音略》切語的參考。

二、考察釋文「明引」現象

根據筆者考察，《轉注古音略》有些韻字，釋文引書與切語有著直接聯繫關係，楊愼於注文明言，如「陒」注：

> 陒：胡工切。山名，在益州，今雲南也。見《漢書·地理志》。(《轉注古音略·一東》)

《漢書·地理志》，顏師古於「來唯」下注「陒，音胡工反」〔註88〕，楊愼切語來源於此。又如「渤」注：

> 渤：皮列切。渤澥，海名。鮑照樂府：「築山擬蓬壺，穿池象溟渤。選色遍齊代，徵聲帀卬越。」今讀誤，吳才老説。(《轉注古音略·六月》)

今考吳棫《韻補·十月》「渤」注，與《轉注古音略》同引鮑照〈帶陸平原君子有所思行〉詩，並作「皮列切」，《轉注古音略》引用《韻補》「渤」注文。

《轉注古音略》有些韻字，其釋文所引之書，楊愼雖未直言依據何說，但與其切語同屬直接關係，如「麼」字：

> 麼：亡果切。《説文》：「塵也。」今音作平聲，非。(《轉注古音略·二十哿》)

大徐本《説文》、《六書統》「麼」作「亡果切」，由於《轉注古音略》釋文之説，切語與大徐本《説文》相關。〔註89〕又如「擘」字：

> 擘：步何切。〈射雉賦〉：「擘場拄翳」注：「擘者，開除之名也。今偷人多有此語。」(《轉注古音略·五歌》)

〔註88〕〔漢〕班固：《漢書》(《四庫》本)，見《景印文淵閣四庫全書》第249～251冊。爲求行文簡便，文中不再附註。

〔註89〕〔漢〕許愼撰〔宋〕徐鉉增釋：《説文解字》(《四庫》本)，見《景印文淵閣四庫全書》第223冊，頁344。〔元〕楊桓：《六書統》(《四庫》本)，見《景印文淵閣四庫全書》第227冊，頁296。爲求行文簡便，文中不再附註。

〈射雉賦〉及其注文出於《文選・射雉賦》李善注，「擎」作「步何切」〔註90〕，切語、釋文屬直接聯繫的關係，楊慎「擎」注切語、釋文引用於此。

以上切語、釋文直接聯繫現象，筆者稱爲「明引」，並於後文整理「明引切語表」，藉此梳理楊慎切語依據。

三、考察釋文「暗引」現象

《轉注古音略》切語音釋中，除「明引」外，根據筆者考察亦有「暗引」情況，所謂「暗引」，即《轉注古音略》引書釋文不直接與切語聯繫，或轉引他書而來，或夾雜其他資料，以至於觀其釋文，無法直接得知其切語出處，須與筆者整理的相關反切音作對比，方有結論。如《轉注古音略》「蹲」字：

> 蹲：才本切。《左傳》：「蹲甲而射之。」（《轉注古音略・十二吻》）

《左傳》「蹲甲而射之」注疏言：「蹲，在尊反，徐又在損反，一音才官反。」與《轉注古音略》「蹲」注切語有異，應非楊慎引用者。〔註91〕今考該釋文與《五音集韻・六混》「蹲」注釋文相同，並同屬「才本切」，應是楊慎所引用者。

《轉注古音略》釋文因夾雜其他資料，導致切語出處不明，須與筆者整理「古籍相關反切音」作對比。如《轉注古音略・九屑》「覕」注：

> 覕：薄結切。《莊子・徐無鬼》篇：「譬之猶一覕也。」司馬云：「暫
> 見兒。」
>
> 《集韻》云：「過目也。」劉須溪云：「覕从見，與『瞥』同義。」

釋文除《莊子》外、亦有《集韻》，不知楊慎切語憑據爲何，今考《經典釋文・莊子音義》「覕」作「薄結反」，有「司馬云：『暫見兒。』」句。〔註92〕可見「覕」注切語與此相關，《集韻・十六屑》「覕」注雖有「過目也」釋文，但作「四蔑切」，非其切語出處。

〔註90〕 〔梁〕蕭統編〔唐〕李善註：《文選》（《四庫》本），見《景印文淵閣四庫全書》第 1329 冊，頁 158。爲求行文簡便，文中不再附註。

〔註91〕 〔晉〕杜預注〔唐〕陸德明音義，孔穎達疏：《春秋左傳注疏》（《四庫》本），見《景印文淵閣四庫全書》第 143～144 冊。爲求行文簡便，文中不再附註。

〔註92〕 〔唐〕陸德明：《經典釋文》（《四庫》本），見《景印文淵閣四庫全書》第 182 冊，頁 870。爲求行文簡便，文中不再附註。

釋文暗引中，有多本古籍與《轉注古音略》切語相同，釋文相似情形，擇其釋文接近者取之，如《轉注古音略》「參」注：

> 參：桑感切。雜也。《周禮・司裘》注：「大射，大侯九十，參七十，干五十。」陸德明音「素感切」，與「糝」同，通作「糝」。《禮記・鄉射記》注：「大侯九十弓，糝侯七十弓。」（《轉注古音略・二十七感》）

《增修互註禮部韻略・四十八感》、《古今韻會舉要・二十八感》、《洪武正韻・二十一感》「參」注切語相同，釋文相似，以下爲相關釋文比較：〔註93〕

《增修互註禮部韻略》	《古今韻會舉要》	《洪武正韻》
《周禮・司裘》注：「大射，大侯九十，參七十，干五十。」陸德明《釋文》參音「素感反」，與「桑感切」同。又〈鄉射記〉注：「大侯九十弓，糝侯七十弓，犴侯五十弓」	雜也。《周禮・司表》注：「大射，大侯九十，參七十，干五十。」陸德明音「素感切」，與「糝」同，通作「糝」。《禮記・鄉射記》注：「大侯九十弓，糝侯七十弓。」	《周禮・司裘》注：「大射，大侯九十，參七十，犴五十。」陸德明《釋文》參音「素感切」與「桑感切」同。又〈鄉射記〉注：「大侯九十弓，糝侯七十弓，犴侯五十弓。」

上表比較註記可知，三者釋文雖皆與《轉注古音略》類似，但《古今韻會舉要》最爲接近，《轉注古音略》釋文「司表」屬譌字，當爲「司裘」，但《古今韻會舉要》作「司表」，可見二者關係，「參」注切語、釋文出處應爲《古今韻會舉要》。

以上反切、釋文現象，筆者稱爲「暗引」，並於後文整理「暗引切語表」，藉此呈顯楊慎切語依據。

四、藉「明引」、「暗引」建立引書綱目

在「明引」、「暗引」釋文考察下呈現的書目，筆者疑爲楊慎依據的音韻資料，故藉此建立書目綱目，此書目綱目分爲「相關韻、字書」、「相關史書注疏」、

〔註93〕〔晉〕毛晃增注，毛居正重增：《增修互註禮部韻略》（《四庫》本），見《景印文淵閣四庫全書》第 237 冊，頁 476。〔元〕黃公紹原編，熊忠舉要：《古今韻會舉要》（《四庫》本），見《景印文淵閣四庫全書》第 238 冊，頁 646。〔明〕樂韶鳳等撰：《洪武正韻》（《四庫》本），見《景印文淵閣四庫全書》第 239 冊，頁 137。爲求行文簡便，文中不再附註。

「其他注疏、筆記著作」等三類，其詳細書目如下表所示〔註94〕：

表2-2-3　《轉注古音略》引書綱目

相關韻、字書	相關史書注疏	其他注疏、筆記著作
《經典釋文》	《史記》三家注	《山海經》注
《廣韻》	《漢書》注	《列子》注
《集韻》	《後漢書》注	《文選》注
《韻補》	《新唐書·釋音》	《宋景公筆記》
《增修互註禮部韻略》		《詩經集傳》
《五音集韻》		《周易本義》
《古今韻會舉要》		《古文苑》注
《韻府群玉》		《示兒編》
《急就章》注		
二徐本《說文解字》		
《玉篇》		
《六書正譌》		
《廣雅》注		

此表與〈聞見字書目錄表〉、〈夏英公集古篆韻所引書目表〉相較，出入甚大，綱目引錄之書，甚至不載於〈聞見字書目錄表〉、〈夏英公集古篆韻所引書目表〉中，可見《轉注古音略》所附書目與其實際研究資料的引用，並無直接關係。

五、以「引書綱目」作擇選標準

《轉注古音略》切語釋文考察中，有些釋文無「明引」、「暗引」情形，可能為楊慎自撰而得，但其切語仍與古籍關聯。筆者以為在「明引」、「暗引」的考釋下呈現的書目，為楊慎可能使用的音韻資料，故以其書目綱要進行參考擇選，如「告」字：

告：上布下曰告，古報切。下白上曰告，古沃切，《禮記》：「出必告。」

《漢書·馮野王傳》：「三最予告今也，病滿三月賜告，詔恩也。」

臣子於君親，其尊同，故凡有請皆曰告。(《轉注古音略·二沃》)

〔註94〕關於該表排序方式，「相關韻、字書」依聲韻、文字、訓詁類別，再以時代排序。「相關史書注疏」、「其他注疏、筆記著作」則以時代排序。

「出必告」、「三最予與告令也」等相關引書釋文，未有「古報切」。古籍中「告」作「古報切」者，爲《群經音辨》、《經典釋文》、《國語補音》。三者唯有《經典釋文》屬「引書綱目」，最可能爲楊愼引用的書目。又如「赫」、「俟」等字，《轉注古音略》切語、釋文如下：

> 赫：呼訝切。唐馬吉甫〈蝸牛賦〉：「缺爪牙兮自達，無羽翼以相借。
> 本忘情於蚌守，亦何憚於鴻赫。」（《轉注古音略·二十二禡》）
> 俟：鉏里切。義與「俟」同。古作「俟」又作「厌」。俗以爲「侯」
> 字，非。俟，音祈，人姓也，見祈韻。（《轉注古音略·四紙》）

二字切語唯有與《五音集韻》相同，但無相關釋文聯繫，按其引書綱目，切語來源可能參考自《五音集韻》。

當二種以上古籍與《轉注古音略》切語相同、釋文相似時，亦以引書綱目作爲擇選判斷，以《轉注古音略·十二錫》「末」注與《增修互註禮部韻略·二十三錫》、《洪武正韻·七陌》「末」注相關：

《轉注古音略》	《增修互註禮部韻略》	《洪武正韻》
莫狄切。《荀子·禮論》：「絲末。」注：「與『帮』同。」車覆軾也，以皮之，《詩》所謂「鞹鞃淺幭」也。	莫狄切。《荀子·禮論篇》：「絲末。」注：「與『帮』同。」	莫狄切。《荀子·禮論篇》：「絲末。」注：「與『帮』同。」

由於《增修互註禮部韻略》因「暗引」釋文入引書綱目，故作爲擇選標準，《增修互註禮部韻略》爲楊愼可能爲「末」注的引書資料。

以上所述爲「以引書綱目作擇選標準」的情形，相關結果詳見於各書日的「切語引書綱目擇選表」中。

六、引書多元的歸納整理

筆者雖以「引書綱目」作擇選標準，但仍有呈現多元依據、不知何本的情形，或切語相同者、或切語、釋文相似者，其原因與古籍承襲相關，如《轉注古音略·三絳》「閧」注：

> 閧：胡降切。《孟子》：「鄒與魯閧。」

經引書綱目擇選，《廣韻·四絳》、《五音集韻·四絳》、《古今韻會舉要·三

絳》「鬩」注屬此切語，釋文皆引《孟子》釋文，這與韻書彼此承襲相關。如李新魁、麥耘評《五音集韻》言：

> 其反切基本依《廣韻》，亦有採自《集韻》者，間又有自造之切語。
>
> 其小韻之劃分及注釋，亦大體依《廣韻》而略有修訂。〔註95〕

《古今韻會舉要》源流方面，陳師新雄《廣韻研究》云：

> 《古今韻會》元黃公紹撰。黃氏此書實承襲《集韻》及《五音集韻》體例，將韻目與等韻配合，以爲審音辨讀而設。其部目據劉淵、字紐從道昭，本之《說文》，參以古籍隸俗，以至律書、方技、樂府、方言、經史、子集、六書、七音、靡不研究。可謂彙集元以前韻書字書之大成。因「編帙浩瀚，四方學士，不能徧覽。」熊忠乃取《禮部韻略》，增以毛劉二韻及經傳當收未載之字，別爲《古今韻會舉要》一編，凡三十卷。〔註96〕

因此，《廣韻》、《五音集韻》、《古今韻會舉要》「鬩」注因承襲關係，彼此切語、釋文相似，引書綱目的擇選標準亦無法進一步析分，三者古籍皆有參考可能。又如《轉注古音略・二十五徑》「恆」注：

> 恆：古鄧切。《毛詩》：「恆之秬秠。」

今考《經典釋文・毛詩音義》作「古鄧反」，《增修互註禮部韻略・四十八嶝》亦引此《詩經》句及其反切，二者皆有可能爲楊愼擇取的音韻資料。

引書多元的可能，並非全然歸屬未能析分楊愼引書資料所致，筆者以爲楊愼著《轉注古音略》時，考釋一字音讀、釋文時，亦有多元擇取的情形，如「洗」字：

> 洗：先典切。《書》：「自洗腆致用酒。」姑洗，律名。洗馬，官名。
>
> 《高紀》：「使兩女子洗。」洗雪足也。（《轉注古音略・十六銑》）

考「自洗腆致用酒」出自《尚書・酒誥》，「姑洗，律名」與《史記・律書》相關，「使兩女子洗。」引於《漢書・高帝紀》，三者音注皆爲「先典切」，可見楊愼考證「洗」注採多元的參考方式。

〔註95〕李新魁、麥耘：《韻學古籍述要》，頁129。

〔註96〕陳師新雄：《廣韻研究》（臺北：臺灣學生書局，2004年），頁897。

以上爲《轉注古音略》引書多元可能的敘述，後文按其性質，經引書綱目擇選，切語相同者，作〈切語引書多元表〉。經引書綱目爲擇選，切語相同、釋文相似者，作〈切語、釋文引書多元表〉。

參、《轉注古音略》切語引書考

筆者以上述「切語引書分析法」步驟，對於楊愼《轉注古音略》切語引書依據進行分析，所得引書結果以「明引切語表」、「暗引切語表」、「切語引書綱目擇選表」依序說明。考察過程中，並非各典籍「明引切語表」、「暗引切語表」、「切語引書綱目擇選表」三項兼備，若有缺少者，則依序遞補排序。

一、相關韻、字書

相關韻、字書方面，以音韻、文字、訓詁等分類順序作編制原則，各類則再以時代先後作爲區分。

（一）《經典釋文》

隋、唐時，陸德明《經典釋文》參考漢魏六朝各家經說，纂輯《周易》、《古文尙書》、《毛詩》、《周禮》、《儀禮》、《禮記》、《左傳》、《公羊傳》、《穀梁傳》、《孝經》、《論語》、《老子》、《莊子》、《爾雅》音注。茲將楊愼《轉注古音略》切語與《經典釋文》用字相同者，表列如下：

1. 明引《經典釋文》切語表

韻目	字	切語	韻目	字	切語	韻目	字	切語
佳	貍	亡皆切	寒	樊	步干切	寒	欑	才官切
先	傎	都田切	肴	報	保毛切	歌	痤	在禾切
青	朾	勑丁切	尤	鱐	所留切	尤	桃	食汝切
紙	袲	昌氏切	軫	蜳	柱允切	軫	春	出允切
銑	建	其展切	篠	苞	白表切	篠	愁	子小切
舸	猗	於可切	寘	披	方寄切	味	掣	昌逝切
霽	列	祿計切	諫	前	子踐切	號	敖	五報切
黠	劼	苦八切	屑	契	苦結切	屑	愬	山革切
錫	肆	托歷切						

2. 暗引《經典釋文》切語表

韻目	字	切語	韻目	字	切語	韻目	字	切語
青	青	子丁切	送	風	方鳳切	質	崒	所一切
屑	嵲	薄結切	合	蓋	户臘切			

3.《經典釋文》切語引書綱目擇選表

韻目	字	切語
沃	告	古報切

（二）《廣韻》

《廣韻》，全名《大宋重修廣韻》，北宋陳彭年、丘雍等人奉旨修撰，爲中古韻書主要代表，爲研究上古、近代音演變的關鍵基礎。〔註97〕楊慎《轉注古音略》切語與《廣韻》用字相同者，表列如下：

1. 明引《廣韻》切語表

韻目	字	切語	韻目	字	切語
篠	礦	思六切	漾	掠	離灼切

2.暗引《廣韻》切語表

韻目	字	切語
箇	磋	七過反

（三）《集韻》

《集韻》，北宋丁度等因《廣韻》「多用舊文，繁略失當」，重新刊定而成。收字、切語、注文、同用、獨用例均與《廣韻》有異。楊慎《轉注古音略》切語與《集韻》用字相同者，表列如下：

1. 暗引《集韻》切語表

韻目	字	切語	韻目	字	切語	韻目	字	切語
虞	惡	荒胡切	鹽	狒	蒲瞻切	有	趣	此苟切
禡	差	楚嫁切	豔	异	於瞻切			

〔註97〕〔宋〕陳彭年等撰：《重修廣韻》（《四庫》本），見《景印文淵閣四庫全書》第236冊。爲求行文簡便，文中不再附註。

2.《集韻》切語引書綱目擇選表

韻目	字	切語	韻目	字	切語
有	取	此茍切	有	鰍	此茍切

（四）《韻補》

《韻補》，北宋末吳棫著，該書以韻語求古音，其音注考釋資料影響楊慎甚鉅。楊慎《轉注古音略》切語與《韻補》用字相同者，表列如下：

1. 明引《韻補》切語表

韻目	字	切語	韻目	字	切語	韻目	字	切語
東	寵	癡凶切	東	邦	悲工切	歌	皮	蒲波切
送	龍	力定切	效	繡	先吊切	月	渤	皮列切

2.暗引《韻補》切語表

韻目	字	切語	韻目	字	切語	韻目	字	切語
冬	膺	於容切	魚	去	邱於切	虞	臺	同都切
灰	焞	吐雷切	歌	為	吾禾切	歌	蛇	唐何切
陽	亨	火剛切	陽	英	於良切	陽	貺	虛王切
蒸	鉉	古冥切	蒸	鉉	古熒切	尤	怊	丑鳩切
侵	耽	持林切	董	虹	戶孔切	紙	友	羽軌切
紙	有	羽軌切	紙	施	尸是切	紙	士	上止切
語	者	掌與切	語	咎	跽許切	麌	寫	洗與切
麌	蒲	頗五切	軫	水	式允切	皓	慘	采早切
哿	寡	古火切	哿	雅	語可切	有	憂	於糾切
送	仲	敕衆切	寘	拙	朱類切	寘	愛	許既切
寘	溉	居氣切	寘	態	他計切	味	威	紆胃切
遇	朔	蘇故切	隊	蒯	苦對切	隊	卒	將遂切
隊	竄	七外切	隊	訊	息悴切	漾	競	其亮切
屋	渥	烏谷切	屋	歜	息六切	屋	脩	式竹切
沃	鶴	胡沃切	質	結	激質切	月	掇	旦悦切
月	契	丘傑切	屑	際	子結切	屑	察	敕列切
藥	舃	七約切	藥	惕	汀藥切	藥	碩	實若切
職	國	越逼切	職	服	蒲北切			

（五）《增修互註禮部韻略》

《增修互註禮部韻略》，南宋毛晃、毛居正父子據《禮部韻略》增訂。楊慎《轉注古音略》切語與《增修互註禮部韻略》用字相同者，表列如下：

1. 暗引《增修互註禮部韻略》切語表

韻目	字	切語
有	潃	息有切

2.《增修互註禮部韻略》切語引書綱目擇選表

韻目	字	切語	韻目	字	切語	韻目	字	切語
魚	去	丘於切	遇	抱	薄皓切	嘯	溺	奴吊切
曷	濶	苦括切	錫	末	莫狄切			

（六）《五音集韻》

《五音集韻》，金人韓道昭據《廣韻》、《集韻》改併而成，該書受等韻影響，分聲母、開合。楊慎《轉注古音略》切語與《五音集韻》用字相同者，表列如下：

1. 暗引《五音集韻》切語表

韻目	字	切語	韻目	字	切語	韻目	字	切語
蕭	紹	尺招切	咸	澴	白銜切	咸	鑑	古咸切
咸	纔	所咸切	咸	廞	苦咸切	紙	肥	甫委切
吻	蹲	才本切	篠	湫	子了切	養	卿	魚兩切
宋	霻	莫綜切	絳	紅	古巷切	絳	雙	色絳切
卦	嘬	倉夬切	問	讓	古困切	箇	點	丁佐切
箇	如	奴个切	漾	霜	色壯切	漾	孀	色壯切
敬	浭	渠敬切	黠	帕	莫八切	洽	㚯	女洽切

2.《五音集韻》切語引書綱目擇選表

韻目	字	切語	韻目	字	切語	韻目	字	切語
微	磓	居依切	眞	天	汀因切	紙	庪	鉏里切
馬	叚	古下切	味	蓁	許貴切	禡	赫	呼訝切

（七）《古今韻會舉要》

《古今韻會舉要》，元熊忠據《古今韻會》修訂，該書除沿襲舊韻書外，亦有革新，為研究元代語言重要資料。楊慎《轉注古音略》切語與《古今韻會舉

要》用字相同者，表列如下：

1. 明引《古今韻會舉要》切語表

韻目	字	切語
宋	統	他綜切

2. 暗引《古今韻會舉要》切語表

韻目	字	切語	韻目	字	切語	韻目	字	切語
微	斐	符非切	紙	披	普靡切	紙	揣	都果切
尾	豨	許豈切	語	貾	爽阻切	語	紵	展呂切
虁	粗	坐五切	吻	扻	羽粉切	旱	笴	古旱切
旱	般	逋坦切	篠	劉	子小切	舸	揣	都果切
迴	謦	棄挺切	迴	泂	戶茗切	寢	吟	凝錦切
感	參	桑感切	感	參	素感反	絳	衆	丑用切
味	黖	於旣切	御	舉	居御切	御	女	尼據切
遇	約	於妙切	遇	束	詩注切	遇	足	子遇切
諫	盼	匹莧切	諫	盼	胡計切	嘯	橋	渠廟切
嘯	譙	才咲切	號	鑿	在到切	號	漕	在到切
箇	憚	丁賀切	漾	倞	其亮切	漾	張	知亮切
漾	藏	才浪切	漾	仰	牛向切	敬	生	色敬切
宥	廖	力救切	沁	臨	力鴆切	沁	吟	宜禁切
屋	恧	女六切	覺	服	弼角切	質	姞	極乙切
曷	剌	郎達切	藥	蠚	黑合切	藥	蠚	施隻切
藥	蠚	舒亦切	藥	蠚	知列切	錫	鷢	倪歷切
葉	浥	乙業切	洽	歃	色洽切			

（八）《韻府群玉》

《韻府群玉》，元陰時夫、陰中夫編纂，韻目下羅列辭藻，並注其釋文。[註98]楊愼《轉注古音略》切語與《韻府群玉》用字相同者，表列如下：

〔註98〕〔元〕陰勁弦、陰復春編：《韻府群玉》（《四庫》本），見《景印文淵閣四庫全書》第 951 冊。爲求行文簡便，文中不再附註。

1. 明引《韻府群玉》切語表

韻目	字	切語
陌	剌	盧達切

（九）《急就篇》注

《急就篇》，西漢史游撰，唐顏師古注。〔註99〕楊愼《轉注古音略》切語與顏師古音注用字相同者，表列如下：

1. 明引《急就篇》注切語表

韻目	字	切語
陽	衡	戶郎切

（十）二徐本《說文解字》

《說文解字》，東漢許愼撰，原本已不可見，今言《說文解字》，指北宋徐鉉校定的大徐本而言，徐鉉其下添音注反切，楊愼《轉注古音略》切語，與大徐本用字相同。此外，徐鉉弟徐鍇作《說文繫傳》，世稱小徐本，其下爲朱翱反切，若《轉注古音略》音注與小徐本反切用字相同者，將加以註明。〔註100〕

1. 明引二徐本《說文解字》切語表

韻目	字	切語	韻目	字	切語	韻目	字	切語
支	荃	許規切	微	磑	五對切〔註101〕	齊	紙	都分切
灰	怺	倉宰切	侵	呈	余箴切	講	澒	其兩切
賄	菩	步乃切	舸	麼	亡果切	琰	夾	失冉切
隊	鑒	大妹切〔註102〕	震	紳	羊晉切	諫	帴	所八切

〔註99〕〔漢〕史游撰〔唐〕顏師古注：《急就篇》（《四庫》本），見《景印文淵閣四庫全書》第223冊。爲求行文簡便，文中不再附註。

〔註100〕〔南唐〕徐鍇撰，朱翱反切：《說文繫傳》（《四庫》本），見《景印文淵閣四庫全書》第223冊。爲求行文簡便，文中不再附註。

〔註101〕此爲小徐本反切。

〔註102〕此爲小徐本反切。

霰	譞	火縣切	敬	㵾	其兩切	屋	苗〔註103〕	他六切〔註104〕
屋	苗	徒歷切〔註105〕	覺	礐	蒲角切	曷	泰	他達切
陌	繹	羊益切	洽	夾〔註106〕	古狎切			

2. 暗引二徐本《說文解字》切語表

韻目	字	切語	韻目	字	切語	韻目	字	切語
江	𡔛	苦江切	腫	氄	而隴切	絳	㶾	陟絳切
翰	懽	古玩切						

（十一）《玉篇》

《玉篇》，全名《大廣益會玉篇》，南朝顧野王撰，該書經過唐人孫強，北宋陳彭年、丘雍等人增修，與原本《玉篇》不同。〔註107〕楊慎《轉注古音略》切語與《玉篇》用字相同者，表列如下：

1. 明引《玉篇》切語表

韻目	字	切語
庚	淐	虛舡切

2. 暗引《玉篇》切語表

韻目	字	切語	韻目	字	切語	韻目	字	切語
肴	窙	湯勞切	尤	抱	步溝切	尤	抱	薄保切
馬	夏	胡嫁切	養	屙	書掌切	屋	醯	七由切
屋	醯	七狄切						

〔註103〕《函海》本原為「笛」字，《四庫》本作「苗」字。

〔註104〕大、小徐本反切皆有此音。

〔註105〕大、小徐本反切皆有此音。

〔註106〕《四庫》本作「夾」字。

〔註107〕〔梁〕顧野王：《重修玉篇》（《四庫》本），見《景印文淵閣四庫全書》第 224 冊。為求行文簡便，文中不再附註。

（十二）《六書正譌》

《六書正譌》，元周伯琦著，全書以韻統字，注其反切、釋義。〔註108〕楊慎「轉注」理論與周氏不同，但《轉注古音略》切語，與《六書正譌》用字相同者，表列如下：

1. 明引《六書正譌》切語表

韻目	字	切語
馬	叚	古雅切

2. 暗引《六書正譌》切語表

韻目	字	切語	韻目	字	切語
舸	厄	五果切	陌	戹	乙革切

（十三）《廣雅》注

《廣雅》，魏張揖撰，隋曹憲音注，世稱「曹憲音」。〔註109〕楊慎《轉注古音略》切語與《廣雅》音注用字相同者，表列如下：

1. 明引《廣雅》注切語表

韻目	字	切語	韻目	字	切語	韻目	字	切語
漾	杭	口葬切	屋	透	他候切	點	婠	一刮切

二、相關史書注疏

相關史書注疏方面，依典籍年代順序排列說明，以下分述。

（一）《史記》三家注

《史記》，西漢司馬遷著。《史記》三家注由《史記集解》、《史記索隱》、《史記正義》集結而成，張玉春，應三玉云：

> 南朝裴駰《史記集解》、唐司馬貞《史記索隱》和張守節的《史記正義》，尤為世人推重，世稱《史記》三家注。由於早期的《史記》注作相繼亡佚，《史記》三家注成了僅存三部作於唐代以前的《史記》

〔註108〕 〔元〕周伯琦：《六書正譌》（《四庫》本），見《景印文淵閣四庫全書》第 228 冊。為求行文簡便，文中不再附註。

〔註109〕 〔魏〕張揖撰：《廣雅》（《四庫》本），見《景印文淵閣四庫全書》第 221 冊。為求行文簡便，文中不再附註。

注作……宋時出現了將《史記集解》、《史記索隱》及《史記正義》
三家注解一併散入《史記》正文下的刻本，這種以合注形態刊行於
世的《史記》版本，即《史記集解索隱正義》，俗稱《史記》三家注
本。《史記》三家注本也是後世流傳最廣的《史記》本子。〔註110〕

楊慎《轉注古音略》切語與《史記》三家注用字相同者，表列如下：

1. 明引《史記》三家注切語表

韻目	字	切語	韻目	字	切語	韻目	字	切語
鹽	衿	其炎切	舸	佗	徒我切	霽	纝	子芮切

2. 暗引《史記》三家注切語表

韻目	字	切語
舸	隋	他果切

（二）《漢書》注

《漢書》，東漢班固著，唐顏師古注，其注時附音讀。楊慎《轉注古音略》
切語與《漢書》音注用字相同者，表列如下：

1. 明引《漢書》注切語表

韻目	字	切語	韻目	字	切語	韻目	字	切語
東	陸	胡工切	支	施	弋豉反	齊	蠡	洛奚切
文	闤	汝授切	宥	區	口豆切	宥	霖	莫豆切
屑	蕞	子悅切	陌	輅	胡格切			

2. 暗引《漢書》注切語表

韻目	字	切語	韻目	字	切語	韻目	字	切語
庚	攘	汝庚切	腫	覂	方勇切	賄	回	胡悔切
屑	批	步結切	錫	甖	呼鶪切			

3. 《漢書》注切語引書綱目擇選表

韻目	字	切語
送	桐	徒孔切

〔註110〕張玉春，應三玉：《史記版本及三家注研究》（北京：華文出版社，2005年），頁
317～318。

（三）《後漢書》注

《後漢書》，南朝宋范曄著，唐李賢注，其注時附音讀。〔註111〕楊愼《轉注古音略》切語與《後漢書》音注用字相同者，表列如下：

1. 明引《後漢書》注切語表

韻目	字	切語	韻目	字	切語	韻目	字	切語
尤	啁	才由切	馬	䰫	胡瓦切	味	哺	孚廢切
卦	排	蒲拜切	箇	那	乃賀切			

2. 暗引《後漢書》注切語表

韻目	字	切語	韻目	字	切語	韻目	字	切語
董	尨	亡孔切	皓	荖	莫老切	遇	瞿	久住切
屑	梲	他結切						

（四）《新唐書·釋音》

《新唐書》，北宋歐陽修、宋祁等撰，其後附〈釋音〉。〔註112〕楊愼《轉注古音略》切語與《新唐書·釋音》音注用字相同者，表列如下：

1. 暗引《新唐書·釋音》切語表

韻目	字	切語
合	䶀	他合切

三、其他注疏、筆記著作

其他注疏、筆記著作方面，依典籍著作時代先後，依序排列說明。

（一）《山海經》注

《山海經》，撰者不詳，東晉郭璞作注，注文時有音讀。〔註113〕楊愼《轉注古音略》切語與《山海經》音注用字相同者，表列如下：

〔註111〕〔宋〕范曄、〔唐〕李賢注：《後漢書》（《四庫》本），見《景印文淵閣四庫全書》第 252～253 冊。爲求行文簡便，文中不再附註。

〔註112〕〔宋〕歐陽修撰：《新唐書》（《四庫》本），見《景印文淵閣四庫全書》第 272～276 冊。爲求行文簡便，文中不再附註。

〔註113〕〔晉〕郭璞注：《山海經》（《四庫》本），見《景印文淵閣四庫全書》第 1042 冊。爲求行文簡便，文中不再附註。

1. 明引《山海經》注切語表

韻目	字	切語	韻目	字	切語
灰	巍	恥回切	問	錞	章閏切

（二）《列子》注

《列子》，撰者不詳，東晉張湛作注，唐殷敬愼釋文。〔註 114〕《轉注古音略》切語與《列子》音注用字相同者，表列如下：

1. 明引《列子》注切語表

韻目	字	切語
遇	作	即具切

2. 暗引《列子》注切語表

韻目	字	切語
篠	愀	七小切

（三）《文選》注

《文選》，南朝梁蕭統編，現存最早詩文選集，後世研究者輩出，形成《文選》學。楊愼《轉注古音略》切語與唐李善注、五臣注用字相同者，以李善注本爲主，若爲五臣注文，將加以註明〔註 115〕，表列如下：

1. 明引《文選》注切語表

韻目	字	切語	韻目	字	切語	韻目	字	切語
歌	犖	步何切	阮	顉	丘隕切	舸	娑	蘇可切
錫	約	都狄切						

〔註114〕〔晉〕張湛注，〔唐〕殷敬愼釋文：《列子》（《四庫》本），見《景印文淵閣四庫全書》第 1055 冊。爲求行文簡便，文中不再附註。

〔註115〕五臣注文參考〔梁〕蕭統編，〔梁〕蕭統編、〔唐〕李善，呂延濟，劉良，張銑，呂向，李周翰：《增補六臣註文選》（臺北：華正書局，1980 年）。爲求行文簡便，文中不再附註。

2. 暗引《文選》注切語表

韻目	字	切語	韻目	字	切語	韻目	字	切語
紙	揣	初毀切	蟹	躧	所解切	琰	溓	力檢切〔註116〕
禡	呼	火亞切	屑	墢	徒結切	屑	霓	五結切

（四）《宋景文筆記》

《宋景文筆記》，北宋宋祁撰，其文時附音讀考釋。〔註117〕楊慎《轉注古音略》切語與《宋景文筆記》音注用字相同者，表列如下：

1. 明引《宋景文筆記》切語表

韻目	字	切語
宥	朴	平豆切

（五）《詩經集傳》

《詩經集傳》，南宋朱熹撰，其注時附音讀。〔註118〕楊慎《轉注古音略》切語與《詩經集傳》音注用字相同者，表列如下：

1. 暗引《詩經集傳》切語表

韻目	字	切語
合	邑	於合切

（六）《周易本義》

《周易本易》，南宋朱熹撰，其注時附音讀。〔註119〕楊慎《轉注古音略》切語與《周易本義》音注用字相同者，表列如下：

〔註116〕此與五臣注文相關。

〔註117〕〔宋〕宋祁：《宋景文筆記》（《四庫》本），見《景印文淵閣四庫全書》第 862 冊。為求行文簡便，文中不再附註。

〔註118〕〔宋〕朱熹：《詩經集傳》（《四庫》本），見《景印文淵閣四庫全書》第 72 冊。為求行文簡便，文中不再附註。

〔註119〕〔宋〕朱熹：《周易本義》（《四庫》本），見《景印文淵閣四庫全書》第 12 冊。為求行文簡便，文中不再附註。

1. 明引《周易本義》切語表

韻目	字	切語
薺	柅	乃李切

（七）《古文苑》注

《古文苑》，編者不詳，南宋章樵注，其注時附音讀。〔註 120〕楊愼《轉注古音略》切語與《古文苑》音注用字相同者，表列如下：

1. 明引《古文苑》注切語表

韻目	字	切語	韻目	字	切語	韻目	字	切語
曷	趌	起遏切	黠	捌	百轄切	葉	灄	書涉切

（八）《示兒編》

《示兒編》，南宋孫奕撰，其文時附音讀考釋。〔註 121〕楊愼《轉注古音略》切語與《示兒編》音讀用字相同者，表列如下：

1. 明引《示兒編》切語表

韻目	字	切語
沃	不	逋骨切

四、切語引書多元資料表

經引書綱目擇選，切語引書仍有多元來源，按其性質，切語相同者，作〈切語多元引書表〉。切語相同、釋文相似者，作〈切語、釋文多元引書表〉。

（一）〈切語多元引書表〉

韻目	字	切語	書　　　目
微	俙	於希切	《集韻》、《五音集韻》
微	磈	魚衣切	《集韻》、《五音集韻》
歌	池	徒何切	《經典釋文》、《廣韻》、《五音集韻》、《史記》三家注、《漢書》注、《後漢書》注

〔註120〕〔宋〕章樵註：《古文苑》（《四庫》本），見《景印文淵閣四庫全書》第 1332 冊。為求行文簡便，文中不再附註。

〔註121〕〔宋〕孫奕：《示兒編》（《四庫》本），見《景印文淵閣四庫全書》第 864 冊。為求行文簡便，文中不再附註。

軫	純	之尹切	《廣韻》、《增修互註禮部韻略》、《五音集韻》、《古今韻會舉要》、《新唐書・釋音》
銑	吮	徐兖切	《廣韻》、《五音集韻》
馬	夏	胡雅切	《經典釋文》、《廣韻》、《五音集韻》、大徐《說文解字》、《漢書》注、《文選》五臣注
寘	出	尺類切	《經典釋文》、《廣韻》、《集韻》
隊	湏	呼內切	《經典釋文》、《集韻》、《增修互註禮部韻略》、《古今韻會舉要》、《六書正譌》、《漢書》注
願	耎	奴困切	《廣韻》、《集韻》、《增修互註禮部韻略》、《五音集韻》、《古今韻會舉要》、大徐《說文解字》、《玉篇》、《六書正譌》
諫	羼	初莧切	《集韻》、《五音集韻》、《玉篇》
敬	蝗	戸孟切	《廣韻》、《集韻》、《五音集韻》、《古今韻會舉要》
敬	零	力正切	《增修互註禮部韻略》、《古今韻會舉要》
沁	衿	其鴆切	《經典釋文》、《古今韻會舉要》
沃	告	古報切	《廣韻》、《五音集韻》、《列子》注
沃	告	古沃切	《廣韻》、《五音集韻》、《列子》注
覺	鰒	蒲角切	《五音集韻》、大徐《說文解字》

（二）〈切語、釋文多元引書表〉

韻目	字	切語	可能依據
冬	馨	鳴龍切	《集韻》、《五音集韻》
冬	慒	藏宗切	《廣韻》、《五音集韻》
冬	慒	似由切	《廣韻》、《五音集韻》
支	戲	許宜切	《經典釋文》、《漢書》注
齊	卯	子兮切	《增修互註禮部韻略》、《玉篇》
灰	鮐〔註 122〕	奴來切	《經典釋文》、《廣韻》、《五音集韻》
文	卷	丘云切	《集韻》、《五音集韻》
寒	竄	七丸切	《集韻》、《五音集韻》
寒	爨	七丸切	《集韻》、《五音集韻》
尤	繇	以周切	《廣韻》、《五音集韻》、大徐《說文解字》
鹽	涅	其兼切	《集韻》、《五音集韻》

〔註 122〕《函海》本「鮐」作「作」字。

董	鴻	胡孔切	《文選》注、《後漢書》注
腫	衛	余隴切	《廣韻》、《五音集韻》
講	虹	古項切	《集韻》、《五音集韻》
講	棓	步項切	《廣韻》、《五音集韻》
語	芧	象呂切	《增修互註禮部韻略》、《古今韻會舉要》
薺	挩	吾禮切	《古今韻會舉要》、《玉篇》
銑	洗	先典切	《經典釋文》、《史記》三家注、《漢書》注
銑	撰	雛免切	《集韻》、《增修互註禮部韻略》、《古今韻會舉要》
馬	土	丑下切	《集韻》、《五音集韻》
迥	洗	色拯切	《增修互註禮部韻略》、《古今韻會舉要》
迥	淒	其拯切	《增修互註禮部韻略》、《古今韻會舉要》
有	椒	祖外切	《集韻》、《增修互註禮部韻略》、《五音集韻》、《古今韻會舉要》
宋	恐	欺用切	《增修互註禮部韻略》、《古今韻會舉要》
絳	閧	胡降切	《廣韻》、《五音集韻》、《古今韻會舉要》
寘	隋	呼恚切	《經典釋文》、《集韻》
寘	鄱	文瑞切	《古今韻會舉要》、《漢書》注
味	譏	其既切	《增修互註禮部韻略》、《古今韻會舉要》
御	楚	創據切	《增修互註禮部韻略》、《古今韻會舉要》
遇	雩	王遇切	《增修互註禮部韻略》、《古今韻會舉要》
霽	殺	所例切	《經典釋文》、《古今韻會舉要》、《漢書》注
霽	逮	大計切	《經典釋文》、《古今韻會舉要》
泰	椒	祖外切	《集韻》、《增修互註禮部韻略》、《五音集韻》、《古今韻會舉要》
泰	役	丁外切	《廣韻》、《五音集韻》、大徐《說文解字》、《漢書》注、《後漢書》注
泰	稅	他外切	《經典釋文》、《增修互註禮部韻略》
泰	兌	吐外切	《經典釋文》、《集韻》、《增修互註禮部韻略》、《古今韻會舉要》、《詩經集傳》
泰	繪	古外切	《五音集韻》、大徐《說文解字》
泰	儈	古外切	《廣韻》、《五音集韻》
泰	浿	普蓋切	《集韻》、《五音集韻》
卦	嘊	於邁切	《經典釋文》、《集韻》、《增修互註禮部韻略》
卦	吳	戶快切	《增修互註禮部韻略》、《古今韻會舉要》

霰	轞	呼甸切	《廣韻》、《五音集韻》
嘯	翹	巨要切	《廣韻》、《五音集韻》
嘯	稠	徒吊切	《集韻》、《五音集韻》、《漢書》注
箇	奈	乃个切	《廣韻》、《集韻》、《增修互註禮部韻略》
箇	涴	烏臥切	《經典釋文》、《廣韻》、《五音集韻》
漾	桁	下浪切	《集韻》、《五音集韻》
敬	賓	必刃切	《經典釋文》、《增修互註禮部韻略》
徑	恆	古鄧切	《經典釋文》、《增修互註禮部韻略》
徑	稜	魯鄧切	《增修互註禮部韻略》、《古今韻會舉要》
宥	叫	古幼切	《經典釋文》、《集韻》、《五音集韻》。
沁	枕	之任切	《廣韻》、《五音集韻》
沃	樺	紀錄切	《玉篇》、《史記》三家注
物	屈	渠勿切	《集韻》、《增修互註禮部韻略》、《古今韻會舉要》
月	屈	丘月切	《集韻》、《韻補》、《古今韻會舉要》
曷	怛	當割切	《廣韻》、《五音集韻》、《古今韻會舉要》
曷	檜	古活切	《經典釋文》、《增修互註禮部韻略》、《古今韻會舉要》
屑	翳	一結切	《增修互註禮部韻略》、《古今韻會舉要》
藥	蹻	敕畧切	《增修互註禮部韻略》、《古今韻會舉要》
藥	佁	以灼切	《廣韻》、《五音集韻》
陌	刺	七迹切	《增修互註禮部韻略》、《古今韻會舉要》
緝	戢	子入切	《五音集韻》、大徐《說文解字》
葉	厭	一涉切	《漢書》注、《史記》三家注

肆、《轉注古音略》切語引書考誤

　　筆者依楊慎「凡見經傳子集與今韻殊者，悉謂之古音轉注。」之說，建立「切語引書分析法」，可得《轉注古音略》切語與其釋文有聯結關係。筆者進行考釋時，發現《轉注古音略》切語引書時有譌誤、存疑情形，分述如下：

1. 橦：傳容切。《戰國策》：「寬則兩軍相攻，急則仗戟相橦，然後可建大功。」（《轉注古音略・一東》）

　　按：《韻補・一東》「撞」注作「傳容切」，並亦引《戰國策》釋文，疑從《韻補》，「撞」形譌為「橦」。

2. 柴：初曦切。《毛詩》：「射夫既同，助我舉柴。」《莊子》：「柴立其中央。」
揚雄賦：「柴虒參差。」不齊貌。（《轉注古音略·四支》）

按：「射大既同，助我舉柴。」出於《小雅·車攻》，《經典釋文·毛詩音義》
作「子智反」、「才寄反」、「士賣反」。《經典釋文·莊子音義》無此字
反切，「柴虒參差」出於揚雄〈甘泉賦〉，《文選》李善注爲「初蟻切」，
疑從《文選》「蟻」字形謁爲「曦」。

3. 聖：《說文》：「即資切。以土增大道上曰聖。」《書》：「朕聖讒說殄行。」
借義疾惡也。字又作「坙」。又音卿。火熟曰聖。〈檀弓〉：「夏后氏聖周。」
（《轉注古音略·四支》）

按：楊慎言《說文》「即資切」，考大徐《說文》作「疾資切」，小徐《說文》
作「疾咨反」。《廣韻》「即」屬精母三等開口職韻、「疾」屬從母三等
開口質韻，按王力《漢語語音史》，明代同屬精母〔ts〕、齊齒衣期韻
〔i〕，疑音同謁誤。

4. 化：山宜切。《易》：「神而化之」，叶「宜」。（《轉注古音略·四支》）

按：疑「山宜切」有誤，其理據有三：其一，《四庫全書總目》云：「〈繫辭〉：
『神而化之，使民宜之。』慎於《古音叢目·五歌》韻內知『宜』字
之爲『牛何切』下注云：『易而化之。爲毀禾切』則但注云：『見《楚
辭》』。」「化」注爲「毀禾切」，不作「山宜切」。其二，今考楊慎《古
音叢目》、《古音獵要》四支韻皆有「化」字，作「虎爲切」，未作「山
宜切」。其三，《古音餘·五歌》「宜」字下云：「《易·大傳》：『神而化
之，使民宜之。』吳才老音俄，化音和。」亦不爲「山宜切」，故疑此
切語有誤。

5. 磑：居依切，音與「機」同。礳也。蓋取其中有機運轉之，故聲同機。
徐楚金作「五對切」，而「碓」字又作「都對切」。兩音既近，兩物亦
易混爲一物，諸字家書，惟陸法言《韻》作「魚衣切」爲是，今從之。
（《轉注古音略·五微》）

按：「磑」字，大徐《說文》作「都隊切」，小徐《說文》作「得悔反」，《廣
韻》「對」屬端母一等合口隊韻、「隊」屬定母一等合口隊韻，按王力

《漢語語音史》研究，明代同屬端母〔t〕、合口灰堆韻〔uəi〕，疑音同**訛**誤。

6. 謀：蒙脯切。《易林》：「懿公淺愚，不受深謀。」又曰：「張、陳嘉謀，計成漢都。」陳子昂〈答韓使詩〉：「漢家失中策，胡馬晏南驅。聞詔安邊使，知是故人謀。」（《轉注古音略·七虞》）

按：《韻補·九魚》「謀」注釋文與此相似，均引「懿公淺愚，不受深謀」、「張、陳嘉謀，計成漢都」句，《轉注古音略》新增陳子昂詩句釋文。《韻補》作「蒙晡切」，疑從《韻補》，「晡」形**訛**爲「脯」。

7. 箄：步街切。東漢〈岑彭傳〉「乘枋箄」，「箄」縛竹木爲之。韻書解作「取魚器」，非。（《轉注古音略·九佳》）

按：《廣韻》「街」屬皆韻，與楊愼歸韻不合。注文引《後漢書·岑彭傳》，《後漢書》李賢注其音爲「步佳反」，疑從《後漢書》注，「佳」形**訛**爲「街」。

8. 依：音挨。白樂天詩：「坐依桃葉妓」自注：「馬皆切。」（《轉注古音略·九佳》）

按：《廣韻》「依」、「挨」同屬影母，不作唇音。此詩出於白居易〈馬墜強出贈同座〉，《白香山詩集》「依」字下注「烏皆反」〔註123〕，疑從此詩，「烏」形**訛**爲「馬」。

9. 剴：上來切。《漢書·敘傳》：「賈山自下劘上。」注：「剴切也。」（《轉注古音略·十灰》）

按：釋文出於《漢書·賈鄒枚路傳》，《漢書》注云：「孟康曰：『劘謂剴切之音。靡，厲也。』師古曰：『剴也。』蘇林曰：『劘，音工來反。』」筆者以爲楊愼據此以爲「剴」從「劘」音，作「工來反」，疑從《後漢書》音注，「工」形**訛**爲「上」。

10. 矏：《說文》：「低目視也。从𡿦門聲。弘農湖縣有矏鄉汝南西平有矏亭」俗作「閿」非。師古曰：「𡿦，舉目使人，音許蜜切。『矏』訛作『閿』，

〔註123〕〔清〕汪立名編：《白香山詩集》（《四庫》本），見《景印文淵閣四庫全書》第1081冊，頁371。爲求行文簡便，文中不再附註。

郭璞乃音汝授切，失理遠矣。」○慎按吳才老稱晉之字學，璞最深，然以「闉」爲「闓」，注《山海經》以「蛇巫山人操杯」之「杯」爲杯卮，而不知「杯」古「桮」字也，豈俗字太勝，而好古者亦汩没邪？（《轉注古音略・十二文》）

按：楊慎引師古句，出於《漢書・武五子傳》注，其音注作「許密反」，疑從《漢書》音注，「密」形譌爲「蜜」。

11.播：义潘切。黃香〈九宮賦〉：「東井軙蝶而播洒。」字正體作「𦬊」。（《轉注古音略・十四寒》）

按：《楊升庵叢書》以《古音叢目》「播」字音「盤」，以爲切語有誤，當爲「皮潘切」。〔註124〕筆者以爲楊慎以「播」之正體爲「𦬊」，大徐《說文》「𦬊」字作「北潘切」，疑從大徐《說文》音注「北」字形譌爲「义」。

12. 殷：鳥閑反。黑而有赤色曰殷。《左傳》：「左輪朱殷。」杜詩：「曾閃朱旗北斗殷。」今本「殷」作「閑」，非。「殷」又作「陰」。《詩傳》：「馬陰白雜色曰駰。」陰，淺黑色也。《史記》作「黳」。（《轉注古音略・十五刪》）

按：《廣韻・二十八山》、《五音集韻・二山》、《增修互註禮部韻略・二十八山》「殷」注皆引「左輪朱殷」，三者皆作「烏閑切」，疑從韻書音注「烏」字形譌爲「鳥」。

13. 酇：七何切。蕭何封酇侯，本此「酇」字。揚雄〈十八侯銘〉：「文昌四友，漢有蕭何。序功第一，受封于酇。」唐詩：「麒麟閣上識酇侯。」○今按〈蕭何傳〉作「鄼」，字相似之誤也。酇在沛郡，鄼在南陽。蕭何從帝起沛，封邑必近沛，且揚雄去何未遠，所聞必眞。師古乃云蕭何封于南陽之鄼，似亦未之深考也。（《轉注古音略・五歌》）

按：《漢書・樊酈滕灌傅靳周傳》「降留薛沛鄼蕭相」下注「鄼，音才何反」，《增修互註禮部韻略・七歌》「酇」、「鄼」同爲「才何切」，疑從此音切，「才」形譌爲「七」。

14. 醟：于兵切。酗酒也。《漢書・敘傳》：「魯恭館室，江都訬輕。趙敬險

詖，中山淹嶅。」師古讀。(《轉注古音略·八庚》)

按：《漢書·敘傳》顏師古讀音作「音詠，合韻音榮。」《楊升庵叢書》以為「于兵切即榮音」。〔註125〕筆者以為《韻補·十七眞》「嶅」注引此釋文，但作「于平切」。《廣韻》「兵」屬幫母三開庚韻、「平」屬並母三開庚韻，按王力《漢語語音史》研究，明代同屬齊齒中東韻〔iʰŋ〕，聲母為送氣與否差異，疑音近譌誤，或「平」形譌為「兵」。

15. 檮：音椆。剛木也。《左傳》有檮戭，人名。《史·龜策傳》：「上有檮蓍。」《漢書》檮余，山名。〈藝文志〉有公檮生。師古曰：「字從木，市由切。」佛典：「傳大士居雙檮間。」○愼按諸書，「檮」字皆音椆，獨《孟子》「檮杌」音陶，乃陸德明之誤。據杜預《左傳》注：「檮杌，凶頑無儔匹也」，則亦當音儔。郭璞《爾雅·序》：「不揆檮昧。」(《轉注古音略·十一尤》)

按：「四庫本」作「市由切」、「函海本」作「市巾切」。今考《升庵集》「檮音椆」云：「《漢書·藝文志》有公檮生，師古曰：『檮，直由切』。」〔註126〕《丹鉛餘錄》卷十五亦作「直由切」〔註127〕。但《漢書·藝文志》「公檮生」無作「直由切」。本文以為此切本《經典釋文·春秋左氏音義》「檮戭」，作「直由反」。

16. 不：悲虯切。音與「彪」同。人姓，晉有汲郡人不準，發魏安釐王塚得古文《周書》者。(《轉注古音略·十一尤》)

按：《五音集韻·八尤》「不」注，有「汲郡人不準」釋文句，作「甫鳩切」，該韻書前一韻字為「彪」字，作「悲幽切」。《玉篇》「彪」作「悲蚪切」，疑從此音切，「蚪」形譌為「虯」。

17. 覃：徐林切。人姓，梁有東寧州刺史覃元。(《轉注古音略·十二侵》)

按：《廣韻·二十二覃》、《五音集韻·十一覃》「覃」注皆有此釋文，作「徒

〔註125〕王文才、萬光治等編注：《楊升庵叢書（一）》，頁650。

〔註126〕〔明〕楊慎：《升庵集》（《四庫》本），見《景印文淵閣四庫全書》第1270冊，頁590。為求行文簡便，文中不再附註。

〔註127〕〔明〕楊慎：《丹鉛餘錄》（《四庫》本），見《景印文淵閣四庫全書》第855冊，頁102。為求行文簡便，文中不再附註。

含切」，此音切有同音「鐔」字。《廣韻・二十一侵》、《五音集韻・十侵》「鐔」又音「徐林切」，疑楊慎藉「鐔」字定此音切。

18. 澦：五翁切。水名，在襄國。（《轉注古音略・一董》）

按：《集韻・一董》「澦」注釋文相同，但作「吾蓊切」，疑從《集韻》音切，「吾」形譌爲「五」，「蓊」形譌爲「翁」。

19. 桐：徒總切。水名，《莊子》：「自投桐水。」（《轉注古音略・一董》）

按：《五音集韻・一董》「桐」注釋文相同，作「徒惣切」，疑從《五音集韻》音切，「惣」形譌爲「總」。

20. 憁：息勇切。楚人謂裩曰憁。許愼說。（《轉注古音略・二腫》）

按：今考《說文》無「楚人謂裩曰憁。」句，《集韻・二腫》「憁」注釋文作「楚人謂褌曰憁」，疑與此相關，作「筍勇切」。

21. 玤：步嚮切。虢公爲王宮於玤，玤，虢地。又作「蚌」，蛤也。（《轉注古音略・三講》）

按：《增修互註禮部韻略・三講》「玤」注釋文引《左傳》「虢公爲王宮於玤」，作「步項切」。《廣韻》「嚮」屬曉母三開養韻，「項」屬匣母二開講韻，按王力《漢語語音史》研究，明代同屬曉母〔x〕、齊齒江陽韻〔iaŋ〕，疑音同譌誤。

22. 窺：讀作「跬」，丘弭切。〈息夫躬傳〉：「未有窺左足而先應者也。」（《轉注古音略・四紙》）

按：「四庫本」作「丘弭切」，「函海本」作「丘彌切」。《漢書・息夫躬傳》「窺」注「口婢反」。疑楊慎從「跬」音，《廣韻・四紙》、《韻府群玉・四紙》「跬」作「丘弭切」。

23. 時：上紙切。《書》：「播時百穀。」王肅作「是」。「斂時五福」馬融作「是」。「時日曷喪」，時，是也。王粲〈七釋〉以「時」叶理韻。（《轉注古音略・四紙》）

按：《韻補・四紙》「時」注釋文類似，惟缺「時，是也」句，作「士紙切」，疑從《韻補》音切，「士」形譌爲「上」。

24.走：養里切。《論語讖》：「殷惑妲己玉馬走。」（《轉注古音略・四紙》）

按：音切未知何據，《轉注古音略》釋文依據《論語讖》。《古音叢目》、《古音獵要》亦作「養里切」，《古音叢目》列《論語讖》、《易林》二書目，《古音獵要》列《易林》書目，二者未述釋文。清人《欽定叶韻彙集・紙尾薈叶韻》「走」注引《韻補》作「養里切」，並附其《論語讖》、《易林》之詳證。〔註128〕今考《韻補》未能見之。

25. 佳：諸鬼切。《莊子》：「山林之畏佳。」李軌讀。（《轉注古音略・五尾》）

按：《廣韻》「佳」屬見母，不屬照母。切語出自《經典釋文・莊子音義》，但韻字應爲「佳」，「佳」形譌爲「佳」。

26. 奇：於解切，讀作「矮」。《後漢書》童謠：「見一奇人，言欲上天。」古文作「㿒」。《莊子》作「倚」，云：「南方有倚人。」（《轉注古音略・九蟹》）

按：今考「奇」無此音切。楊慎言「古文作『㿒』」。《玉篇》「㿒」作「於解切」，疑與此相關。

27. 培：薄海切。《莊子》：「乃今培風。」（《轉注古音略・十賄》）

按：《集韻・十五海》、《五音集韻・十二海》「培」注同《莊子》釋文，《集韻》作「簿亥切」、《五音集韻》作「薄亥切」。《廣韻》「海」屬曉母一開海韻、「亥」匣母一開海韻，按王力《漢語語音史》，明代同屬曉母〔x〕、開口懷來韻〔ai〕，疑音同譌誤。

28. 洒：蘇狠切。《莊子》：「洒然異之。」（《轉注古音略・十二吻》）

按：《集韻・二十二很》、《五音集韻・五很》「洒」注皆有《莊子》釋文，作「蘇很切」，疑從此音切，「很」形譌爲「狠」。

29. 溥：土衮切。露貌。《說文》：「從水專聲。」顏師古《匡繆正俗》曰：「鄭詩『零露溥兮』，古本有水旁作『溥』亦有單字者，皆當讀上衮切。」（《轉注古音略・十三阮》）

按：《廣韻》「溥」屬滂母，不爲舌音。《韻補・二十七銑》「溥」注釋文相

〔註128〕〔清〕梁詩正等：《欽定叶韻彙集》（《四庫》本），見《景印文淵閣四庫全書》第240冊，頁618。爲求行文簡便，文中不再附註。

・80・

同，作「上衺切」，疑從《韻補》音切，「上」形譌為「土」。

30. 扃：音鉉。其字从「向」。《儀禮》「北面北上，設扃鼏。」扃，玄犬切。
（《轉注古音略・十六銑》）

按：《經典釋文・儀禮音義》「鉉」注「玄犬反」，疑楊慎從「鉉」音作切語。

31. 殙：武典切。《莊子》：「以黃金注者殙。」（《轉注古音略・十六銑》）

按：《增修互註禮部韻略・二十七銑》、《集韻・二十八獮》、《五音集韻・十
一獮》、《古今韻會舉要・十六銑》「殙」注釋文皆《莊子》釋文，切語
作「彌兗切」，此字待考存疑。

32. 熲：去穎切。《禮・雜記》：「既熲，其練祥皆行。」《中庸》作「褧」。
《說文》作「苘」，又作「褧」。（《轉注古音略・二十三梗》）

按：「四庫本」作「去穎切」，「函海本」作「去穎切」。大徐《說文》「褧」
作「去穎切」。大徐《說文》、《廣韻・四十靜》、《五音集韻・四靜》「褧」
作「去穎切」。

33. 岑：於審切。《莊子》：「未始離於岑，而足以造于怨也。」（《轉注古音
略・二十六寢》）

按：《經典釋文・莊子音義》「岑」作「語審反」。《廣韻》「於」屬影母三開
魚韻，「語」屬疑母三等開口語韻。按王力《漢語語音史》，明代同屬
影母〔j〕、撮口居魚韻〔y〕，就反切上字性質，二字聲母相同，但「於」
「語」二字聲調相異，疑楊慎引用《經典釋文》反切時，因音近而轉
錄為「語」。

34. 蝩：直仲切。蝩食物也。字一作「蚛」、又作「蟲」。揚子《法言》注
引《呂氏春秋・月令》云：「南呂之月，螢蚛入，光放，螻蟈至是絕矣。」
今本無。（《轉注古音略・一送》）

按：《集韻・一送》、《古今韻會舉要・一送》「蝩」注釋文皆「蝩食物也」，
亦言作「蚛」，切語作「直眾切」。《廣韻》「仲」屬澄母三等開口送韻、
「眾」屬照母三等開口送韻。按王力《漢語語音史》，明代同屬照母
〔tʂ〕、合口中東韻〔uˀŋ〕，疑音同譌誤。

35. 萄：姿四切。《周禮》：「居幹之道，萄粟不迤。」沈重讀。（《轉注古音

略‧四寘》）

按：《五音集韻‧五至》「薋」注引《周禮》句與「沈重讀」，作「資四切」。《廣韻》「姿」屬精母三等開口脂韻、「資」精母三等開口脂韻，按王力《漢語語音史》研究，明代同屬精母〔ts〕、開口支思韻〔ɿ〕，疑音同譌誤。

36. 睢：呼委切。《史‧李斯傳》：「有天下而不恣睢。」（《轉注古音略‧四寘》）

按：《史記‧李斯列傳》中《史記索隱》注云：「睢，音呼季反」，疑從此音切，「季」形譌為「委」。

37. 艾：魚忌切。《書》：「自怨自艾。」《詩》：「夜如何其？夜未艾。」《禮記》：「草艾，則墨。」（《轉注古音略‧四寘》）

按：《增修禮部韻略‧十三祭》「艾」注引《詩經》釋文，作「魚計反」。《廣韻》「忌」屬群母三等開口志韻、「計」屬見母四等開口霽韻，按王力《漢語語音史》研究，明代同屬見母〔k〕、齊齒衣期韻〔i〕，疑音同譌誤。

38. 蜚：文沸切。《說文》：「負蠜也。」《左傳》：「有蜚，不為災，不書。」《本草》謂之蜚蟲，亦謂之蜚蠊。《山海經》云：「蜚如牛白首，一目蛇尾。行水則竭，行草則枯。」（《轉注古音略‧五味》）

按：《古今韻會舉要‧五未》「蜚」注有《說文》、《左傳》、《本草》、《山海經》等釋文，作「父沸切」，疑從此音切，「父」形譌為「文」。

39. 堊：烏路切。字又作「圬」。《廣蒼》曰：「以墨節地曰黝，以白塗室曰堊。」（《轉注古音略‧七遇》）

按：《經典釋文》「堊」作「烏路反」。楊慎釋文引《廣蒼》文，今考清人馬國翰《玉函山房輯佚書》《廣蒼》輯佚並無此文〔註129〕，未詳楊慎所據何本，存疑待考。

40. 莽：莫捕切。《楚辭》：「夕檻洲之宿莽。」與「序」、「暮」為韻。（《轉

〔註129〕〔清〕馬國翰輯：《玉函山房輯佚書》（臺北：文海出版社，1967年），頁2293～2294。

注古音略・七遇》）

按：宋人洪興祖《楚辭補註》、朱熹《楚辭集註》「夕檻洲之宿莽。」「莽」
音注「莫補切」〔註130〕。楊愼《升庵集》：「宵獵南夢赴長莽，火似雲
鯢鯢雷鼓。同車獨共龍陽君，纖腰美人空楚舞。」自注「莽叶莫補切」。
疑從此音切，「補」形譌爲「捕」。

41. 趨：七注切。《詩》：「巧趨蹌兮。」《史・燕世家》：「士爭趨燕。」《莊
子》：「有不任其聲而趨舉其詩焉。」崔注云：「不任其聲，憊也。趨舉
其詩，無音曲也。」劉會孟曰：「趨者情隘而詞感也。」後世樂府有〈吳
趨行〉，作平音，非。（《轉注古音略・七遇》）

按：《五音集韻・三燭》「趨」注引《詩經》釋文，作「七玉切」，疑從此音
切，「玉」形譌爲「注」。

42. 胈：膚毛切。《史・李斯傳》：「股無胈。」（《轉注古音略・八霽》）

按：《集韻・十二曷》、《增修互註禮部韻略・十三末》、《古今韻會舉要・七
曷》、《史記集解》「胈」注釋義爲「膚毛皮」，非「膚毛切」，疑轉引譌
誤。

43. 陂：彼利切。《易》：「無平不陂。」《書》：「無偏無陂。」（《轉注古音
略・八霽》）

按：《古今韻會舉要・四寘》「陂」注引《易》、《書》釋文，但作「彼義切」，
反切呈現有異。

44. 最：倉大切。聚也。《莊子》：「物何爲最之。」徐邈讀。（《轉注古音略・
九泰》）

按：《五音集韻・十二泰》「最」注引《莊子》釋文及「徐邈讀」，但「倉大
切」爲前一韻「蔡」字切語，疑轉引譌誤。

45. 喝：於犗切。《字書》云：「嘶也。」司馬相如賦：「水蟲駭波鴻佛，榜
人歌聲流喝。」〈東海竇憲傳〉：「陰喝不得對。」古詩：「笛喝曲難成，

〔註130〕〔宋〕洪興祖：《楚辭補註》頁120（《四庫》本）、〔宋〕朱熹：《楚辭集註》（《四
庫》本）頁304，見《景印文淵閣四庫全書》第1062冊。爲求行文簡便，文中不
再附註。

笳繁韻還咽。」〈韓詩〉注:「秋蟬喝柳。」(《轉注古音略・十卦》)

按:此音切疑誤,「於搭切」屬入聲不爲去聲。考(《增修互註禮部韻略・十六怪》)「喝」注引「嘶也」、司馬相如賦等釋文,作「於邁切」。

46. 畷:長芮切。田中道也。(《轉注古音略・十一隊》)

按:《五音集韻・十六廢》「畷」注「田中道」,作「嘗芮切」。《廣韻》「長」屬澄母三等開口陽韻、「嘗」屬禪母三等開口陽韻。按王力《漢語語音史》,明代同屬穿母〔tʂ'〕、開口江陽韻〔aŋ〕,疑音同譌誤。

47. 礧:丁內切。《周禮・秋官》注「槍礧椎椓」,守城禦捍之具也。《漢・晁錯傳》「藺石」注:「礧石也。」(《轉注古音略・十一隊》)

按:《廣韻》「礧」屬來母,不作舌音。《增修互註禮部韻略・十八隊》「礧」注釋文引〈晁錯傳〉,但反切爲「來內反」,疑從此音切,「來」形譌爲「丁」。

48. 顯:呼便切。〈檀弓〉:「子顯致命于穆公。」(《轉注古音略・十七霰》)

按:《經典釋文・禮記音義》作「呼遍反」,《古今韻會舉要・十七霰》「顯」注引該釋文作「呼遍切」。《廣韻》「便」屬並母三等開口線韻、「遍」屬幫母四等開口霰韻。按王力《漢語語音史》,明代同屬幫母〔p〕、齊齒言前韻〔ian〕,疑音同譌誤。

49. 嗄:所架切。《老子》:「終日號聲不嗄。」(《轉注古音略・二十二禡》)

按:《廣韻・四十禡》、《五音集韻・十七禡》、《古今韻會舉要・二十二禡》「嗄」注引《老子》釋文,作「所嫁切」。《廣韻》「架」、「嫁」屬見母二等開口禡韻。按王力《漢語語音史》,明代同屬見母〔k〕、齊齒麻沙韻〔ia〕,疑音同譌誤。

50. 蒼:七浪切。《莊子》「適莽蒼者」。(《轉注古音略・二十三漾》)

按:《經典釋文・莊子音義》「莽」注「七蕩反」,與「七浪切」反切呈現有異。

51. 涼:呂帳切。《左傳》:「虢多涼德。」字又作「就」。又助也。《詩》:「涼彼武王。」(《轉注古音略・二十三漾》)

按:《古今韻會舉要》「涼」注引《左傳》釋文,作「呂張切」,疑從此音切,

「張」形譌爲「帳」。

52. 搶：此亮切。吳楚謂帆上風曰搶。〈楊都賦〉：「艇子搶風，榜人逆浪」
今舟人掉搶是也。字一作「樈」。（《轉注古音略·二十三漾》）

按：《韻府群玉·二十二養》、《集韻·三十六養》、《古今韻會舉要·二十二
養》「搶」注「此兩切」。《廣韻》「亮」屬來母三等開口漾韻、「兩」屬
來母三等開口養韻。按王力《漢語語音史》，明代同屬來母〔l〕、齊齒
江陽韻〔iaŋ〕，但聲調相異，疑音近譌誤。

53. 㩼：他命切。邪枉也。蔡文姬詩：「尸骸相㩼挂。」（《轉注古音略·二
十四敬》）

按：《五音集韻·二宥》「㩼」注釋文「邪枉也。」作「他孟切」。《廣韻》
「命」屬明母三等開口映韻、「孟」屬明母二等開口映韻。按王力《漢
語語音史》研究，明代同屬明母〔m〕、中東韻〔əŋ〕，但介音相異，
疑音近譌誤。

54. 賡：《說文》云：「此即古文續字。」轉音更，古幸切，《傳》云「更唱
迭和」是也。今作平音，不見文義矣（《轉注古音略·二十四敬》）

按：大徐《說文》「賡」言：「今俗作古行切」，《古今韻會舉要·八庚》「賡」
注引之作「古行切」。《廣韻》「行」屬匣母二等開口映韻、「幸」屬匣
母二等開口梗韻。按王力《漢語語音史》，明代同屬曉母〔x〕、開口中
東韻〔əŋ〕，葉寶奎《明清官話音系》認爲明代已進行濁上變去聲情形，
疑音同譌誤。

55. 取：七臭切。《易》：「勿用取女。」《漢書》蕭何引《周書》云：「天與
不取，反受其咎。」（《轉注古音略·二十六宥》）

按：朱熹《周易本義·蒙》「勿用取女」注「取，七具反。」疑從此音切，
「具」形譌爲「臭」。

56. 收：去聲。力捄切。斂藏也。揚雄〈蜀都賦〉：「魚酌不收。」章樵注
引《易》：「井收勿幕。」魚酌皆取也。又斂穫亦曰收。《文選》顏延年
有〈觀北湖田收詩〉。（《轉注古音略·二十六宥》）

按：《楊升庵叢書》因《集韻》「收」作「舒救切」，以爲「疑力捄切作尸捄

切」。〔註131〕筆者以爲揚雄〈蜀都賦〉及其章樵注出於《古文苑》,「魚
酌不收」章樵注「收,力救反。」疑從此音切,「救」形譌爲「捄」。

57. 三:蘇棧切。參之也。《論語》「三省」「三思」「三復」。《禮記》「朝於
王季日三」,〈檀弓〉「不應三」,《易》「再三瀆」,《左傳》鼓「三而竭」,
皆平聲二音。(《轉注古音略‧二十八勘》)

按:《古今韻會舉要‧二十八勘》「三」注亦引《論語》、《禮記》釋文,但
作「蘇暫切」。《廣韻》「棧」屬牀母二等開口諫韻、「暫」屬從母一等
開口闞韻。按王力《漢語語音史》研究,明代聲母〔ts〕、〔tʂ〕有別、
同屬開口言前韻〔an〕,疑音近譌誤。

58. 咥:丑立切。《詩》:「咥其咲矣。」(《轉注古音略‧四質》

按:《五音集韻‧一質》「咥」注引《詩經》釋文,作「丑栗切」。《廣韻》
「立」屬來母三等開口緝韻、「栗」屬來母三等開口質韻。按王力《漢
語語音史》研究,明代同屬來母〔l〕、齊齒衣期韻〔i〕,疑音同譌誤。

59. 掘:其勿切。〈高帝紀〉:「掘始皇冢。」(《轉注古音略‧五物》)

按:該釋文出自《漢書‧高帝紀》,當爲「掘始皇帝冢。」,其下顏師古注
「掘,音具勿反。」疑從此音切,「具」形譌爲「其」。

60. 旦:當曷切。與「妲」字同。(《轉注古音略‧七曷》)

按:楊慎《古音附錄》有「旦」字,作「當曷切」,並言「趙古則讀」,今
考趙古則《六書本義》「旦」作「當割切」,與此相異。

61. 汃:蒲八切。西極水名。《文選》注:「水相激聲。」(《轉注古音略‧
八黠》)

按:《古今韻會舉要‧八黠》「汃」注釋文有「西極水名」與《文選》注文,
作「普八切」。《廣韻》「蒲」屬並母一等合口模韻、「普」屬滂母一等
合口姥韻。按王力《漢語語音史》研究,明代同屬滂母〔pʻ〕、合口姑
蘇韻〔u〕,但聲調相異,疑音近譌誤。

62. 刹:木所一切,刺也,浮圖家音刹。釋玄應云:「案『刹』,無此字,

〔註131〕王文才、萬光治等編注:《楊升庵叢書(一)》,頁821。

即剌字略也。」梵言「帝刹」，此方言國土也。（《轉注古音略‧八黠》）

按：「四庫本」、「函海本」作「木所一切」，《楊升庵叢書》校正爲「本所一切」。〔註132〕釋玄應語出於《一切經音義‧人方廣佛華嚴經》，但爲「初一反」〔註133〕，反切有異，存疑待考。

63. 莤：蒲結切。香草也。釋慧苑讀。（《轉注古音略‧九屑》）

按：《楊升庵叢書》校正以爲「莤」字有誤，當爲「莥」字，「慧苑讀」當爲「玄應讀」。〔註134〕考《集韻‧十六屑》、《五音集韻‧十薛》「莤」注均作「蒲結切」，是否須改字，筆者存疑。

64. 吅：七迹切。《說文》：「眾口也。」周伯溫曰：「即《詩》『呭呭呇呇』之『呭』。」《說文》引《詩》正作「呭」，《毛傳》曰：「口舌聲。」「囂」、「器」、「㘓」、「噩」諸字從此。今謂私語曰「呭呭」、「斫斫」是也。字又作「誽」，〈仲長統傳〉：「胸罍腹誽，幸我之不成。」（《轉注古音略‧十一陌》）

按：疑從「呭」音，周伯溫語出《說文字原》「呭」注，作「七入切」，大、小徐《說文》「呭」字亦作「七入切」。

65. 抍：《淮南子》：「扶搖抮抱」注：「讀如『克岐克嶷』之『嶷』。」魚力切。（《轉注古音略‧十三職》）

按：疑從「嶷」音，《廣韻‧二十四職》、《增修互註禮部韻略‧二十五德》、《五音集韻‧六職》「嶷」注引「克岐克嶷」，皆爲「魚力切」。

66. 瀷：《淮南子》：「枯澤受瀷而無源者。」高誘注：「讀燕人強秦人言勑同也。」今按《玉篇》魚力切。《管子》湊流曰瀷，《韻會》作「㵭」，非。（《轉注古音略‧十三職》）

按：《玉篇》「瀷」注「余力切」。《廣韻》「魚」屬疑母三等開口魚韻、「余」屬喻母三等開口魚韻。按王力《漢語語音史》，明代同屬影母〔j〕、撮

〔註132〕王文才、萬光治等編注：《楊升庵叢書（一）》，頁 856。

〔註133〕〔唐〕釋玄應：《一切經音義》（臺北：新文豐出版社，1980 年），頁 12。爲求行文簡便，文中不再附註。

〔註134〕王文才、萬光治等編注：《楊升庵叢書（一）》，頁 863。

口居魚韻〔y〕，疑音同**譌**誤。

67. 胎：烏荅切。竦體兒。《詩》箋：「胎肩詔笑。」沈重讀。字又作「脅」。（《轉注古音略·十五合》）

按：《五音集韻·九合》「胎」注釋文相似，惟無「字又作『脅』」，作「烏合切」，疑從此音切，「合」形**譌**爲「荅」。

68. 浩：侯閣切。浩亹，地名。《漢·地志》師古古音。（《轉注古音略·十五合》）

按：《漢書》「浩」字未作「侯閣切」，《廣韻·二十七合》「浩」注有「浩亹」句，但爲「古沓切」，「侯閣切」乃前一韻「合」字音注，疑轉引**譌**誤。

69. 蠱：過合切。郭調《字指》云：「調色畫也。」《增韻》：「罿畫也。」罿乃鳥網，合用「蠱」字。（《轉注古音略·十五合》）

按：《廣韻·二十七合》、《五音集韻·九合》「蠱」注皆有《字指》釋文，但皆作「烏合切」。

第三節　《轉注古音略》直音來源考

直音爲《轉注古音略》音讀呈現的另一方式，在上節切語引書研究中，除少數**譌**誤、闕疑者外，切語大都可找到因襲的來源，可知楊慎的確依循「轉注古音」觀念進行《轉注古音略》著作。本節直音引書研究，將以上節成果爲基，建立直音引書的相關方法與步驟，希冀可得《轉注古音略》直音原委及古音應用方式。

壹、《轉注古音略》直音體例

楊慎「轉注古音」取古籍中與今音相異的音讀，透過考校《轉注古音略》切語引書可知，除疑**譌**誤情形外，楊慎切語的確與古籍音讀密切關聯。《轉注古音略》音釋，除切語外，另有直音情形。如《轉注古音略·十二文》「弅」、「賁」、「輝」等注：

> 弅：音分。《莊子》：「隱弅之丘。」
> 賁：音墳。《尚書》：「用宏茲賁。」

輝：音熏。灼也。《史記》：「斷戚夫人手足，眼輝之。」

若《轉注古音略》切語有其可能依據，《轉注古音略》直音是否亦然？《轉注古音略》切語引書舉證中，楊慎釋文有依據相關韻、字書的跡象。《轉注古音略》直音語料，亦透露出諸類可能證據：

> 泠：音零。泠陽，地名，《山海經》音潛。韻書音岑，凡有三音。(《轉注古音略·九青》)

> 暍：《說文》：「傷暑也。」《史記》禹扇暍，呂忱《字林》：「紅紫傷風日失色爲暍。」梵經音近「愛」，韻書音謁。(《轉注古音略·六月》)

> 廿：《說文》：「二十并也。」顏之推〈稽聖賦〉：「魏嫗何多？一孕四十。中山何夥？有子百廿。」○毛曰：「音入。今直以爲二十字。凡『滿』、『漢』、『董』、『革』、『席』、『庶』之類皆从此。」○慎按「廿」字，諸韻書皆音入，帷市井商賈音念，而學士大夫亦從其誤，如《程篁墩文集》中書「廿日」作「念日」古學不明，俗學勝也，可爲一曉哉。(《轉注古音略·十四緝》)

「泠」、「暍」、「廿」等釋文，皆論「韻書」，可知楊慎直音考釋時，有依據韻書情形。此外，《轉注古音略》「抎」、「繡」等字，透露出楊慎的直音應與古籍相關，在「切語引書」研究中，筆者考釋「抎」作「羽粉切」，出自《古今韻會舉要·十二吻》，二者釋文比較如下：

《轉注古音略》	《古今韻會舉要》
羽粉切。《說文》：「有所失也。」音與「隕」同。《左傳》：「抎子辱矣。」徐按《呂氏春秋》與「隕」同。《揚子》：「鍾鼓不抎。」○按古文「員」與「云」同。《詩》：「聊樂我員」、《書》「雖則員然」是也，故「抎」字同「隕」，徵之古文可知。	羽粉切。音與軫韻「隕」同。《說文》：「有所失也。」引《左傳》：「抎子辱矣，从手云聲。」徐按《呂氏春秋》與「隕」同，又聲也。《揚子》：「鍾鼓不抎。」

比較可知，《轉注古音略》按語之前，所引釋文皆與《古今韻會舉要》相關，同作「羽粉切」。《轉注古音略》列直音「隕」音，與《古今韻會舉要》相同，可證楊慎此處直音與《古今韻會舉要》相關。又如《轉注古音略·十九效》「繡」注，由「切語引書」考釋已知出自《韻補·三十四嘯》「繡」注：

《轉注古音略》	《韻補》
先吊切。五采備也。《儀禮》:「纁裳霄衣。」注云:「《詩》有『素衣朱霄。』」《禮記》:「繡黼丹中朱衣。」注云:「繡讀爲『綃』,繪名也。《詩》:『紫衣朱綃。』」「繡」、「綃」、「霄」三字,皆當讀如「肖」,吳才老說。	先弔切。五采備也。《儀禮》:「纁裳霄衣。」注云:「《詩》有『素衣朱霄。』」《禮記》:「繡黼丹中朱衣。」注云:「繡讀爲『綃』,繪名也。《詩》:『素衣朱綃。』」「繡」、「霄」、「綃」三字皆當讀如「肖」。

「繡」注直接引自吳棫《韻補》,切語、直音皆與此相關。筆者以爲楊慎直音與古籍有著關聯性,但整體實際情形爲何?採取何種取用方式?似未能全然明瞭。本節欲在《轉注古音略》切語引書的研究基礎上,進行探討,希冀對於《轉注古音略》直音引書內容,有更透徹的了解。

筆者在《轉注古音略》切語引書研究中,提出切語引書三種待商榷的現象,說明其中有探究的價值空間。然《楊升庵叢書》對於《轉注古音略》某些韻字直音及其釋文進行引書校勘,如今觀之,同於《轉注古音略》切語引書研究,若無整體的研究方式、步驟,單針對《轉注古音略》直音、釋文校勘,恐有未密之處。以下對於《楊升庵叢書》直音、釋文問題進行說明:

一、釋文引書有誤

《楊升庵叢書》直音、釋文引書校勘方面,對於楊慎的引用釋文,比較依據原典,推論是非。但卻因研究方式,無法達致預期目的。如《轉注古音略·三肴》「抱」注:

抱:音拋。《史記》褚先生〈傳〉:「抱之江中。」

《楊升庵叢書》對「抱之江中」云:「《史記·三王世表》褚先生曰:『抱之山中,山者養之。』注:『抱音普茅切。』普茅切即拋音。疑楊所引,即據此文而誤。」〔註135〕《楊升庵叢書》透過與《史記》比較,以爲楊慎依據《史記》而有譌誤。但《古今韻會舉要·卷七》「拋」注:

亦作抱,《史記》褚先生〈傳〉:「抱之江中。」並與拋同。

二者相較,則發現《古今韻會舉要》引《史記》之語即有譌誤,且「拋」作「抱」,二字音同。楊慎對「拋」注引書依據,並非《史記》,而爲《古今韻會舉要》。

〔註135〕王文才、萬光治等編注:《楊升庵叢書(一)》,頁627。

如《轉注古音略・二腫》「夒」、「容」爲相鄰二韻字，其直音與釋文爲：

　　夒：音慂。《漢書・衡山王傳》「日夜縱夒」，師古曰：「獎勸也。」
　　《史記》作「從容」。又作「慫慂」，《方言》：「己不欲喜怒而旁人説
　　者曰慫慂。」

　　容：音勇。《漢書・郊祀歌》：「旌容容。」孟康讀。

《楊升庵叢書》對此二則釋文進行原典校勘，以爲「夒」字：「引《方言》
云云，隱栝其意，非錄其文。」〔註136〕「容」：「案音勇乃師古讀，孟康無音。」
〔註137〕筆者以爲此二則直音釋文呈現的現象，與《古音韻會舉要・二腫》「慂」
注十分雷同：

　　慂：勸也。《方言》：「南楚凡己不欲喜怒而旁人説者謂之慫慂」或作
　　「夒」。《前・衡山王傳》「日夜縱夒」如淳曰：「縱，才勇切，《史》
　　讀作勇。」師古曰：「獎勸亦或作容。」《史記・衡山王傳》：「從容」。
　　又《前・郊祀歌》：「旌容容，騎沓沓般從從。」孟康曰：「容音勇。」

對照之下，《楊升庵叢書》校勘所述特徵，均可以《古音韻會舉要》注文解釋，
楊愼撰寫此二字釋文，可能即依據《古音韻會舉要》，而非《方言》及《漢書》。
又如《轉注古音略・四紙》「啚」注：

　　啚：音鄙。《説文》：「啚嗇也。从口（音韋，周帀也）从㐭，㐭，受
　　也。」各積而不散也，古作「𣊫」，俗以爲圖字非。

對於「音韋，周帀也」，不屬《説文》原句，《楊升庵叢書》校勘以爲此乃「楊
愼注語」〔註138〕。今觀《古今韻會舉要・四紙》「啚」注：

　　《説文》：「啚嗇也。从口（音韋，周韋，周匝也。）从㐭，㐭，受也。」
　　入皆受之㐭而復口之爲嗇也。各積而不散也。《説文》古作𣊫，俗以
　　爲圖字非。

相較之下，不僅《説文》，其他釋文都與《古今韻會舉要》相仿，所謂「楊愼注
語」之説，則爲未確。以上舉隅，可發現若欲對於《轉注古音略》直音、釋文

〔註136〕王文才、萬光治等編注：《楊升庵叢書（一）》，頁674。

〔註137〕王文才、萬光治等編注：《楊升庵叢書（一）》，頁674。

〔註138〕王文才、萬光治等編注：《楊升庵叢書（一）》，頁682。

進行引書探究，單由其釋文原典校勘，存在未足之處。

二、直音分析侷限

若釋文引書不明，對於《轉注古音略》直音探析則有一定侷限，在《楊升庵叢書》校勘則呈現此等問題，如：《轉注古音略・三肴》「箾」注：

> 箾：音梢。《左傳》：「〈象箾〉、〈南籥〉。」司馬貞讀。

「箾」何以音「梢」？《楊升庵叢書》校勘藉「司馬貞讀」的依據，認爲與《史記》相關注疏有關，但進一步論述下，卻又產生無法說解的情形：

> 《史記・吳太伯世家》司馬貞《索隱》：「箾，又蘇彫反。」與「梢」
> 音不同。〔註139〕

筆者以爲楊慎「梢」音依據並非《史記》相關注疏，可能與《集韻》、《五音集韻》等韻書相關。《集韻・五爻》、《五音集韻・十三肴》「箾」注：「〈象箾〉，舞者所執，司馬正說。」且與其韻首字「梢」同音。

《楊升庵叢書》因囿於釋文原典，導致直音分析不明，甚有強加說解的情形，如《轉注古音略・六語》「恇」注：

> 恇：音拒。《後漢》梁鴻詩：「嗟恇恇兮誰留。」注：「恐也。」

《楊升庵叢書》對「恇恇」校勘「音拒，入〈語韻〉，則當作『恇』，所引梁鴻詩見《後漢書・逸民・梁鴻傳》，字作『恇』，無拒音，然古音亦對轉。」〔註140〕對此直音，《楊升庵叢書》以「對轉」解釋，「對轉」是否存於楊慎古音系統？校勘者似過於疏略。今考《古今韻會舉要・六語》「恇」注：「慢也。又《後・梁鴻傳》：『嗟恇恇兮誰留。』注：『恐也。』」釋文與《轉注古音略》極其相似，且《古今韻會舉要》「恇」、「拒」同爲「巨許切」。此引書證據與「對轉」說相較，似更加縝密。又如《轉注古音略・二十五徑》「鼎」注：

> 鼎：音定。《漢書》「鼎貴」。如淳讀。

《楊升庵叢書》校勘云：「〈賈捐之傳〉：『顯鼎貴。』顏注引如淳曰：『鼎，音釘。』『釘』、『定』清濁本不同，楊氏『定』亦讀清聲，因與『釘』同。」〔註141〕此

〔註139〕王文才、萬光治等編注：《楊升庵叢書（一）》，頁627。
〔註140〕王文才、萬光治等編注：《楊升庵叢書（一）》，頁687。
〔註141〕王文才、萬光治等編注：《楊升庵叢書（一）》，頁814。

段校勘論述，與上段「恒恒」校勘相較，不免兩相矛盾，楊慎是以其古音體系、抑或是自身語音情形進行直音說解？校勘者似受釋文原典，影響直音分析。今考《集韻・四十六徑》「鼎」注：「方日也。《漢書》『鼎貴』。如淳讀。」《五音集韻・五徑》「鼎」注：「方豆也。《漢書》『鼎貴』。如淳讀。」二者釋文與《轉注古音略》相似，二韻書皆與「定」同爲「丁定切」，楊慎直音釋文或依據於此。

　　《轉注古音略》直音釋文引書研究，《楊升庵叢書》校勘方式尚欠穩妥，其引書依據並非侷限於釋文敘述的古籍。楊慎依據的直音釋文，參考著相關「韻書」，非直錄原典文字，楊慎藉「韻書」材料，訂其直音。諸類釋文，由於有時與原典差異，楊慎仍加襲用，導致這些相異處顯現於《轉注古音略》直音釋文中。今以《五音集韻》「硁」、「蕍」、「睩」爲例，顯現與《轉注古音略》直音釋文關係：

	《轉注古音略》釋文	《五音集韻》釋文	《楊升庵叢書》校勘
硁	音鏗。《周禮》：「高聲日硁。」鐘病聲也。杜子春讀。	鐘病聲。《周禮》：「高聲日硁」杜子春說或作硁。	「高聲」下原衍「日」字，各本同，今據《周禮》刪正。
蕍	音吮。《爾雅》：「菡，蕍茅。」郭璞云：「菡種華有色者爲蕍。」	草名。《爾雅》：「菡，蕍茅。」「蕍，菡種華有色者爲蕍。」郭璞說四字。	《爾雅》注：「菡華有赤者爲蕍，蕍、菡一種耳。」
睩	音祿。睩聽，蟲名，似蜥蜴，在樹嚙人，上樹垂頭，聞哭聲乃止。出《字林》。	睩聽，似蜥蜴，居樹上，輒下嚙人，上樹垂頭，聽聞哭聲乃去。出《字林》中。	各本同。《集韻・屋韻》引《字林》作「蝯聽」。

上述《轉注古音略》注文，除釋文承襲訛誤外，直音部份皆與《五音集韻》音同。又如《轉注古音略・八庚》「桯」注：

　　桯：音楹。《集韻》引《禮》：「孔子夢奠于兩楹。」

釋文明引《集韻》，《楊升庵叢書》校勘云：「《集韻》『桯』同『楹』，未引此經。《禮記・檀弓上》：『予疇昔之夜夢坐奠于兩楹之間。』」〔註142〕認爲《集韻》並無此釋文，且與原典文字有異。考《五音集韻・四清》「桯」、「楹」音同，且「桯」注釋文：「杜也。孔子曰：『夢奠於兩楹。』」《轉注古音略》應引用此文。

〔註142〕王文才、萬光治等編注：《楊升庵叢書（一）》，頁650。

以上諸例，說明《轉注古音略》直音及其釋文引書的關係性，欲對於楊愼古音
觀念有更深入探討，直音釋文引書資料必須確實掌握。

貳、「直音引書分析法」說明

　　《轉注古音略》直音與釋文間有著一定聯繫關係，筆者藉此與《轉注古音
略》切語引書研究成果結合運用，成爲「直音引書分析法」，研究步驟以下分述
之。

一、探尋、擇取古籍相關直音釋文

　　前述所擧數例，可知《轉注古音略》直音的擇取，其情形較《轉注古音略》
切語更爲多元，可能爲韻書同音字、或爲注疏引述內容，與《轉注古音略》切
語引書研究不同。本研究方式先以直音釋文作爲探尋重心，找尋古籍中與《轉
注古音略》相關的直音釋文，其後加以擇取，探尋其相關釋文是否與具有《轉
注古音略》直音特徵。如《轉注古音略・九屑》「汭」注：

　　汭：音爇。《說文》：「水相入也。」《廣韻》：「水曲。」《詩話》：「水
　　內曰汭。」《尚書》：「釐降二女于潙汭。」《左傳》：「滑汭。」《吳越
　　春秋》「淮汭。」江淹詩：「昨發赤亭渚，今宿浦陽汭。方作雲峯異，
　　豈伊千里別。」又「桐林帶晨霞，石壁映初晰。」「赤玉隱瑤溪，雲
　　錦被沙汭。」李白詩「海水落斗門，平湖見沙汭。」亦以雪滅爲韻。

該直音釋文依據原典十分多元，《廣韻》、二徐《說文》、《尚書》注等皆有之，
若進一步探究，發現「汭」注引江淹〈擬古詩〉，與《韻補・十月》「汭」注相
同，但這些古籍釋文皆未與其直音「爇」聯繫，並非直音的引書依據。然今考
《集韻・十七薛》、《五音集韻・十薛》「汭」注與《轉注古音略》引《左傳》相
似，作「《春秋傳》：『及滑汭。』」且皆與「爇」字音同。相較其他原典，《集韻》、
《五音集韻》爲其直音引書的可能性較高。

二、比較直音釋文相似程度

　　若二種以上古籍直音釋文相似，皆具有其直音，則擇取釋文最爲相似者。
如《轉注古音略・十二錫》「躤」注：

　　躤：音戟。《太玄》：「躤戟垰背。」

根據《楊升庵叢書》校勘，此引《太玄》字句有誤，其云：

> 各本同。引文恐有訛誤，疑即〈眾〉次五贊：「蹠戰啙啙。」〔註143〕

關於「蹠」注引《太玄》者，《集韻‧二十陌》、《古今韻會舉要‧十一陌》、《五音集韻‧四昔》有之，皆與「戟」字音同。如何從中進一步擇取，以釋文最爲相似者爲標準。此三本古籍「蹠」注引《太玄》內容者如下：

《集韻》	《古今韻會舉要》	《五音集韻》
《太玄》：「蹠戰啙啙。」	《太玄》：「蹠戰啙啙。」	《太玄》：「蹠戰皆背。」

三者相較，《五音集韻》直音釋文與《轉注古音略》最爲相似，可能屬「蹠」注依據。

三、以〈切語引書綱目〉為標準

以〈切語引書綱目〉作爲擇取標準，同於《轉注古音略》切語引書研究，直音引書因古籍彼此承襲關係，或是其他因素，有著多元的可能，即使透過直音或釋文標準，或無法進一步執行擇取。對此，筆者則以〈切語引書綱目〉研究成果爲標準，如《轉注古音略‧四眞》「歸」注：

> 歸：讀作饋。陽貨歸孔子豚，又「詠而歸」。《釋文》作「詠而饋」。

關於釋文「陽貨歸孔子豚」、「詠而歸」，語出《論語》，《經典釋文》「歸」、「饋」音同。《附釋文互註禮部韻略‧五寘》「歸」注：「音饋。與饋同。《語》曰：『陽貨歸孔子豚。』當於『饋』字下亦作『歸』。」〔註144〕若以直音及釋文檢視，二者皆屬引書依據，但以〈切語引書綱目〉爲標準，由於《附釋文互註禮部韻略》未列其中，故以《經典釋文》可能性較大。此外，未入〈切語引書綱目〉，但古籍與直音釋文相關者，筆者將於後文加以整理。

四、以聲韻關係為標準

即使以〈切語引書綱目〉爲標準，亦無法全然解決古籍承襲關係導致的多元情形，如《轉注古音略‧五味》「佛」：「音費，彷彿，見不逞也。」「費」音及釋文與其相關者有《集韻‧八未》、《五音集韻‧六未》、《古今韻會舉要‧五

〔註143〕王文才、萬光治等編注：《楊升庵叢書（一）》，頁881。

〔註144〕〔宋〕丁度等撰：《附釋文互註禮部韻略》（《四庫》本），見《景印文淵閣四庫全書》第237冊，頁240。爲求行文簡便，文中不再附註。

勿》等資料。對此，筆者以聲韻是否與《轉注古音略》相符作爲判斷。《集韻》、《五音集韻》切語作「芳未切」，合於《轉注古音略》味韻，但《古今韻會舉要》作「符勿切」，聲調有異，故不取。

此標準亦可用於韻書又音判斷，如《轉注古音略·五味》「由」：「音沸。鬼頭也。又音忽。按『細』字從由，『細』、『由』諧聲，由音沸是也。」「由」音「沸」及「鬼頭」釋文，《集韻》、《五音集韻》二書未韻、勿韻〔註145〕皆有其音與釋文，按《轉注古音略》歸味韻，即可從中篩選擇取。

關於「直音引書分析法」所得《轉注古音略》的直音引書特色，以下因其特徵分述之。

參、《轉注古音略》直音直引考

《轉注古音略》直音引書有「直引」情形，所謂「直引」，指直音與相關古籍直接聯繫，其方式有三，一爲直音由引書正文、注、疏而得，如《轉注古音略·二冬》「頌」字：

> 音容，本古「容」字。《漢書·惠帝紀》：「當盜械者皆頌係之。」又
> 〈儒林傳〉：「善爲禮頌。」

根據《楊升庵叢書》考釋，「頌係之」當爲「頌繫」，「善爲禮頌」，「禮」字誤衍。〔註146〕今考《漢書·惠帝紀》：「當盜械者皆頌繫」注云：「古者頌與容同。」《漢書·儒林傳》：「魯徐生善爲頌」注云：「師古曰：『頌讀與容同。』」故由其釋文證據得知，《轉注古音略》「頌」字音注，引自《漢書》注文。

二爲《轉注古音略》的直音，在韻書中爲《轉注古音略》韻字的同音首韻字。如《轉注古音略·四支》「觜」注：「音崔，星名。」《五音集韻·五脂》「觜」注：「星名。」該韻字的同音韻首字爲「崔」字。

三爲直音非其韻書韻首字，但屬同音。如《轉注古音略·七虞》「皋」注：「音辜，櫜皋，地名，孟康讀。」《集韻·十一模》「皋」注：「櫜皋，地名，在壽春，孟康讀。」該韻字韻首字爲「孤」，其下同音字即有「辜」音。以下表格即筆者考釋結果，直音特徵從其正文、注、疏文、同音韻首字、同音字，分別

〔註145〕《五音集韻》勿韻作物韻。

〔註146〕王文才、萬光治等編注：《楊升庵叢書（一）》，頁 559。

以「文」、「注」、「疏」、「首」、「同」省稱。考釋過程中，亦有韻字分有不同直音特徵可能，將分別置入。

表 2-3-1　《轉注古音略》直音直引表

序號	韻	字	直音	相關引書	釋文引用	直音特徵
1	東	薝	蒙	《集韻》、《五音集韻》	有	首
2	東	篢	空	《集韻》、《五音集韻》	有	首
3	東	篢	空	《經典釋文》	有	注
4	東	縒	聰	《集韻》、《五音集韻》	有	同
5	東	衆	中	《古今韻會舉要》	有	首
6	東	䎗	戎	《集韻》、《五音集韻》	有	首
7	東	涷	東	《集韻》、《五音集韻》、《古今韻會舉要》	有	首
8	東	渢	馮	《古今韻會舉要》	有	首
9	東	汎	馮	《古今韻會舉要》	有	首
10	東	汎	馮	《漢書》注	有	注
11	東	總	嵏	《集韻》、《古今韻會舉要》	有	首
12	東	總	嵏	《五音集韻》	有	同
13	東	蕄	雺	《集韻》、《五音集韻》	有	同
14	東	洞	同	《韻補》	有	注
15	東	厖	蒙	《韻補》	有	注
16	東	梵	芃	《集韻》、《五音集韻》	有	同
17	東	概	同	《史記》三家注	有	注
18	東	窓	聰	《韻補》	有	注
19	東	窓	聰	《古今韻會舉要》	有	同
20	冬	昇	供	《五音集韻》	有	同
21	冬	釭	工	《五音集韻》	有	注
22	冬	浲	宗	《集韻》、《五音集韻》	有	首
23	冬	頌	容	《漢書》注	有	注
24	冬	龐	龍	《五音集韻》、《古今韻會舉要》	有	首
25	冬	龐	龍	《漢書》注	有	注
26	冬	遇	顒	《漢書》注	有	注
27	冬	童	鍾	《經典釋文》、《韻補》	有	注

28	江	虹	降	《集韻》、《古今韻會舉要》	有	首
29	江	虹	降	《五音集韻》	有	同
30	江	舡	肛	《古今韻會舉要》	有	首
31	江	從	淙	《古今韻會舉要》	有	同
32	支	台	怡	《古今韻會舉要》、《史記》三家注	有	注
33	支	施	移	《漢書》注	有	注
34	支	焉	夷	《增修互註禮部韻略》	有	首
35	支	焉	夷	《經典釋文》	有	注
36	支	意	噫	《增修互註禮部韻略》	有	同
37	支	泥	涅	《史記》三家注	有	注
38	支	暆	移	《漢書》注	有	注
39	支	慮	盧	《漢書》注	有	注
40	支	虒	夷	《漢書》注	有	注
41	支	卮	敧	《集韻》	有	首
42	支	卮	敧	《五音集韻》	有	同
43	支	跬	窺	《古今韻會舉要》、《漢書》注	有	注
44	支	示	衹	《經典釋文》	有	注
45	支	示	時	《集韻》、《五音集韻》	有	首
46	支	支	岐	《集韻》、《五音集韻》	有	同
47	支	跪	危	《集韻》、《五音集韻》	有	首
48	支	瞜	痴	《集韻》、《五音集韻》	有	同
49	支	矖	痴	《集韻》、《五音集韻》	有	同
50	支	觜	崔	《五音集韻》	有	首
51	支	紫	崔	《五音集韻》	有	首
52	支	洇	怡	《廣韻》、《五音集韻》	有	同
53	支	坯	怡	《集韻》、《增修互註禮部韻略》、《五音集韻》、《古今韻會舉要》	有	同
54	支	蠡	離	《五音集韻》	有	首
55	支	谷	鹿	《五音集韻》	有	注
56	支	茝	而	《集韻》、《五音集韻》	有	首
57	支	衹	支	《古今韻會舉要》	有	首
58	支	异	怡	《增修互註禮部韻略》、《古今韻會舉要》	有	同
59	支	异	怡	《經典釋文》	有	注
60	支	婁	贏	《集韻》	有	首

61	支	婁	臝	《漢書》注	有	注
62	支	陒	義	《漢書》注	有	注
63	支	麗	离	《廣韻》、《集韻》、《增修互註禮部韻略》、《五音集韻》、《古今韻會舉要》	否	同
64	支	期	其	《廣韻》、《集韻》、《增修互註禮部韻略》、《古今韻會舉要》	否	首
65	支	期	其	《五音集韻》、《增修互註禮部韻略》	否	同
66	支	邿	詩	《經典釋文》	有	注
67	支	齊	慈	《五音集韻》	否	首
68	支	羅	籬	《集韻》、《五音集韻》	否	同
69	支	氏	支	《集韻》、《增修互註禮部韻略》、《古今韻會舉要》	有	首
70	支	徙	斯	《漢書》注	有	注
71	支	羕	夷	《廣韻》、《五音集韻》	有	同
72	支	羕	夷	《集韻》	有	首
73	支	趍	馳	《廣韻》、《集韻》	有	首
74	支	噫	醫	《增修互註禮部韻略》《古今韻會舉要》	有	首
75	支	治	持	《古今韻會舉要》	有	注
76	支	治	值	《古今韻會舉要》	有	注
77	支	寅	夷	《古今韻會舉要》	有	首
78	支	黌	夷	《古今韻會舉要》	有	首
79	支	禠	斯	《古今韻會舉要》	有	首
80	支	怠	怡	《韻補》	有	注
81	支	來	釐	《韻補》	有	注
82	支	提	時	《五音集韻》	有	首
83	支	朱	殊	《漢書》注	有	注
84	支	邸	踟	《古今韻會舉要》	有	同
85	支	皆	箕	《韻補》	有	注
86	支	多	祗	《韻補》	有	注
87	支	來	釐	《韻補》	有	注
88	支	滓	淄	《史記》三家注	有	注
89	微	魏	巍	《集韻》、《五音集韻》	有	首
90	微	肺	腓	《集韻》、《增修互註禮部韻略》、《五音集韻》	有	同

91	微	蓜	腓	《漢書》注	有	注
92	微	蕡	肥	《古今韻會舉要》	有	注
93	微	蕡	肥	《史記》三家注、《漢書》注、《後漢書》注	有	注
94	微	匪	霏	《增修互註禮部韻略》、《古今韻會舉要》	有	首
95	微	悕	希	《集韻》	有	首
96	微	悕	希	《經典釋文》	有	注
97	微	俟	祈	《廣韻》、《五音集韻》、《玉篇》	有	注
98	微	磯	機	《五音集韻》	有	首
99	微	斐	非	《五音集韻》	有	同
100	微	騛	揮	《集韻》	有	同
101	微	騛	揮	《五音集韻》	有	首
102	微	運	圍	《韻補》	有	注
103	微	豙	豨	二徐《說文解字》	有	注
104	魚	邪	徐	《韻補》	有	注
105	魚	蘇	蔬	《集韻》、《古今韻會舉要》	有	首
106	魚	蘇	蔬	《五音集韻》	有	同
107	魚	疎	余	《漢書》注	有	注
108	魚	盧	纑	《增修互註禮部韻略》	有	同
109	魚	盧	纑	《增修互註禮部韻略》	有	注
110	魚	衙	魚	《古今韻會舉要》	有	首
111	魚	絮	如	《古今韻會舉要》	有	首
112	魚	斯	梳	《集韻》、《增修互註禮部韻略》、《五音集韻》、《古今韻會舉要》	有	同
113	魚	斯	梳	《經典釋文》	有	注
114	魚	余	徐	《集韻》、《五音集韻》	有	同
115	魚	杼	舒	《史記》三家注	有	注
116	虞	杅	污	《集韻》、《古今韻會舉要》	有	同
117	虞	樸	蒲	《廣韻》、《五音集韻》	有	同
118	虞	樸	蒲	《集韻》	有	首
119	虞	樸	蒲	《漢書》注	有	注
120	虞	取	趨	《集韻》、《增修互註禮部韻略》、《五音集韻》	有	首
121	虞	取	趨	《增修互註禮部韻略》	有	注

122	虞	惡	呼	《經典釋文》	有	注
123	虞	武	無	《增修互註禮部韻略》	有	首
124	虞	武	無	《增修互註禮部韻略》	有	注
125	虞	寶	窑	《集韻》、《增修互註禮部韻略》、《五音集韻》、《古今韻會舉要》	否	同
126	虞	母	模	《集韻》、《增修互註禮部韻略》、《五音集韻》、《古今韻會舉要》	有	首
127	虞	臺	胡	《經典釋文》、《示兒編》	有	注
128	虞	臺	胡	《增修互註禮部韻略》、《韻府群玉》	有	首
129	虞	救	拘	《集韻》、《五音集韻》	有	首
130	虞	救	拘	《經典釋文》	有	注
131	虞	朝	株	《集韻》、《五音集韻》	有	首
132	虞	皐	辜	《集韻》	有	同
133	虞	杜	屠	《集韻》、《五音集韻》	有	注
134	虞	杜	屠	《集韻》、《五音集韻》	有	同
135	虞	杜	屠	《經典釋文》	有	注
136	虞	不	否	《廣韻》、《集韻》、《增修互註禮部韻略》、《五音集韻》、《古今韻會舉要》	否	同
137	虞	余	塗	《集韻》、《五音集韻》	有	同
138	虞	檮	疇	《古今韻會舉要》	有	同
139	虞	于	吁	《詩經集傳》	有	注
140	虞	憮	呼	《古今韻會舉要》	有	首
141	虞	拘	溝	《古今韻會舉要》、《增修互註禮部韻略》	有	同
142	虞	句	劬	《古今韻會舉要》	有	首
143	虞	句	劬	《漢書》注	有	注
144	虞	懼	癯	《古今韻會舉要》	有	同
145	虞	鍍	塗	《廣韻》、《集韻》、《增修互註禮部韻略》、《五音集韻》、《古今韻會舉要》	有	同
146	虞	鍍	塗	《集韻》、《增修互註禮部韻略》、《古今韻會舉要》	有	注
147	虞	墓	媒	《古今韻會舉要》	有	同
148	虞	惡	烏	《古今韻會舉要》	有	首
149	虞	著	除	《增修互註禮部韻略》、《古今韻會舉要》	有	注
150	虞	著	除	《增修互註禮部韻略》、《古今韻會舉要》	有	首

151	虞	著	除	《漢書》注	有	注
152	麌	苦	古	《增修互註禮部韻略》、《古今韻會舉要》	有	注
153	麌	苦	古	《增修互註禮部韻略》、《古今韻會舉要》	有	首
154	麌	土	堵	《古今韻會舉要》	有	同
155	虞	喻	歈	《集韻》、《增修互註禮部韻略》、《古今韻會舉要》	否	同
156	齊	鷄	笄	《經典釋文》	有	注
157	齊	舼	倪	《集韻》	有	首
158	齊	舼	倪	《漢書》注	有	注
159	齊	蟬	提	《集韻》、《五音集韻》	有	同
160	齊	蟬	提	《漢書》注	有	注
161	齊	犀	提	《廣韻》、《集韻》、《五音集韻》	否	同
162	齊	折	提	《廣韻》、《古今韻會舉要》	有	同
163	齊	癸	兮	《廣韻》、《五音集韻》	有	同
164	齊	是	提	《集韻》、《五音集韻》	有	同
165	齊	來	黎	《五音集韻》	否	同
166	佳	倪	涯	《集韻》、《五音集韻》	有	同
167	佳	槎	柴	《集韻》	有	首
168	佳	槎	柴	《五音集韻》	有	同
169	佳	垓	該	《韻補》	否	同
170	佳	垓	該	《廣韻》、《集韻》、《增修互註禮部韻略》、《五音集韻》、《古今韻會舉要》	否	首
171	佳	顏	崖	《增修互註禮部韻略》	有	同
172	佳	顏	崖	《史記》三家注	有	注
173	灰	每	煤	《增修互註禮部韻略》、《古今韻會舉要》	有	同
174	灰	跆	臺	《古今韻會舉要》	有	首
175	灰	跆	臺	《漢書》注	有	注
176	灰	禹	穨	《經典釋文》	有	注
177	灰	禹	穨	《集韻》	有	同
178	灰	禹	穨	《五音集韻》	有	首
179	灰	負	陪	《五音集韻》	有	同
180	灰	詒	臺	《集韻》、《五音集韻》	有	首
181	灰	詒	臺	《經典釋文》	有	注
182	灰	治	台	《集韻》、《五音集韻》	有	同

183	灰	治	台	《漢書》注	有	注
184	灰	能	台	《史記》三家注	有	注
185	灰	崒	崔	《集韻》、《五音集韻》	否	首
186	灰	部	培	《廣韻》、《集韻》、《五音集韻》、《增修互註禮部韻略》、《古今韻會舉要》	否	同
187	灰	焞	推	《韻補》	有	注
188	灰	焞	暾	《集韻》、《增修互註禮部韻略》、《五音集韻》、《古今韻會舉要》	否	首
189	眞	玟	珉	《增修互註禮部韻略》	有	同
190	眞	旦	神	《增修互註禮部韻略》	有	首
191	眞	旦	神	《經典釋文》	有	注
192	眞	振	眞	《古今韻會舉要》	有	首
193	眞	文	珉	《集韻》、《五音集韻》	有	首
194	眞	文	珉	《韻補》	有	注
195	眞	砏	眞	《集韻》、《五音集韻》	有	首
196	眞	籸	莘	《五音集韻》、《古今韻會舉要》	有	首
197	眞	龜	撰	《集韻》、《五音集韻》	有	同
198	眞	畖	旬	《集韻》、《五音集韻》	有	首
199	眞	蜦	淪	《集韻》	有	同
200	眞	蜦	淪	《五音集韻》	有	首
201	眞	信	申	《增修互註禮部韻略》	有	首
202	眞	信	申	《經典釋文》	有	注
203	眞	言	闉	《增修互註禮部韻略》	有	同
204	眞	震	珍	《增修互註禮部韻略》	有	同
205	眞	尹	筠	《經典釋文》、《古今韻會舉要》	有	注
206	眞	尹	筠	《古今韻會舉要》	有	首
207	眞	塡	陳	《韻補》	有	注
208	眞	甸	陳	《韻補》	有	注
209	眞	敦	純	《經典釋文》	有	注
210	文	旂	芹	《韻補》	否	注
211	文	旂	芹	《集韻》、《五音集韻》	否	同
212	文	衯	分	《集韻》、《五音集韻》	有	同
213	文	汶	聞	《後漢書》注	有	注
214	文	賁	墳	《古今韻會舉要》	有	同

215	文	頒	汾	《增修互註禮部韻略》	有	首
216	文	煇	熏	《集韻》	有	首
217	文	煇	熏	《五音集韻》	有	同
218	文	矜	勤	《增修互註禮部韻略》	有	首
219	文	矜	勤	《史記》三家注	有	注
220	文	蘊	熅	《古今韻會舉要》	有	同
221	元	昆	蜫	《古今韻會舉要》	有	首
222	元	昆	蜫	《史記》三家注	有	注
223	元	肩	跟	《集韻》、《五音集韻》	有	同
224	元	反	翻	《列子》注	有	注
225	元	嬔	翻	《集韻》	有	首
226	元	暄	暗	《集韻》、《五音集韻》	否	首
227	元	宣	暗	《集韻》、《五音集韻》	有	首
228	元	旭	暗	《集韻》、《五音集韻》	否	首
229	元	憲	軒	《經典釋文》	有	注
230	元	阮	原	《廣韻》、《集韻》、《五音集韻》	有	同
231	元	阮	原	《古今韻會舉要》、《增修互註禮部韻略》	有	注
232	元	阮	原	《古今韻會舉要》、《增修互註禮部韻略》	有	同
233	元	苑	鴛	《集韻》	有	首
234	元	純	敦	《古今韻會舉要》	有	同
235	元	純	屯	《史記》三家注	有	注
236	元	幡	翻	《古今韻會舉要》	有	首
237	元	賁	翻	《集韻》	有	首
238	元	暖	暗	《增修互註禮部韻略》	有	首
239	元	蹇	犍	《五音集韻》	否	同
240	元	縕	溫	《廣韻》、《五音集韻》	有	同
241	元	縕	溫	《經典釋文》	有	注
242	寒	揣	團	《文選》注	有	注
243	寒	毌	冠	《廣韻》、《集韻》、《五音集韻》	否	同
244	寒	毌	貫	《廣韻》、《集韻》、《五音集韻》	否	首
245	寒	毌	貫	《廣韻》、《集韻》、《五音集韻》	否	同
246	寒	姍	訕	《五音集韻》	有	同
247	寒	姍	訕	《漢書》注	有	注

248	寒	杆	干	《集韻》、《增修互註禮部韻略》、《五音集韻》、《古今韻會舉要》	否	首
249	寒	杆	干	《集韻》、《五音集韻》	否	同
250	寒	漢	灘	《集韻》、《五音集韻》	有	首
251	寒	皤	盤	《五音集韻》	有	同
252	寒	莧	完	《廣韻》、《集韻》、《五音集韻》	否	同
253	寒	骭	干	《增修互註禮部韻略》、《古今韻會舉要》	有	首
254	寒	骭	干	《漢書》注	有	注
255	寒	扶	蟠	《漢書》注	有	注
256	寒	聚	菆	《經典釋文》	有	注
257	寒	繁	盤	《集韻》	否	首
258	寒	繁	盤	《廣韻》、《五音集韻》	否	同
259	寒	繁	盤	《古今韻會舉要》	否	注
260	寒	但	彈	《古今韻會舉要》	有	同
261	寒	汗	寒	《漢書》注	有	注
262	寒	汗	干	《廣韻》、《集韻》、《五音集韻》	有	首
263	寒	敦	團	《古今韻會舉要》	有	首
264	寒	戔	箋	《集韻》、《增修互註禮部韻略》、《五音集韻》、《古今韻會舉要》	否	首
265	刪	卑	頒	《集韻》	有	同
266	刪	矜	鰥	《漢書》注	有	注
267	刪	綸	關	《五音集韻》	有	首
268	刪	須	頒	《集韻》、《增修互註禮部韻略》、《五音集韻》、《古今韻會舉要》	有	同
269	刪	劘	還	《五音集韻》	有	同
270	刪	患	環	《增修互註禮部韻略》、《古今韻會舉要》	有	注
271	刪	鬘	曼	《集韻》、《五音集韻》	否	同
272	刪	貫	彎	《集韻》	有	同
273	刪	關	彎	《增修互註禮部韻略》	有	首
274	刪	關	彎	《經典釋文》、《韻府群玉》	有	注
275	先	宣	綿	《集韻》、《五音集韻》	有	同
276	先	譔	筌	《漢書》注	有	注
277	先	枹	夫	《廣韻》	有	首
278	先	枹	夫	《集韻》、《五音集韻》	有	同

279	先	平	駢	《五音集韻》	否	同
280	先	編	駢	《古今韻會舉要》	否	同
281	先	輇	筌	《增修互註禮部韻略》	有	同
282	先	竣	筌	《集韻》、《五音集韻》	有	同
283	先	竣	筌	《增修互註禮部韻略》	有	注
284	先	夋	筌	《五音集韻》、《古今韻會舉要》	有	同
285	先	純	全	《集韻》、《五音集韻》、《古今韻會舉要》	有	首
286	先	純	全	《古今韻會舉要》	有	注
287	先	闐	烟	《集韻》	有	首
288	先	敟	烟	《廣韻》、《集韻》、《增修互註禮部韻略》、《五音集韻》	有	同
289	先	泠	憐	《集韻》、《五音集韻》	有	同
290	先	零	連	《古今韻會舉要》	有	同
291	先	允	鉛	《五音集韻》	有	同
292	先	倪	研	《經典釋文》	有	注
293	先	賓	塡	《廣韻》、《集韻》	否	同
294	先	陾	受	《漢書》注	有	注
295	先	軒	虔	《集韻》、《五音集韻》	有	同
296	先	軒	虔	《漢書》注	有	注
297	先	驪	力	《漢書》注	有	注
298	先	闞	焉	《廣韻》、《集韻》、《五音集韻》	否	首
299	先	甀	滇	《集韻》、《五音集韻》	有	同
300	先	卷	權	《古今韻會舉要》	有	首
301	先	卷	權	《經典釋文》	有	注
302	先	鸛	權	《經典釋文》	有	注
303	先	甸	田	《經典釋文》	有	注
304	先	顚	田	《增修互註禮部韻略》	有	首
305	先	顚	田	《經典釋文》	有	注
306	先	緡	綿	《經典釋文》	有	注
307	先	瞑	眠	《增修互註禮部韻略》	有	首
308	先	瞑	眠	《經典釋文》	有	注
309	先	扇	羶	《廣韻》、《集韻》、《五音集韻》、《古今韻會舉要》	否	首
310	先	身	捐	《史記》三家注	有	注

311	先	麗	堅	《集韻》、《古今韻會舉要》	有	首
312	先	婘	拳	《增修互註禮部韻略》、《古今韻會舉要》	有	同
313	先	捲	拳	《古今韻會舉要》	有	同
314	先	單	蟬	《集韻》、《古今韻會舉要》	有	同
315	先	巡	沿	《經典釋文》、《古今韻會舉要》	有	首
316	先	榛	虔	《韻補》	有	注
317	先	衍	延	《集韻》、《五音集韻》	有	首
318	先	衍	延	《經典釋文》	有	注
319	蕭	蕉	樵	《列子》注	有	注
320	蕭	禂	椆	《廣韻》、《集韻》、《五音集韻》	有	同
321	蕭	喬	驕	《經典釋文》	有	注
322	蕭	陶	遥	《增修互註禮部韻略》	有	首
323	蕭	陶	遥	《漢書》注	有	注
324	蕭	窕	佻	《增修互註禮部韻略》	有	同
325	蕭	篠	條	《經典釋文》	有	注
326	蕭	怊	條	《集韻》、《五音集韻》	有	同
327	蕭	怊	條	《經典釋文》	有	注
328	蕭	愀	鍬	《五音集韻》	有	同
329	蕭	玿	弨	《集韻》、《五音集韻》	有	同
330	蕭	騷	蕭	《增修互註禮部韻略》、《古今韻會舉要》	有	首
331	蕭	騷	蕭	《五音集韻》	有	同
332	蕭	轎	橋	《增修互註禮部韻略》	有	同
333	蕭	轎	橋	《漢書》注	有	注
334	蕭	劭	翹	《漢書》注	有	注
335	蕭	廖	聊	《廣韻》、《集韻》、《五音集韻》、《古今韻會舉要》	否	首
336	蕭	廖	聊	《集韻》、《五音集韻》	否	同
337	蕭	昭	韶	《古今韻會舉要》	有	注
338	蕭	詔	韶	《增修互註禮部韻略》、《古今韻會舉要》	有	首
339	蕭	招	翹	《增修互註禮部韻略》、《古今韻會舉要》	有	首
340	蕭	敦	雕	《增修互註禮部韻略》、《古今韻會舉要》	有	同
341	蕭	醮	憔	《集韻》、《五音集韻》	否	同
342	蕭	珧	遥	《集韻》	有	首
343	蕭	脩	條	《增修互註禮部韻略》	有	同

344	蕭	脩	條	《漢書》注	有	注
345	蕭	窕	條	《集韻》、《五音集韻》、《增修互註禮部韻略》	否	同
346	蕭	料	遼	大徐《說文解字》	有	注
347	蕭	料	聊	《增修互註禮部韻略》	有	首
348	蕭	料	聊	《經典釋文》	有	注
349	蕭	繇	搖	《廣韻》、《集韻》、《五音集韻》、《古今韻會舉要》	否	同
350	蕭	繇	搖	《增修互註禮部韻略》	否	首
351	蕭	繇	由	《集韻》、《增修互註禮部韻略》、《古今韻會舉要》	否	首
352	蕭	繇	由	《廣韻》、《五音集韻》	否	同
353	蕭	猶	謠	《增修互註禮部韻略》	有	同
354	蕭	哨	消	《增修互註禮部韻略》、《古今韻會舉要》	有	同
355	蕭	嫶	姚	《集韻》	有	同
356	肴	箾	梢	《集韻》、《五音集韻》	有	首
357	肴	標	拋	《增修互註禮部韻略》	有	同
358	肴	窅	坳	《古今韻會舉要》	有	同
359	肴	芁	交	《增修互註禮部韻略》、《五音集韻》、《古今韻會舉要》	有	首
360	豪	條	條	《增修互註禮部韻略》	有	同
361	豪	條	條	《經典釋文》	有	注
362	豪	潦	澇	《增修互註禮部韻略》	有	同
363	豪	咎	皋	《廣韻》、《增修互註禮部韻略》、《五音集韻》、《古今韻會舉要》	有	同
364	豪	觳	操	《廣韻》、《五音集韻》	有	首
365	豪	愁	曹	《集韻》	有	首
366	豪	愁	曹	《漢書》注	有	注
367	豪	登	勞	《廣韻》、《集韻》、《五音集韻》、《古今韻會舉要》	有	首
368	豪	參	操	《五音集韻》	有	首
369	豪	參	操	《經典釋文》	有	注
370	豪	跳	逃	《漢書》注	有	注
371	豪	轑	勞	《增修互註禮部韻略》	有	首
372	豪	轑	勞	《漢書》注	有	注

373	豪	懠	猱	《集韻》、《五音集韻》	有	首
374	豪	荅	羔	《山海經》注	有	注
375	歌	瑳	蹉	《廣韻》、《五音集韻》	有	首
376	歌	繁	鼗	《五音集韻》	有	同
377	歌	跢	多	《集韻》、《五音集韻》	有	首
378	歌	荷	何	《詩經集傳》	有	注
379	歌	頗	坡	《古今韻會舉要》	有	同
380	歌	劘	摩	《增修互註禮部韻略》	有	同
381	歌	獻	娑	《廣韻》、《集韻》、《增修互註禮部韻略》、《五音集韻》	否	首
382	歌	差	瑳	《古今韻會舉要》	有	同
383	歌	窠	科	《經典釋文》	有	注
384	歌	難	那	《集韻》、《增修互註禮部韻略》、《五音集韻》、《古今韻會舉要》	否	首
385	歌	難	那	《集韻》、《五音集韻》	否	同
386	歌	假	何	《詩經集傳》	有	注
387	歌	繁	婆	《韻補》	有	注
388	麻	赦	賒	《增修互註禮部韻略》	有	同
389	麻	允	鉛	《五音集韻》	有	同
390	麻	允	鉛	《漢書》注	有	注
391	麻	把	琶	《五音集韻》	有	同
392	麻	吾	牙	《廣韻》、《集韻》、《五音集韻》	有	首
393	麻	吾	牙	《漢書》注	有	注
394	麻	駕	加	《集韻》、《五音集韻》、《古今韻會舉要》	有	同
395	麻	駕	加	《經典釋文》	有	注
396	麻	苴	巴	《史記》三家注	有	注
397	麻	菹	嗟	《集韻》、《五音集韻》	有	首
398	麻	闍	遮	《集韻》、《五音集韻》	有	首
399	麻	緒	畬	《集韻》、《五音集韻》	有	同
400	麻	叚	瑕	《集韻》、《五音集韻》	有	同
401	麻	叚	瑕	《集韻》、《五音集韻》	有	注
402	麻	假	嘉	《詩經集傳》	有	注
403	麻	假	遐	《古今韻會舉要》	有	首
404	麻	假	遐	《經典釋文》	有	注

405	麻	烏	鴉	《集韻》、《五音集韻》	有	首
406	麻	諸	遮	《廣韻》、《五音集韻》	有	首
407	麻	靡	麻	《後漢書》注	有	注
408	麻	亞	鴉	《集韻》、《五音集韻》、《古今韻會舉要》	有	首
409	陽	將	牂	《經典釋文》、《增修互註禮部韻略》	有	注
410	陽	將	牂	《經典釋文》、《增修互註禮部韻略》	有	同
411	陽	阬	岡	《文選》五臣注	有	注
412	陽	謪	商	《增修互註禮部韻略》	有	首
413	陽	明	茫	《古今韻會舉要》	有	注
414	陽	明	茫	《古今韻會舉要》	有	首
415	陽	煬	場	《集韻》、《五音集韻》	有	同
416	陽	駺	良	《集韻》	有	首
417	陽	晀	岡	《集韻》、《五音集韻》、《古今韻會舉要》	有	首
418	陽	彭	傍	《增修互註禮部韻略》、《古今韻會舉要》	有	同
419	陽	巟	茫	《集韻》、《五音集韻》	有	首
420	陽	巟	茫	《經典釋文》	有	注
421	陽	睆	忙	《廣韻》、《集韻》、《五音集韻》	有	同
422	陽	葬	臧	《增修互註禮部韻略》	有	首
423	陽	諒	涼	《廣韻》、《集韻》、《增修互註禮部韻略》、《五音集韻》、《古今韻會舉要》	否	同
424	陽	亢	岡	《漢書》注	有	注
425	陽	亢	剛	《經典釋文》	有	注
426	陽	蘉	忙	《古今韻會舉要》	有	同
427	陽	量	良	《廣韻》、《集韻》、《增修互註禮部韻略》、《五音集韻》、《古今韻會舉要》	否	首
428	陽	漲	張	《古今韻會舉要》	有	首
429	陽	横	光	《集韻》、《古今韻會舉要》	有	首
430	陽	横	光	《漢書》注	有	注
431	陽	饗	香	《古今韻會舉要》	有	首
432	陽	慶	羌	《增修互註禮部韻略》、《古今韻會舉要》	有	首
433	陽	慶	羌	《增修互註禮部韻略》、《古今韻會舉要》	有	注
434	陽	曩	郎	《韻補》	有	注
435	庚	氏	精	《廣韻》、《集韻》、《五音集韻》	有	首
436	庚	狋	拳	《廣韻》、《五音集韻》	有	同

437	庚	硳	鏗	《五音集韻》	有	首
438	庚	藺	薑	《廣韻》、《五音集韻》	有	首
439	庚	桯	楹	《五音集韻》	有	同
440	庚	榜	彭	《漢書》注	有	注
441	庚	盛	成	《經典釋文》、《詩經集傳》	有	注
442	庚	政	征	《經典釋文》	有	注
443	庚	絣	爭	《古今韻會舉要》	有	首
444	庚	頃	傾	《經典釋文》	有	注
445	庚	慶	荊	《史記》三家注	有	注
446	庚	命	名	《韻補》	有	注
447	庚	璜	橫	《古今韻會舉要》	有	注
448	庚	璜	橫	《古今韻會舉要》	有	首
449	庚	嶒	崝	《集韻》、《五音集韻》	否	同
450	青	研	形	《漢書》注	有	注
451	青	涔	潛	《山海經》注	有	注
452	青	涔	岑	《廣韻》、《集韻》、《增修互註禮部韻略》、《五音集韻》、《古今韻會舉要》	有	首
453	青	佞	寧	《集韻》	有	首
454	青	佞	寧	《經典釋文》	有	注
455	蒸	馮	砯	《集韻》	有	同
456	蒸	馮	砯	《五音集韻》	有	首
457	蒸	耳	仍	《五音集韻》、《古今韻會舉要》	有	注
458	蒸	耳	仍	《五音集韻》、《古今韻會舉要》	有	首
459	蒸	能	耐	《漢書》注	有	注
460	蒸	藉	陵	《列子》注	有	注
461	蒸	雄	陵	《韻補》	有	注
462	尤	龜	丘	《集韻》、《五音集韻》、《古今韻會舉要》	有	首
463	尤	龜	丘	《漢書》注	有	注
464	尤	掊	裒	《廣韻》、《增修互註禮部韻略》、《五音集韻》	有	首
465	尤	掊	裒	《增修互註禮部韻略》	有	注
466	尤	九	仇	《古今韻會舉要》、《史記》三家注	有	注
467	尤	九	仇	《古今韻會舉要》	有	同
468	尤	九	鳩	《增修互註禮部韻略》	有	首

469	尤	九	鳩	《經典釋文》	有	注
470	尤	區	甌	《古今韻會舉要》	有	同
471	尤	區	丘	《古今韻會舉要》	有	首
472	尤	舊	鵂	《五音集韻》	有	同
473	尤	趀	疇	《集韻》、《五音集韻》	有	同
474	尤	夠	鉤	《廣韻》、《集韻》、《五音集韻》	有	首
475	尤	苟	鉤	《集韻》	有	首
476	尤	揄	投	《增修互註禮部韻略》、《古今韻會舉要》	有	同
477	尤	揄	投	《文選》五臣注	有	注
478	尤	菆	攢	《增修互註禮部韻略》、《古今韻會舉要》	否	同
479	尤	取	秋	《集韻》、《五音集韻》	有	首
480	尤	慮	閭	《增修互註禮部韻略》、《古今韻會舉要》	有	同
481	尤	慮	閭	《漢書》注	有	注
482	尤	游	流	《史記》三家注	有	注
483	尤	揄	由	《經典釋文》	有	注
484	尤	孚	浮	《經典釋文》	有	注
485	尤	呦	兆	《增修互註禮部韻略》	有	首
486	尤	桃	由	《經典釋文》	有	注
487	尤	叢	緅	《史記》三家注	有	注
488	尤	弓	樛	《五音集韻》	否	首
489	尤	憎	惆	《古今韻會舉要》	有	注
490	尤	敦	熏	《五音集韻》	有	同
491	尤	殼	丘	《集韻》	有	首
492	尤	拘	勾	《增修互註禮部韻略》、《古今韻會舉要》	有	同
493	尤	檮	椆	《集韻》	有	同
494	侵	欃	參	《漢書》	有	注
495	侵	肣	琴	《集韻》、《增修互註禮部韻略》、《五音集韻》、《古今韻會舉要》	有	首
496	侵	綝	琛	《廣韻》、《集韻》、《增修互註禮部韻略》、《五音集韻》、《古今韻會舉要》	否	首
497	侵	闖	琛	《集韻》、《五音集韻》	有	首
498	侵	霠	岑	《集韻》、《五音集韻》	有	同
499	侵	聆	琴	《集韻》	有	首
500	侵	纖	箴	《集韻》	有	同

501	侵	鎮	欽	《廣韻》、《集韻》、《增修互註禮部韻略》、《五音集韻》、《古今韻會舉要》	有	首
502	侵	耽	妠	《韻補》	有	注
503	侵	三	森	《韻補》	有	注
504	侵	黔	禽	《古今韻會舉要》	有	同
505	侵	欽	吟	《山海經》注	有	注
506	覃	湛	耽	《古今韻會舉要》	有	首
507	覃	湛	耽	《經典釋文》、《古今韻會舉要》	有	注
508	覃	澹	談	《廣韻》	有	首
509	覃	澹	談	《五音集韻》、《古今韻會舉要》	有	同
510	覃	啉	藍	《五音集韻》	有	首
511	覃	惏	藍	《五音集韻》	有	首
512	覃	颯	藍	《五音集韻》	有	首
513	覃	颯	雺	《集韻》	否	同
514	覃	陰	菴	《集韻》、《五音集韻》	有	同
515	覃	沈	潭	《增修互註禮部韻略》、《古今韻會舉要》	有	同
516	覃	涾	浸	《史記》三家注	有	注
517	鹽	薟	尖	《廣韻》、《五音集韻》	有	首
518	鹽	溓	黏	《增修互註禮部韻略》	有	首
519	鹽	阽	鹽	《增修互註禮部韻略》、《古今韻會舉要》	有	首
520	鹽	驪	力	《漢書》注	有	注
521	鹽	軒	虔	《漢書》注	有	注
522	鹽	黏	黏	《集韻》、《五音集韻》	有	首
523	鹽	鳩	丸	《五音集韻》	有	同
524	鹽	湛	尖	《增修互註禮部韻略》	有	同
525	鹽	點	占	《集韻》、《五音集韻》	有	同
526	鹽	柑	鉗	《古今韻會舉要》	有	同
527	鹽	溓	濂	《廣韻》、《集韻》、《五音集韻》	有	同
528	鹽	溓	濂	《古今韻會舉要》	有	注
529	鹽	鍼	鉗	《集韻》、《增修互註禮部韻略》、《五音集韻》、《古今韻會舉要》	否	同
530	咸	葴	緘	《玉篇》	有	注
531	咸	葴	緘	《廣韻》、《集韻》	有	首
532	咸	葴	點	《集韻》、《增修互註禮部韻略》、《五音集韻》、《古今韻會舉要》	有	首

533	咸	汜	帆	《古今韻會舉要》	有	同
534	咸	颿	帆	《廣韻》、《集韻》、《增修互註禮部韻略》、《五音集韻》、《古今韻會舉要》	有	同
535	董	泛	捧	《史記》三家注	有	注
536	董	從	總	《集韻》、《五音集韻》	有	首
537	董	縱	總	《集韻》、《增修互註禮部韻略》、《五音集韻》、《古今韻會舉要》	有	首
538	董	駷	竦	《古今韻會舉要》	有	首
539	董	翁	蓊	《增修互註禮部韻略》、《古今韻會舉要》	有	首
540	董	空	孔	《經典釋文》	有	注
541	腫	龍	隴	《集韻》、《增修互註禮部韻略》	否	首
542	腫	茸	冗	《集韻》、《增修互註禮部韻略》、《五音集韻》、《古今韻會舉要》	否	首
543	講	顡	講	《五音集韻》、《史記》三家注	有	注
544	紙	卑	婢	《增修互註禮部韻略》	有	首
545	紙	卑	婢	《經典釋文》、《增修互註禮部韻略》	有	注
546	紙	窺	跬	《漢書》注	有	注
547	紙	洋	瀰	《集韻》、《五音集韻》	有	注
548	紙	洋	瀰	《集韻》、《五音集韻》	有	同
549	紙	奎	蛫	《集韻》、《五音集韻》	有	同
550	紙	佁	俟	《集韻》、《五音集韻》	有	首
551	紙	蛾	蟻	《增修互註禮部韻略》	有	同
552	紙	頃	跬	《增修互註禮部韻略》	有	首
553	紙	醫	倚	《古今韻會舉要》	有	首
554	紙	醫	醷	《古今韻會舉要》	有	注
555	紙	啚	鄙	《古今韻會舉要》	有	首
556	紙	口	韙	《古今韻會舉要》	有	首
557	紙	準	水	《增修互註禮部韻略》、《古今韻會舉要》	有	首
558	紙	準	水	《經典釋文》	有	注
559	紙	緇	滓	《增修互註禮部韻略》、《古今韻會舉要》	有	首
560	紙	巳	己	《韻補》	有	注
561	紙	麗	蠡	《集韻》、《五音集韻》	有	同
562	紙	麗	蠡	《集韻》、《五音集韻》	有	注
563	紙	竢	紀	《史記》三家注	有	注

564	紙	竗	詭	《史記》三家注	有	注
565	紙	荄	皆	《韻補》	有	注
566	尾	依	辰	《古今韻會舉要》	有	首
567	尾	猒	旭	《山海經》注	有	注
568	尾	戁	那	《山海經》注	有	注
569	尾	戁	熊	《山海經》注	有	注
570	語	庶	煮	《集韻》、《五音集韻》	有	首
571	語	庶	煮	《經典釋文》	有	注
572	語	汻	羿	《古今韻會舉要》	有	同
573	語	桃	杼	《古今韻會舉要》	有	同
574	語	岠	拒	《古今韻會舉要》	有	同
575	語	恒	拒	《古今韻會舉要》	有	同
576	語	顧	古	《韻補》	有	注
577	語	衙	語	《增修互註禮部韻略》、《五音集韻》、《古今韻會舉要》	有	首
578	麌	戊	茂	《集韻》、《增修互註禮部韻略》、《五音集韻》、《古今韻會舉要》	否	同
579	麌	戊	茂	《廣韻》、《五音集韻》	否	首
580	麌	沽	估	《古今韻會舉要》	有	同
581	麌	憮	詡	《韻府群玉》、《漢書》注	有	注
582	麌	蚓	詡	《集韻》、《五音集韻》	有	首
583	麌	羽	戶	《集韻》、《五音集韻》	有	首
584	麌	羽	戶	《經典釋文》	有	注
585	麌	莽	姆	《古今韻會舉要》	有	同
586	麌	罟	侮	《五音集韻》、《古今韻會舉要》	有	同
587	麌	墼	侮	《古今韻會舉要》	有	同
588	麌	苧	戶	《集韻》、《古今韻會舉要》	有	首
589	麌	嫛	縷	《古今韻會舉要》	有	首
590	麌	鄅	許	《史記》三家注	有	注
591	薺	詣	啓	《廣韻》、《五音集韻》	有	首
592	薺	卯	濟	《廣韻》、《集韻》、《五音集韻》	有	首
593	薺	卯	卿	《廣韻》、《增修互註禮部韻略》、《五音集韻》	有	注
594	薺	卯	卿	《集韻》、《五音集韻》	有	首

595	薺	提	抵	《古今韻會舉要》	有	同
596	薺	昵	禰	《集韻》、《五音集韻》	否	首
597	薺	彌	敉	《集韻》、《增修互註禮部韻略》、《五音集韻》、《古今韻會舉要》	有	同
598	薺	彌	敉	《經典釋文》	有	注
599	薺	挩	擬	《古今韻會舉要》	有	注
600	薺	泥	瀰	《古今韻會舉要》	有	同
601	薺	孌	豐	《增修互註禮部韻略》	有	首
602	蟹	觟	鮭	《後漢書》注	有	注
603	蟹	罷	擺	《集韻》、《五音集韻》	否	同
604	賄	栽	在	《增修互註禮部韻略》	有	首
605	賄	駘	迨	《廣韻》、《五音集韻》	有	同
606	賄	菩	蒲	《廣韻》、《五音集韻》	否	同
607	賄	洿	汙	《廣韻》、《增修互註禮部韻略》、《五音集韻》	否	同
608	賄	崽	宰	《五音集韻》	有	首
609	軫	巾	卺	《集韻》、《五音集韻》	有	首
610	軫	盡	儘	《增修互註禮部韻略》、《古今韻會舉要》	有	注
611	軫	墜	楯	《集韻》	否	首
612	軫	泯	敏	《集韻》、《五音集韻》	有	同
613	軫	昏	憫	《增修互註禮部韻略》、《古今韻會舉要》	有	同
614	軫	鈗	允	《集韻》、《增修互註禮部韻略》、《五音集韻》、《古今韻會舉要》	有	同
615	軫	渾	袞	《山海經》注	有	注
616	吻	抎	隕	《古今韻會舉要》	有	注
617	吻	頎	懇	《增修互註禮部韻略》	有	首
618	吻	頎	懇	《經典釋文》	有	注
619	阮	楗	寋	《古今韻會舉要》	有	同
620	阮	頎	懇	《增修互註禮部韻略》	有	首
621	阮	巏	婉	《山海經》注	有	注
622	阮	圈	捲	《五音集韻》	有	同
623	阮	鄆	偃	《集韻》、《五音集韻》	有	同
624	阮	混	滾	《集韻》、《五音集韻》	否	同
625	阮	混	滾	《古今韻會舉要》	否	注

626	旱	輷	緩	《集韻》、《五音集韻》	有	首
627	旱	幹	管	《後漢書》注	有	注
628	旱	壇	墠	《經典釋文》	有	注
629	旱	並	伴	《集韻》、《五音集韻》、《古今韻會舉要》	有	首
630	旱	並	伴	《漢書》注	有	注
631	潛	景	赧	《集韻》	有	首
632	潛	典	殄	《增修互註禮部韻略》、《古今韻會舉要》	有	首
633	潛	典	殄	《經典釋文》	有	注
634	潛	輚	棧	《古今韻會舉要》	有	首
635	潛	閒	簡	《集韻》、《五音集韻》	有	首
636	潛	閒	簡	《經典釋文》	有	注
637	潛	棧	戔	《集韻》、《五音集韻》	有	同
638	潛	譔	詮	《廣韻》、《五音集韻》	有	注
639	銑	蚕	腆	《廣韻》、《增修互註禮部韻略》	有	首
640	銑	蚕	腆	《五音集韻》	有	首
641	銑	闡	繹	《廣韻》、《集韻》、《增修互註禮部韻略》、《五音集韻》、《古今韻會舉要》	否	同
642	銑	單	闡	《五音集韻》	有	首
643	銑	瀰	輦	《集韻》、《五音集韻》	有	首
644	銑	蓮	輦	《漢書》注、《後漢書》注	有	注
645	銑	蠕	軟	《史記》三家注	有	注
646	銑	蔓	吮	《五音集韻》	有	同
647	銑	先	毢	《增修互註禮部韻略》、《古今韻會舉要》	有	同
648	銑	洒	毢	《集韻》、《五音集韻》、《古今韻會舉要》	有	同
649	銑	前	戩	《增修互註禮部韻略》、《古今韻會舉要》	有	同
650	銑	憲	顯	《增修互註禮部韻略》	有	注
651	銑	憲	顯	《增修互註禮部韻略》	有	首
652	銑	扃	鉉	《集韻》、《五音集韻》	否	同
653	銑	僝	舛	《玉篇》	有	注
654	銑	僝	舛	《增修互註禮部韻略》	有	首
655	銑	連	輦	《集韻》、《增修互註禮部韻略》、《五音集韻》、《古今韻會舉要》	有	首
656	篠	苞	蔍	《增修互註禮部韻略》	有	同
657	篠	趙	掉	《集韻》、《五音集韻》	有	同

658	篠	燿	窅	《增修互註禮部韻略》	有	首
659	篠	燿	窅	《廣韻》、《五音集韻》、《古今韻會舉要》	有	首
660	篠	芍	鷯	《集韻》、《五音集韻》	否	同
661	篠	芍	鵲	《集韻》、《增修互註禮部韻略》	有	同
662	篠	芍	鵲	《廣韻》、《五音集韻》	有	首
663	篠	謏	小	《五音集韻》	否	首
664	篠	扚	鳥	《古今韻會舉要》	有	首
665	篠	斜	矯	《古今韻會舉要》	有	首
666	篠	藐	眇	《古今韻會舉要》	有	首
667	篠	晁	兆	《集韻》、《五音集韻》	否	同
668	篠	礦	篠	《山海經》注	有	注
669	巧	騷	掃	《增修互註禮部韻略》	有	首
670	巧	騷	掃	《史記》三家注	有	注
671	巧	佼	狡	《古今韻會舉要》	有	同
672	巧	校	絞	《增修互註禮部韻略》	有	同
673	巧	校	絞	《古今韻會舉要》	有	首
674	皓	蔫	好	《古今韻會舉要》	有	首
675	皓	筕	稾	《集韻》、《增修互註禮部韻略》、《五音集韻》、《古今韻會舉要》	否	同
676	皓	筕	稾	《增修互註禮部韻略》、《古今韻會舉要》	否	注
677	皓	敦	幬	《增修互註禮部韻略》	有	同
678	舸	果	裸	《增修互註禮部韻略》	有	同
679	舸	果	裸	《經典釋文》	有	注
680	舸	綏	妥	《增修互註禮部韻略》	有	首
681	舸	綏	妥	《經典釋文》	有	注
682	馬	假	格	《六書正譌》	有	注
683	馬	夏	榎	《增修互註禮部韻略》	有	同
684	馬	夏	假	《增修互註禮部韻略》	有	同
685	馬	踦	瓦	《集韻》、《五音集韻》	否	首
686	馬	苴	鮓	《集韻》、《增修互註禮部韻略》、《五音集韻》、《古今韻會舉要》	有	首
687	馬	若	惹	《廣韻》、《五音集韻》	有	同
688	馬	若	惹	《古今韻會舉要》	有	首
689	馬	蘁	踝	《廣韻》、《集韻》、《五音集韻》	有	首

690	養	黨	儻	《集韻》、《五音集韻》	有	同
691	養	黨	儻	《集韻》、《五音集韻》	有	注
692	養	黨	掌	《經典釋文》	有	注
693	養	仉	掌	《廣韻》、《五音集韻》	有	首
694	梗	句	劬	《漢書》注	有	注
695	梗	町	挺	《漢書》注	有	注
696	梗	潁	耿	《詩經集傳》	有	注
697	迥	縈	謦	《集韻》、《增修互註禮部韻略》、《五音集韻》、《古今韻會舉要》	有	首
698	有	豆	豆	《增修互註禮部韻略》	有	注
699	有	幽	黝	《增修互註禮部韻略》	有	首
700	有	幽	黝	《經典釋文》	有	注
701	有	咢	吼	《五音集韻》	有	首
702	有	陼	受	《漢書》注	有	注
703	有	蔓	柳	《經典釋文》	有	注
704	有	臬	臼	《古今韻會舉要》	有	首
705	有	壽	受	《韻補》	有	注
706	有	壽	授	《韻補》	有	注
707	有	椒	藪	《經典釋文》	有	注
708	寢	黮	甚	《增修互註禮部韻略》	有	首
709	寢	黮	甚	《經典釋文》	有	注
710	寢	淰	審	《增修互註禮部韻略》、《古今韻會舉要》	有	首
711	寢	淰	審	《經典釋文》	有	注
712	寢	痒	審	《古今韻會舉要》	有	注
713	寢	嗿	噤	《古今韻會舉要》	有	首
714	感	辨	貶	《增修互註禮部韻略》	有	首
715	感	倓	毯	《集韻》、《增修互註禮部韻略》、《五音集韻》、《古今韻會舉要》	有	同
716	感	韽	掩	《集韻》、《五音集韻》	有	同
717	感	厭	掩	《集韻》、《五音集韻》	有	同
718	感	湛	禫	《古今韻會舉要》、《五音集韻》	有	首
719	感	含	頷	《廣韻》、《集韻》、《五音集韻》	否	同
720	琰	嬐	儼	小徐《說文解字》	有	注
721	琰	淡	琰	《廣韻》、《增修互註禮部韻略》、《五音集韻》	有	首

722	琰	㳠	琰	《廣韻》、《集韻》	有	首
723	琰	澹	潭	《五音集韻》、《古今韻會舉要》	否	同
724	蒹	函	咸	《經典釋文》	有	注
725	送	矼	控	《集韻》、《五音集韻》	有	首
726	送	矼	控	《經典釋文》	有	注
727	送	窬	洞	《廣韻》、《集韻》、《五音集韻》	否	同
728	送	桐	洞	《古今韻會舉要》	有	首
729	送	鴻	贛	《韻補》	有	注
730	送	翁	甕	《山海經》注	有	注
731	宋	鍯	縱	《五音集韻》	有	同
732	絳	瞳	意	《集韻》、《五音集韻》	有	同
733	絳	杯	棓	《史記》三家注	有	注
734	絳	杯	皮	《史記》三家注	有	注
735	絳	杯	剖	《史記》三家注	有	注
736	絳	杯	杯	《山海經》注	有	注
737	寘	諫	刺	《廣韻》、《集韻》、《增修互註禮部韻略》	有	首
738	寘	諫	刺	《集韻》、《增修互註禮部韻略》	有	注
739	寘	植	置	《集韻》	有	首
740	寘	植	置	《五音集韻》、《古今韻會舉要》	有	同
741	寘	植	置	《經典釋文》	有	注
742	寘	德	置	《集韻》	有	首
743	寘	德	置	《五音集韻》	有	同
744	寘	德	置	《經典釋文》	有	注
745	寘	扻	事	《集韻》《五音集韻》	有	同
746	寘	斯	四	《五音集韻》	否	首
747	寘	術	遂	《經典釋文》	有	注
748	寘	綦	忌	《集韻》、《古今韻會舉要》	有	首
749	寘	綦	忌	《五音集韻》	有	同
750	寘	帥	帨	《古今韻會舉要》	有	注
751	寘	率	類	《古今韻會舉要》	有	首
752	寘	率	類	《古今韻會舉要》	有	注
753	寘	移	易	《古今韻會舉要》	有	首
754	寘	波	賁	《古今韻會舉要》	有	首

755	寘	台	嗣	《集韻》、《五音集韻》	否	同
756	寘	飴	飼	《集韻》、《五音集韻》	否	同
757	寘	隸	肆	《集韻》	有	同
758	寘	司	伺	《文選》五臣注	有	注
759	寘	織	志	《古今韻會舉要》	有	首
760	寘	織	志	《經典釋文》、《詩經集傳》	有	注
761	寘	歸	饋	《經典釋文》	有	注
762	味	倪	睨	《集韻》、《五音集韻》	否	同
763	味	佛	費	《集韻》、《五音集韻》	有	首
764	味	乞	氣	《後漢書》注	有	注
765	味	由	沸	《集韻》、《五音集韻》	有	首
766	味	刉	曁	《集韻》、《增修互註禮部韻略》、《五音集韻》、《古今韻會舉要》	有	同
767	味	威	畏	《韻補》	有	注
768	御	錄	慮	《古今韻會舉要》	有	注
769	御	錄	慮	《古今韻會舉要》	有	首
770	御	椐	據	《廣韻》、《集韻》、《五音集韻》	有	首
771	御	礜	豫	《廣韻》、《五音集韻》	有	首
772	御	迂	御	《五音集韻》	有	首
773	御	衙	禦	《廣韻》、《增修互註禮部韻略》、《集韻》、《五音集韻》、《古今韻會舉要》	否	同
774	遇	歔	妒	《集韻》、《古今韻會舉要》	有	首
775	遇	報	赴	《經典釋文》、《古今韻會舉要》	有	注
776	遇	爥	炷	《增修互註禮部韻略》	有	同
777	遇	慾	喻	《文選》五臣注	有	注
778	遇	婦	負	《韻補》	有	注
779	遇	壴	注	《集韻》	有	同
780	遇	壴	注	《五音集韻》	有	首
781	霽	決	桂	《集韻》、《五音集韻》	有	首
782	霽	裝	霽	《集韻》、《五音集韻》	有	首
783	霽	位	涖	《經典釋文》	有	注
784	霽	祭	瘵	《廣韻》、《五音集韻》	有	首
785	霽	簪	筮	《經典釋文》	有	注
786	霽	兊	銳	《史記》三家注	有	注

787	霽	帠	詣	《增修互註禮部韻略》、《古今韻會舉要》	有	首
788	霽	淚	麗	《集韻》、《五音集韻》、《古今韻會舉要》	有	首
789	霽	眄	系	《增修互註禮部韻略》	有	同
790	霽	眄	系	《古今韻會舉要》	有	首
791	霽	祇	蔕	《山海經》注	有	注
792	泰	能	耐	《漢書》注	有	注
793	泰	叢	悴	《五音集韻》	有	同
794	泰	裁	才	《廣韻》、《集韻》、《增修互註禮部韻略》、《五音集韻》、《古今韻會舉要》	否	同
795	泰	栽	在	《增修互註禮部韻略》、《古今韻會舉要》	有	首
796	泰	兊	娧	《集韻》、《五音集韻》、《古今韻會舉要》	有	首
797	泰	刏	蓋	《集韻》	有	首
798	泰	渴	愒	《五音集韻》	有	同
799	卦	北	敗	《後漢書》注	有	注
800	卦	㓞	介	《集韻》、《五音集韻》	有	同
801	卦	責	債	《增修互註禮部韻略》、《古今韻會舉要》	有	首
802	卦	薊	芥	《五音集韻》	有	注
803	卦	薊	芥	《五音集韻》	有	同
804	卦	柴	寨	《增修互註禮部韻略》	有	同
805	卦	鷌	鴱	《增修互註禮部韻略》、《古今韻會舉要》	有	注
806	隊	味	昧	《集韻》、《五音集韻》	有	同
807	隊	媒	昧	《增修互註禮部韻略》、《古今韻會舉要》	有	同
808	隊	栽	載	《增修互註禮部韻略》、《古今韻會舉要》	有	同
809	隊	敦	對	《增修互註禮部韻略》、《古今韻會舉要》	有	首
810	隊	既	槩	《集韻》、《五音集韻》	否	同
811	隊	沒	昧	《集韻》	有	同
812	隊	沒	昧	《古今韻會舉要》	有	注
813	隊	載	戴	《經典釋文》	有	注
814	隊	哉	載	《經典釋文》、《古今韻會舉要》	有	注
815	隊	追	退	《經典釋文》	有	注
816	隊	艾	刈	《經典釋文》	有	注
817	隊	沕	昧	《古今韻會舉要》	有	同
818	隊	沕	昧	《漢書》注	有	注
819	隊	荳	潰	《玉篇》	有	注

820	隊	萺	潰	《廣韻》、《增修互註禮部韻略》、《五音集韻》《古今韻會舉要》	有	首
821	隊	訊	碎	《韻補》	有	注
822	隊	智	昧	《史記》三家注	有	注
823	隊	智	忽	《史記》三家注	有	注
824	隊	孛	背	《古今韻會舉要》	有	同
825	震	薦	進	《增修互註禮部韻略》	有	注
826	震	薦	進	《增修互註禮部韻略》	有	同
827	震	譁	訊	《經典釋文》	有	注
828	震	磬	舜	《漢書》注	有	注
829	震	甸	朕	《漢書》注	有	注
830	震	塡	鎭	《古今韻會舉要》、《漢書》注	有	注
831	震	塡	鎭	《古今韻會舉要》	有	首
832	震	信	申	《經典釋文》	有	注
833	震	申	信	《集韻》、《增修互註禮部韻略》、《五音集韻》	有	首
834	震	申	迅	《增修互註禮部韻略》、《古今韻會舉要》	有	同
835	震	脣	震	《集韻》、《五音集韻》	有	首
836	震	賓	儐	《五音集韻》	有	首
837	震	薰	訓	《山海經》注	有	注
838	問	薀	悶	《漢書》注	有	注
839	問	均	韵	《集韻》、《增修互註禮部韻略》、《五音集韻》	否	同
840	問	免	問	《經典釋文》	有	注
841	問	貟	運	《古今韻會舉要》	有	首
842	問	馮	憤	《經典釋文》	有	注
843	問	溫	蘊	《增修互註禮部韻略》	有	同
844	問	馴	訓	《古今韻會舉要》	有	首
845	問	苑	盒	《詩經集傳》	有	注
846	願	鮮	獻	《增修互註禮部韻略》	有	首
847	願	鮮	獻	《經典釋文》	有	注
848	翰	干	幹	《集韻》、《五音集韻》	有	同
849	翰	干	幹	《經典釋文》	有	注
850	翰	姅	半	《集韻》	有	首

851	翰	姅	半	《集韻》	有	同
852	翰	姅	半	《史記》三家注	有	注
853	翰	稅	彖	《集韻》、《增修互註禮部韻略》、《五音集韻》	否	首
854	翰	个	幹	《經典釋文》、《古今韻會舉要》	有	注
855	翰	个	幹	《古今韻會舉要》	有	同
856	翰	癉	疸	《集韻》、《五音集韻》	否	同
857	諫	輚	患	《經典釋文》	有	注
858	諫	輚	患	《廣韻》、《集韻》、《增修互註禮部韻略》、《五音集韻》、《古今韻會舉要》	有	首
859	諫	環	宦	《古今韻會舉要》	有	同
860	諫	環	宦	《漢書》注	有	注
861	諫	串	慣	《集韻》	否	同
862	諫	串	慣	《廣韻》、《增修互註禮部韻略》、《五音集韻》	否	首
863	諫	卝	貫	《集韻》	有	首
864	諫	卝	貫	《韻補》	有	同
865	諫	鴠	渴	《經典釋文》	有	注
866	諫	轏	棧	《廣韻》、《集韻》、《增修互註禮部韻略》、《五音集韻》、《古今韻會舉要》	否	首
867	諫	轏	棧	《增修互註禮部韻略》、《五音集韻》	否	同
868	霰	欄	練	《經典釋文》	有	注
869	霰	單	戰	《增修互註禮部韻略》	有	首
870	霰	單	戰	《列子》注	有	注
871	霰	阽	玷	《集韻》、《增修互註禮部韻略》、《五音集韻》	否	同
872	霰	阽	擔	《增修互註禮部韻略》、《漢書》注	有	注
873	霰	阽	擔	《增修互註禮部韻略》	有	同
874	霰	塤	殿	《廣韻》、《集韻》、《增修互註禮部韻略》、《五音集韻》、《古今韻會舉要》	否	同
875	霰	牽	俔	《增修互註禮部韻略》、《古今韻會舉要》	有	首
876	霰	夐	眴	《增修互註禮部韻略》、《古今韻會舉要》	有	同
877	霰	荔	藺	《五音集韻》	有	同
878	霰	淒	倩	《集韻》、《五音集韻》	有	注

879	霰	淒	倩	《集韻》、《五音集韻》	有	同
880	霰	選	旋	《五音集韻》	否	同
881	霰	淺	贊	《經典釋文》	有	注
882	霰	謰	睊	《集韻》	否	同
883	霰	謰	睊	《廣韻》、《五音集韻》	否	首
884	嘯	約	要	《古今韻會舉要》	有	注
885	嘯	約	要	《古今韻會舉要》	有	首
886	嘯	穛	醮	《古今韻會舉要》	有	首
887	嘯	幼	要	《集韻》、《五音集韻》	否	首
888	嘯	眇	妙	《增修互註禮部韻略》	有	首
889	效	洨	效	《五音集韻》	有	首
890	效	濯	棹	《廣韻》、《集韻》、《五音集韻》	否	首
891	效	濯	棹	《增修互註禮部韻略》	否	注
892	效	濯	棹	《增修互註禮部韻略》	否	同
893	效	覺	較	《增修互註禮部韻略》、《古今韻會舉要》	有	同
894	效	觳	效	《增修互註禮部韻略》	有	同
895	效	爻	效	《增修互註禮部韻略》	有	同
896	效	繡	肖	《韻補》	有	注
897	效	綃	肖	《韻補》	有	注
898	效	霄	肖	《韻補》	有	注
899	號	敦	燾	《增修互註禮部韻略》	有	同
900	號	督	眊	《集韻》、《五音集韻》	否	同
901	號	皋	號	《集韻》、《五音集韻》	有	同
902	號	皋	號	《古今韻會舉要》	有	首
903	號	溫	盜	《史記》三家注	有	注
904	號	鼇	操	《集韻》、《五音集韻》	有	首
905	號	纛	蹈	《增修互註禮部韻略》、《古今韻會舉要》	有	同
906	箇	硳	挫	《集韻》、《五音集韻》	有	首
907	箇	介	个	《集韻》	否	同
908	箇	左	佐	《集韻》、《增修互註禮部韻略》、《五音集韻》	否	同
909	箇	左	佐	《廣韻》、《五音集韻》	否	首
910	禡	喢	借	《增修互註禮部韻略》、《古今韻會舉要》	有	首
911	禡	雩	華	大徐《說文解字》	有	注

912	禡	樗	樺	小徐《說文解字》	有	注
913	禡	柇	柘	《漢書》注	有	注
914	禡	皐	皐	《集韻》	有	同
915	禡	沙	嗄	《廣韻》、《集韻》、《增修互註禮部韻略》、《五音集韻》、《古今韻會舉要》	有	首
916	禡	厙	赦	《廣韻》、《集韻》、《五音集韻》、《古今韻會舉要》	有	同
917	禡	射	夜	《廣韻》、《集韻》、《增修互註禮部韻略》、《五音集韻》、《古今韻會舉要》	否	首
918	禡	射	夜	《集韻》、《五音集韻》	否	同
919	禡	輅	牙	《集韻》、《增修互註禮部韻略》、《五音集韻》	否	同
920	禡	牙	砑	《增修互註禮部韻略》、《古今韻會舉要》	有	同
921	禡	假	嫁	《廣韻》、《集韻》、《五音集韻》、《古今韻會舉要》	否	同
922	禡	假	檟	《廣韻》、《集韻》、《五音集韻》、《古今韻會舉要》	否	首
923	禡	吳	樺	《古今韻會舉要》	有	同
924	禡	呼	罅	《五音集韻》	否	同
925	禡	垡	稼	《經典釋文》、《增修互註禮部韻略》	有	注
926	禡	垡	稼	《增修互註禮部韻略》、《古今韻會舉要》	有	同
927	禡	御	迓	《文選》五臣注	有	注
928	禡	衙	迓	《增修互註禮部韻略》	有	同
929	漾	篢	浪	《五音集韻》	有	首
930	漾	光	桄	《廣韻》、《集韻》、《五音集韻》	否	同
931	漾	光	桄	《廣韻》、《集韻》、《五音集韻》	否	首
932	漾	兄	況	《增修互註禮部韻略》	有	首
933	漾	兄	況	《古今韻會舉要》	有	同
934	漾	兄	況	《經典釋文》、《詩經集傳》	有	注
935	漾	綱	抗	《集韻》、《五音集韻》	否	同
936	漾	康	亢	《古今韻會舉要》	有	首
937	漾	康	亢	《古今韻會舉要》	有	注
938	漾	狼	浪	《古今韻會舉要》、《集韻》、《五音集韻》	有	首
939	漾	狼	浪	《古今韻會舉要》、《史記》三家注、《漢書》注	有	注

940	漾	弶	倞	《古今韻會舉要》	有	同
941	漾	良	亮	《集韻》、《五音集韻》	否	同
942	漾	廣	誑	《古今韻會舉要》	有	首
943	漾	廣	誑	《古今韻會舉要》	有	注
944	漾	橫	恍	《廣韻》、《集韻》、《五音集韻》	否	同
945	漾	掠	亮	大徐《說文解字》	有	注
946	漾	償	上	《古今韻會舉要》	有	同
947	漾	煬	向	《集韻》、《五音集韻》	否	同
948	敬	繕	勁	《經典釋文》	有	注
949	敬	繕	勁	《增修互註禮部韻略》	有	首
950	敬	旬	朕	《漢書》注	有	注
951	敬	請	淨	《增修互註禮部韻略》	有	首
952	敬	請	淨	《史記》三家注	有	注
953	敬	清	靜	《集韻》、《增修互註禮部韻略》、《五音集韻》、《古今韻會舉要》	否	首
954	敬	清	靜	《增修互註禮部韻略》	否	同
955	徑	旬	乘	《集韻》、《五音集韻》	有	首
956	徑	旬	乘	《增修互註禮部韻略》	有	同
957	徑	奠	定	《經典釋文》	有	注
958	徑	鼎	定	《集韻》、《五音集韻》	有	同
959	徑	庭	聽	《增修互註禮部韻略》、《古今韻會舉要》	有	首
960	徑	經	徑	《古今韻會舉要》	有	首
961	徑	繩	孕	《集韻》、《五音集韻》	有	首
962	徑	繩	孕	《經典釋文》	有	注
963	徑	年	甯	《集韻》、《五音集韻》	有	首
964	徑	蚈	牽	《廣韻》、《集韻》、《五音集韻》	否	首
965	宥	朴	樸	《宋景文筆記》	有	文
966	宥	句	逅	《五音集韻》	有	同
967	宥	祝	呪	《廣韻》、《五音集韻》	否	首
968	宥	祝	呪	《古今韻會舉要》	否	注
969	宥	祝	呪	《增修互註禮部韻略》	否	注
970	宥	覆	腹	《集韻》、《韻補》、《五音集韻》	否	同
971	宥	鮦	紂	《漢書》注	有	注
972	宥	雊	穀	《古今韻會舉要》	有	同

973	宥	瞀	茂	《廣韻》、《五音集韻》	否	首
974	宥	瞀	茂	《增修互註禮部韻略》、《古今韻會舉要》	否	同
975	宥	陸	受	《漢書》注	有	注
976	宥	齩	救	《集韻》、《五音集韻》	有	首
977	宥	守	狩	《廣韻》、《集韻》、《增修互註禮部韻略》、《五音集韻》、《古今韻會舉要》	有	首
978	宥	夠	逅	《集韻》、《五音集韻》	有	同
979	宥	肉	揉	《古今韻會舉要》	有	同
980	宥	宿	秀	《後漢書》注	有	注
981	宥	瀆	豆	《增修互註禮部韻略》	有	首
982	宥	瀆	豆	《經典釋文》	有	注
983	宥	啄	咮	《增修互註禮部韻略》	有	同
984	宥	姆	茂	《經典釋文》	有	注
985	宥	濁	噣	《集韻》、《五音集韻》	否	同
986	宥	飂	溜	《增修互註禮部韻略》	有	首
987	宥	鑄	呪	《韻補》	有	注
988	宥	投	豆	《增修互註禮部韻略》	有	首
989	宥	讀	豆	《古今韻會舉要》	有	注
990	宥	讀	豆	《古今韻會舉要》	有	首
991	宥	廖	料	《古今韻會舉要》	有	注
992	宥	鏤	漏	《集韻》、《古今韻會舉要》	有	同
993	宥	戊	務	《集韻》、《五音集韻》	否	同
994	宥	需	秀	《經典釋文》	有	注
995	宥	注	咮	《史記》三家注	有	注
996	宥	籔	竇	《增修互註禮部韻略》	有	同
997	沁	陰	廕	《集韻》、《五音集韻》	有	同
998	沁	湛	浸	《增修互註禮部韻略》	有	首
999	勘	菴	暗	《增修互註禮部韻略》、《古今韻會舉要》	有	首
1000	豔	鹽	豔	《集韻》	有	首
1001	豔	鹽	豔	《增修互註禮部韻略》	有	注
1002	豔	鹽	豔	《增修互註禮部韻略》	有	同
1003	豔	淫	豔	《集韻》、《五音集韻》	否	首
1004	豔	淡	豔	《列子》注	有	注
1005	陷	渢	汎	《集韻》、《古今韻會舉要》	有	同

1006	陷	渢	汎	《五音集韻》	有	首
1007	陷	帆	梵	《古今韻會舉要》	有	首
1008	屋	透	叔	《廣雅》注	有	注
1009	屋	王	肅	《五音集韻》	有	首
1010	屋	王	肅	《史記》三家注、《後漢書》注	有	注
1011	屋	褘	鞠	《經典釋文》	有	注
1012	屋	數	速	《經典釋文》	有	注
1013	屋	毒	竺	《增修互註禮部韻略》、《古今韻會舉要》	有	注
1014	屋	毒	竺	《增修互註禮部韻略》	有	同
1015	屋	紬	抽	《史記》三家注、《後漢書》注	有	注
1016	屋	繆	穆	《古今韻會舉要》	有	注
1017	屋	賣	育	《古今韻會舉要》	有	注
1018	屋	賣	邁	《古今韻會舉要》	有	注
1019	屋	貢	陸	《集韻》、《五音集韻》	有	同
1020	屋	璹	叔	《集韻》	有	同
1021	屋	螫	斛	《集韻》、《增修互註禮部韻略》、《五音集韻》、《古今韻會舉要》	否	同
1022	沃	漻	祿	《五音集韻》	有	首
1023	沃	戚	促	《經典釋文》	有	注
1024	沃	角	錄	《集韻》、《五音集韻》	有	同
1025	沃	谷	玉	《韻補》	否	同
1026	覺	犿	啄	《五音集韻》	有	同
1027	覺	犿	鬭	《五音集韻》	有	同
1028	覺	鰒	復	《廣韻》、《集韻》、《五音集韻》	否	同
1029	覺	欶	朔	《古今韻會舉要》	有	首
1030	質	轡	必	《古文苑》注	有	注
1031	質	嘯	叱	《增修互註禮部韻略》	有	注
1032	質	嘯	叱	《增修互註禮部韻略》、《五音集韻》	有	首
1033	質	嘯	叱	《經典釋文》	有	注
1034	質	鞸	咥	《五音集韻》	有	同
1035	質	溢	實	《集韻》	有	同
1036	質	溢	實	《五音集韻》	有	首
1037	質	幾	巽	《漢書》注	有	注
1038	質	戾	吏	《五音集韻》	否	首

1039	物	疑	仡	《五音集韻》、《古今韻會舉要》	有	同
1040	物	滑	骨	《廣韻》、《五音集韻》	有	首
1041	物	榾	骨	《集韻》、《五音集韻》	有	首
1042	物	榾	骨	《經典釋文》	有	注
1043	物	蔚	鬱	《漢書》注	有	注
1044	物	蔽	茀	《古今韻會舉要》	有	注
1045	物	蔽	茀	《古今韻會舉要》	有	同
1046	物	貍	鬱	《增修互註禮部韻略》、《古今韻會舉要》	有	注
1047	物	貍	鬱	《增修互註禮部韻略》、《古今韻會舉要》	有	首
1048	月	勿	沒	《經典釋文》	有	注
1049	月	兌	說	《韻補》、《增修互註禮部韻略》	有	注
1050	月	兌	說	《增修互註禮部韻略》	有	同
1051	月	帠	詣	《增修互註禮部韻略》、《古今韻會舉要》	有	首
1052	月	末	蔑	《韻補》	有	注
1053	月	頓	咄	《增修互註禮部韻略》	有	首
1054	月	對	咄	《增修互註禮部韻略》、《古今韻會舉要》	有	首
1055	月	暍	謁	《古今韻會舉要》	有	首
1056	曷	發	撥	《詩經集傳》	有	注
1057	曷	害	曷	《增修互註禮部韻略》	有	首
1058	曷	害	曷	《經典釋文》、《詩經集傳》	有	注
1059	曷	倪	脫	《集韻》、《五音集韻》	否	首
1060	曷	倪	脫	《廣韻》、《集韻》、《增修互註禮部韻略》、《五音集韻》、《古今韻會舉要》	否	同
1061	曷	稅	脫	《增修互註禮部韻略》	有	同
1062	曷	越	活	《增修互註禮部韻略》、《古今韻會舉要》	有	首
1063	曷	說	脫	《集韻》、《增修互註禮部韻略》、《五音集韻》	否	同
1064	曷	盍	渴	《經典釋文》	有	注
1065	曷	頮	遏	《古今韻會舉要》	有	首
1066	曷	昧	末	《廣韻》、《增修互註禮部韻略》、《五音集韻》	有	首
1067	曷	歇	遏	《漢書》注	有	注
1068	黠	乙	軋	小徐《說文解字》、《古今韻會舉要》	有	注
1069	黠	乙	軋	《古今韻會舉要》	有	首

1070	黠	選	刷	《古今韻會舉要》、《漢書》注	有	注
1071	黠	選	刷	《古今韻會舉要》	有	首
1072	黠	率	帥	《集韻》、《五音集韻》	否	首
1073	黠	率	帥	《集韻》、《五音集韻》	否	同
1074	黠	率	類	《集韻》、《五音集韻》	否	首
1075	黠	率	類	《集韻》、《五音集韻》	否	同
1076	黠	率	律	《集韻》、《五音集韻》	否	首
1077	黠	劀	刮	《增修互註禮部韻略》、《古今韻會舉要》	有	首
1078	黠	劀	刮	《五音集韻》	有	同
1079	黠	劀	刮	《經典釋文》	有	注
1080	屑	汭	爇	《集韻》、《五音集韻》	有	首
1081	屑	閉	別	《古今韻會舉要》	否	同
1082	屑	札	截	《集韻》、《五音集韻》	有	首
1083	屑	逝	折	《集韻》、《五音集韻》	有	同
1084	屑	澀	折	《集韻》、《五音集韻》	有	同
1085	屑	枻	泄	《廣韻》、《集韻》、《增修互註禮部韻略》、《五音集韻》、《古今韻會舉要》	否	同
1086	屑	魝	輒	《古今韻會舉要》	有	首
1087	屑	魝	輒	《漢書》注	有	注
1088	屑	泥	涅	《史記》三家注	有	注
1089	屑	獡	傲	《山海經》注	有	注
1090	屑	猦	咽	《山海經》注	有	注
1091	屑	蜆	臬	《古今韻會舉要》	有	同
1092	屑	飱	鐵	《集韻》	否	同
1093	屑	飱	鐵	《廣韻》、《增修互註禮部韻略》、《五音集韻》、《古今韻會舉要》	否	首
1094	屑	屮	徹	《廣韻》、《集韻》、《五音集韻》	有	同
1095	屑	必	鼈	《五音集韻》	有	同
1096	屑	絜	滅	《集韻》	有	首
1097	屑	絜	滅	《漢書》注	有	注
1098	屑	卥	爇	《廣韻》、《集韻》、《五音集韻》	否	首
1099	屑	突	垤	《集韻》、《五音集韻》	有	同
1100	屑	姪	迭	《古今韻會舉要》	有	同
1101	屑	漆	切	《經典釋文》	有	注

1102	屑	池	徹	《五音集韻》、《增修互註禮部韻略》	有	同
1103	屑	池	徹	《經典釋文》、《增修互註禮部韻略》	有	注
1104	屑	渴	竭	《增修互註禮部韻略》、《古今韻會舉要》	有	同
1105	屑	渴	竭	《增修互註禮部韻略》	有	注
1106	屑	㵾	泧	小徐《說文解字》	有	注
1107	屑	至	咥	《列子》注	有	注
1108	屑	敝	瞥	《集韻》、《五音集韻》	否	同
1109	屑	趹	屑	《經典釋文》	有	注
1110	屑	翳	咽	《增修互註禮部韻略》、《古今韻會舉要》	有	同
1111	屑	翳	咽	《增修互註禮部韻略》、《古今韻會舉要》、《文選》注	有	注
1112	屑	眛	蔑	《集韻》、《經典釋文》	有	注
1113	屑	髻	結	《經典釋文》、《增修互註禮部韻略》、《古今韻會舉要》	有	注
1114	屑	髻	結	《古今韻會舉要》	有	首
1115	屑	制	哲	《增修互註禮部韻略》、《古今韻會舉要》	有	同
1116	屑	制	哲	《增修互註禮部韻略》、《古今韻會舉要》	有	注
1117	屑	折	制	《文選》注	有	注
1118	屑	戾	烈	《古今韻會舉要》	有	同
1119	屑	枻	裔	《文選》注	有	注
1120	藥	炤	灼	《增修互註禮部韻略》	有	首
1121	藥	洦	涸	《集韻》、《五音集韻》	否	同
1122	藥	斥	柝	《五音集韻》	有	同
1123	藥	禚	灼	《廣韻》、《五音集韻》、《古今韻會舉要》	有	首
1124	藥	舄	托	《集韻》、《五音集韻》	有	同
1125	藥	溺	弱	《集韻》、《古今韻會舉要》	有	首
1126	藥	溺	弱	《古今韻會舉要》	有	注
1127	藥	輅	洛	《漢書》注	有	注
1128	藥	黙	灼	《集韻》、《五音集韻》	有	首
1129	藥	魄	拓	《廣韻》、《五音集韻》、《古今韻會舉要》	有	同
1130	藥	繳	灼	《古今韻會舉要》	有	首
1131	藥	路	落	《集韻》	有	同
1132	藥	芍	鵲	《後漢書》注	有	注
1133	藥	昔	鵲 舄	《韻補》	有	注
1134	藥	眛	莫	《史記》三家注	有	注

1135	藥	兊	奪	《集韻》、《五音集韻》	有	首
1136	藥	格	閣	《古今韻會舉要》	有	同
1137	藥	濼	薄	《古今韻會舉要》	有	同
1138	藥	嫋	弱	《史記》三家注	有	注
1139	藥	蓋	壑	《古今韻會舉要》	有	同
1140	藥	酢	措	《集韻》、《增修互註禮部韻略》	否	首
1141	藥	酢	措	《五音集韻》	否	同
1142	陌	栢	迫	《增修互註禮部韻略》	有	同
1143	陌	栢	迫	《史記》三家注、《漢書》	有	注
1144	陌	縫	澤	《集韻》	有	同
1145	陌	射	石	《韻補》	否	同
1146	陌	借	籍	《集韻》、《五音集韻》	否	首
1147	陌	絞	核	《集韻》、《五音集韻》	有	同
1148	陌	貉	洛	《漢書》注	有	注
1149	陌	假	格	《經典釋文》、《詩經集傳》	有	注
1150	陌	椑	僻	《古今韻會舉要》	有	同
1151	陌	藉	席	《集韻》、《增修互註禮部韻略》、《五音集韻》	否	首
1152	陌	適	謫	《增修互註禮部韻略》	有	同
1153	陌	適	謫	《詩經集傳》	有	注
1154	陌	貰	射	《史記》三家注	有	注
1155	陌	百	陌	《增修互註禮部韻略》、《古今韻會舉要》	有	首
1156	陌	百	陌	《經典釋文》	有	注
1157	陌	乇	摘	《五音集韻》	有	首
1158	陌	覭	脈	《古今韻會舉要》	有	同
1159	陌	覭	脈	《古今韻會舉要》	有	注
1160	錫	南	怒	《五音集韻》	有	首
1161	錫	寥	歷	《增修互註禮部韻略》、《古今韻會舉要》	有	同
1162	錫	寥	歷	《廣雅》注	有	注
1163	錫	躍	趯	《增修互註禮部韻略》	有	同
1164	錫	覓	密	《古今韻會舉要》	有	注
1165	錫	冥	冪	《古今韻會舉要》	有	同

1166	錫	躇	戟	《五音集韻》	有	同
1167	錫	逐	滌	《集韻》、《五音集韻》、《古今韻會舉要》	有	同
1168	錫	碏	析	《集韻》、《五音集韻》	有	同
1169	錫	漻	歷	《集韻》	有	同
1170	錫	弔	的	《經典釋文》、《詩經集傳》	有	注
1171	錫	商	滴	《集韻》	否	同
1172	錫	夜	惕	《列子》注	有	注
1173	錫	摘	剔	《古今韻會舉要》	有	同
1174	錫	莫	覓	《集韻》、《五音集韻》	否	同
1175	錫	湨	汩	《集韻》、《五音集韻》	否	同
1176	錫	宿	戚	《集韻》、《五音集韻》	有	首
1177	錫	宿	戚	《集韻》、《五音集韻》	有	注
1178	錫	夜	掖	《集韻》、《五音集韻》	有	同
1179	錫	珞	歷	《集韻》	有	同
1180	錫	珞	歷	《經典釋文》	有	注
1181	錫	俶	逖	《增修互註禮部韻略》、《古今韻會舉要》	有	首
1182	錫	町	挺	《漢書》注	有	注
1183	錫	赫	閲	《漢書》注	有	注
1184	職	意	億	《韻補》	有	注
1185	職	口	圍	小徐《說文解字》	有	注
1186	職	昊	稷	《經典釋文》	有	注
1187	職	穆	黙	《增修互註禮部韻略》	有	同
1188	職	穆	黙	《漢書》注	有	注
1189	職	昵	織	《古今韻會舉要》	有	同
1190	職	驪	力	《漢書》注	有	注
1191	職	棘	僰	《經典釋文》、《增修互註禮部韻略》	有	注
1192	職	棘	僰	《增修互註禮部韻略》	有	同
1193	職	遲	値	《史記》三家注	有	注
1194	職	幅	逼	《古今韻會舉要》	有	首
1195	緝	跲	急	《集韻》	有	首
1196	緝	跲	急	《五音集韻》	有	首
1197	緝	颯	立	《後漢書》注	有	注

1198	緝	廿	入	《古今韻會舉要》	有	注
1199	緝	廿	入	《古今韻會舉要》	有	首
1200	合	蓋	褐	《集韻》、《五音集韻》	否	同
1201	合	邑	匼	《古今韻會舉要》	有	同
1202	合	㘌	盍	《五音集韻》	有	首
1203	合	荅	榻	《五音集韻》	有	首
1204	合	啽	匼	《古今韻會舉要》	有	首
1205	葉	沾	帖	《古今韻會舉要》	有	注
1206	葉	夾	頰	《漢書》注	有	注
1207	葉	汁	叶	《集韻》、《五音集韻》	有	同
1208	葉	耴	聶	《集韻》、《五音集韻》	有	首
1209	葉	喦	聶	大徐《說文解字》	有	注
1210	葉	喦	聶	《集韻》、《五音集韻》	有	首
1211	葉	攝	愜	《五音集韻》	有	首
1212	葉	夾	頰	《漢書》注	有	注
1213	葉	裛	浥	《古今韻會舉要》	有	首
1214	葉	拾	涉	《增修互註禮部韻略》、《古今韻會舉要》	有	首
1215	葉	拾	涉	《經典釋文》	有	注
1216	洽	厭	押	《增修互註禮部韻略》	有	首
1217	洽	接	插	《集韻》	否	同
1218	洽	接	插	《五音集韻》	否	首

肆、《轉注古音略》直音轉引考

　　《轉注古音略》直音除引正、注、疏文、首韻、同音字的情況外。又有分「轉引音注釋文」、「轉引又音釋文」、「轉引他字釋文」三類，以下分述之：

一、轉引音注釋文

　　「轉引音注」，即指《轉注古音略》引自韻書中的直音釋文。如《轉注古音略‧十二吻》「頎」注：「音懇。《禮》：『頎乎其至也。』」《古今韻會舉要‧十三阮》「懇」注：「亦作『頎』，《禮記》：『頎乎其至也。』」「懇」亦作「頎」，其音相同，疑楊愼由《古今韻會舉要》轉引至此。關於此部分考釋整理，見下表：

表 2-3-2 　《轉注古音略》轉引音注釋文表

序號	韻	字	直音	相關引書	釋文引用
1	東	鞠	芎	《古今韻會舉要》	有
2	東	訟	公	《古今韻會舉要》	有
3	支	台	怡	《古今韻會舉要》	有
4	支	懿	噫	《古今韻會舉要》	有
5	支	純	緇	《古今韻會舉要》	有
6	支	焉	夷	《古今韻會舉要》	有
7	支	意	噫	《古今韻會舉要》	有
8	支	泥	涅	《古今韻會舉要》	有
9	支	茋	皆	《韻補》	有
10	微	魏	巍	《古今韻會舉要》	有
11	虞	武	無	《古今韻會舉要》	有
12	齊	鷄	笄	《古今韻會舉要》	有
13	眞	玟	珉	《古今韻會舉要》	有
14	眞	旦	神	《古今韻會舉要》	有
15	文	匪	分	《古今韻會舉要》	有
16	寒	姍	訕	《古今韻會舉要》	有
17	刪	貫	彎	《古今韻會舉要》	有
18	刪	關	彎	《古今韻會舉要》	有
19	蕭	陶	遙	《古今韻會舉要》	有
20	蕭	窕	桃	《古今韻會舉要》	有
21	肴	抱	拋	《古今韻會舉要》	有
22	肴	摽	拋	《古今韻會舉要》	有
23	豪	條	條	《古今韻會舉要》	有
24	豪	潦	澇	《古今韻會舉要》	有
25	陽	將	牂	《古今韻會舉要》	有
26	陽	阬	岡	《古今韻會舉要》	有
27	陽	謫	商	《古今韻會舉要》	有
28	尤	培	裒	《古今韻會舉要》	有
29	侵	潭	淫	《古今韻會舉要》	有
30	蒸	耐	能	《古今韻會舉要》	有
31	覃	湛	耽	《韻補》	有
32	鹽	溓	黏	《古今韻會舉要》	有

33	腫	臾	憑	《古今韻會舉要》	有
34	紙	窺	跬	《古今韻會舉要》	有
35	紙	儀	擬	《古今韻會舉要》	有
36	蟹	斯	纚	《古今韻會舉要》	有
37	吻	頎	懇	《古今韻會舉要》	有
38	旱	竿	笴	《古今韻會舉要》	有
39	銑	僎	舛	《古今韻會舉要》	有
40	篠	苞	薰	《古今韻會舉要》	有
41	巧	騷	掃	《古今韻會舉要》	有
42	舸	果	裸	《古今韻會舉要》	有
43	有	幽	黝	《古今韻會舉要》	有
44	寑	黯	甚	《古今韻會舉要》	有
45	感	辨	貶	《古今韻會舉要》	有
46	送	衷	仲	《古今韻會舉要》	有
47	味	倪	晲	《古今韻會舉要》	否
48	御	舒	豫	《古今韻會舉要》	有
49	遇	狙	覰	《古今韻會舉要》	有
50	隊	宛	蘊	《古今韻會舉要》	有
51	震	薦	進	《古今韻會舉要》	有
52	震	誶	訊	《古今韻會舉要》	有
53	震	洒	汛	《古今韻會舉要》	有
54	霰	單	戰	《古今韻會舉要》	有
55	嘯	眇	妙	《古今韻會舉要》	有
56	號	敦	燾	《古今韻會舉要》	有
57	禡	伯	禡	《古今韻會舉要》	有
58	禡	樗	樺	《古今韻會舉要》	有
59	漾	竝	傍	《古今韻會舉要》	有
60	漾	章	障	《古今韻會舉要》	有
61	敬	繕	勁	《古今韻會舉要》	有
62	徑	奠	定	《古今韻會舉要》	有
63	宥	注	咮	《古今韻會舉要》	有
64	宥	窸	寶	《增修互註禮部韻略》	有
65	宥	喙	咮	《古今韻會舉要》	有
66	沁	湛	浸	《古今韻會舉要》	有
67	屋	敪	穆	《古今韻會舉要》	有

68	屋	痏	蓵	《古今韻會舉要》	有
69	沃	趣	促	《古今韻會舉要》	有
70	沃	趨	促	《古今韻會舉要》	有
71	曷	害	曷	《古今韻會舉要》	有
72	曷	撣	怛	《古今韻會舉要》	有
73	黠	揳	戛	《古今韻會舉要》	有
74	屑	蕞	蕝	《古今韻會舉要》	有
75	屑	結	髻	《增修互註禮部韻略》	有
76	陌	栢	迫	《古今韻會舉要》	有
77	錫	躍	趯	《古今韻會舉要》	有
78	職	穆	默	《古今韻會舉要》	有
79	洽	捷	插	《古今韻會舉要》	有

二、轉引又音釋文

韻書中一字或有多音，楊慎運用該字又音釋文作爲該韻字考釋資料，即「轉引又音釋文」。如《轉注古音略·十一尤》「蝥」注云：「音矛。盤蝥，毒蟲也。」考《五音集韻·八尤》「蝥」作「莫浮切」與「矛」同音，釋文卻與〈十三肴〉又音「莫交切」注「盤蝥，蟲名。」相關。下表爲考釋結果：

表 2-3-3　《轉注古音略》轉引又音釋文表

序號	韻	字	直音	相關引書	釋文歸韻	直音特徵
1	江	跫	腔	《集韻》	鍾	首
				《五音集韻》	鍾	
				《古今韻會舉要》	冬	
2	魚	沮	租	《集韻》	魚〔註147〕	同
				《增修互註禮部韻略》	魚〔註148〕	
3	魚	邪	徐	《增修互註禮部韻略》	魚〔註149〕	首

〔註147〕《集韻·九魚》「沮」作「子魚切」與「租」音同。但其釋文爲又音「臻魚切」之注文。

〔註148〕《增修互註禮部韻略·九魚》「沮」作「子魚切」與「租」音同。但其釋文爲又音「千余切」之注文。

〔註149〕《增修互註禮部韻略·九魚》「邪」作「祥余切」與「徐」音同。但其釋文爲又音「羊諸切」之注文。

4	元	捷	犍	《古今韻會舉要》	元 [註150]	同
5	歌	瑳	蹉	《廣韻》 禖 / 《五音集韻》 禖	首
6	麻	媧	瓜	《集韻》	果	同
7	尤	蝥	矛	《五音集韻》	肴	同
8	尤	蔛	鄒	《五音集韻》	侯	首
9	鹽	炎	炎	《五音集韻》	鹽 [註151]	同
10	麌	苦	古	《增修互註禮部韻略》	麌 [註152]	首
11	麌	土	堵	《古今韻會舉要》	麌 [註153]	同
12	迥	庭	挺	《增修互註禮部韻略》	徑	同
13	有	嶁	摟	《增修互註禮部韻略》	厚	同
14	有	嶁	摟	《增修互註禮部韻略》	有 [註154]	同
15	霽	醫	意	《集韻》 霽 [註155] / 《五音集韻》 霽 [註156]	同
16	覺	斮	斷	《古今韻會舉要》	藥	同
17	藥	格	閣	《五音集韻》 鐸 / 《古今韻會舉要》 藥 [註157] / 《增修互註禮部韻略》 鐸	同

[註150] 《古今韻會舉要・一先》「捷」作「渠馬切」與「犍」音同。但其釋文爲又音「丘言切」之注文。

[註151] 《五音集韻・十一覃》「炎」作「徒含切」與「炎」音同。但其釋文爲「直廉切」之注文。

[註152] 《增修互註禮部韻略・九麌》「苦」作「公土切」與「古」音同。但其釋文附又音「孔五切」之注文。

[註153] 《古今韻會舉要・七麌》「土」作「董伍切」與「堵」音同。但其釋文爲又音「動五切」之注文。

[註154] 《增修互註禮部韻略・十九侯》「嶁」作「盧侯切」與「摟」音同。但其釋文爲又音「郎斗切」之注文。

[註155] 《集韻・七之》「醫」作「於其切」與「意」音同。但其釋文爲「壹計切」之注文。

[註156] 《五音集韻・五脂》「醫」作「於其切」與「意」音同。但其釋文爲「於計切」之注文。

[註157] 《古今韻會舉要・十藥》「格」作「葛鶴切」與「閣」音同。但其釋文爲又音「曷各切」之注文。

三、轉引他字釋文

「轉引他字釋文」即《轉注古音略》直音釋文，在韻書中，與韻字、直音字無關，而是出於他字釋文。如《轉注古音略·六麻》「把」注：「音琶。人姓，本東樓公之後，西魏有兗州刺史把秀。」《廣韻·九麻》「爬」注：「搔也，或作『把』。又姓，本杷東樓公之後，避難改焉。西魏襄州刺史把秀。」因「爬」或作「把」，故該釋文疑出於《廣韻》「爬」注，且《廣韻》「爬」、「琶」同音。《轉注古音略·四紙》「卑」注：「音婢。《周禮·考工記·輪人》爲蓋，上欲尊而宇欲卑。」《古今韻會舉要·四紙》「鞞」注：「『鞞』音『婢』或作『卑』，〈考工記〉：『上欲尊而宇欲卑。』」「鞞」或作「卑」，音「婢」，疑《轉注古音略》直音、釋文與此相關。關於此部分考釋，如見下表：

表 2-3-4 《轉注古音略》轉引他字釋文表

序號	韻	字	直音	相關引書	釋文歸韻	直音特徵
1	江	絳	龐	《古今韻會舉要》	有	舡
2	支	滓	淄	《古今韻會舉要》	有	湦
3	支	載	稇	《古今韻會舉要》	有	藭
4	微	豕	豨	《古今韻會舉要》	有	狋
5	魚	取	趨	《古今韻會舉要》	有	慮
6	虞	樸	蒲	《五音集韻》、《廣韻》	有	劃
7	虞	取	趨	《古今韻會舉要》	有	慮
8	虞	惡	呼	《增修互註禮部韻略》	有	池
9	齊	遟	栖	《古今韻會舉要》	有	犀
10	佳	顏	崖	《古今韻會舉要》	有	厓
11	眞	敦	純	《古今韻會舉要》	有	惇
12	寒	揣	團	《古今韻會舉要》	有	敦
13	蕭	喬	驕	《古今韻會舉要》	有	憍
14	麻	允	鉛	《廣韻》、《五音集韻》	有	吾
15	麻	把	琶	《廣韻》	有	爬
16	陽	方	航	《古今韻會舉要》	否	斻
17	庚	氏	精	《廣韻》、《五音集韻》	有	猜
18	尤	龜	丘	《廣韻》、《五音集韻》	有	茲

19	咸	玷	點	《古今韻會舉要》	有	揣
20	咸	玷	點	《增修互註禮部韻略》	有	捶
21	腫	容	勇	《古今韻會舉要》	有	漇
22	紙	卑	婢	《古今韻會舉要》	有	踔
23	紙	殆	以	《韻補》	有	亥
24	夔	俛	免	《古今韻會舉要》	有	俯
25	軫	敦	準	《古今韻會舉要》	有	淳
26	軫	洮	軫	《集韻》、《五音集韻》	有	硍
27	銑	需	軟	《古今韻會舉要》	有	頓
28	篠	英	蓼	《古今韻會舉要》	有	翏
29	皓	敦	燽	《古今韻會舉要》	有	燾
30	馬	夏	榎	《古今韻會舉要》	有	檟
31	有	豆	豆	《古今韻會舉要》	有	斗
32	寘	近	記	《古今韻會舉要	有	其
33	味	機	芰	《古今韻會舉要》	有	帥
34	卦	柴	寨	《古今韻會舉要》	有	砦
35	隊	勑	頼	《古今韻會舉要》	有	倈
36	霰	欄	練	《古今韻會舉要》	有	楝
37	嘯	幼	要	《增修互註禮部韻略》	否	眇
38	藥	炤	灼	《古今韻會舉要》	有	焯
39	宥	喙	晝	《古今韻會舉要》	有	咮
40	月	冒	墨	《增修互註禮部韻略》	有	頓
41	曷	發	撥	《古今韻會舉要》	有	鑯
42	黠	率	刷	《古今韻會舉要》	有	選
43	屑	泥	涅	《古今韻會舉要》	有	翳
44	藥	醋	昨	《古今韻會舉要》	有	酢
45	職	口	圍	《古今韻會舉要》	有	域
46	職	勑	賚	《古今韻會舉要》	有	敕
47	職	昊	稷	《古今韻會舉要》	有	昃
48	合	濕	塔	《古今韻會舉要》	有	溼
49	葉	汁	叶	《古今韻會舉要》	有	協

伍、《轉注古音略》綜合直音引書考

根據筆者考釋，《轉注古音略》有些韻字直音，多本古籍皆有之，楊慎乃綜合各家古籍資料，而成該韻字直音及釋文，以下分析整理，以探楊慎當時引文方式之一二：

1. 幾：〈光武紀〉：「幾不得出。」《禮記》：「車不雕幾。」注：「音祈。」（《轉注古音略・五微》）

　按：《楊升庵叢書》校正以爲「案『音祈』，非注語，見陸德明《經典釋文》。」〔註158〕筆者以爲與楊慎多元考釋方式相關。今考《古今韻會舉要・五微》「幾」注引《禮記》：「車不雕幾。」及注文，該首韻字爲「祈」。《增修互註禮部韻略・八微》「幾」注亦同。《後漢書・光武帝紀》「光武幾不得出」注云：「幾音祈。」

2. 肖：音消。衰也。《史記》：「申呂肖矣。」又小也。《莊子》：「肖翹之物。」（《轉注古音略・二蕭》）

　按：《集韻・四宵》、《五音集韻・十二宵》、《古今韻會舉要・二蕭》「肖」注皆引「申呂肖矣。」與「消」音同。《經典釋文・莊子音義》「肖翹」注：「音消。」

3. 庚：音亢。《莊子》有庚桑楚。《漢書》：「大橫庚庚，余爲天王。」（《轉注古音略・七陽》）

　按：《五音集韻・三庚》「庚」注：「《莊子》有庚桑楚。」與「亢」同音。《古今韻會舉要・八庚》「庚」注：「《史記》：『大橫庚庚。』」與「亢」同音。

4. 浪：音郎。地名。有樂浪、滄浪。（《轉注古音略・七陽》）

　按：《古今韻會舉要・七陽》「浪」注：「江水出荆山，東南流爲滄浪之水。」又注：「又樂浪郡。」與韻首「郎」同音。《古今韻會舉要・二十三漾》「浪」注：「又陽韻，漢樂浪郡，音郎。」《漢書・武帝紀》「樂浪」注，顏師古音「郎」。《廣韻・十一唐》、《集韻・十一唐》、《增修互註禮部韻略・十陽》、《五音集韻・二唐》「浪」注：「滄浪，水名。」與韻首

〔註158〕王文才、萬光治等編注：《楊升庵叢書（一）》，頁574。

「郎」同音。

5. 爽：音霜。《詩》：「女也不爽，士二其行。」又：「其德不爽，壽考不忘。」
《老子》：「五味令人口爽。」《楚辭》：「屬而不爽。」又肅爽，駿馬名。
《左傳》：「唐公有兩肅爽。」(《轉注古音略・七陽》)

按：《古今韻會舉要・七陽》「爽」注有《詩經》、《楚辭》「其德不爽，壽考
不忘。」「女也不爽，士二其行」「屬而不爽」等釋文，與韻首「霜」
同音。《左傳》：「唐成公如楚，有兩肅爽馬。」《經典釋文・春秋左氏
音義》：「爽音霜。」《增修互助禮部韻略・十陽》「爽」注：「《左傳》
唐成公有兩肅爽馬。杜預曰：駿馬名。陸德明音霜。」亦引《詩經》
「其德不爽，壽考不忘。」與韻首「霜」同音。

6. 請：《史記・禮書》：「請文俱盡。」注：「古『情』字。」《禮記》昏禮
請期，徐音情。《周禮・條狼氏》注：「大夫受命以出，餘事專不復請。」
音情。(《轉注古音略・八庚》)

按：《古今韻會舉要・八庚》「請」音同韻首「情」，「情」字注文有《史記・
禮書》及其注文。《周禮・條狼氏》注文及其音注說明，與《古今韻會
舉要・八庚》「請」注相同。

7. 甯：音寧。《漢・禮樂志》：「穰穰復正直往甯。」古字甯與寧通。酷吏
甯成，《史記》作寧成。《晉書》：「何物老姥，生此寧馨兒。」(《轉注古
音略・九青》)

按：《漢書・禮樂志》：「穰穰復正直往甯。」顏師古注：「甯合韻音寧。」《增
修互註禮部韻略・十五青》「甯」音同韻首「寧」，其注有《漢書》釋文。
《增修互註禮部韻略・四十六徑》、《古今韻會舉要・二十五徑》「甯」
音同「寧」，且二書「寧」注言：「《晉書》寧馨兒，謂如何生此兒也。」

8. 母：音矛。母追，夏冠名。淳母，珍膳也。見《禮・內則》。(《轉注古
音略・十一尤》)

按：《古今韻會舉要・十一尤》「毋」、「矛」同音。其注：「毋追，夏后氏冠
名。」《集韻・十九矦》、《五音集韻・八尤》「毋」〔註159〕、「矛」同

音，其注：「淳母，膳珍也。」

9. 儀：音擬。《漢・外戚傳》：「皆心儀霍將軍。」宋玉〈高唐賦〉：「惟高唐之大體兮，殊無物類之可儀比。巫山赫其無疇兮，道互折而曾累。」（《轉注古音略・四紙》）

按：《古今韻會舉要・四紙》「擬」注：「《漢書》作儀，《前・外戚傳》：『皆心儀霍將軍女。』」《韻補・四紙》「儀」注：「擬也。」引〈高唐賦〉為釋文。

10. 揣：《說文》：「量也，度量曰揣。」初毀切。《史・英布傳》：「果如薛公揣之」、「陳平曰：『生揣我何念』」是也。又音團。《毛詩》：「敦彼行葦。」古本「敦」作「揣」。鄭曰：「團聚貌。」「揣」與「團」古字通，賈誼賦「何足控揣」、馬融賦「多雪揣封乎其枝」是也。又都果切。《莊子》：「犬馬之揣鉤」是也。李善《文選》注曰：「字者滋也，不可膠柱。」（《轉注古音略・四紙》）

按：《文選・鵩鳥賦》「何足控摶」，李善注云：「摶音團，或作揣。晉灼曰：『許慎云：『揣，量也』』度商曰：『揣言何足度，量已之年命，長短而惜之乎。』按《史記・英布傳》云：『果如薛公揣之』、『陳平云：『生揣我何念』』皆訓為量，與晉灼說同音初毀切、又丁果切。但字者滋也，不可膠柱。在此賦訓摶為量，義似未是。」《古今韻會舉要・十四寒》「敦」注云：「聚貌。《詩》『敦彼行葦。』《集韻》或作『揣』，《史記》賈誼賦「何足控揣」，如淳曰：『控引也。』揣音團。」

11. 洒：音洗。《漢・貨殖傳》：「洒削而鼎食。」謝眺詩：「輕生諒昭洒。」與「粲」、「邸」為韻。《孟子》：「願比死者一洒之。」《史記》：「洒削，薄技也。」《漢書》：「洒心自白。」（《轉注古音略・八薺》）

按：《文選・始出尚書省》：「輕生諒昭洒。」五臣注：「音洗。」《古今韻會舉要・八薺》「洗」下注云：「《說文》：『滌也，本作洒，从水西聲。』《孟子》：『願比死者一洒之。』《史記・貨殖傳》：『洒削，薄技也。』《前・平帝紀》：『洒心自新。』」

12. 羨：音義與「衍」同。《易》:「需于沙,羨在中也。」孟喜《易》作「需于沙衍。」《漢書・溝洫志》:「河災之羨溢,中國也尤甚。」《周禮》:「璧羨以起度。」注:「羨,延也。」(《轉注古音略・十六銑》)

按:《古今韻會舉要・十六銑》「羨」、「衍」音同。「衍」注:「《前・溝洫志》:『河災之羨溢,中國也尤甚』讀與衍同。」「羨」注:「璧羨以起度。」

13. 質:音贄。《孟子》:「出疆必載贄。」又:「不委質爲臣不見」《荀子》:「錯質之臣不息雞豚。」〈東京賦〉:「要荒來質。」與「戾」相叶。(《轉注古音略・四寘》)

按:《孟子》:「出疆必載質。」其音義注云:「質,張音贄。云:『義與贄同。』」〔註160〕《增修互註禮部韻略・六至》「質」、「贄」音同,「質」注云:「《孟子》:『不傳質爲臣。』」《古今韻會舉要・四寘》「贄」下注云:「或作質,《左傳》:『周鄭交質。』《孟子》:『庶人不傳質爲臣。』」《荀子・大略篇》:「錯質之臣不息雞豚。」注云:「質讀爲贄。」〔註161〕

14. 渠:音遽。字本作「詎」。《說文》:「詎猶豈也。」《字林》:「未知詞也。」《詩・庭燎》注:「未央,未渠央也。」言未便至夜分也。又作「巨」。《漢書》:「公巨能入乎?」(《轉注古音略・六御》)

按:《古今韻會舉要・六語》「詎」注:「《說文》:『詎猶豈也。』或作渠。《史・張儀傳》:『寧渠能乎。』注音詎。古字少,假借用之也。《漢書》:『渠有其人乎。』通作巨。《漢書》:『公巨能入乎。』」《古今韻會舉要・六御》「詎」注:「《字林》:『未知詞也。』又豈也。或作巨,《前》:『公巨能入乎?』亦作渠,《詩・庭燎》注:『未渠央』。音其據切,義與遽同,言未便至夜分也。」與韻首「遽」音同。

15. 居:音義與「倨」同。居居,懷惡不相親比皃。一曰處也。《詩》:「維

〔註160〕〔漢〕趙岐注,〔宋〕孫奭音義:《孟子注疏》(《四庫》本),見《景印文淵閣四庫全書》第 195 冊,頁 235。爲求行文簡便,文中不再附註。

〔註161〕〔唐〕楊倞注:《荀子》(《四庫》本),見《景印文淵閣四庫全書》第 695 冊,頁 287。爲求行文簡便,文中不再附註。

鳩居之。」「職思其居。」注皆去聲。又止也。《詩》:「日月其居。」又坐也。《周禮》「神位」,以奠鬼神使之居。又傲也。〈郅都傳〉:「條侯至貴居也。」(《轉注古音略‧六御》)

按:《古今韻會舉要‧六御》「居」、「倨」音同。「居」注云:「居居,懷惡不相親比貌。一曰處也。《詩》:『維鳩居之。』又『職思其居。』注音去聲。又止也。《詩》:『日月其居』又坐也。《周禮》『神位』,以猶鬼神示之居。」「倨」注云:「亦通作『居』,《前‧郅都傳》:『丞相條侯至貴居也。』」《漢書‧酷吏傳》:「丞相條侯至貴居也。」注云:「師古曰:『居,怠傲。讀與倨同。』」

16. 厲:音賴。《詩》:「厲假不瑕。」《莊子》:「厲之人夜半生子。」又地名,老子生于厲鄉。(《轉注古音略‧九泰》)

按:《集韻‧十四泰》、《五音集韻‧十二泰》「厲」與韻首「賴」音同。注云:「《詩》:『厲假不瑕。』」《古今韻會舉要‧九泰》「厲」與韻首「賴」音同。其注:「又厲鄉,地名。《史‧老子傳》厲鄉,音賴,苦縣城東有厲鄉祠,老子所生。」《增修互註禮部韻略‧十四泰》「厲」注有《莊子》釋文,與韻首「賴」音同。

17. 黴:音昧。《集韻》:「點筆也。」《三蒼》:「濡華曰黴。」《說文》,音麋。「物中雨而青黑也」,字一作「黣」,又作「塺」。(《轉注古音略‧九泰》)

按:《集韻‧十四泰》「黴」與「昧」音同,注云:「濡筆也。」《集韻‧十八隊》「黴」與「昧」音同,其注:「物中雨青黑也。一曰濡筆。」《五音集韻‧十二泰》「黴」與「昧」音同,其注云:「濡華也。」

18. 妃:讀作配。《毛詩‧小序》:「喪其妃偶。」東漢〈荀爽傳〉:「使成妃合。」《左傳》:「火,水妃也。」(《轉注古音略‧十一隊》)

按:《古今韻會舉要‧五微》「妃」注云:「又隊韻,《記》喪其妃耦。注:『妃,匹妃也。』皆音配。」《經典釋文‧毛詩音義上》「妃耦」注:「音配。」《經典釋文‧春秋左氏音義卷五》「水妃也」注:「一音配。」《資治通鑑‧漢紀四十七》「使成妃合」注云:「妃讀曰配。」〔註162〕

〔註162〕〔宋〕司馬光撰〔宋〕胡三省音註:《資治通鑑》(《四庫》本),見《景印文淵閣

19. 讎：音售。〈高紀〉：「酒讎數倍。」《揚子》：「欲讎僞者必假眞。」《易林》：「良戾美謀，無言不讎。克厭帝心，君子獲祐。」(《轉注古音略・二十六宥》)

按：《史記・高祖本紀》：「酒讎數倍。」注云：「《集解》如淳曰：『讎亦售』。」《古今韻會舉要・二十六宥》「售」注云：「或作讎。《漢志》：『收不讎。』《揚子》：『欲讎僞者必假眞。』《詩》：『無言不讎』。」

20. 偣：音厥。《毛詩》：「君子于役，不日不月，曷其有佸。」佸，會也。《說文》作「偣」，以昏得聲。「昏」古「厥」字，古今《尚書》「厥」字皆作「昏」。(《轉注古音略・六月》)

按：《韻補・十月》「佸」注：「佸古作偣。《說文》：『偣，會也。以昏得聲』昏音厥。」其上同音「佸」注：「會也。《毛詩》：『君子于役，不日不月，曷其有佸。』」

21. 詻：音噩。〈天文志〉：「太歲在酉曰作詻。」《墨子》：「君必有拂拂之臣，上必有詻詻之下。」字又作「鄂」，〈趙世家〉：「不聞周舍之鄂鄂。」又作「咢」，〈韋賢傳〉：「咢咢黃髮。」(《轉注古音略・十藥》)

按：《古今韻會舉要・十藥》「噩」注云：「《爾雅》：『太歲在酉。』曰作噩。又嚴肅貌，揚子《周書》：『噩噩爾。』《前・天文志》作『詻』。」其同音「諤」注云：「《史・趙世家》：『不聞周舍之鄂鄂。』亦通作『咢』。《前・韋賢傳》：『咢咢黃髮。』」

陸、《轉注古音略》另引他書直音考

直音考釋過程中，察有些韻字引書與不屬〈切語引書綱目〉範疇，而與他書相關，此部分較於零散，今整理成五類，分述如下：

一、《楚辭》注

《轉注古音略》直音引《楚辭》相同注文，宋人洪興祖《楚辭補注》及朱熹《楚辭集注》音注，楊慎皆有引用，如下表：

四庫全書》，第304～310冊，頁215。爲求行文簡便，文中不再附註。

序號	韻	字	直音	相關引書	釋文歸韻	直音特徵
1	支	斜	施	《楚辭集注》	有	注
2	陽	坑	岡	《楚辭補注》、《楚辭集注》	有	注
3	青	涔	岑	《楚辭集注》、《楚辭補注》	有	注
4	寘	鸔	殢	《楚辭補注》	有	注
5	寘	鵑	絹	《楚辭補注》	有	注

二、《資治通鑑》注

《資治通鑑》宋人司馬光撰，胡三省音注，考《轉注古音略》直音與胡三省注文相關者，如下表：

序號	韻	字	直音	相關引書	釋文歸韻	直音特徵
1	微	費	蜚	《資治通鑑》	有	注
2	微	費	秘	《資治通鑑》	有	注
3	虞	吾	虞	《資治通鑑》	有	注

三、《洪武正韻》

《洪武正韻》，明樂韶鳳等撰，陳師新雄以為該書「受中原雅音之影響甚深」。考《轉注古音略》直音與《洪武正韻》相關者，如下表：

序號	韻	字	直音	相關引書	釋文歸韻	直音特徵
1	虞	婁	盧	《洪武正韻》	有	同
2	紙	希	紙	《洪武正韻》	有	首
3	蒸	伻	崩	《洪武正韻》	有	同
4	銑	蠡	匙	《洪武正韻》	有	同

四、《石鼓文》音注

楊愼有《石鼓文音釋》一書，關於此書來由，正德辛巳年（1521）楊愼作〈錄石鼓文音釋序〉，云：

> 愼昔受業於李文正先生，暇日語愼曰：「爾為石鼓文矣乎？」則舉潘、
> 薛、鄭三家者對。先生曰：「否，我猶及見東坡之本也，篆籀特全，

音釋兼具，諸家斯下矣。然本隻存，將恐久而遂失之也，當爲繼絕
表微，手書上石。」又作歌一首，蓋丹書未竟，而先生棄後學矣。
去今又將六年，追惟耳言未墜，手跡莫續，天固愛寶，奈斯文何！
敢以先生舊本，屬善書者錄爲一卷，音釋一卷，今文一卷，韋應物、
退之、蘇子瞻歌三首，唐愚士古詩一首，先生歌一首附之卷尾。藏
之齋閣，以無忘先生之教云。〔註163〕

嚴格而論，此書並非楊慎所著，僅爲其師流傳下來的「東坡本」石鼓文。關於
此書，後世有眞僞之爭論，如徐寶貴《石鼓文整理研究》透過字形比對以爲「楊
氏謂其所得七百零二字的本子爲唐拓本，純屬欺世盜名的謊言。」〔註164〕王美
盛對照元代周伯溫手書石鼓文眞跡，認爲「東坡本可能是有所本的，而不是像
有些人說的那樣，完全是明人楊慎的僞造。」〔註165〕定論爲何？尚待考證。考
《轉注古音略》釋文引《石鼓文》文句。除「東坡本」外，楊慎亦重視宋人章
樵注《古文苑》所收錄的《石鼓文》注，其云：

> 石鼓今在太學，其文爲章十，總六百五十七言，可模索者僅三十餘
> 字。鼓旁刻宋潘迪氏《音訓》一碑，二百年前物也，惜夫遺文墜字，
> 無慮近百。載考唐人《古文苑》，此文特軋卷首，衰錄年歷，遠在《音
> 訓》之先，然迪所遺墜者，此仍缺如也。薛尚功、鄭樵二家，各有音
> 釋，與《古文苑》所載，大抵相出入，文無補綴，義鮮發明。〔註166〕

今考《轉注古音略》釋文引《石鼓文》者，其直音與「東坡本」、「《古文苑》本」
及潘迪《石鼓文音訓》〔註167〕音注相關，三本音注有異，《轉注古音略》依據
不同，若《石鼓文音釋》全爲楊慎僞造，何以不直從「東坡本」音注？關於此
部份分析整理如下：

〔註163〕〔明〕楊慎：《石鼓文音釋》，見《四庫全書存目叢書》經部第 189 冊（臺南：莊
　　　　嚴文化，1997 年），頁 328～329。

〔註164〕徐寶貴：《石鼓文整理研究》（北京：中華書局，2008 年），頁 90。

〔註165〕王美盛：《石鼓文解讀》（濟南：齊魯書社，2006 年），頁 142。

〔註166〕〔明〕楊慎：《石鼓文音釋》，頁 328。

〔註167〕《石鼓文音訓》今存拓本，難見其貌。今採清人整理《重排石鼓文音訓》（早稻田
　　　　藏本）。

序號	韻	字	直音	相關引書	釋文歸韻	直音特徵
1	先	泛	綿	《古文苑》	有	注
2	先	眞	塡	《古文苑》、《石鼓文音釋》	有	注
3	先	㥩	憐	《古文苑》、《石鼓文音釋》	有	注
4	旱	矏	瞳	《古文苑》	有	注
5	翰	旐	翰	《古文苑》、《石鼓文音釋》	有	注
6	禡	寫	卸	《古文苑》、《石鼓文音訓》	有	注
7	宥	朔	豆	《古文苑》、《石鼓文音訓》	有	注
8	月	桒	忽	《石鼓文音釋》	有	注
9	藥	射	杓	《石鼓文音釋》	有	注

五、其 他

《轉注古音略》直音亦有與其他古籍相關者，由於引用較爲零散，以四庫分類整理：

（一）經 部

序號	韻	字	直音	相關引書	釋文歸韻	直音特徵
1	支	哉	資	《詩攷》〔註168〕	有	注
2	麻	渚	遮	《釋名》〔註169〕	有	文
3	陽	壤	傷	《春秋穀梁傳注疏》〔註170〕	有	疏
4	尤	桃	扰	《儀禮注疏》〔註171〕	有	注
5	琰	覃	剡	《爾雅注疏》〔註172〕	有	疏
6	㯆	嫌	慊	《毛詩注疏》〔註173〕	有	疏

〔註168〕〔宋〕王應麟：《詩攷》（《四庫》本），見《景印文淵閣四庫全書》第75冊。

〔註169〕〔漢〕劉熙：《釋名》（《四庫》本），見《景印文淵閣四庫全書》第221冊。

〔註170〕〔晉〕范甯撰〔唐〕陸德明音義〔晉〕晉楊士勛疏：《春秋穀梁傳注疏》（《四庫》本），見《景印文淵閣四庫全書》第145冊。

〔註171〕〔漢〕鄭玄注〔唐〕陸德明音義，賈公彥疏：《儀禮注疏》（《四庫》本），見《景印文淵閣四庫全書》第102冊。

〔註172〕〔晉〕郭璞注〔唐〕陸德明音義，〔宋〕邢昺疏：《爾雅注疏》（《四庫》本），見《景印文淵閣四庫全書》第221冊。

〔註173〕〔漢〕鄭玄箋〔唐〕陸德明音義，孔穎達疏：《毛詩注疏》（《四庫》本），見《景

7	禡	豫	樹	《儀禮注疏》	有	疏
8	屋	抽	讀	《匡謬正俗》〔註174〕	有	文
9	覺	綠	角	《禮記汴疏》〔註175〕	有	疏
10	曷	稅	脫	《孟子注疏》	有	注
11	絹	溍	汁	《儀禮注疏》	有	注

（二）史　部

序號	韻	字	直音	相關引書	釋文歸韻	直音特徵
1	元	禪	暖	《水經注》〔註176〕	有	注
2	寒	跘	嶬	《國語》〔註177〕	有	注
3	寒	畔	盤	《集古錄》〔註178〕	有	文
4	先	羨	延	《吳越春秋》〔註179〕	有	注
5	覃	淡	痰	《法帖刊誤》〔註180〕	有	文
6	泰	沙	蔡	《水經注》	有	注
7	霰	邖	卞	《水經注》	有	注
8	沃	角	榷	《宋史》〔註181〕	有	注
9	沃	角	鹿	《宋史》	有	注
10	質	結	吉	《戰國策校注》〔註182〕	有	注
11	曷	妹	末	《國語補音》〔註183〕	有	注
12	藥	彊	郭	《國語補音》	有	注

印文淵閣四庫全書》第 69 冊。

〔註174〕〔唐〕顏師古：《匡謬正俗》（《四庫》本），見《景印文淵閣四庫全書》第 221 冊。

〔註175〕〔漢〕鄭玄箋〔唐〕陸德明音義，孔穎達疏：《禮記注疏》（《四庫》本），見《景印文淵閣四庫全書》第 115～116 冊。

〔註176〕〔魏〕酈道元：《水經注》（《四庫》本），見《景印文淵閣四庫全書》第 573 冊。

〔註177〕〔吳〕韋昭：《國語》（《四庫》本），見《景印文淵閣四庫全書》第 406 冊。

〔註178〕〔宋〕歐陽修：《集古錄》（《四庫》本），見《景印文淵閣四庫全書》第 681 冊。

〔註179〕〔漢〕趙煜：《吳越春秋》（《四庫》本），見《景印文淵閣四庫全書》第 463 冊。

〔註180〕〔宋〕黃伯思：《法帖刊誤》（《四庫》本），見《景印文淵閣四庫全書》第 681 冊。

〔註181〕〔元〕托克托等修：《宋史》（《四庫》本），見《景印文淵閣四庫全書》第 280～288 冊。

〔註182〕〔宋〕鮑彪：《戰國策校注》（《四庫》本），見《景印文淵閣四庫全書》第 406 冊。

〔註183〕〔宋〕宋庠：《國語補音》（《四庫》本），見《景印文淵閣四庫全書》第 406 冊。

（三）子　部

序號	韻	字	直音	相關引書	釋文歸韻	直音特徵
1	虞	溝	拘	《荀子》	有	注
2	旱	梡	緩	《揚子法言》〔註184〕	有	注
3	霽	昔	細	《荀子》	有	注
4	隊	賈	孛	《淮南鴻烈解》〔註185〕	有	注
5	諫	鴟	鴈	《禽經》〔註186〕	有	注
6	諫	鶠	鴈	《禽經》	有	注
7	霰	穿	釧	《茶經》〔註187〕	有	注
8	霰	玄	眩	《荀子》	有	注
9	敬	蝗	橫	《演繁露》〔註188〕	有	文
10	徑	甸	乘	《荀子》	有	注
11	曷	鮮	鮁	《荀子》	有	注
12	陌	霓	翟	《淮南鴻烈解》	有	注

（四）集　部

序號	韻	字	直音	相關引書	釋文歸韻	直音特徵
1	麌	步	浦	《五百家註昌黎文集》〔註189〕	有	注
2	敬	哏	病	《山谷集》〔註190〕	有	注
3	沃	谷	浴	《東坡全集》〔註191〕	有	注

〔註184〕〔晉〕李軌注〔唐〕柳宗元注，〔宋〕宋咸、吳秘、司馬光、添注：《揚子法言》（《四庫》本），見《景印文淵閣四庫全書》第696冊。

〔註185〕〔漢〕高誘注：《淮南鴻烈解》（《四庫》本），見《景印文淵閣四庫全書》第848冊。

〔註186〕〔晉〕張華注：《禽經》（《四庫》本），見《景印文淵閣四庫全書》第847冊。

〔註187〕〔唐〕陸羽注：《茶經》（《四庫》本），見《景印文淵閣四庫全書》第844冊。

〔註188〕〔宋〕程大昌：《演繁露》（《四庫》本），見《景印文淵閣四庫全書》第852冊。

〔註189〕〔宋〕魏仲舉注：《五百家注昌黎文集》（《四庫》本），見《景印文淵閣四庫全書》第1074冊。

〔註190〕〔宋〕黃庭堅：《山谷集》（《四庫》本），見《景印文淵閣四庫全書》第1113冊。

〔註191〕〔宋〕蘇軾：《東坡全集》（《四庫》本），見《景印文淵閣四庫全書》第1107～1108冊。

| 4 | 屑 | 制 | 掣 | 《九家集杜詩》〔註192〕 | 有 | 注 |
| 5 | 絹 | 廿 | 念 | 《篁墩文集》〔註193〕 | 有 | 文 |

柒、《轉注古音略》直音考誤

筆者考釋過程中，透過古籍對比，認爲《轉注古音略》直音及釋文，有**譌**誤存在，影響其音注判斷，今述於下：

1. 鮫：音公。《左傳》：「舟鮫守之。」（《轉注古音略・一東》）

按：《經典釋文・春秋左氏音義》「舟鮫」音注爲「音交」。疑「交」形訛誤
　　爲「公」。

2. 鼶：《山海經》：「甘棗之山，有獸如猷鼠而文題，名曰鼶。」注：「鼶，
　　音熊。」（《轉注古音略・一東》）

按：《集韻・八戈》「鼶」注文引《山海經》釋文，該同音字、注文無「熊」
　　音，今考《山海經・中山經》「其名曰鼶」注云：「音那，或作熊也。」
　　疑轉引訛誤。

3. 龐：音龐。黑白色雜也。《周禮》「龐勒」，戚兖讀。（《轉注古音略・三
　　江》）

按：《經典釋文・周禮音義》「龐勒」注：「戚音厖。」《集韻・四江》、《五
　　音集韻・四江》「龐」注引該釋文，作「莫江切」，與「厖」同音。「厖」
　　有二音，讀明母者與「龐」字不爲異體關係，韻書「龐」、「厖」截然
　　有分，疑「厖」形**譌**爲「龐」。

4. 卑：音裨。〈古今人表〉「裨諶」作「卑湛」。後漢有議郎卑整、北平太
　　守卑躬。（《轉注古音略・四支》）

按：《漢書・古今人表》「卑湛」注云：「師古卑音脾，湛音諶。」疑「脾」
　　形**譌**爲「裨」。

〔註192〕釋文引黃庭堅音注杜甫〈寓目〉「制讀作掣」，《九家集注杜詩》收錄。〔宋〕郭知
　　　　達：《九家集注杜詩》（《四庫》本），見《景印文淵閣四庫全書》第1068冊。

〔註193〕〔明〕程敏政：《篁墩文集》（《四庫》本），見《景印文淵閣四庫全書》第1252～
　　　　1253冊。

5. 比：音皮。《左傳・莊公十一年》：「蒙皋比而先犯之。」注：「皋比，虎皮也。」（《轉注古音略・四支》）

按：出處有誤，應爲《左傳・莊公十年》。《經典釋文》「皋比」注云：「音毗。」《廣韻》「毗」屬並母三等開口脂韻、「皮」屬並母三等開口支韻。按王力《漢語語音史》研究，明代同屬滂母〔p'〕、齊齒衣期韻〔i〕，疑音同譌誤。

6. 義：音宜。《詩》：「宣昭義問。」《周官》「凡殺人而義者」、《史記》「君義嗣」，並音宜。（《轉注古音略・四支》）

按：與《古今韻會舉要・四支》「義」注相關，《詩》、《周官》、《史記》釋文皆同，與首韻字「宜」同音，但《古今韻會舉要》作「並音儀」。《廣韻》「儀」屬疑母三等開口支韻、「宜」屬疑母三等開口支韻。按王力《漢語語音史》，明代同屬影母〔j〕、齊齒衣期韻〔i〕，疑音同譌誤。

7. 翄：音尸。不翄猶言不止是也。《莊子》：「不翄於父母。」徐邈讀。（《轉古音略・四支》）

按：《古今韻會舉要・四支》《增修互註禮部韻略・五支》「翄」注引《莊子》及該釋文，但言「徐音詩」。《廣韻》「詩」屬審母三等開口之韻、「尸」屬審母三等開口脂韻。按王力《漢語語音史》，明代同屬審母〔ʂ〕、齊齒衣期韻〔i〕，疑音同譌誤。

8. 逵：音奇。《左傳。莊公二十八年》：「衆車入自純門，及逵市。」注：郭內九軌逵道之市。○按逵市即今言綦盤市，古字借用。（《轉注古音略・四支》）

按：查無「逵」音「奇」之證，《五音集韻・五脂》「綦」、「奇」同音，疑從其借字之音。

9. 煒：音義與「輝」同。〈王莽傳〉：「青煒登平。」注：「青氣之光輝也。」（《轉注古音略・五微》）

按：《漢書・王莽傳》「青煒登平」注：「服虔曰：『煒音暉。』」《古今韻會舉要・五微》「輝」注亦引，疑「暉」形譌爲「輝」。

10. 藘：音閭。《爾雅》：「諸藘，山蔂也。」郭璞曰：「似葛而麤大，江東

呼為藤。」又地名，林慮，一曰隆慮，在河南，無慮在遼東。取慮在臨淮，取，音趨。且慮，在遼西。昌慮，在東海。《漢志》並音閭。（《轉注古音略‧六魚》）

按：釋文與《古今韻會舉要‧六魚》「慮」注類似，「慮」、「閭」音同。《古今韻會舉要》作「《漢志》竝音盧」，《廣韻》「盧」屬來母一等合口模韻、「閭」屬來母三等開口魚韻。按王力《漢語語音史》，明代同屬來母〔1〕、韻母分屬合口姑蘇韻〔u〕、撮口居魚韻〔y〕，疑音近**譌**誤。

11. 譽：音譽。《論語》：「誰毀誰譽。」（《轉注古音略‧六魚》）

按：音注與韻字同字，疑誤。《楊升庵叢書》校勘以為：

　案《論語音義》「音餘」，當從之。〔註194〕

《古今韻會舉要‧六魚》「譽」注引《論語》文，疑與同音字「輿」字形**譌**。

12. 累：音累。《禮‧月令》：「累牛騰馬。」（《轉注古音略‧十灰》）

按：韻字、音注同字，疑誤。《楊升庵叢書》依《古音叢目》校正作「雷」，自當可信。〔註195〕（《轉注古音略‧四支》）

13. 麇：音君。《左傳‧哀二年》：「羅無勇，麇之。」（《轉注古音略‧十二文》）

按：《增修互註禮部韻略‧十六軫》「麕」注引《左傳》文，而《增修互註禮部韻略‧二十文》「麇」與其首韻字「君」同音，疑「麇」形**譌**為「麕」。

14. 純：音昆。《毛詩》：「白茅純束」鄭玄讀，又音稛。（《轉注古音略‧十三元》）

按：《楊升庵叢書》認為此音有誤：

　各本及《古音叢目‧十三元》同。案箋云：「『純』讀如『屯』。」釋
　文：「沈云：『鄭徒尊反』。」「徒尊反」亦屯音。〔註196〕

〔註194〕王文才、萬光治等編注：《楊升庵叢書（一）》，頁578。

〔註195〕王文才、萬光治等編注：《楊升庵叢書（一）》，頁594。

〔註196〕王文才、萬光治等編注：《楊升庵叢書（一）》，頁604。

《增修互註禮部韻略‧二十二元》「純」注云：「《詩》：『白茅純束。』毛音徒本切，鄭音屯。」可證《叢書》之說。但是否為「屯」音，筆者持保留態度，因《轉注古音略‧十三元》「純」有二注，另一注云：「音敦。《史記》：『錦繡千純。』舊音作屯，非。」楊慎似未全然接受「屯」音。

15. 姍：音姍。相如賦「媻姍」注：「跛行貌。」〈李夫人傳〉：「何姍姍其來遲？」又音訕。《漢書》始皇「姍笑三代」。（《轉注古音略‧十四寒》）

按：韻字與音注相同，疑誤。《楊升庵叢書》校勘認為「本書〈十五刪〉亦收『姍』字，同注二音，作『音珊』，亦引『姍姍』、『姍笑』為據，蓋互見也，此亦似當作『音珊』。」〔註197〕考《古今韻會舉要‧十四寒》「跚」注云：「『蹣跚』，行不進貌。《廣韻》：『跛行貌。』通作『姍』。《前‧相如傳》『媻姍』又〈李夫人傳〉：『偏何姍姍其來遲』。」二者注文相似，筆者以為當為「跚」音，疑「跚」形譌為「姍」。

16. 貙：音貙。野豚。（《轉注古音略‧十四寒》）

按：韻字、音注相同，疑誤。《廣韻‧二十五寒》、《五音集韻‧九桓》「貛」注為「野豚」，與「貙」同音，疑「貛」形譌為「貙」。

17. 虨：音班。《說文》：「虎文彪也。」《集韻》或作「虨」。作「霖」非。（《轉注古音略‧十五刪》）

按：釋文與《古今韻會舉要‧十五山》「虨」注雷同，引有《說文》、《集韻》等釋文，但「班」音屬其前一韻首字，疑轉引譌誤。

18. 瓣：音攀。瓜中實也。又片也。《詩‧碩人》注「瓠瓣」，陸德明讀。（《轉注古音略‧十五刪》）

按：釋文與《古今韻會舉要‧十五山》「瓣」注雷同，引《詩》注及相關釋文，但云：「陸德明一音平聲。」《楊升庵叢書》校勘認為：

「瓣」，釋文「蒲閑反」，《廣韻》未收，《集韻‧刪韻》收此切，只「瓣」一字，楊慎應改直音為「攀」。

根據筆者考釋，此字釋文與《古今韻會舉要》關係較《集韻》密切，「攀」音為

〔註197〕王文才、萬光治等編注：《楊升庵叢書（一）》，頁608。

《古今韻會舉要》「瓣」前一韻首字，疑轉引訛誤。

19. 悓：音堅，縣名，在東萊，《漢・地理志》。(《轉注古音略・一先》)

按：《漢書・地理志》「㹕」注云：「師古曰：『㹕音堅。』」《廣韻・一先》、《集韻・一先》「掔」注皆云：「縣名，在東萊。」其首韻字為「堅」，疑「掔」、「㹕」形訛為「悓」字。

20. 窜：音圈。賈誼賦：「窜若囚拘。」蘇林讀。(《轉注古音略・一先》)

按：《楊升庵叢書》校勘云：

> 《漢書》顏師古注引蘇林曰：「音欺全反。」案欺全反即圈音。
> [註198]

筆者以為直音具又音性質，「圈」音是否為「欺全反」，應有古籍為證。今考楊慎《丹鉛餘錄》云：

> 賈誼〈鵩賦〉：「僒若囚拘。」蘇林音「欺全反」師古云：「蘇音是也。」南唐張佖辯之曰：「《說文》：『窜音渠隕切。』李善《文選》註：『窜，囚拘之貌。』五臣注：『窜困也。』其字並不從人，惟孫強新加字《玉篇》及《開元文字》有作僒然者，皆音渠隕切，疑蘇音誤，今誼從《說文》音。」余按此句《漢書》作「僒若囚拘。」《史記》作「摀若囚拘窜」，當音渠隕反。

楊慎對於「欺全反」採反對的態度，對於《楊升庵叢書》校勘，筆者持存疑態度。

21. 葏：音義與「芊」同。《詩》：「葏葏者莪。」今作「菁」。(《轉注古音略・一先》)

按：《集韻・先韻》、《五音集韻・十一仙》「葏」注引《詩經》文，但「芊」音分為《集韻》前一韻字，《五音集韻》後一韻字，疑轉引訛誤。

22. 嬴：借音連。《漢・地理志》嬴陵縣在交址，陵音受。(《轉注古音略・一先》)

按：《漢書・地理志》「嬴陵」注云：「孟康曰：『嬴音蓮，陵音受。』」當為「蓮」，疑形訛。

〔註198〕王文才、萬光治等編注：《楊升庵叢書（一）》，頁618。

23. 檥：音蛾。《史記》「亭長檥船」，徐廣讀。（《轉注古音略‧五歌》）

按：楊慎《古音叢目‧五歌》「檥」注引《史記》，但音「俄」。《史記集解‧
  項羽本紀》注：「徐廣曰：『檥，音儀，一音俄。』」當爲「俄」字，疑
  形譌。

24. 罷：音巴。《論語》：「欲罷不能。」陸德明讀。（《轉注古音略‧六麻》）

按：《楊升庵叢書》校正云：

  《論語‧釋文》：「『罷』，又音皮巴反。」《集韻‧麻韻》「罷」讀蒲
  巴切，注云：「止也。《論語》：『欲罷不能。』陸德明讀。」案蒲巴
  切即皮巴切，此音巴，各本及《古音叢目‧六麻》同。與皮巴切不
  同音。〔註199〕

今考《集韻‧麻韻》「罷」注與此釋文相同，但「巴」音屬前一韻首字，
疑轉引訛誤。

25. 秅：音茶。烏秅，國名。音鴉茶。（《轉注古音略‧六麻》）

按：《漢書‧西域傳》：「烏秅國千三百四十里」注：「鄭氏曰：『烏秅，音鷃
  挐。』師古曰：『烏音一加反，秅音直加反。』」考《集韻‧九麻》「秅」
  云：「烏秅，西域國名。」「茶」屬前一韻字，疑轉引訛誤。

26. 㴆：音零。㴆陽，地名。《山海經》音潛。韻書音岑，凡有三音。（《轉
  注古音略‧九青》）

按：《五音集韻‧五青》「㴆」、「零」同音，疑「㴆」、「㴆」二字形譌。

27. 敦：音燾。覆也。《周禮》：「每敦一几。」劉昌宗讀。（《轉注古音略‧
  十一尤》）

按：《楊升庵叢書》「燾」誤作「壽」，並校勘云：

  案《釋文》引劉「音疇」，當據正。〔註200〕

今考「燾」非尤韻，但或非音注有誤，《周禮‧春官》：「每敦一几。」鄭注：
「敦讀曰燾。」《古今韻會舉要‧二十號》「燾」注亦引之，或爲歸韻有誤。

〔註199〕王文才、萬光治等編注：《楊升庵叢書（一）》，頁638。

〔註200〕王文才、萬光治等編注：《楊升庵叢書（一）》，頁659。

28. 檮：音稠。剛木也。《左傳》有檮戭，人名。《史‧龜策傳》：「上有檮蓍。」《漢書》檮余，山名。〈藝文志〉有公檮生。師古曰：字从木，市由切。佛典：「傳大士居雙檮間。」○慎按諸書，「檮」字皆音稠，獨《孟子》「檮杌」音陶，乃陸德明之誤。據杜預《左傳注》：「檮杌，凶頑無儔匹也」，則亦當音儔。郭璞《爾雅序》：「不揆檮昧。」（《轉注古音略‧十一尤》）

按：《增修互註禮部韻略‧十八尤》「檮」、「稠」、「儔」音同，其注言：「剛木，又檮戭，人名。」《古今韻會舉要‧十一尤》「檮」、「稠」、「儔」同音，其注言：「剛木也。又地名。《前‧霍去病傳》檮余山。又人名，《左傳》檮戭。」《史記‧龜策列傳》「檮蓍」，其注言：「檮，古稠字」。《集韻‧十八尤》「檮」、「稠」、「儔」音同，其注言：「《史記》上有檮蓍。」疑「稠」形譌為「椆」。

29. 峒：音統。峒帤，夷服也，見《類篇》。（《轉注古音略‧一董》）

按：今考《類篇‧巾部》「峒」作「他東切」，歸韻不合。《古今韻會舉要‧一董》、《新增互註禮部韻略‧一董》「侗」、「統」音同，或與此相關。

30. 軹：音義與「軌」同。〈少儀〉：「祭左右軹。」注：「『軌』與『軹』同義，謂轊頭也。」（《轉注古音略‧四紙》）

按：此釋文以古籍注文「同義」判其音讀。《楊升庵叢書》認為「〈少儀〉注作『軌與軹，於車同。』」〔註201〕並未如楊慎注文所述。《古今韻會舉要‧四紙》「軌」注云：「《禮記‧少儀》：『其在車，左執轡，右受爵，祭左右，軌范乃飲。』注：『范謂軾前也，與軹同謂轊頭也。』」疑為誤讀所致。

31. 璜：《儀禮》注引〈禮器〉：「曰：『璜爵』，天子醑諸侯。」注：「璜，音虎。」（《轉注古音略‧七麌》）

按：《儀禮‧聘禮》：「琥璜爵，蓋天子酬諸侯。」《經典釋文》注云：「琥，音虎。」《楊升庵叢書》校正此條亦同此說，疑轉引訛誤。〔註202〕

〔註201〕王文才、萬光治等編注：《楊升庵叢書（一）》，頁682。

〔註202〕王文才、萬光治等編注：《楊升庵叢書（一）》，頁693。

32. 䴲：《荀子・富國篇》：「午其軍，取其將，若撥䴲。」注引《周禮》籩
人職曰：「朝事之籩，其實䴲、蕡。」鄭云：「熬麥也。」楊倞云：「麥
之牙蘗也，至脆苦，故以喻之。」音與「醴」同。○慎按「䴲」從豊，
義同「酒醴」之「醴」，《荀》注音是也。《說文》從豐，音豐，恐誤。
（《轉注古音略・八薺》）

按：楊慎音注引自《荀子》，今考《荀子》「若撥䴲」注，未有此音，且云：
「䴲與豐同。」

33. 觟：音懈。《廣雅》以爲「獬廌」之「獬」。又人姓，有觟陽。別音鮭，
誤。（《轉注古音略・九蟹》）

按：《楊升庵叢書》以爲「『獬廌』作『觟觤』，見王充《論衡・是應篇》。」
〔註203〕考《五音集韻・十駭》「觟」注云：「《廣雅》作豣豼。」疑釋文
從此，該韻同音字有「獬」、「澥」、「嶰」等字，疑形訛作「懈」。

34. 眼：音狠。《周禮》：「望其轂，欲其眼也。」鄭玄讀。（《轉注古音略・
十二吻》）

按：《楊升庵叢書》校勘以爲：

按注引鄭司農云：「『眼』讀『限切』之『限』。」《釋文》：「限，魚
懇反。」「限」與「狠」韻同而聲近，此借「狠」爲音。〔註204〕

以「韻同而聲近」方式判斷楊慎古音，筆者持保留態度。《集韻・二十一》
「眼」注釋文與其相似，引《周禮》及鄭康成讀，「限」爲其同音首韻字，
疑「限」形訛爲「狠」。

35. 玴：音畎。《詩》：「玴玴珮璲。」（《轉注古音略・十六銑》）

按：《詩》作「鞙鞙佩璲」，《增修互註禮部韻略・二十七銑》「玴」注亦引
用，但「畎」屬前一首韻字，疑轉引有誤。

36. 躬：音供。趙明誠《金石錄》云：「唐〈令狐先廟碑〉，劉禹錫撰集本
云『躬若奉盈』而碑本作躬」按《史・周公世家》云：「躬躬然如畏。」

〔註203〕王文才、萬光治等編注：《楊升庵叢書（一）》，頁696。
〔註204〕王文才、萬光治等編注：《楊升庵叢書（一）》，頁702。

徐廣曰：「**駒駒**，謹敬貌，出《三蒼》。」《平水韻》作「躳」注：「曲
躬也。」（《轉注古音略・一送》）

按：《古今韻會舉要・一送》「躳」注：「曲躬也。一曰役使也。○《平水韻》
　　增。」疑與釋文所言相關，但同音者爲「曲」，疑「曲」形**譌**爲「供」。

37. 子：音字。《禮記》：「子庶民也。」徐邈讀。（《轉注古音略・四寘》）
按：《楊升庵叢書》校勘以爲：

　　《釋文》：「子，徐將吏反。」案將精紐，字從紐，方音或清濁相混。

〔註205〕

筆者以爲或與方音無涉，《禮記・中庸》：「子庶民也。」《經典釋文》注云：
「子如字，徐將吏反。」或爲誤讀所致。

38. 稧：音憩。《楚辭》：「稧車與江離。」謝嶠讀。（《轉注古音略・八霽》）
按：《楊升庵叢書》校勘以爲：

　　見《集韻・祭韻》，字作「蕛」。〔註206〕

今考《集韻・十三祭》、《五音集韻・十一祭》「蕛」注：「香草。《爾雅》：
『蕛車芐輿。』謝嶠讀」「憩」與之同音，或以爲是。

39. 蕞：音蔡。地名。又蕞爾，小貌。（《轉注古音略・九泰》）
按：《五音集韻・十二泰》「蕞」注：「小貌。」「蔡」音爲前一韻首字，疑
　　轉引訛誤。

40. 綴：音帶。表也。《禮》：「行其綴非。」《詩》：「荷艾與綴。」鄭玄讀。
　　（《轉注古音略・九泰》）
按：《五音集韻・十二泰》「綴」注，除「行其綴非」作「行其綴兆」外，
　　釋文相同，「帶」音爲前一韻首字，疑轉引有誤。

41. 淺：《儀禮》注：「槃以盛棄水，爲淺污人也。」疏云：「淺音濺，一音
　　贊。」（《轉注古音略・十七霰》）
按：《經典釋文》「淺」注：「劉音箭，一音贊。」《廣韻》「箭」屬精母三等

〔註205〕王文才、萬光治等編注：《楊升庵叢書（一）》，頁748。
〔註206〕王文才、萬光治等編注：《楊升庵叢書（一）》，頁764。

開口線韻、「濺」屬精母三等開口線韻。按王力《漢語語音史》，明代同屬精母〔ts〕、齊齒言前韻〔ⁱan〕，疑音同譌誤。

42. 勺：《詩・頌》篇名。見《左傳》，劉昌宗讀作「肖」。（《轉注古音略・十八嘯》）

按：《楊升庵叢書》校勘以爲：

> 釋文：「勺，劉又音照。」之笑切即照音。此云「見《左傳》，劉昌
> 宗讀作『肖』」，未詳。〔註207〕

考《五音集韻・十二笑》「勺」注與此相同，「肖」音爲前一韻字，疑轉引有誤。

43. 削：音哨。《說文》本作「削」，今作「削」。《周禮・天官》：「家削之賦。」注：「家邑大夫之采地也。」又作「稍」。（《轉注古音略・十九效》）

按：《古今韻會舉要・十九效》「削」注引《周禮》及其注文，「哨」爲前一韻字，疑轉引有誤。

44. 槀：音詐。槀皋，地名，詐、辜二音。地在淮南逡遒縣。（《轉注古音略・二十二禡》）

按：《五音集韻・十七禡》「槀」注：「地名，在淮南逡遒縣東南。」「詐」音爲前一首韻字，疑轉引有誤。

45. 油：音又。藿手桐花曰油。《莊子》：「油然爹然。」（《轉注古音略・二十六宥》）

按：《五音集韻・八宥》「油」注：「藿子桐花曰油。」「又」音爲前一韻字，疑轉引有誤。

46. 留：音溜。宿留，行相待也。又盤桓也。今作**秀溜**。《史・武紀》：「宿留海上。」注：「謂有所須待。」又濡滯也。《孟子》「退而有去志。」注：「宿留也。」《後漢書》：「此誠聖思所宜宿留也。」〈韋彪傳〉：「子其宿留乎？」《列子》：「襄子怪而留之。」梁鴻詩：「惟季春兮華阜，

〔註207〕王文才、萬光治等編注：《楊升庵叢書（一）》，頁793。

麥含英兮方秀。口噭噭兮余訕，嗟悒悒誰留。」（《轉注古音略·二十
六宥》）

按：《古今韻會舉要·二十六宥》「留」注釋文，與此相似，引《史記》、《孟
子》、《後漢書》等注文，「溜」爲前一韻字，疑轉引有誤。

47. 鞴：古文《易》：「服牛乘馬。」今作「服」。《史記》：「伯鞴」，《左傳》
作「伯服」。《後漢書·董卓傳》：「義直黻未乎？」義同「服」，則「鞴」
古服字也。今作「備」音，非。（《轉注古音略·一屋》）

按：《楊升庵叢書》透過《史記》、《漢書》、《後漢書》對照，以爲此字有誤，
當爲「犕」字。〔註208〕筆者以爲當爲「鞴」字，考《增修互註禮部韻
略·一屋》「鞴」注亦引《易》、《史記》、《左傳》等釋文。

48. 淤：古音義同「沃」見〈馬融傳〉注。（《轉注古音略·二沃》）

按：《後漢書·馬融傳》：「然後擺牲班禽，淤賜犒功。」注云：「淤與飫同。」
疑「飫」形譌爲「沃」。

49. 峚：音蜜。《山海經》：峚山，其上多丹木，丹水出焉，其中多玉膏。（《轉
注古音略·四質》）

按：《山海經·西山經》「峚山」郭璞注云：「音密。」疑「密」形譌爲「蜜」。

50. 戌：音悉。《說文》：「戌，悉也。」《史·相如傳》：「眇閻易以戌削。」
注：「戌削，如刻畫作之。」（《轉注古音略·四質》）

按：釋文「悉」音由聲訓而得，但《楊升庵叢書》以爲「悉」字有誤，「案
《說文·戌部》作『滅也』。」〔註209〕筆者以爲此應引大徐《說文》「咸」
字釋文：「皆也，悉也，从口从戌。戌，悉也。」《古今韻會舉要·十
五咸》「咸」注亦引，疑「咸」形譌爲「戌」。

51. 昧：音末。《易》曰：「日中見昧。」斗杓後星也。王肅音昧，非。（《轉
注古音略·七曷》）

按：《楊升庵叢書》校正以爲：

〔註208〕王文才、萬光治等編注：《楊升庵叢書（一）》，頁833。

〔註209〕王文才、萬光治等編注：《楊升庵叢書（一）》，頁844。

《釋文》引王肅云：「音妹。」案「昧」、「妹」雖同音，然與字目混，

當依《釋文》所引作「妹」。〔註210〕

今考《增修互註禮部韻略・十三末》、《五音集韻・八末》「昧」注皆引《易》
文及王肅妹音，《叢書》所言即是。

52. 撺：音與「怛」同。《莊子》：「撺赫千里。」《文選》注：「撺音贊。」
讀如水濺衣濕之濺。（《轉注古音略・七曷》）

按：《文選・洞簫賦》注云：「杜預《左氏傳》注曰：『撺，湔也。湔音贊也。』」
疑轉引訛誤。

53. 雒：音鵙。《說文》：「鵙鵙也。」《詩》「七月鳴鵙。」漢光武都洛陽以
漢火德忌水，故去水而從佳以各作「雒」。（《轉注古音略・十藥》）

按：音注與其釋文同爲「鵙」字，但疑有誤，今考大、小徐本《集韻・十
九鐸》「雒」字釋文「鵙鵙也。」疑「鵙」形訛爲「鵙」。

54. 蕙：音勺。《漢志》：「尺者蕙也。」（《轉注古音略・十藥》）

按：《古今韻會舉要・十藥》「蕙」注釋文與此相同，但「勺」爲前一韻字，
疑轉引有誤。

55. 糸：音戚。細絲也。（《轉注古音略・十二錫》）

按：「函海本」音覓，「四庫本」音戚，考《廣韻・二十三錫》、《集韻・二
十三錫》、《五音集韻・五錫》釋文皆爲「細絲也」，同音韻首字爲「覓」，
「函海本」爲是。

56. 咷：音滴。《漢・韓延壽傳》：「嗷咷楚歌。」服虔說。（《轉注古音略・
十二錫》）

按：《楊升庵叢書》校勘以爲：

《漢書》顏師古注引服虔曰「『咷』音『滌濯』之『滌』。」按「滌」
本徒歷切，與「滴」清濁相異，方音或同。

筆者以爲此音或有誤，今考《集韻・二十三錫》、《五音集韻・五錫》「咷」
注皆引此《漢書》釋文，與其同音字爲「牺」、「樀」等字，或字形訛誤。

57. 國：越逼切。《釋名》：「國，域也。」《博古圖》周南宮鼎，光和南國周穆公鼎，「南國」、「東國」皆作「或」。《周官》「蟈氏」鄭司農亦云：「蟈讀如域字。」（《轉注古音略・十三職》）

按：今考《周官・秋官》「蟈氏」鄭注：「蟈讀爲蟈。」此釋文與《韻補・五質》相似，皆引《釋名》、《博古圖》、《周官》，亦爲「鄭司農亦云：『蟈讀如蟈字。』」疑「蟈」形譌爲「域」。

58. 浹：音帀。《周禮》：「浹日而斂之。」《列子》：「曾未浹時而慇憾者再三。」（《轉注古音略・十五合》）

按：《周禮・大宰》作「挾日而斂之。」《經典釋文》注云：「『挾』，子協反，字又作『浹』同。『帀』本作『帀』，子合反，十日也。」疑誤讀而音「帀」。

59. 雜：音錯。《公羊傳》：「雜然助之。」何休讀。（《轉注古音略・十五合》）

按：《楊升庵叢書》校正以爲「案『錯』，〈鐸韻〉，非〈合韻〉。」〔註211〕筆者以爲《五音集韻・九合》「雜」注引《公羊傳》文及何休讀，其同音者爲「鯌」，疑「鯌」形譌爲「錯」。

第四節 小 結

本章以三種研究脈絡對於楊愼《轉注古音略》進行研究，分別爲楊愼「轉注古音」探析、《轉注古音略》切語來源考及《轉注古音略》直音來源考，希冀對於《轉注古音略》音釋內容能有進一步了解。

楊愼「轉注古音」，注重「轉注」與音韻的結合，由《古音後語》可知，「轉注古音」深受前人「聲轉說」的影響。楊愼接受明人趙古則「因義轉注」、「無義轉注」、「因轉而轉」、「假借而轉注」等「轉注」觀念，並將趙古則反對的「雙音並義」、「方音」、「叶音」例，納入「轉注古音」的範疇。透過《古音後語》、〈答李仁夫論轉注書〉、〈轉注古音略題辭〉等證據，筆者提出楊愼「轉注古音」內涵具有三種層次差異，「轉注古音」的判斷關鍵爲古今異讀，這與前輩學者解釋楊愼「轉注古音」說法大相逕庭。前輩學者囿於楊愼「原古人轉注之法，義

〔註211〕王文才、萬光治等編注：《楊升庵叢書（一）》，頁893。

可互則互，理可通則通」說法，誤釋楊慎「轉注古音」著重音義關聯。楊慎《轉注古音略》之所以致力探尋文獻中的古今異音，與他自身的音學認知相關。楊慎繼承宋人之說，缺乏古今音變觀念，認爲古音具多音性質，由於沈約定韻，造成古音遺失，故《轉注古音略》主旨即透過文獻考察，還原「轉注古音」之貌。

楊慎《轉注古音略》以搜羅典籍中的古今異音爲目的，故其音讀必有依據。今視《轉注古音略》引書體例卻有未明處，文前所附〈聞見字書目錄〉、〈夏英公集古篆韻所引書目〉，書目內容令人質疑，且在切語來源方面，《楊升庵叢書》校勘註解有誤。因此本文建立「切語引書分析法」，以探尋古籍相關反切音爲始，藉釋文「明引」、「暗引」建立〈引書綱目〉，並以此綱目作爲擇選標準。所得引書結果分爲「相關韻、字書」、「相關史書注疏」、「其他注疏、筆記著作」三類，可知〈聞見字書目錄〉、〈夏英公集古篆韻所引書目〉與《轉注古音略》並無直接關係。筆者藉楊慎古音研究方法，正誤《轉注古音略》切語來源的諸多訛誤。

除切語外，直音爲《轉注古音略》音讀呈現的另一方式。筆者以《轉注古音略》切語引書研究爲基，建立「直音引書分析法」。以探尋相關古籍直音釋文爲始，比較彼此差異，並以〈引書綱目〉、聲韻關係爲考察標準，所得直音引書結果，由於限於時、空、自身耳目不廣，仍有不足未全處。但對於楊慎古音研究方式，可窺探一二。楊慎主要藉由古籍裡的正、注、疏文、韻書中的同音韻首字、同音字，著述《轉注古音略》直音及釋文。此外，也參考韻書中他字、又音等資料作爲《轉注古音略》的論證。第三節末處，筆者藉古籍對照，對於直音引書資料進行正誤校勘。

由本章研究可知，古籍、韻書音注，與楊慎古音理論關係十分密切。清人許翰〈求古韻八例〉云：「一曰諧聲，《說文》某字某聲之類是也。二曰重文，《說文》所載古文、籀文、奇字、篆文或某聲者是也。三曰異文，經傳文同字異，漢儒注某讀爲某者是也。四曰音讀，漢儒注某讀如某，某讀若某者是也。五曰音訓，如仁人、義宜、庠養、序射、天神引出萬物、地祇提出萬物者是也。六曰疊韻，如崔嵬、虺隤、傴僂、汙邪是也。七曰方言，子雲所錄，是其專書，故書雜記，亦多存者，流變實繁，宜愼擇矣。八曰韻語，九經、《楚辭》、周秦

諸子、兩和有韻之文是也。盡此八者，古音之條理秩如也。」〔註212〕耿振生《20世紀漢語音韻學方法論》將漢語音韻學研究方法分為「韻腳字歸納法」、「反切繫聯法」、「音注類比法」、「諧聲推演法」、「異文通假聲訓集證法」、「統計法」、「審音法」、「歷史比較法」、「內部擬測法」、「譯音對勘法」等。〔註213〕不論古今，在古音學的研究方法上，楊慎大量運用韻書材料探尋古音，實屬特殊情況。《切韻》系韻書本身具有「存古」性質，章太炎〈音理論〉云：「不悟《廣韻》所包兼有古今方國之音，非並時同地得有聲勢二百六種也。」〔註214〕錢玄同《文字學音篇》云：「陸法言定韻精意全在於此，吾儕生於二千年後，得以考明三代古音之讀法，悉賴法言之兼存古音。」〔註215〕故楊慎憑藉各家韻書以求古音，並非全然窒礙之法，但由於楊慎身處明代，又未對於上古韻文作一整體性歸納，在古今音變觀念薄弱等因素下，他所建構的古音必有一定的侷限性。

〔註212〕〔清〕許瀚：《攀古小廬全集》（濟南：齊魯書社，1985 年），頁 163～164。

〔註213〕耿振生：《20 世紀漢語音韻學方法論》（北京：北京大學出版社，2004 年）。

〔註214〕章太炎撰、龐俊、郭承永疏證：《國故論衡疏證》（北京：中華書局，2008 年），頁 90。

〔註215〕錢玄同《文字學音篇》，收錄於劉琅編：《精讀錢玄同》（廈門：鷺江出版社，2007 年），頁 25。

第三章　楊愼《古音叢目》「三品」說及其音釋考論

　　根據王文才《楊愼學譜》考證，《古音叢目》成書於嘉靖十四年，該書結合吳棫《詩補音》、《楚辭釋音》、《韻補》及己身《轉注古音略》而成。楊愼於《古音叢目・序》表示，對於吳棫的古音研究，並非全盤接受，而是以「三品」作爲擇音的標準。對此，王文才以學術史的研究角度提出肯定，認爲《古音叢目》「實乃訂補吳棫古音而作，與其《古音略》正相輔而行。宋以來論古音者，以吳爲主，朱熹亦遵用之，雖多牴牾，無議其非者；愼別其然否，承先啓後。其後顧亭林於《詩本音》中，更就其《韻補》一一糾正，皆所謂不破不立也。」〔註1〕因此，欲明《古音叢目》音釋內容，則須釐清「三品」標準，除理論探析外，本節著重驗證「三品」的應用方式，希冀對於楊愼古音學研究方法能有進一步了解。

第一節　《古音叢目》「三品」說探微

　　楊愼繼《轉注古音略》後，著《古音叢目》一書，關於此書背景，盧淑美云：

> 《古音叢目》成於嘉靖十四年（西元 1535 年），繼《轉注古音略》

〔註1〕王文才：《楊愼學譜》（上海：上海古籍，1988 年），頁 205。

而作。係依當時通行的平水韻，全韻分部，而以古音之相協者分屬之。下注音讀及出處，他的缺點就是太簡略。[註2]

《古音叢目》著作方式，與《轉注古音略》不同，楊慎自言其書以「三品」爲標準，結合己身與吳棫研究著作而成，其《古音叢目·序》云：

> 吳才老嘗著《詩補音》、《楚辭釋音》、《韻補》三書，皆古音之遺也。予嘗合而觀之，有三品焉，有當從而無疑者，有當疑而闕之者，有當去而無疑者。如舍之音署，下之音虎，馬之音母，有之音已，福之音偪，見於《易象》，不一二而足。服之爲房六切，見於《詩》者，凡十有六，皆當爲蒲比切，而無與房六叶者。友之爲云九切，見於《詩》者，凡十有一，皆當作羽軌切，而無與云九叶者，此類當從而無疑者也。朝一也，既叶爲周，又叶爲署，爲除；夜一也，既叶爲御，又叶爲灼，爲液，此類當疑而闕者也。至若〈騶虞〉一詩，既以虞叶爲牙，而合豝爲韻，下章又以虞叶五紅切，而強合蓬韻。且虞之爲牙，見於賈誼《新書》，騶虞之爲虞烘，考之古典則無，求之方言則背。況詩之作，出自一人之手，韻自合用一方之音，而二章之內，遽分兩韻，是非古音也，百舌之音也。其爲臆說無疑，此類當去者也。暇日取才老三書，去其當去，存其可存，又禪附以予所輯《轉注古音略》十之六，合爲一編。大書標其目，分注其所出，解詁引證，文多不載，本書備矣。[註3]

楊慎《古音叢目》，對於吳棫研究而言，具有繼承與發展的意義。其中關鍵「三品」標準爲何？在叶音學術史上，應屬一問題意識，惜尚未集中開展探析，以了解其中意義。雷磊〈楊慎古音學源流考辨〉認爲「楊慎古韻學出自吳棫」[註4]、李開《漢語語言研究史》提出「楊慎用自己不同於吳棫的方法，對《韻補》做了若干有價值的增訂」[註5]，雷、李二人皆注意吳、楊二人的學術關係，但

〔註2〕盧淑美：《楊升菴古音學研究》（嘉義：中正大學中國文學研究所碩士論文，1993年），頁 24。

〔註3〕〔明〕楊慎：《古音叢目》（《函海》本），頁 11143。

〔註4〕雷磊：〈楊慎古音學源流考辨〉，《湘潭大學學報（哲學社會科學版）》（2007 年第 31 卷第 6 期），頁 145。

〔註5〕李開：《漢語語言研究史》（南京：江蘇教育出版社，1993 年），頁 177。

未論述關鍵差異標準的「三品」。汪業全〈古代叶音基本情況表〉，關於楊愼研究部分，針對《異魚圖贊》、《譚苑醍醐》等著作而發〔註6〕，未見提出叶音「三品」的《古音叢目》。清人謝啓昆《小學考》，對於楊愼此篇序文作一簡釋，「按是書增損吳才老《詩補音》、《楚辭釋音》、《韻補》三書，並取自輯之《轉注古音略》合而編之者。」〔註7〕對「三品」說未作解釋。盧淑美對「三品」研究，亦不出《古音叢目・序》說明：

> 楊升菴認爲吳棫《詩補音》、《楚辭釋音》、《韻補》，有的字有問題，
> 故要缺疑保留；有的字有錯誤，應當刪除。於是合此三書，缺疑刊
> 誤又加上他所著的《轉注古音略》之主要內容，合編爲《古音叢目》
> 五卷共收四千五百餘字。〔註8〕

如今對於「三品」稍具成果者，爲韓小荊《楊愼小學評議》，他對於楊愼「三品」進行學術史價值說明：

> 楊愼所列的三個條例對後人很有啓發。顧炎武著《唐韻正》，全面整
> 理《韻補》是首先必做的工作，所以又有《韻補正》的著述，書中
> 對《韻補》逐韻按「合者」、「不合者」、「疑者」、「四聲轉用不必注
> 者」、「古音同用不必注者」、「韻中原有者」等項分別列舉《韻補》
> 中字，其中「合者」、「不合者」、「疑者」三項極爲重要，這正是楊
> 愼著《古音叢目》整理吳書的條例，「當從而無疑者」即「合者」；「當
> 去而無疑者」即「不合者」；「當疑而缺之者」即「疑者」。《韻補正》
> 顯然是受了楊愼的啓發。〔註9〕

韓小荊著重《古音叢目》對《韻補正》的影響，雖言「三品」，但內涵未探。筆者以爲探究《古音叢目》音釋前，必須需明瞭其「三品」標準，才得以了解楊愼與吳棫的音學差異。

〔註6〕 汪業全：《叶音研究》（長沙：嶽麓書社，2009年），頁307。

〔註7〕 〔清〕謝啓昆：《小學考》（上海：漢語大辭典出版社，1997年），頁466。

〔註8〕 韓小荊：《楊愼小學評議》（武漢：湖北大學漢語言文字學研究所碩士論文，1999年），頁24。

〔註9〕 韓小荊：《楊愼小學評議》，頁27。

壹、「三品」理論探析

根據《古音叢目》，楊慎以「三品」檢視吳棫研究，以下分述探析：

一、當從而無疑者

「當從而無疑者」，表示楊慎對於吳棫研究的承繼，其中標準，即韻文押韻一致性的要求：

> 如舍之音署，下之音虎，馬之音母，有之音已，福之音偪，見於《易象》，不一二而足。服之爲房六切，見於《詩》者，凡十有六，皆當爲蒲比切，而無與房六叶者。友之爲云九切，見於《詩》者，凡十有一，皆當作羽軌切，而無與云九叶者，此類當從而無疑者也。

因押韻證據一致，故「當從而無疑者」，「下」、「舍」字音讀，可代表韻文押韻聯繫的穩定。楊慎《古音略例》於《周易・乾》「潛龍勿用，陽在下也。見龍在田，德施普也。」注云：「下，叶後五切，與普爲一韻。」〔註10〕「虎」音、「後五切」，皆以一等合口姥韻與「普」相叶。《周易・井》云：「井泥不食，下也。舊井無禽，時舍也。」〔註11〕「舍」字，《廣韻》「舒呂切」，屬語韻。吳棫《韻補》的古音系統中，麌、姥韻通語韻，因此《周易・井》「下」字音讀不必隨韻改叶。

「當從而無疑者」舉證語料中，「服」字十之有六爲「蒲比切」、「友」字十之有一爲「羽軌切」，此語並非是楊慎創發。根據張民權彙考校注《毛詩叶韻補音》，〈關雎〉「思服」、「瑟友」等注，吳棫已言「《詩》之一十有六，無用今房六切一讀者」、「《詩》用友韻凡十有一，無作云九切者。」徐蒧序文加以轉述，王質《詩總聞》亦云：「今服房六切，《詩》十有六，無用此切；有云九切，《詩》十有一，亦無用此切者。今從吳氏。」〔註12〕可見當時吳棫此項說法影響頗廣。〔註13〕因此楊慎「當從而無疑者」的押韻一致標準，乃承襲吳棫說法而來。

〔註10〕〔明〕楊慎：《古音略例》（《函海》本），頁 11527。

〔註11〕〔魏〕王弼注〔唐〕陸德明音義，孔穎達疏：《周易注疏》，錄於《景印文淵閣四庫全書》第 7 冊（臺北：臺灣商務印書館，1986 年），頁 469。爲求行文簡便，文中不再附註。

〔註12〕〔宋〕王質：《詩總聞》，錄於《景印文淵閣四庫全書》第 72 冊（臺北：臺灣商務印書館，1986 年），頁 439。爲求行文方便，本文以下簡稱此版本爲《詩總聞》（《四庫》本）。

〔註13〕關於吳棫、徐蒧、王質此段論述之比較，詳見張民權：《宋代古音學與吳棫《詩補

二、當疑而闕之者

「當疑而闕之者」，呈現楊慎對於吳棫音讀判斷的懷疑，《古音叢目》云：

> 朝一也，既叶爲周，又叶爲署，爲除；夜一也，既叶爲御，又叶爲
>
> 灼，爲液，此類當疑而闕者也。

相較於「當從而無疑者」，「當疑而闕之者」押韻一致性標準不穩定，具有隨文改叶的情形，故造成不同叶音產生。以下二表乃整理吳棫《韻補》中「朝」、「夜」叶音狀況 [註14]：

（一）《韻補》「朝」字叶音表

書名	切語	聲	韻	叶音語料
《韻補》	陳如切	澄	魚	向夷吾竺，諫朝易林。赤帝懸車，廢職不朝。叔帶之灾，居于氾廬。（史游《急就章》）
	專於切	照	魚	望舊邦兮路逶隨，憂心悄兮心勤劬。魂甇甇兮不遑寐，目眇眇兮寤終朝。（王逸〈九思〉）
	張流切	知	尤	罔有疑忌，惟其嬉遊。草生之春，鳥鳴之朝。（韓愈〈祭穆員外文〉）
	株遇切	知	遇	賈生矯矯，弱冠登朝。遭文叡聖，屢抗其疏。（班固《漢書·叙傳》）
	直照切	澄	笑	既穆其績，英風彌邵。天子有命，曾是在朝。頻繁帷幄，祇承皇耀。（陸雲〈夏府君誄〉）
	直祐切	澄	宥	微微小子，既苟且陋。豈不牽位，穢我王朝。（韋孟〈在鄒詩〉）

（二）《韻補》「夜」字叶音表

書名	切語	聲	韻	叶音語料
《韻補》	元具切	疑	遇	揮促節於短日兮，振脩策於長夜。運悠悠其既周兮，歲冉冉而告暮。（陸雲〈歲暮賦〉）
	羊和切	喻	過	千徒從唱，億夫求和。聲訇隱而動山，光赫奕以燭夜。（陳琳〈武軍賦〉）
	弋灼切	喻	藥	三事大夫，莫肯夙夜；邦君諸侯，莫肯朝夕。庶曰式臧，覆出爲惡。（《毛詩·雨無正》）

音》研究》（北京：商務印書館，2005年），頁130。

〔註14〕該表乃以《廣韻》聲紐、韻目進行整理歸納。

　　二表可知，「朝」、「夜」二字確有因韻文差異而改叶的情形。楊慎何以稱「當疑而闕之者」，而非直指其誤？筆者以爲此與楊慎學說相關。本文第二章曾言，楊慎「轉注古音」缺乏古今音變觀念，認爲「見於經傳子集與今韻殊者，悉謂之古音轉注」。此等方法下，導致他的古音研究擁有「一字數音」的特色，因此《升庵外集》中，楊慎有〈空有四音〉、〈榜字有四音〉、〈祇有兩音〉、〈賁有七音〉等論述。〔註15〕楊慎反對宋人過度的類推求音方式，但古籍音韻導致「一字數音」的現象，使他觀察吳棫叶音多元情形時，未能加以全盤反對。就他的「轉注古音」觀念體系而言，「一字多音」屬合理範疇。但與「當從而無疑者」語料相較下，叶音又過於多元，因此楊慎對此是存在著矛盾、懷疑的態度。楊慎對於古文叶音押韻，有著正確的研究觀念，〈答李仁夫論轉注書〉云：

> 又考之《易》之〈彖〉、〈象〉皆韻，而其所叶無異於《詩》，《詩》十五國不同言語，而叶音無異也。楚遠在江、漢數千里外，而叶音無異於《詩》也。漢人賦、頌、《史》、《漢‧敘傳》、揚雄《太玄》、焦贛《易林》，其取韻又何嘗異於《易》、《詩》、《楚辭》哉？〔註16〕

此段論述中，楊慎叶韻觀念可謂邁向古韻研究的研究路途，但面對吳棫多元叶音時，因「轉注古音」中「一字數音」現象影響，最終只能選擇俟考存疑的態度檢視。

三、當去而無疑者

　　「當去而無疑者」呈現楊慎對於同一韻文中，叶音狀態不一致的反對：

> 至若〈騶虞〉一詩，既以虞叶爲牙，而合豝爲韻，下章又以虞叶五紅切，而強合蓬韻。且虞之爲牙，見於賈誼《新書》，騶虞之爲虞烘，考之古典則無，求之方言則背。況詩之作，出自一人之手，韻自合用一方之音，而二章之內，遽分兩韻，是非古音也，百舌之音也。其爲臆說無疑，此類當去者也。

〈騶虞〉「彼茁者葭，壹發五豝。于嗟乎，騶虞！彼茁者蓬，壹發五豵。于嗟乎，

〔註15〕〔明〕楊慎：《升庵外集》（臺北：臺灣學生書局，1971 年），頁 3365～3375。

〔註16〕〔明〕楊慎：〈答李仁夫論轉注書〉（《四庫‧明文海》本），頁 808。

騶虞！」〔註 17〕楊慎認為吳棫為叶「葭」、「豝」，故「虞」叶為「牙」，使其同為二等開口麻韻。但下段為與一等開口東韻「蓬」字相叶，故又改叶為五紅切。對此現象，楊慎《古音略例》中，提出了更詳細的考述：

> 虞字一也，此詩一音牙，一叶五紅。《詩》有二章而叶音二變，使《詩》五六章尾句同者，亦五六變乎？不知古詩有屢章而尾句同者，多不叶……即據才老之說虞之一字既音牙以叶豝，又音烘以叶豵，則〈麟趾〉首章當音　以叶子，二章當音瞪以叶姓，三章當音鹿以叶族矣。
>
> 〈麟趾〉既不叶，則〈騶虞〉結句何獨叶乎？此其紕繆之極者，故不容不詳辨之。〔註 18〕

楊慎清楚表達「有當去而無疑者」的標準，並且給予負面的批判。關於「虞」例，張民權透過彙考校注《詩補音》，認為「楊慎這段話對叶音說的認識是很深刻的，但所舉《詩經》用韻例為朱氏《詩集傳》，非吳才老之叶音。今得吳才老《詩補音》佚文，未有如此叶法。」〔註 19〕張民權以為楊慎誤舉說法，具有一定可能性，由於楊慎於〈轉注古音略題辭〉曾云：「宋吳才老作《韻補》，使有成編，旁通曲貫，上下千載。朱晦翁《詩傳》、《騷訂》，盡從其說。」〔註 20〕從此看來，楊慎是採信朱熹的叶音論點來自於吳棫，因此自當未加分辨。

貳、「三品」應用分析

上述楊慎「三品」標準探析，發現「三品」的內在體系具有矛盾性。「當從而無疑者」方面，「服」、「友」等叶音例，並非是楊慎創發，乃延用前人說法而成。「當疑而闕之者」方面，在要求叶音例一致標準上，一字過多叶音，不合其準則，但卻與楊慎「轉注古音」觀念衝突，故加以存疑。至於「當去而無疑者」，同一韻文作品，所舉一字多叶音的字例，根本非出自吳棫研究。此理

〔註 17〕〔漢〕鄭玄箋〔唐〕陸德明音義，孔穎達疏：《毛詩注疏》，錄於《景印文淵閣四庫全書》第 69 冊（臺北：臺灣商務印書館，1986 年），頁 180。為求行文簡便，文中不再附註。

〔註 18〕〔明〕楊慎：《古音略例》（《四庫》本），頁 336

〔註 19〕張民權：《宋代古音學與吳棫《詩補音》研究》，頁 82。

〔註 20〕〔明〕楊慎：《轉注古音略》（《函海》本），頁 10939。

論存在著疏漏之下，筆者進一步思考，楊愼的「三品」是否能眞正全面用於考察吳棫研究？

　　對此，筆者進行考察，其方式即觀察《古音叢目》中未收的《韻補》韻字，是否皆合於其「三品」準則。筆者發現，《古音叢目》中未收的《韻補》字，有些的確符合楊愼的「三品」，以《韻補・十七眞》及《韻補・一先》爲例。《韻補・一先》「寒」字，吳棫訂音爲「胡干切」，其韻文證據爲〈天問〉「何所冬暖？何所夏寒？焉有石林，何獸能言？」〔註21〕如今觀之，「暖」、「寒」、「言」三字及「胡干切」皆屬元部〔註22〕，吳棫之韻文材料無誤，但楊愼《古音叢目》未收。以「三品」考究其因，《韻補・十七眞》亦有「寒」字，作「下珍切」，韻文證據爲歐陽修〈奉答子華學士安撫江南見寄之作〉「俊乂沈下位，惡去善乃伸」、「家至與戶到，飽饑而衣寒」二段，爲求與「伸」字相叶，作「下珍切」。〔註23〕若從楊愼「三品」而言，當屬第二品「當疑而闕之者」，由於一字多叶，故楊愼予以闕之，但因此將正確的韻文加以刪闕。

　　《韻補・一先》「山」注，吳棫作「輸旃切」，其韻文證據爲《詩經・殷武》「陟彼景山，松柏丸丸。是斷是遷，方斲是虔。松桷有梴，旅楹有閑，寢成孔安。」及〈古詩〉「藁砧在何許，山下復見山，何時大刀頭，破鏡飛上天。」〔註24〕如今考釋，〈殷武〉「山」字確與「丸」、「遷」、「虔」、「梴」、「閑」、「安」同屬元部，切語「輸旃切」亦然，對於吳棫而言皆屬先類。《古音叢目》不收此字，若以「三品」標準檢視，此字屬二品，因《韻補・十七眞》亦有「山」注，吳棫作「疏臻切」，韻文證據爲班固〈東都賦〉「吐焰生風，歙野歕山。日月爲之奪明，丘陵爲之搖震。」吳棫於下云：「震音眞」，因此以「疏臻切」叶其音〔註25〕，此屬一字多叶故闕之。由上述之例可知，《古音叢目》有些未收的《韻補》字，的確合於

〔註21〕　〔宋〕吳棫：《韻補》，今錄於《景印文淵閣四庫全書》第 237 冊（臺北：臺灣商務印書館，1986 年），頁 79。爲求行文方便，本文以下簡稱此版本爲《韻補》（《四庫》本）。

〔註22〕　本文上古古聲、古韻研究成果，採陳師新雄《古音研究》之說。陳師新雄：《古音研究》（臺北：五南圖書出版有限公司，1999 年）。

〔註23〕　〔宋〕吳棫：《韻補》（《四庫》本），頁 73。

〔註24〕　〔宋〕吳棫：《韻補》（《四庫》本），頁 78。

〔註25〕　〔宋〕吳棫：《韻補》（《四庫》本），頁 72。

「三品」標準，但也剔除了一些古韻押韻材料，可見去取標準不足。

　　筆者以爲若《韻補》中的韻字非多元叶音狀況，按照「三品」觀念而言，《古音叢目》自當收錄，但今二者比較，發現《韻補》未收錄於《古音叢目》的韻字，有些不符於「三品」叶音一致的標準。同以《韻補・十七眞》、《韻補・一先》爲例，「謾」、「嬹」、「揮」三字，於《韻補》中唯有一叶音例，《詩補音》中亦未見諸字。吳棫《韻補・一先》「謾」字引《史記・龜策列傳》「或輕而不可遷；人或忠信而不如誕謾」爲證，作「民堅切」。〔註26〕如今視之，吳棫叶音不符古韻部歸納，但此叶音唯有一例，楊慎卻未收錄。

　　《韻補・十七眞》「揮」字，吳棫依王粲〈詩〉「荊軻爲燕使，送者盈水濱。縞素易水上，涕泣不可揮。」《廣韻》「揮」字屬「微」韻，吳棫歸眞類，作「許云切」。〔註27〕此韻字《韻補》唯有一例，《詩補音》未見，但楊慎未能擇取。

　　《韻補・一先》「嬹」字，吳棫同《集韻》切語作「彌延切」，所依韻文爲《楚辭・大招》「青色直眉，美且嬹只。靨輔奇牙，宜笑嗎只。」〔註28〕「嬹」、「嗎」、「彌延切」、如今檢視，同爲元部，「嬹」字於吳棫研究中未作他音，但楊慎亦未採納。

　　由上述考察，筆者懷疑楊慎所謂的「三品」標準，並非是他擇取吳棫研究的唯一準則，而在「三品」來源探究中，筆者進一步質疑，此「三品」是否如同楊慎己身所言，直是在「合而觀之」後的呈現？

參、隱含「三品」的思考舉隅——語料的時代性

　　楊慎的「三品」，單純地以叶音的一致性作爲判斷方式，由上述可知，「三品」似乎非楊慎唯一的擇取標準，故實行過程並不縝密。筆者以爲在「三品」標準中，隱含不同於叶音一致性的思考模式，如「叶音語料的時代性」即爲一例。楊慎曾於「當去而無疑者」中提出「考之古典」的說法，其古典的時代性爲何？顧應祥曾於〈轉注古音略序〉云：

　　　《略》凡五卷，上自經史，下自諸子百家之書，靡不究極，而所取
　　　以爲證據者，五經之外，惟漢以前文字則錄，晉以下則略焉。蓋本

〔註26〕〔宋〕吳棫：《韻補》（《四庫》本），頁77。

〔註27〕〔宋〕吳棫：《韻補》（《四庫》本），頁72。

〔註28〕〔宋〕吳棫：《韻補》（《四庫》本），頁77。

於復古，而不欲以後世之音雜之也。〔註29〕

在〈答李仁夫論轉注書〉對於吳棫音韻研究則云：

但私竊心病才老之書多雜宋人之作，而於經典注疏、子史雜家尚多

遺逸。〔註30〕

盧淑美對此認爲「吳才老韻書最大之缺點，在於依據材料之雜亂，他所引用之資料多達五十種，除周秦兩漢之作品外，也將漢魏六朝及唐宋人之作品收入，這樣地以今律古，是無視於音韻的時代性，這一點升菴也看出來了。」〔註31〕較之吳棫，楊愼要求作品的時代性，因此《韻補》有些字例引據唐宋詩人作品，今未見於《古音叢目》中，如《韻補》稱歐陽修「多用古韻」〔註32〕並引述其作，但《古音叢目》字例中卻未見引據歐陽修之作。

若楊愼注重語料的時代性質，何以不入於「三品」標準論述？考楊愼《古音叢目》仍是參考晉以後的時代語料，並且是承襲吳棫而來，以《古音叢目・六魚七虞》爲例：

	《韻補》釋文	《古音叢目》釋文
歌	吟也。柳宗元〈饒娥碑辭〉「鄂民哀號，或以頌歌。齊女色憂，傷槐罷誅。」	柳文〈饒娥碑〉與「誅」叶。
懲	戒也。柳宗元〈佩韋賦〉「陽宅身以執剛兮，卒易帥而蒙辜。羽愎心以鷙志兮，首身離而不懲。」	柳文〈佩韋賦〉與「辜」叶韻。
能	女居切，善也。柳宗元〈佩韋賦〉「歷九折而直犇兮，固摧轅而失途。遵大路而曲轍兮，又求達而不能。」	柳文〈佩韋賦〉與「途」叶韻。
酬	常如切，報也。柳宗元〈饒娥碑辭〉「懿茲德女，家世不儒。奇行特出，神道莫酬。」	常如切。柳文〈曹娥碑〉。
疇	陳如切，田疇也、等也。韓愈〈王弘中銘〉「方乎所部，禁絕浮屠。風雨順易，秔稻盈疇。」	韓文與「屠」叶。
儔	侶也。韓愈〈盧夫人墓銘〉「伊昔淑哲，或圖或書。嗟咨夫人，孰與爲儔。」	韓文〈盧夫人銘〉。
麻	麾也。韓愈〈溪堂詩〉「公在中流，右《詩》左《書》。無我斁遺，此邦是麻。」	韓文〈郾州谿堂詩〉。

〔註29〕〔明〕楊愼：《轉注古音略》（《函海》本），頁 10935。

〔註30〕〔明〕楊愼：〈答李仁夫論轉注書〉（《四庫・明文海》本），頁 809。

〔註31〕盧淑美：《楊升菴古音學研究》，頁 83。

〔註32〕〔宋〕吳棫：《韻補》（《四庫》本），頁 60。

上表比較可知，《古音叢目》仍以《韻補》爲基礎，擇取了晉代以後韻文作爲叶音證據。甚至《古音叢目·四質》「摘」注，引宋人蘇軾〈九日湖上尋周李二君不見君亦見尋於湖上以詩見寄明日乃次其韻〉：「葦間聞挐音，雲表已飛屐。使我終日尋，逢花不忍摘。」〔註 33〕對此現象，筆者以爲與楊愼無法脫離前人遺緒相關。金師周生曾解釋唐宋人好用古韻與「叶音」的關係：

> 隋唐以來，叶韻音的普及化，其實與「仿古」「崇古」脫不了關係，把這種任意造音的風氣歸罪於朱熹或吳棫，其實並不公平。先前古籍音義留下爲押韻而改讀的傳統，有其影響力，而唐宋人好用「古韻」的現象，也應該有推波助瀾的效果。〔註 34〕

吳棫所以引唐、宋人韻文作品舉證，與此相關。如何判定哪些詩作好用「古韻」，此誠屬一主觀認定。〔註 35〕因此楊愼〈轉注古音略序〉、〈答李仁夫論轉注書〉等文表達對於作品時代性的注重，但面對這些好用「古韻」的語料時，受到學術風氣影響，在「韻文存古」與「時代性注重」衝突下，反映至《古音叢目》時，仍可見晉以後的作品，因此在「三品」標準論述中，時代性取材問題，楊愼並未提及。

筆者透過分析楊愼「三品」理論，認爲該標準在應用擇取吳棫語言學資料上，存在著一定的侷限與困難。《古音叢目》擇取吳棫研究時，絕非單純使用「三品」理論作爲標準，必定有著其他的主觀隱含思考。如本節所舉例的「語料的時代性思索」，可能亦屬楊愼的思考條件之一。總之，單就楊愼《古音叢目》「三品」而論，其理論性質高於實際應用價值。

第二節　《古音叢目》引書考

《古音叢目》結合《轉注古音略》、《韻補》、《詩補音》、《楚辭釋音》等文獻而成，其中楊愼引用方式爲何，本節透過比較《轉注古音略》、《韻補》過程

〔註 33〕〔明〕楊愼：《古音叢目》（《函海》本），頁 11243。

〔註 34〕金師周生：〈漢字叶音韻史論〉，《國科會中文學門小學類 92～97 研究成果發表會》（2010 年 3 月），頁 4。

〔註 35〕因此金師周生於〈漢字叶音韻史論〉言：「吳棫怎知這些才人好用『古韻』？在古韻學未走上坦途的時代，當然是一種主觀的認定，不可盡信。」，頁 5。

中，欲知其中研究方法。此外，《古音叢目》引用的古音文獻裡，吳棫《詩補音》今存不全，《楚辭釋音》已無流傳，《古音叢目》既引用二書，其中是否具備輯佚價值，亦是本節探討重心。

壹、《古音叢目》引《轉注古音略》考

《古音叢目》引用《轉注古音略》資料，筆者透過二書對比，得出《古音叢目》引用《轉注古音略》的方法。比較過程中，有因轉引導致訛誤的韻字例，筆者藉此正誤、校勘。

一、引用《轉注古音略》形式

《古音叢目》注文，有依據《轉注古音略》者，今舉《古音叢目·一東》為例：

序號	字	《古音叢目》	《轉注古音略》
1	氄	音戎。《尚書》。	音戎。《尚書》：「鳥獸氄毛。」
2	篆	音空。《莊子》。	音空。空也。《莊子》：「導大篆。」向秀讀。
3	寵	癡凶切。《易》、《詩》。	癡凶切。《周易》：「在師中吉，承天寵也。王三錫命，懷萬邦也。」邦，悲工切。《詩》：「受小共大共，為下國駿龐。荷天之龍。」鄭氏作「寵」。荀卿讀「厖」為「蒙」，以叶「共」，寵則亦當為此音，吳棫讀。
4	鞠	讀作芎。《左傳》。	讀作芎。《左傳》：「有鞠窮乎？」司馬相如說，鞠作「芎」，又作營。

以上《古音叢目》釋文，由《轉注古音略》簡省而來。關於《轉注古音略》音注及釋文出處，第二章已有闡述，吳棫《韻補》亦是《轉注古音略》參考文獻之一，如上表「寵」字，雖與《轉注古音略》注文相關，《轉注古音略》卻又引自於《韻補》。

二、《古音叢目》釋文疑誤考

考《古音叢目》引自《轉注古音略》中，大多訛誤屬版本刊刻、異體差異等因素，導致韻字字形不同，整理如下：

韻	《叢》	《轉》	韻	《叢》	《轉》	韻	《叢》	《轉》	韻	《叢》	《轉》
魚虞	疎	疏	麻	秅	秏	麻	苲	左	陽	京	京

鹽	拑	柑	董腫	獷	爌	阮	䁈	齞	寢	喑	暗
送宋	綜	統	送宋	鬆	淞	霽	橇	彙	霽	昒	盼
願	要	奆	諫	鴲	鵁	箇	默	點	禡	屎	杲
禡	佝	伯	漾	掞	掠	敬	鄉	卿	敬	鼎	鼎
宥	殴	骰	屋	嘦	暴	屋	闌	闌	屋	鞠	鞴
覺	欶	敕	月	靴	韃	藥	友	犮	藥	澤	澤
陌	俔	睍	錫	覓	覔	錫	懰	懰	職	万	方
合	雜	雜									

因訛誤影響判斷其音韻者，分述如下：

1. 從：音從。〈檀弓〉。(《古音叢目·三江》)

按：《轉注古音略·三江》「從」注：「音淙。《禮記·檀弓》：『爾無從從爾。』謂髻高也。」據直音考證，「淙」與《古今韻會舉要》相關，作「傳江切」。《古音叢目》「音從」，直音與韻字相同，疑抄寫訛誤。

2. 舡，音龐。《博雅》。(《古音叢目·三江》)

按：《轉注古音略·三江》有「舡」字，其注云：「《博雅》：『艀舡，舟也。』艀，音龐；舡，音肛。《增韻》：『吳舡名。』《佩觿集》曰：『艀舡之舡為舟船，其順非有如此者。』」「龐」音應屬「艀」音注，而非「舡」，疑有訛誤。

3. 吉：苦紅切。幬帳。(《古音叢目·三江》)

按：《轉注古音略·三江》有「吉」字，其注云：「苦江切。《說文》：『幬帳之象。從冂，屮其飾也。』周伯溫以『幢』字象形，未知是否。」「苦紅切」屬東韻，非江韻，《轉注古音略·三江》作「苦江切」為是，疑此形訛而誤。

4. 茆：音茆。楊茆，漢時亭名。(《古音叢目·四支》)

按：《轉注古音略·四支》「茆」注：「音而。《說文》，沛郡有楊茆亭。」據直音考證，「而」與《集韻》、《五音集韻》相關，分別作「人之切」、「如之切」，《廣韻》皆屬日母三等開口之韻。《古音叢目》「音茆」，直音與韻字相同，疑抄寫訛誤。

5.緯：微同，琴微。（《古音叢目・五微》）

按：《轉注古音略・五微》「緯」注：「音徽。琴弦也。劉向〈九歎〉：『慶忌
囚于阽室兮，陳不占戰而赴圍。破伯牙之號鍾兮，挾人箏而彈緯。』
徐邈讀。」據直音考證，「徽」與《韻補》相關，作曉母三等合口微韻。
「微」音屬微母三等合口微韻，二者聲母相異，依王力《漢語語音史》，
明代時音亦分爲微、曉二母，疑「徽」形謌爲「微」。

6. 余：音餘。《爾雅》：「四月爲圍余月。」（《古音叢目・六魚七虞》）

按：《轉注古音略・六魚》「余」注：「音徐。《爾雅》：『四月爲圍余月。』
通作『除』。《詩》：『日月方除。』」據直音考證，「徐」與《集韻》、《五
音集韻》相關，分別作「商居切」、「傷魚切」，屬審母三等開口魚韻。
「餘」音作以母三等開口魚韻，聲母相異，且依王力《漢語語音史》，
明代亦屬審、影二母，疑「徐」形謌爲「餘」。

7. 儕：音躋。王元長詩。（《古音叢目・八齊》）

按：《轉注古音略・八齊》「儕」注：「音擠。齊王元長〈雙樹歌〉：『春山玉
所府，檀林芳所棲。菴園無異轍，祇館有同儕。』」「擠」屬心母四等
開口齊韻，「儕」屬精母四等開口齊韻，依王力《漢語語音史，明代分
屬精、心二母，聲母相異，疑「擠」形謌爲「躋」。

8. 愀：音銚。色變也。（《古音叢目・二蕭》）

按：《轉注古音略・二蕭》「愀」注：「音鍫。色變也。《莊子》：『愀然變容。』」
據直音考證，「愀」與《五音集韻》相關，作「七遙切」，屬清母三等
開口宵韻，「銚」作喻母三等開口宵韻，依王力《漢語語音史》，明代
分屬清、影二母，聲母相異，疑「鍫」形謌爲「銚」。

9. 醮：音焦。《莊子》。（《古音叢目・二蕭》）

按：《轉注古音略・二蕭》「醮」注：「音憔。《莊子》：『滿心戚醮。』」據直
音考證，「憔」音與《集韻》相關，作「慈焦切」，屬從母三等開口宵
韻，「焦」屬精母三等開口宵韻。依王力《漢語語音史》，明代平聲從
母字屬清母〔ts‘〕，與精母〔ts〕有送氣與否差異，聲母相異，疑「憔」
形謌爲「焦」。

10. 窅：音拗。《漢書》。（《古音叢目・三肴》）

按：《轉注古音略・三肴》「窅」注：「音坳。《漢書》樂歌：『窅窕桂華。』」據直音考證，「坳」與《古今韻會舉要》相關，作「幺交切」，屬影母二等開口肴韻，「拗」音屬影母二等開口巧韻，聲調與《古音叢目》歸韻不合，疑「坳」形**譌**為「拗」。

11. 庶：上奢切。《易》：「錫馬蕃庶。」鄭注。（《古音叢目・六麻》）

按：《轉注古音略・六麻》「庶」注：「止奢切。鄭玄《周易》注：『錫馬蕃庶謂蕃遮禽也。』」據切語考證，「止奢切」與《經典釋文》相關，屬照母三等開口麻韻，「上奢切」屬禪母三等開口麻韻，依王力《漢語語音史》，明代禪母未歸於照母，聲母相異，疑「止」形**譌**為「上」。

12. 慶：音近刑。《史》。（《古音叢目・八庚》）

按：《轉注古音略・八庚》「慶」注：「音近荊。《史・荊軻傳》『軻先齊人，徙于衛，衛人謂之慶卿。』注：『『荊』、『慶』聲相近，故隨在國而異其號也。』按古篆，篆『慶』作『慝』，以庚得聲，故音亦近荊耳。」據直音考證，「荊」音與《史記》注文相關，屬見母三等開口庚韻，「刑」音屬匣母四等開口青韻，依王力《漢語語音史》，明代匣母歸曉母，與見母無涉，二音聲母相異，疑「荊」形**譌**為「刑」。

13. 䡺；力虔切。驪䡺，地名。（《古音叢目・十四鹽》）

按：《轉注古音略・十四鹽》「䡺」注：「《漢・地理志》驪䡺，縣名，在張掖，力、虔二音。」據直音考證，「虔」音與《漢書》注文相關，屬群母三等開口仙韻，「力虔切」屬來母三等開口仙韻，依王力《漢語語音史》，平聲群母字明代歸溪母，與來母無涉，疑抄寫**譌**誤，將「力、虔二音」視為「力虔切」。

14. 佁：音矣。《呂覽》。（《古音叢目・四紙》）

按：《轉注古音略・四紙》「佁」注：「音俟。《呂氏春秋》：『佁蹷之機。』高誘讀。」據直音考證，「俟」音與《集韻》、《五音集韻》相關，分別作「象齒切」、「詳里切」，皆為邪母三等開口止韻，「矣」音屬為母三等開口止韻，依王力《漢語語音史》研究，明代心、邪同母，與為母

無涉，疑「俟」形譌爲「矣」。

15. 戉：古武字。旁音作戉。（《古音叢目・六語七麌》）

按：《轉注古音略・七麌》「戉」注：「古武字，旁音作茂。」《古音叢目》
直音與韻字相同，疑抄寫譌誤。

16. 猗：干可切。《詩》。（《古音叢目・二十哿》）

按：《轉注古音略・二十哿》「猗」注：「於可切。《毛詩》：『猗儺其枝。』」
據反切音考證，「於可切」與《經典釋文》相關，屬影母一等開口哿韻，
「干可切」屬見母一等開口哿韻，依王力《漢語語音史》，明代影母未
歸見母，聲母相異，疑「干」字原欲作「于」，抄寫譌誤。

17. 諫：音賴。數諫也。（《古音叢目・四寘》）

按：《轉注古音略・四寘》「諫」注：「音刺。《說文》：『數諫也。』《詩序》：
『下以風諫上』」「刺」音屬清母三等開口寘韻，「賴」音屬來母一等開
口泰韻，依王力《漢語語音史》，明代泰韻不歸寘韻，疑「刺」形譌爲
「賴」。

18. 壺：音匏。《鶡冠子》。（《古音叢目・六御七遇》）

按：《轉注古音略・七遇》「壺」注：「讀作瓠。《鶡冠子》：『中流失舡，一
壺千金。』壺，以瓠爲腰舟，水浮也。」「瓠」屬匣母一等合口暮韻，
「匏」屬並母二等開口肴韻，與遇韻聲調有異，疑「瓠」形譌爲「匏」。

19. 橋：梁妙切。《禮記》。（《古音叢目・十八嘯》）

按：《轉注古音略・十八嘯》「橋」注：「渠廟切。《禮記》：『奉席如橋衡。』
〈揚雄傳〉：『萬騎屈橋。』」據切語考察，「渠廟切」與《古今韻會舉
要》相關，屬群母三等開口笑韻。「梁妙切」屬來母三等開口笑韻，依
王力《漢語語音史》研究，明代聲母不同，疑「渠」形譌爲「梁」。

20. 藁：音撟。《書》。（《古音叢目・二十號》）

按：《轉注古音略・二十號》「藁」注：「讀作『槀』。《尚書》有〈藁飫篇〉，
今亡。槀、豫二音。《周禮・地官》有〈槀人〉。」「槀」屬溪母一等開
口號韻。「撟」音屬見母三等開口小韻及見母三等開口宵韻，與《古音
叢目》歸類聲調不同，疑「槀」形譌爲「撟」。

21. 敦：音憝。《周禮》。(《古音叢目‧二十號》)

按：《轉注古音略‧二十號》「敦」注：「音義與『憝』同。《周禮‧司几筵》：『每敦一几。』注：『敦，『憝』同。』」據直音考證，「憝」音與與《古今韻會舉要》、《增修互註禮部韻略》相關，分別作「大到切」、「徒到切」，屬定母一等開口號韻。「憝」音屬澄母三等開口宥韻，依王力《漢語語音史》，明代二韻不同，與《古音叢目》韻目不合，疑「憝」形誤為「憝」。

22. 滄：音槍。《逸周書》。(《古音叢目‧二十三漾》)

按：《轉注古音略‧二十三漾》「滄」注：「音愴。《逸周書》：『天地之間有滄熱，用其道者終無竭。』《列子》：『日之初出，滄滄涼涼。』〈枚乘傳〉：『欲湯之滄。』〈道藏歌〉：『瓊音自滄悽。』」「愴」屬初母三等開口漾韻。「槍」音屬清母三等開口陽韻及初母二等開口庚韻，與《古音叢目》韻目聲調不同，疑「愴」形誤為「槍」。

23. 賓：必忍切。〈玉藻〉。(《古音叢目‧二十四敬》)

按：《轉注古音略‧二十四敬》「賓」注：「必刃切。〈玉藻〉：『必與公士為賓也。』」據切語考察，此音與《增修互註禮部韻略》、《經典釋文》相關，屬幫母三等開口震韻。「必忍切」屬幫母三等開口軫韻，與《古音叢目》歸類韻目聲調有異，疑「刃」形誤為「忍」。

24. 弇：於膽切。《周禮》。(《古音叢目‧二十九豔》)

按：《轉注古音略‧二十九豔》「弇」注：「於膽切。鍾形中央寬也。《周禮》：『弇聲鬱。』劉昌宗讀。」據切語考證，此音與《集韻》相關，並歸於豔韻。「於膽切」屬影母一等開口敢韻，與《古音叢目》歸類韻目聲調有異，疑「於膽切」形誤為「於膽切」。

25. 繆：秦繆公，通作繆。(《古音叢目‧一屋》)

按：《古音叢目》釋文內容矛盾。考《轉注古音略‧一屋》「繆」字注：「謚也。秦穆公、魯繆公，通作『穆』。《通志》：『鄭樵曰：繆之為穆借音不借義。』」《廣韻》「穆」屬明母三等開口屋韻，合於與楊慎歸韻，疑《古音叢目》字形誤誤。

26. 齭：音喔。《莊子》：「齭然而笑。」（《古音叢目‧四質》）

按：《轉注古音略‧四質》「齭」注：「音咥。《莊子》：『齭然而笑。』徐邈讀。」據直音考證，此音與《五音集韻》相關，作「丑栗切」，屬徹母三等開口質韻。「喔」音屬影母二等開口覺韻，依王力《漢語語音史》，明代二韻不同，疑「喔」字乃「咥」字譌誤。

27. 掇：旦帨切。曹操詩。（《古音叢目‧六月》）

按：《轉注古音略‧六月》「掇」釋文作「旦悅切。曹孟德〈短歌行〉：『明明如月，何時可掇。憂從中來，不可斷絕。』」據切語考證，此音與《韻補》相關，屬端母三等合口薛韻，依王力研究，明代同屬乜邪韻。「旦悅切」屬端母三等開口祭韻及端母三等合口祭韻，與《古音叢目》歸類聲調相異，疑「旦悅切」形譌爲「旦帨切」。

28. 霓；徒結切。《文選》。（《古音叢目‧九屑》）

按：《轉注古音略‧九屑》「霓」注：「《文選》：『直壜霓以高居。』壜，徒結切，霓，五結切。字又作『嵲』。杜詩：『御榻在嶻嵲。』」據前章切語來源研究，「徒結切」、「五結切」與《文選》注相關，觀《古音叢目》音注，疑抄寫譌誤，將「壜」音抄至「霓」處。

29. 斥：古拆字。兵法「斥候」。候斥，拆也。侯，烽也。（《古音叢目‧十藥》）

按：《轉注古音略‧十藥》「斥」注：「音柝。掉兮，放肆也，司馬彪說。文其兵法云：『斥候』。斥，柝也；候，烽也。《史記‧敘傳》：『主父生縛，餓死探爵。王遷辟淫，良將是斥。』」據直音考證，「柝」音與《五音集韻》相關，作「他各切」，屬透母一等開口鐸韻，依王力研究，屬與藥韻同屬梭波韻。「拆」字屬徹母二等開口陌韻，與梭波韻無涉，疑「柝」形譌爲「拆」。

三、《古音叢目》與《轉注古音略》釋文相異考

考《古音叢目》，有與《轉注古音略》音讀相同，釋文相異情形，可細分二部份：一爲音讀相同，《古音叢目》釋文與《轉注古音略》部分類似。二爲音讀相同，《古音叢目》釋文與《轉注古音略》完全相異。茲以表格分述如下：

（一）音讀相同，釋文部分類似〔註36〕

序號	字	《古音叢目》	《轉注古音略》
1	慶	音羌。《易》、《詩》、《楚辭》。（〈七陽〉）	音羌。《周易》：「必有餘慶。」《詩》：「農夫之慶。」（〈七陽〉）
2	家	音姑。《詩》、《楚辭》、《左傳》。（〈六魚七虞〉）	音姑。《左傳》：「姪其從姑，六年其逋。逃歸其國，而棄其家。」《史記》：「長鋏歸來兮食無魚」，「長鋏歸來兮何以爲家」。漢曹大家，音姑。（〈六魚〉）
3	朝	漢地名，有朝那。《易林》：「區脫康居，慕仁入朝。」又「赤帝懸車，廢禮不朝。」音株。（〈六魚七虞〉）	音株。朝那，縣名。（〈七虞〉）
4	蠲	音圭。馬蠲，螢火也。《詩》：「吉蠲爲饎。」（〈八齊〉）	音圭。《說文》：「馬蠲也。」引〈月令〉「腐草爲蠲。」又明也。潔也。（〈八齊〉）
5	下	音虎。《易》、《詩》、《楚辭》。（〈六語七麌〉）	古音虎。《詩》：「爰居爰處，爰喪其馬。于以求之，于林之下。」魏了翁曰：「六經無『下』、『馬』一韻，凡『下』皆音虎，『舍』亦音暑。『潛龍勿用，下也，見龍在田，時舍也。』又『井泥不食，下也，舊井無禽，時舍也。』」（〈六語〉）
6	馬	音畝。《詩》、《楚辭》。（〈六語七麌〉）	古音畝。《詩》：「古公亶父，來朝走馬。率西水滸，至于岐下。」（〈六語〉）
7	芧	象呂切。《莊子》：「狙公賦芧。」沈存中曰：「小栗也。俗以爲茅栗者誤也。」（〈六語七麌〉）	象呂切。《莊子》：「狙公賦芧。」（〈六語〉）
8	巾	音近。《左傳》：「巾車脂轄。」陶潛辭：「或命巾車。」楊修賦：「巾車來返。」（〈十一軫〉）	音近。《左傳》：「巾車脂轄。」陶潛辭：「或命巾車。」（〈十一軫〉）
9	幹	讀作管。《東漢書·竇憲傳》：「內幹機密。」《太玄》：「井無幹，水直衍。」（〈十四旱〉	讀作管。《東漢·竇憲傳》：「內幹機密。」章懷太子讀。（〈十四旱〉）

〔註36〕該表加框註記表示與《轉注古音略》相異處。

10	出	音墜。《詩》、《書》。（〈十一隊〉）	音墜。《尚書》：「我其發出狂。」（〈十一隊〉）
11	油	音又。《莊子》、《春秋》：「盟于皋鼬。」《公羊》作「浩油」。（〈二十六宥〉）	音又。雚手桐花曰油。《莊子》：「油然漻然。」（〈二十六宥〉）
12	留	音溜。宿留，行相待也。今作「莠罶」。《漢·李尋》疏：「惟棄須臾之間，宿留聲言。」（〈二十六宥〉）	音溜。宿留，行相待也。又盤桓也。今作「莠罶」。《史·武紀》：「宿留海上。」注：「謂有所須待。」又濡滯也。《孟子》：「退而有去志。」注：「宿留也。」《後漢書》：「此誠聖思所宜宿留也。」〈韋彪傳〉：「子其宿留乎。」《列子》：「襄子怪而留之。」梁鴻詩：「惟季春兮華阜，麥含英兮方秀。口嗷嗷兮余訕，嗟惘惘誰留。」（〈二十六宥〉）
13	蹻	音角。楚有莊蹻。又履也，《史記》：「躡蹻擔簦。」（〈三覺〉）	音角。《史記》：「楚莊蹻狗江上。」（〈三覺〉）
14	商	音滴。〈士昏〉：「漏下三商為昏」《字訓》云：「木根果蔕瓜當匏鼻皆曰商。」《養生書》曰：「爪之兩商者殺人。」《說文》：「商，從帝從口。語時不啻也。一曰商，謫也。讀若鞮。」（〈十二錫〉）	音滴。〈士昏禮〉：「漏下三商為昏。」蘇易簡文：「三商而眠，高舂而起。」（〈十二錫〉）
15	邑	音匼。阿邑諂諛，迎合貌。〈張湯傳〉：「阿邑人主。」通作「匼」，〈楊再思傳〉：「阿匼取容。」又烏邑，短氣貌。烏邑，桓譚《新論》作鄔。（〈十五合〉）	音匼。阿邑諂諛，迎合兒。〈張湯傳〉：「以知阿邑人主與俱上下。」通作「匼」，《唐·蕭復傳》：「諂諛阿匼。」〈楊再思傳〉：「阿匼取容。」又烏邑，短氣兒。○按《詩》：「龍盾之合，鋈以觼軜。言念君子，溫其在邑」叶於合切，是古有此音也。（〈十五合〉）

（二）音讀相同，釋文相異

序號	字	《古音叢目》	《轉注古音略》
1	野	音渚。《詩》、《楚辭》。（〈六語七麌〉）	音渚。《左傳》：「公在外野，往饋之馬。」（〈六語〉）
2	桃	音杼。《周禮》。（〈六語七麌〉）	音杼。杼物之器也。（〈六語〉）

3	趨	七注切，音趣。(〈六御七遇〉)	七注切。《詩》:「巧趨蹌兮。」《史·燕世家》:「士爭趨燕。」《莊子》:「有不任其聲而趨舉其詩焉。」崔注云:「不任其聲，憊也。趨舉其詩，無音曲也。」劉會孟曰:「趨者情隘而詞感也。」後世樂府有〈吳趨行〉，作平音非。(〈七遇〉)
4	抱	音哺。《詩》:「亦既抱子。」(〈六御七遇〉)	「懷抱」、「抱朴」音薄皓切，餘皆音哺。(〈七遇〉)
5	胈	膚毳切。股毛也。○反切之字如膚毳之爲胈，創巨之爲楚皆有意義。(〈八霽〉)	膚毳切。《史·李斯傳》:「股無胈。」(〈八霽〉)
6	均	與韻同。〈樂記〉注古無韻字此韻字。(〈十三問〉)	讀作韻。《樂緯》:「聲有五均。」魏繁欽牋:「聲悲舊笳，曲美常均。」(〈十三問〉)
7	滑	音骨。《史記》。(〈五物〉)	音骨。滑稽，俳偕也。(〈五物〉)
8	愛	許既切。《易·小象》。(〈四寘〉)	許既切。徐鍇《說文繫傳》曰:「㤅者惠也。於文心旡爲㤅。」古文《尚書》「㤅」，古「愛」字。《集韻》許既切。《楚辭·九章》:「世溷不吾知，心不可謂兮。知死不可讓，願勿愛兮。以告君子，吾將以爲類兮。」(〈四寘〉)
9	態	他計切。〈九章〉。(〈四寘〉)	他計切。《戰國策》蘇秦語曰:「科條既備，民多僞態。」盧藏用讀。(〈四寘〉)
10	居	音倨。《易·雜卦》。(〈四寘〉)	音義與「倨」同。居居，懷惡不相親比皃。一曰處也。《詩》:「維鳩居之。」「職思其居。」注皆去聲。又止也。《詩》:「日月其居。」又坐也。《周禮》「神位」，以奠鬼神使之居。又傲也。〈郅都傳〉:「條侯至貴居也。」(〈四寘〉)
11	既	讀作槩。《周禮》。(〈十一隊〉)	讀作「槩」。《尚書》:「惟既厥心。」(〈十一隊〉)
12	御	音迓。《詩》。(〈二十二禡〉)	音迓。《公羊傳》:「眇者御眇者，跛者御跛者。」《列子》:「御而擊之。」《楚辭》:「吾今鳳凰飛騰兮，又繼之以日夜。飄風屯其相離兮，

			帥雲霓而來御。」王逸注云:「御，迎也。」《儀禮》:「媵御沃盥交。」(〈二十二禡〉)
13	侊	音桄。《禮記》。(〈二十三漾〉)	音桄。《史記》:「漆城光光，寇來不可上。」《後漢書》:「天下光光。」劉子相選詩:「光光叚生。」(〈二十三漾〉)
14	宄	音救，地名。(〈二十六宥〉)	音救。《說文》:「揉屈也。从臼，臼古叀字。」(〈二十六〉)
15	噣	音咮。《易·說卦》。(〈二十六宥〉)	音咮。〈東方朔傳〉:「尻益高者鶴俛噣也。」(〈二十六宥〉)
16	賁	音陸。《公羊傳》「陸渾」作「賁渾」。(〈一屋〉)	音陸，賁渾，山名。見《山海經》，今作「陸渾」。(〈一屋〉)
17	歇	音遏。《史記》。(〈七曷〉)	音「遏絕」之遏。《漢書》:「立趙後趙歇。」(《轉注古音略·七曷》)
18	怛	當割切。《詩》。(《古音叢目·七曷》)	當割切。悲慘也。漢武帝賦:「思若流波，怛兮在心。」(〈七曷〉)
19	逝	音折，《詩》。(〈九屑〉)	音折。江淹〈傷友人賦〉:「魂綿昧其若絕，位縈盈盈其如潔。嗟妙賞之不留，悼知音之已逝。」又〈擬古詩〉:「朝見鼫鼠逝。」(〈九屑〉)
20	屮	音徹。《說文》。(〈九屑〉)	音徹。草初生也。《易傳》云:「屯字象屮穿地。」俗作「草」，非。(〈九屑〉)
21	魄	音拓。《漢書》。(〈十藥〉)	音拓。落魄，貧無家業也。(〈十藥〉)
22	額	額又作䫊。郤正〈釋譏〉:「人弔其躬，鬼芰其額。初升高岡，終隕幽壑」(〈十藥〉)	字與「䫊」同。漢有龍䫊侯。(〈十藥〉)
23	福	音偪。《易·困井》小象、《詩》、《禮記》同。(〈十三職〉)	音偪。〈賈誼傳〉:「疏者或制大權以福天子。」注:「『福』古『逼』字。」秦〈琅邪刻石〉:「皇帝之德，存定四極。誅亂除害，興利致福。」(〈十三職〉)

　　此類《古音叢目》音注，與《轉注古音略》相同，但釋文卻有差異。在《古音叢目》釋文與《轉注古音略》部分類似方面，筆者認為此屬楊慎在進行引用

之時，參考其他資料的增注補充，因此表中《古音叢目》加框處，即《轉注古音略》釋文基礎上增加的內容。如《古音叢目》序號【3】「朝」注，「赤帝懸車」等釋文語，即出自《韻補·九魚》「朝」注。

釋文與《轉注古音略》完全相異方面，顯示楊慎至《古音叢目》時，對此類韻字音注觀念未曾轉變，但或有其他資料的擇取，使他取代了先前釋文。如《古音叢目》序號【9】「態」、【22】「頷」釋文，之所以與《轉注古音略》相異，與取自《韻補》有關。

貳、《古音叢目》引《韻補》考

由上述可知，《古音叢目》引用《轉注古音略》的方法。此外《古音叢目》亦引吳棫《韻補》，透過二書對比，可得《古音叢目》引用《韻補》的情況。比較過程中，有因轉引導致譌誤的韻字例，筆者藉此正誤、校勘。

一、引用《韻補》形式

《古音叢目》音注釋文，有與《韻補》相關者，以《古音叢目·四支》為例：

序號	字	《古音叢目》	《轉注古音略》
1	該	揚雄〈九州箴〉。	備也。揚雄〈交州牧箴〉：「大漢受命，中國兼該。南海之宇，聖德是恢。」
2	加	居之切。《三畧》。	居之切。增也。《三畧》：「柔有所設，剛有所施。弱有所用，強有所加。」
3	娃	江淹賦與施合韻。	涓畦切。江淹〈空青賦〉：「楚之夏姬，越之西施。趙妃節后，秦娥吳娃。」
4	由	〈顯志賦〉。	從也。馮衍〈顯志賦〉：「往者不可攀援兮，來者不可與期。病沒世之不稱兮，願橫逝而無由。」

以上各韻字例注文引自《韻補》、從中簡省而來。今考《古音叢目》引自《韻補》中，其中有譌誤情形較引自《轉注古音略》多元且複雜，下文分述。

二、《古音叢目》釋文疑誤考

1. 椌：姑公切。《文選·西都賦》。(《古音叢目·一東》)

按：《韻補·一東》作「控」，其音注云：「姑公切。引也。班固〈西都賦〉：『鳥驚觸絲，獸駭值鋒，機不虛掎，弦不再控。』五臣讀。」《古音叢目》釋文同引〈西都賦〉，但作「椌」，疑「控」形譌為「椌」。

2. 讒：鉏公切。劉向〈九歎〉。(《古音叢目·一東》)

按：《韻補·一東》「讒」注：「譖也。劉向〈九歎〉：『精粹而吐氛濁兮，橫邪世而不容。行叩誠而不阿兮，遂見排而逢讒。』」與《古音叢目》同引〈九歎〉，作「鉏弓切」。《廣韻》「公」屬見母一等開口東韻，「弓」見母三等開口東韻。按王力《漢語語音史》，明代同屬見母〔k〕、中東韻〔əŋ〕，但介音有異，按楊時逢《四川方言調查報告》，新都二韻同屬〔oŋ〕，疑方言音同譌誤。

3. 智：《三略》。與「疑」合韻。(《古音叢目·四支》)

按：《韻補·五支》「智」注：「珍離切。知也。《六韜》：『將不智，則三軍大疑。將不明，則三軍大傾。』」應與《六韜》合韻，而非《三略》。

4. 葭：〈上林賦〉與「盧」叶。(《古音叢目·六魚七虞》)

按：《韻補·九魚》「葭」注：「蒹葭。司馬相如〈子虛賦〉：『藏莨蒹葭，東薔彫胡。蓮藕觚盧，奄閭軒于。』」當與〈子虛賦〉叶韻，而非〈上林賦〉。

5. 樓：浚如切。〈羅敷行〉。(《古音叢目·六魚七虞》)

按：《韻補·九魚》「樓」注云：「凌如切。重屋也。古〈日出東南隅行〉：『日出東南隅，照我秦氏樓。秦氏有好女，自名為羅敷。』」《韻補》作「凌」，疑「凌」形譌為「浚」。

6. 軔：《太玄》與陳叶。(《古音叢目·十一眞》)

按：《韻補·十七眞》「軔」注：「礙車輪之木也。《太玄·守》首：『車案軔，圭璧塵。』」當與「塵」叶，而非「陳」。《廣韻》「塵」屬澄母三等開口眞韻、「陳」屬澄母三等開口眞韻。按王力《漢語語音史》，明代同屬穿母〔tʂ'〕、開口人辰韻〔ən〕，疑音同譌誤。

7. 讚：祖全切。蔡洪〈碁賦〉。（《古音叢目‧一先》）

按：《韻補‧一先》「讚」注：「稱美也。蔡洪〈碁賦〉：『或設死而稱枉，皋陶不能治其怨。或巧逸以樂胥后，夔不足以之讚。』怨平聲」與《古音叢目》同引〈碁賦〉，作「租全切」，疑「祖」形譌為「租」。

8. 簪：之然切。《釋名》。（《古音叢目‧一先》）

按：《韻補‧一先》「簪」注：「《釋名》：『簪，連也。所以連冠於髮也。』」未作「之然切」，只謂「聲與今讀爭相近」。「之然切」屬前一韻字「眞」、「振」、「震」字切語。

9. 昏：許元切。馬融〈廣成頌〉、揚子《太玄》合韻音玄。（《古音叢目‧一先》）

按：《韻補‧一先》「昏」注：「日冥也。馬融〈廣成頌〉：『子野聽聳，離朱目眩。隸首策亂，陳子籌昏。』太子賢曰：『眩合韻音玄。』」《韻補》注文言「眩」合韻音「玄」，非「昏」字，楊慎轉引有誤。

10. 誇：鮑照賦。（《古音叢目‧五歌》）

按：《韻補‧七歌》「誇」、「姱」、「夸」、「洿」、「枯」作「苦禾切」，《古音叢目》「誇」字後即「洿」字，其釋文與《韻補》同為楊方〈合歡詩〉，《古音叢目》應轉引於此。但《韻補‧七歌》「誇」釋文非「鮑照賦」，而為「東方朔詩」，「姱」注引鮑照〈鶴賦〉，疑楊慎轉引有誤。

11. 邪：徐嗟切。樂府。（《古音叢目‧五歌》）

按：《韻補‧七歌》「邪」注：「不正也。傅玄〈秋胡詩〉：『奈何秋胡，中道懷邪。美此節婦，高行峩峩。』」傅玄〈秋胡詩〉應為《古音叢目》所言之樂府，然《古音叢目》作「徐蹉切」，疑「蹉」形譌為「嗟」。

12. 遐：〈閒情賦〉與波叶。（《古音叢目‧五歌》）

按：《韻補‧七歌》「霞」、「遐」同屬寒歌切，「霞」注引曹植〈洛神賦〉「霞」與「波」相叶。《古音叢目》亦從之。「遐」字，《韻補‧七歌》釋文：「遠也。左思〈魏都賦〉：『閒居隘巷，室邇心遐。富仁寵義，職競弗羅。』」疑楊慎於此轉引有誤。

13. 庚：居郎切。《釋名》、〈漢文紀〉。（《古音叢目‧七陽》）

按：《韻補‧十陽》「庚」注：「《說文》：『庚位西方，象秋時萬物庚庚有實
也。』《釋名》：『庚，剛也，堅彊貌也，武庚紂之子。』漢文帝之占曰：
『大橫庚庚，余爲天王，夏啓以光。』陸機〈管叔鮮贊〉：『公旦居攝，
三監叛亡。或放或殛，并禍武庚。』」與《古音叢目》同引《釋名》與
〈漢文紀〉，但爲「居良切」，疑「良」形譌爲「郎」。

14. 阬：《楚辭》與陽叶。（《古音叢目‧七陽》）

按：《韻補‧十陽》「阬」注：「虛也。《楚辭‧九歌》：『高飛兮安翔，乘精
氣兮御陰陽，吾與君兮齊速，導帝之兮九阬。』」「阬」與「陽」叶，
與《古音叢目》「坑」字有異，疑「阬」形譌爲「坑」。

15. 阬：同上。（《古音叢目‧七陽》）

按：上述《韻補‧十陽》「阬」後爲「坑」，釋文云：「阬或作坑。」與《古
音叢目》「阬」字有異，疑「坑」形譌爲「阬」。

16. 民：〈龜策傳〉叶萌，萌音芒。（《古音叢目‧七陽》）

按：《韻補‧十陽》「民」注：「氓也。〈龜策傳〉：『徵絲灼之，務以費民。
賦斂無度，殺戮無方。』」與《古音叢目》同引〈龜策傳〉，但無與「萌」
叶，疑楊慎轉引有誤。

17. 衡：寒岡切。荀卿賦。（《古音叢目‧七陽》）

按：《韻補‧十陽》「衡」注：「橫也。玉衡，正天文之器。阿衡，湯相。荀
卿〈賦篇〉：『以能合從，又善連衡，下覆百姓，上飾帝王。』《晉‧樂
章》：『陟位繼天正，玉衡化行象，神明至哉，道隆虞與唐』《史記‧序
傳》：『維契作商，爰及成湯。太甲居桐，德盛阿衡。』」與《古音叢目》
同引荀卿賦，但爲「寒剛切」。《廣韻》「剛」、「岡」同屬見母一等開口
唐韻。按王力《漢語語音史》研究，明代同屬見母〔k〕、開口江陽韻
〔aŋ〕，疑音同譌誤或字形相混。

18. 蜩：與修叶。劉向〈九懷〉。（《古音叢目‧十一尤》）

按：《韻補‧十八尤》「蜩」注：「陳留切。大蟬也。王褒〈九懷〉：『林不容
兮鳴蜩，余何留兮中州。陶嘉月兮總轡，搴玉英兮自脩。』」與《古音
叢目》同引〈九懷〉，並「蜩」、「修」相叶，但作者有異，疑楊慎於此

轉引有誤。

19. 觓：居尤切。嵇〈琴賦〉。(《古音叢目・十一尤》)

按：《韻補・十八尤》「觓」注：「結也。嵇康〈琴賦〉：『瀄汨澎湃，蟺蟺相觓。放肆大川，濟乎中州。』」與《古音叢目》同引〈琴賦〉，作「居由切」。《廣韻》「尤」屬為母三等開口尤韻、「由」屬喻母三等開口尤韻。按王力《漢語語音史》研究，明代同屬影母〔j〕、齊齒由求韻〔ᶦuə〕，疑音同譌誤。

20. 媒：陳琳〈止欲賦〉：「惟今夕之何夕兮，我獨無此良媒。雲漢俾以昭回兮，天水混而光流。」(《古音叢目・十一尤》)

按：《韻補・十八尤》「媒」注亦引此賦，但為〈正欲賦〉，疑「止」形譌為「正」。

21. 嘷：胡鈞切。《楚辭》。(《古音叢目・十一尤》)

按：《韻補・十八尤》「嘷」注：「熊虎聲也。《楚辭・招隱士》：『猨狖羣嘯兮虎豹嘷，攀援桂枝兮聊淹留。』」與《古音叢目》同引《楚辭》，作「胡鈞切」，疑「鈞」形譌為「鈞」。

22. 勠：陸機〈文賦〉與尤切。(《古音叢目・十一尤》)

按：《韻補・十八尤》「嘷」注釋文：「併力。陸機〈文賦〉：『或竭情而多悔，或率意而寡尤。雖茲物之在我，非余力之所勠。』」與《古音叢目》同引〈文賦〉，作「力求切」，疑「尤」、「勠」相叶，應作「與尤叶」。

23. 楷：遺禮切。《後漢書》。(《古音叢目・四紙》)

按：《韻補・四紙》「楷」注：「模楷。《後漢》語：天下模楷李元禮。史孝山〈出師頌〉：『允文允武，明詩說禮，憲章百揆，為世作楷。』」與《古音叢目》同引《後漢書》，作「遺禮切」，疑「遺」形譌為「遺」。

24. 死：小禮切。《說文》。(《古音叢目・四紙》)

按：《韻補・四紙》「死」注：「《說文》：『死澌也，人所離也。』《集韻》澌音西。屈原〈天問〉：『天式從橫，陽離爰死，大鳥何鳴，失焉喪厥體。』今讀譌。」與《古音叢目》同引《說文》，作「少禮切」，疑「少」形譌為「小」。

25. 兩：《易林》。（《古音叢目・四紙》）

按：《韻補・四紙》「雨」注：「天地氣和則雨。《易林》：『陰積不已，雲作淫雨，傷害平陸，民無室屋。』」與《古音叢目》同引《易林》，疑「雨」形譌為「兩」。

26. 烏：都縷切。《史記・敘傳》。（《古音叢目・六語七麌》）

按：《韻補・八語》「鳥」注：「都縷切。禽總名也。《史記・敘傳》：『穆公思義，悼豪之旅。以人為殉，詩歌黃鳥。』」與《古音叢目》同引《史記・敘傳》，疑「鳥」形譌為「烏」。

27. 妥：綏五切。〈聖德詩〉。（《古音叢目・六語七麌》）

按：《韻補・八語》「妥」注：「帖妥也。韓愈〈元和聖德詩〉：『獸盾騰拏，圖壇帖妥。天兵四羅，旗常婀娜。』娜音弩。」與《古音叢目》皆引〈元和聖德詩〉，作「統五切」，疑「統」形譌為「綏」。

28. 禡：奉甫切。晉〈鼓吹曲〉。（《古音叢目・六語七麌》）

按：《韻補・八語》「禡」注：「野祭也。晉〈鼓吹曲〉：『師執提工，執鼓坐，作從節，有序盛矣。允文允武，蒐田表禡。』」與《古音叢目》同引〈鼓吹曲〉，但為「滿補切」，前一韻字「婦」作「奉甫切」，疑楊慎轉引有誤。

29. 毋：奉甫切。《易林》。（《古音叢目・六語七麌》）

按：《韻補・八語》「母」作「滿補切」，其釋文：「父母也。《易林》：『中田膏黍，以享王母。』《後漢》語『前有召父，後有杜母。』」與《古音叢目》同引《易林》，同於上述「禡」字，疑楊慎轉引有誤。

30. 甽：奉甫切。〈西都賦〉。（《古音叢目・六語七麌》）

按：《韻補・八語》「甽」與上述「禡」、「母」音同為「滿補切」，其釋文：「田也。班固〈西都賦〉：『士食舊德之名氏，農服先疇之畎甽，商修族世之所鬻，工用曾高之規矩。』」與《古音叢目》同引〈西都賦〉，同於「禡」、「母」字，疑楊慎轉引有誤。

31. 茂：奉甫切。《易林》：「當夏六月，枝葉盛茂。鸞鳥以疵，召伯遊暑。」（《古音叢目・六語七麌》）

按：《韻補・八語》「茂」與上述「祦」、「毋」、「㠪」音同爲「滿補切」，
　　其釋文：「盛也。《易林》:『當夏六月，枝葉盛茂。鸞鳥以庇，召伯遊
　　暑。』」與《古音叢目》皆引《易林》，同於「祦」、「毋」、「㠪」字，
　　疑楊愼轉引有誤。

32. 老：奉甫切。〈西都賦〉。(《古音叢目・六語七麌》)

按：《韻補・八語》「老」與上述「祦」、「毋」、「㠪」、「茂」音同爲「滿補
　　切」，其釋文：「耆老、姥當以此得聲。班固〈西都賦〉:『若臣者徒觀
　　迹於舊墟，聞之乎故老，十分未得其一端，故不能徧舉也。』」與《古
　　音叢目》皆引〈西都賦〉，同於「祦」、「毋」、「㠪」、「茂」字，疑楊愼
　　轉引有誤。

33. 妖：奉甫切。《漢書・敍傳》。(《古音叢目・六語七麌》)

按：《韻補・八語》「妖」與上述「祦」、「毋」、「㠪」、「茂」、「老」音同
　　爲「滿補切」，其釋文：「災也。《漢書・敍傳》:『怙寵矜功，僭欲失
　　所。思心既霿，牛禍告妖。』」與《古音叢目》皆引《漢書・敍傳》，
　　同於「祦」、「毋」、「㠪」、「茂」、「老」字，疑楊愼轉引有誤。

34. 掃：張載詩叶𣪠。(《古音叢目・六語七麌》)

按：《韻補・八語》「掃」注:「除也。張載〈七哀詩〉:『蒙籠荊棘生，蹊逕
　　登童豎。狐兔窟其中，蕪穢不復掃。』」與《古音叢目》同引〈七哀詩〉，
　　「掃」應與「豎」相叶，疑「豎」形譌爲「𣪠」。

35. 展：丁堇切。〈西京賦〉。(《古音叢目・十一軫》)

按：《韻補・十六軫》「展」注:「止忍切。展展，車聲也。張衡〈西京賦〉:
　　『五都貨殖，既興既引。商旅聯槅，隱隱展展。』李善下謹切。」與
　　《古音叢目》同引〈西京賦〉，疑從李善音注而字形譌誤。

36. 很：呼輦切。《太玄》。(《古音叢目・十六銑》)

按：《韻補・二十七銑》「狠」注:「呼輦切。戾也。《太玄》:『『止』首，善
　　馬狠，惡馬狠，絕弲破車，終不偃。』」與《古音叢目》音切相同，同
　　引《太玄》，疑「狠」形譌爲「很」。

37. 署：馨鳥切。〈西都賦〉。(《古音叢目・十七篠》)

按：《韻補・二十九篠》「署」注：「廨也。班固〈西都賦〉：『周以鈎陳之位，衛以嚴更之署，總禮官之甲科，詳百郡之廉孝。』」與《古音叢目》同引〈西都賦〉，作「聲鳥切」，疑「聲」形誤為「馨」。

38. 野：都果切。〈隴坻歌〉。（《古音叢目・二十哿》）

按：《韻補・三十三哿》「野」注：「郊外也。《後漢・地里志》〈隴坻歌〉曰：『念我行役，飄然曠野。登高望遠，涕零雙墮。』」與《古音叢目》同引〈隴坻歌〉，作「鄔果切」，疑「鄔」形誤為「都」。

39. 坏：普后切。相如賦。（《古音叢目・二十五有》）

按：《韻補・四十四有》「抱」注：「普后切。手抱也。司馬相如賦：『長千仞，大連抱。夸條直暢，實葉葰茂。』茂上聲。」與《古音叢目》音切相同，同引相如賦，疑「抱」形誤為「坏」。

40. 外：《晉・樂章》與乂叶。（《古音叢目・四寘》）

按：《韻補・五寘》注：「表也。古聲清叶志，今聲濁叶泰。《晉・樂章》：『上參天與地，至化無內外，無內外，六合並康艾。』」與《古音叢目》同引《晉・樂章》，為「外」、「艾」相叶，疑「艾」形誤為「乂」。

41. 追：馳偽切。〈上林賦〉。（《古音叢目・四寘》）

按：《韻補・五寘》「追」注：「逐也。司馬相如〈上林賦〉：『車騎靁起，殷天動地。先後陸離，離散別追。』」與《古音叢目》同引〈上林賦〉，作「馳溈切」，疑「溈」形誤為「偽」。

42. 發：音發。《毛詩》：『壹發五犯。』（《古音叢目・四寘》）

按：音注與韻字相同，疑誤。《韻補・五寘》「發」注：「方吠切。《毛詩》：『壹發五犯，獻爾發功。』徐邈皆讀如『廢』。桓麟〈七說〉：『騁不失蹤，滿不虛發。彈輕翼於高冥，窮疾足於方外。』」與《古音叢目》同引《毛詩》，應為徐音「廢」，疑「廢」形誤為「發」。

43. 驅：區遇切。陶侃〈相風賦〉。（《古音叢目・六御七遇》）

按：《韻補・九御》有「馸」、「驅」二字，同屬「區遇切」。「馸」注：「馳也。陶侃〈相風賦〉：『華蓋警乘，奉引先馸。豹飾在後，葳蕤清路。』」後字為「驅」，其釋文：「馸一作驅。班固〈東都賦〉：『舉烽伐皷，申

令三驅。輕車霆激，驍騎電騖。』」故「驅」當爲「駈」，疑楊慎轉引譌誤。

44. 虞：先具切。《文選》。（《古音叢目・六御七遇》）

按：《韻補・九御》「虞」注：「度也。揚雄〈長楊賦〉：『奉太尊之烈，遵文武之度。復三王之田，反五帝之虞。』」〈長楊賦〉出於《文選》，故與《古音叢目》同引，作「元具切」，疑「元」形譌爲「先」。

45. 婉：《詩》。許願切。（《古音叢目・十四願》）

按：《韻補・二十五願》古通〈三十二霰〉，《韻補・三十二霰》「婉」注：「美也。《毛詩》：『猗嗟變兮，清揚婉兮，舞則選兮，射則貫兮，變龍眷切。』」作「紆願切」，與《古音叢目》同引《毛詩》，疑「紆」形譌爲「許」。

46. 幸：《易林》販。（《古音叢目・十七霰》）

按：此注釋文不明，《韻補・三十二霰》「販」注：「買賤賣貴也。《易林》：『疾貧望幸，使伯行販。開牢擇羊，多得大牂。』古幸亦叶霰。」與《古音叢目》同引《易林》，疑釋文應「《易林》叶販」。

47. 迅：須萳切。徐幹〈齊都賦〉：「竦長袖以合舞，紛翩翩其輕迅。往如飛晨，來如降燕。」（《古音叢目・十七霰》）

按：《韻補・三十二霰》「迅」注：「疾也。徐幹〈齊都賦〉：『竦長袖以合節，紛翩翩其輕迅，往如飛晨，來如降燕。』」與《古音叢目》同引〈齊都賦〉，作「息箭切」，疑楊慎字形譌誤。

48. 運：子怨切。《三國志》阮瑀歌叶怨。（《古音叢目・十七霰》）

按：《韻補・三十二霰》「運」注：「徙也。阮瑀歌：『奕奕天門開，大魏應期運。青蓋巡九州，在西東人怨。』」與《古音叢目》同引《三國志》，作「于願切」，《廣韻》「怨」屬影母三等合口願韻、「願」疑母三等合口願韻，按王力《漢語語音史》，明代同屬影母〔j〕、撮口言前韻〔yan〕，疑「于」形譌爲「子」。

49. 論：鹵建切。《漢書・敘傳》（《古音叢目・十七霰》）

按：《韻補・三十二霰》「論」注：「議也。《漢書・敘傳》：『兵家之策，惟

在不戰。營乎皓皓，立功立論。』」與《古音叢目》同引《漢書‧敘傳》，
作「蘆健切」。《廣韻》「鹵」、「蘆」同屬來母一等合口模韻。按王力《漢
語語音史》，明代同屬來母〔1〕、合口姑蘇韻〔u〕，疑音同譌誤。疑「建」
形譌爲「健」。

50. 慘：七弔切。《詩》。（《古音叢目‧二十號》）

按：《韻補‧三十七號》古通《韻補‧三十四嘯》，《韻補‧三十四嘯》「慘」
注：「開元《五經文字》書慘爲懆，注音操。《詩》曰：『我心懆懆，憂
而不樂也。』詩〈抑〉與〈月出〉二篇皆當讀如操。」與《古音叢目》
同引《毛詩》，作「七到切」。《廣韻》「弔」屬端母四等開口嘯韻，「到」
屬端母一等開口號韻，按王力《漢語語音史》，明代「弔」、「到」同屬
遙迢韻，但介音有異，且若爲「七弔切」，楊慎應歸於〈十八嘯〉，疑
楊慎音譌混用。

51. 學：後學切。傅毅〈迪志詩〉。（《古音叢目‧二十號》）

按：《韻補‧三十四嘯》「學」注：「效也。傅毅〈迪志詩〉：『先人有訓，我
訊我誥。訓我嘉務，誨我博學。』」與《古音叢目》同引〈迪志詩〉，
但作「後教切」，疑楊慎轉引有誤。

52. 稼：居賀切。陸雲詩。（《古音叢目‧二十一箇》）

按：《韻補‧三十八箇》「稼」注：「種也。陸雲詩：『有奄萋萋，甘雨未播。
黍稷方華，中田爲稼。庭槐振藻，園桃阿那。』」與《古音叢目》同引
陸雲詩，作「居貨切」，疑「貨」形譌爲「賀」。

53. 詐：側箇切。《漢書‧敘傳》叶賀。（《古音叢目‧二十一箇》）

按：《韻補‧三十八箇》「詐」注：「側箇切。僞也。《漢書‧敘傳》：『靡法
靡度，民肆其詐，偪上并下，荒殖其貨。』」與《古音叢目》同引《漢
書‧敘傳》，但按《韻補》引文，應「詐」、「貨」相叶，與「稼」字考
證同，疑「貨」形譌爲「賀」。

54. 謝：狙賀切。〈送窮文〉。（《古音叢目‧二十一箇》）

按：《韻補‧三十八箇》「謝」注：「辭也。韓愈〈送窮文〉：『垂頭喪氣，上
手稱謝。燒車與船，延之上座。』」與《古音叢目》同引〈送窮文〉，

但作「徂賀切」，疑「徂」形譌爲「狙」。

55. 赴：蒲候切。〈鶡賦〉。（《古音叢目・二十六宥》）

按：《韻補・四十九宥》「赴」注：「傅咸〈鶡賦〉：『逮來春而復旋，意眷眷而懷舊，一委身乃無二，豈改適而更赴。』」與《古音叢目》同引〈鶡賦〉，作「敷救切」，「蒲候切」乃後一韻字「哺」字切語，疑楊慎轉引有誤。

56. 趣：于候切。〈東京賦〉。（《古音叢目・二十六宥》）

按：《韻補・四十九宥》「趣」注：「意也。張衡〈東京賦〉：『奢不及侈，儉而不陋。規遵王度，動中得趣。』李善本作趍，音同。」與《古音叢目》同引〈東京賦〉，作「千候切」，疑「千」形譌爲「于」。

57. 戚：子六切。《詩》（《古音叢目・一屋》）

按：《韻補・一屋》「戚」注：「憂也。《毛詩》：『自貽伊戚。』《左氏傳》作『慼』。《釋名》：『戚蹙也。斧以斬斷，見者皆蹙懼也。』《太玄》：『親首，孚于内，其志資戚。』」與《古音叢目》同引《毛詩》，但作「于六切」，疑「于」形譌爲「子」。

58. 苔：都木切。《易林》與畜、谷合韻。（《古音叢目・一屋》）

按：《韻補・一屋》：「苔」注：「當也。《易林》：『黃鳥採蓄，既嫁不苔。念吾父兄，思復舊谷。』」與《古音叢目》同引《易林》，應爲「蓄」、「谷」合韻，疑「蓄」形譌爲「畜」。

59. 別：畀吉切。《黃庭經》。（《古音叢目・四質》）

按：《韻補・五質》「別」注：「異也。《黃庭經》：『長谷玄卿繞鄉邑，六龍散飛唯分別。長生至愼房中急，何爲死作令神泣。』」與《古音叢目》同引《黃庭經》，作「卑吉切」，疑「卑」形譌爲「畀」。

60. 黻：《太玄》叶密。（《古音叢目・四質》）

按：《韻補・五質》作「黻」，其注：「黼黻。《太玄》：『文首，極文密密，易以黼黻。』」與《古音叢目》同引《太玄》，疑楊慎字形有誤。

61. 馥：非律切。梁宣帝〈百合詩〉：「含露或低垂，從風時偃抑。甘菊愧

仙方，叢蘭謝芳馥。」（《古音叢目・四質》）

按：《韻補・五質》作「馥」，其注：「香氣也。梁宣帝〈百合詩〉：『含露或低垂，從風時傴抑。甘菊愧仙方，蘂蘭謝芳馥。』」與《古音叢目》同引《太玄》，同為「非律切」，疑楊慎字形有誤。

62. 衛：子別切。《後漢・傳贊》。（《古音叢目・九屑》）

按：《韻補・十六屑》古通月韻，《韻補・十月》「衛」注：「護也。《後漢》靈帝贊：『徵亡備兆，小雅盡缺。麋鹿霜露，遂棲宮衛。』」與《古音叢目》同引《後漢書》，作「于列切」，疑楊慎字形譌誤。

63. 觡：岡鶴切。《山海經・贊》：「玃如之獸，鹿之狀四觡，貌兼三形，攀木緣石。」石音芍。（《古音叢目・十藥》）

按：《韻補・十八藥》「觡」注：「骨觡。郭璞〈玃如獸贊〉：『玃如之獸，鹿狀四觡，貌兼三形，攀木緣石。』石音芍。」與《古音叢目》同引〈玃如獸贊〉，但作「剛鶴切」，《廣韻》「岡」、「剛」同屬見母一等開口唐韻。按王力《漢語語音史》研究，明代同屬見母〔k〕、開口江陽韻〔aŋ〕，疑音同譌誤。

64. 激：〈西京賦〉與鶴同叶。（《古音叢目・十藥》）

按：《韻補・十八藥》「激」注：「疾波也。張衡〈西京賦〉：『翔鶡仰而不逮，況青鳥與黃雀，伏櫺檻而顟聽，聞雷霆之相激。』」作「訖約切」，與《古音叢目》同引〈西京賦〉，應為「激」、「雀」相叶，疑「雀」形譌為「鶴」。

65. 直：決畧切。〈焦仲卿詩〉。（《古音叢目・十藥》）

按：《韻補・十八藥》「直」注：「正也。〈焦仲卿詩〉：『命如南山石，四體康且直。阿母得聞書，零淚應聲落。』」與《古音叢目》同引〈焦仲卿詩〉，但為「秧畧切」，疑「秧」形譌為「決」。

66. 沃：玉縛切。〈夏人歌〉。（《古音叢目・十藥》）

按：「縛」應屬三等合口線韻，不歸藥韻。《韻補・十八藥》「沃」注：「《詩》：『其葉沃若。』徐邈讀。〈夏民之歌〉曰：『樂兮樂兮，四牡蹻兮。六轡沃兮，去不善而從善，何樂兮。』」〈夏民之歌〉當為〈夏

人歌〉，作「鬱縛切」。《廣韻》「鬱」屬影母三等合口物韻，「玉」屬疑母三等合口燭韻。按王力《漢語語音史》，明代同屬影母〔j〕、撮口居魚韻〔y〕，疑音同譌誤。《廣韻》「縛」屬二等合口麥韻，疑「縛」形譌爲「縛」。

67. 訊：自七切。〈魏都賦〉。(《古音叢目‧十三職》)

按：《韻補‧二十四職》古通質，《韻補‧五質》「訊」注：「告也。左思〈魏都賦〉：『翩翩黃鳥，銜書來訊。人謀所尊，鬼謀所秩。』李善讀。」與《古音叢目》同引〈魏都賦〉，作「息七切」，疑「息」形譌爲「自」。

68. 雜：秦業切。〈洞簫賦〉：「絳脣錯雜」與「羅鱗捷獵」叶。(《古音叢目‧十六葉》)

按：《韻補‧二十九葉》古通月，《韻補‧十月》「雜」注：「五綵相合也。王褒〈洞簫賦〉：『鏉鏤離灑，絳脣錯雜。鄰菌繚糾，羅鱗捷獵。』」與《古音叢目》同引〈洞簫賦〉文，但作「秦葉切」，《廣韻》「業」屬疑母三等開口業韻，「葉」屬喻母三等開口葉韻。按王力《漢語語音史》，明代同屬影母〔j〕、齊齒乜邪韻〔ie〕，疑音同譌誤。

三、《古音叢目》與《韻補》釋文相異考

考《古音叢目》，有與《韻補》音注相同，釋文有異情形，可細分二部份，一爲二者音讀相同，《古音叢目》釋文與《韻補》部分類似。〔註37〕二爲二者音讀相同，《古音叢目》釋文與《韻補》完全相異，茲以表格分述如下：

(一)音讀相同，釋文部分類似〔註38〕

序號	字	《古音叢目》	《韻補》
1	橦	徒紅切。 戰國策 、《文選‧西京賦》(〈一東〉)	徒紅切。長木可緣也。張衡〈西京賦〉：「烏獲扛鼎，都盧尋橦。衝挾燕濯，胷突銛鋒。」(〈一東〉)

〔註37〕由於部分《古音叢目》未列音注，僅注釋文，但釋文與其《韻補》有部分類似者，亦入此類。

〔註38〕該表加框註記表示與《韻補》相異處。

2	朋	蒲蒙切。劉楨賦、《淮南子》:「玄玉百工,大貝百朋。」《太玄》:「一與六共宗,二與七爲朋。」（〈一東〉）	蒲蒙切。同門曰朋。劉楨〈魯都賦〉:「時謝節移,和族綏宗。招歡合好,肅戒友朋。」（〈一東〉）
3	窻	粗叢切。《釋名》、《文選》、陶詩。（〈一東〉）	麤〔註39〕叢切。在屋曰窻。《說文》:「忽聲。」《釋名》:「窻聰也。於內窺外以爲聰也。」鮑照〈翫月詩〉:「蛾眉蔽珠櫳,玉鈎隔瑣窻。三五二八時,千里與君同。」（〈一東〉）
4	尤	盈之切。《易》、《詩》、《楚辭》同。（〈四支〉）	盈之切。過也、異也。韋玄成〈自劾詩〉:「誰謂德難,屬其庶而。嗟我小子,於貳其尤。」屈原〈九章〉:「信讒諛之溷濁兮,盛氣志而過之。何貞臣之無辜兮,被離謗而見尤。」（〈五支〉）
5	裘	渠之切。《詩》、《列子》。（〈四支〉）	渠之切。皮衣也。《毛詩》:「取彼狐狸,爲公子裘。」《易林》:「蔡侯兩裘,久若流離。」（〈五支〉）
6	囚	音拘。《史記》釋箕子之构。王逸〈九思〉與拘合韻。（〈六魚七虞〉）	拘也。王逸〈九思〉白龍兮見射,靈龜兮執拘。仲尼兮困厄,鄒衍兮幽囚。（〈九魚〉）
7	流	陸雲詩與俱叶。韓文與書叶。（〈六魚七虞〉）	水流也。陸雲〈贈顧尙書〉:「樂奏聲哀,言發涕流。唯願吾子,德與福俱。」（〈九魚〉）
8	堅	古因切。《詩》、《白虎通》。（〈十一眞〉）	古因切。固也。《白虎通》:「臣者,堅也。屬志自堅固也。」〈雷義傳〉:「鄉里語曰:『膠漆自謂堅,不如雷與陳。』」（〈十七眞〉）
9	玄	胡勻切。《詩》、《文選》。（〈十一眞〉）	胡勻切。赤黑色也。班固〈東都賦〉:「女修織紝,男務耕耘。器用陶匏,服尙素玄。」（〈十七眞〉）
10	衣	音殷。《中庸》、《楚辭》。（〈十二文〉）	於斤切。衣裳,亦國名。《禮記》:「壹戎衣而有天下。」鄭注:「衣讀如殷,聲之誤也。齊人言衣聲

〔註39〕「粗」、「麤」爲異體關係。

			如殷，今姓有衣者，殷之謂與。」《白虎通》：「衣者，隱也。所以隱形也。」（〈十七眞〉）
11	中	《易·大過·象傳》、《詩》、《楚辭》、《風俗通》、《釋名》《三國志》。（〈七陽〉）	陟良切。《風俗通》：「皇者，中也。」《釋名》：「兄忪亦曰兄章。」顏師古曰：「古讀中爲章。」胡宗〈大牙賦〉：「四靈既布，黃龍處中。周制日月，是曰太常。」（〈十陽〉）
12	兄	虛王切。《詩》、《釋名》、《楚辭》。音荒。（〈七陽〉）	虛王切。《白虎通》：「兄者，況也，況父法也。」《釋名》：「荒，兄也。故青徐人謂兄爲荒也。」《漢》語：「雖有親兄，安知其不爲狼。」（〈十陽〉）
13	慶	音羌。《易》、《詩》、《楚辭》。（〈七陽〉）	墟羊切。賀也，福也。蕭該《漢書音義》曰：「慶音羌，今《漢書》亦有作羌者，《詩》與《易》凡慶皆當讀如羌。」《急就章》：「所不侵龍，未央伊嬰，齊翟回慶。」（〈十陽〉）
14	亨	鋪郎切。《易》「德合無疆」與「品物咸亨」叶，陶弘景讀。〈韓信傳〉：「高鳥盡，良弓藏。狡兔死，走犬亨。」（〈七陽〉）	鋪郎切。煮也。〈韓信傳〉：「狡兔死，獵狗亨。高鳥盡，良弓藏。敵國破，謀臣亡。」（〈十陽〉）
15	葬	茲郎切。荀卿賦。漢童謠。（〈七陽〉）	茲郎切。藏也。荀卿〈賦篇〉：「生者以壽，死者以葬。城郭以固，三軍以強。」（〈十陽〉）
16	英	於良切。《詩》、《騷》。（〈七陽〉）	於良切。草華而不實也。一曰智出萬人爲英。屈原〈九歌〉：「浴蘭湯兮沐芳，華采衣兮若英，靈連蜷兮既留，爛昭昭兮未央。」荀卿〈賦篇〉：「仁人絀約，傲暴擅強。天下幽險，恐失世英。」（〈十陽〉）
17	頤	余章切。《釋名》、《易》卦名。（〈七陽〉）	養也。《釋名》：「頤，養也。動於下，應於上，上下咀物以養人者也。」又曰：「百年曰期頤，頤者，養也。」（〈十陽〉）
18	偕	《毛詩》叶爾。《楚辭》叶毀。（〈四紙〉）	俱也。宋玉〈九辯〉：「時邅來而卒歲兮，陰陽不可與儷偕。白日

			晼晚其將入兮，明月銷鑠而減毀。」（〈四紙〉）
19	楚	初絞切。《漢書・叙傳》與紹叶。今樂器楚俗呼爲筊。（〈十七篠〉）	初絞切。國也。《漢書・叙傳》：「仲氏王代，斿宅于楚。戊實淫缺，平陸乃紹。」（〈二十九篠〉）
20	景	舉兩切。《毛詩》：「二子乘舟，泛泛其景。願言思子，中心養養。」夏侯湛〈抵疑〉：「九夷之從王化，猶洪聲之收清響。黍苗之樂函夏，若游形之招惠景。」郭璞〈游仙詩〉：「翹首望太清，朝雲無增景。雖欲思隨化，龍津未易上。」（〈二十二養〉）	舉兩切。光也。夏侯湛〈抵疑〉：「九夷之從王化，猶洪聲之收清響。黎苗之樂函夏，若遊形之招惠景。」（〈三十六養〉）
21	栲	去九切。《詩》：「南山有栲。」《說文》本作杤，从尻爲聲。《詩》草木疏云：「許愼讀栲爲糗，今人言考失其聲也。」《爾雅》栲山樗疏亦云：「許愼讀爲糗。」徐鉉注《說文》作若浩切，不考之罪也。況《詩》栲與杻合韻，乃正讀非叶。（〈二十五有〉）	木名。陸機草木疏云：「許愼讀栲爲糗，今人言考失其聲也。」《爾雅》栲山疏亦云：「許愼止讀爲糗。」《毛詩》：「南山有栲，北山有杻。」（〈四十四有〉）
22	卒	將遂切。〈吳都賦〉叶對。《韓詩外傳》：「下民卒癉卒」作瘁。（〈四寘〉）	將遂切。終也。左思〈吳都賦〉：「彫題之士，鏤身之卒。比飾虬龍，蛟螭與對。」（〈五寘〉）
23	竄	七外切。《易・遯卦・小象》、李善曰：「《字林》作此讀，非關叶韻。」（〈四寘〉）	七外切。逃也。張載〈七命〉：「違世陸沈，避地獨竄。有生之歡滅，資父之義廢。」李善曰：「《字林》作此讀，非關叶韻。」（〈五寘〉）
24	發	方吠切。《易・坤・小象》、《詩》。（〈八霽〉）	方吠切。《毛詩》：「壹發五犯，獻爾發功。」徐邈皆讀如廢。桓麟〈七說〉：「騁不失蹤，滿不虛發。彈輕翼於高冥，窮疾足於方外。」（〈五寘〉）
25	聚	組救切。古《易・小象》：「大人聚也。」劉向云：「組，救讀。」〈西都賦〉叶覆。（〈二十六宥〉）	組救切。萃也。班固〈西都賦〉：「毛羣內闐，飛羽上覆，接翼側足，集禁林而屯聚。」（〈四十九宥〉）

26	迪	徒沃切。《毛詩》、陸雲詩。（〈二沃〉）	徒沃切。道也。陸雲〈餞王太尉詩〉曰：「惟帝思庸，大典光迪。思媚三靈，誕膺天篤。」（〈一屋〉）
27	渴	巨列切。音竭。《毛詩》叶月。《黃庭經》：「時念太倉不饑渴，役使六丁神女謁。」○宋人小說謂天下字義皆有對，如饑飽、勞逸之類，惟渴字無對。按古渴即竭也。《孟子》：「溝澮皆盈其渴也，可立而待也。」則渴者盈之對也，何謂無對乎。（〈六月〉）	巨列切。水涸也。《黃庭經》：「時念太倉不飢渴，役使六丁神女謁。」韓愈〈送文暢師〉：「下開迷惑胃，窣窔劖株欜。僧時不聽瑩，若飲水救渴。」（〈十月〉）
28	裔	五結切。〈吳都賦〉傑與裔合韻。○今按曳、裔互音。古詩搖曳或作搖裔是也。（〈六月〉）	五結切。邊也。左思〈吳都賦〉：「高門鼎貴，魁岸豪傑。虞魏之昆，顧陸之裔。」（〈十月〉）
29	霅	直頰切。《說文》引《詩》：「燁燁震電。」燁作霅。東坡詩與月合韻。（〈九屑〉）	直頰切。水名。蘇內翰〈畫鴈詩〉：「作書問陳子，曉景畫茗霅。依依聚圓沙，稍稍動斜月。」（〈十月〉）
30	渴	巨列切。《詩》：「日之夕矣，羊牛下栝。君子於行，苟無饑渴。」《國語》：「天根見而水渴。」《周禮》：「渴澤用鹿。」《黃庭經》：「時念太倉不饑渴，役使六丁神女謁。」○宋人小說謂天下字義皆有對，如饑飽、勞逸之類，惟渴字無對。非也，《孟子》：「溝澮皆盈其渴也，可立而待也。」渴即竭也，竭即盈之對也，何謂無對乎。（〈九屑〉）	巨列切。水涸也。《黃庭經》：「時念太倉不飢渴，役使六丁神女謁。」韓愈〈送文暢師〉：「下開迷惑胃，窣窔劖株欜。僧時不聽瑩，若飲水救渴。」（〈十月〉）
31	夜	弋灼切。《詩》：「三事大夫，莫肯夙夜。邦君諸侯，莫肯朝夕。」朝見日朝，音潮。夕見日夕，祥籥切。古詩：「朝與烏鵲朝，夕與羊牛夕。」（〈十藥〉）	暮也。《毛詩》：「三事大夫，莫肯夙夜。邦君諸侯，莫肯朝夕。庶日式臧，覆出為惡。」夕，祥龠切。（〈十八藥〉）
32	祀	《易·爻辭》：「朱紱方來，利用享祀。」來，訖力切。《毛詩》用祀韻皆作此音。（〈十三職〉）	逸職切。祭也。《毛詩》四用此韻皆當為此讀。《易林》：「磝磝白石不生，黍稷無以供祭，鬼神乏祀。」（〈五質〉）

| 33 | 貜 | 古穴切。《易林》：「南山大貜，盜我媚妾。」劉楨〈魯都賦〉叶赫。（〈十六葉〉） | 大猿也。劉楨〈魯都賦〉：「玃㺄猛容，舉父猴貜。戰鬪陵岡，瞑目奮赫。」（〈十月〉） |

（二）音讀相同，釋文相異 [註40]

序號	字	《古音叢目》	《韻補》
1	陵	良中切。並《易·坎象傳》。（〈一東〉）	大阜也。《釋名》：「陵，隆也。體隆高也。」胡廣〈侍中箴〉：「國有學校，侯有泮宮。各有攸教，德用不陵。」（〈一東〉）
2	棟	《管子》。（〈一東〉）	梁也。蘇黃門〈徐孺亭詩〉：「徐君鬱鬱澗底松，陳君落落堂上棟。澗底松茂不遭伐，堂毀棟折傷其躬。」（〈一東〉）
3	嘉	居之切。《易·革·小象》。（〈四支〉）	善也。《楚辭·天問》：「簡狄在臺嚳何宜，玄鳥致昭女何嘉。」（〈五支〉）
4	仇	渠之切。《詩》。（〈四支〉）	讎也。漢趙王之歌曰：「為王餓死兮誰者憐之，呂氏絕理兮託天報仇。」（〈五支〉）
5	試	申之切。《詩》。（〈四支〉）	申之切。用也。《周易》：「可貞無咎，固有之也。無妄之藥，不可試也。」（〈五支〉）
6	哀	於希切。《詩》。（〈五微〉）	於希切。悲也。《說文》：「衣聲。」《爾雅》：「哀哀，懷報德也」裴瑜讀。宋玉〈九辯〉：「靚杪秋之遙夜兮，心繚悷而有哀。春秋逴逴而日高兮，然惆悵而自悲。」（〈五支〉）
7	去	丘於切。《詩》。（〈六魚七虞〉）	丘於切。離也。《左氏傳》：「秦伯伐晉，卜之曰：『千乘三去，三去之餘，獲其雄狐。』」（〈九魚〉）
8	鈎	音拘。〈孝經緯〉。（〈六魚七虞〉）	曲也。《周官》：「鈎樊纓。」注云：「故書鈎為拘。」古〈日出東南隅〉詩：「羅敷善蠶桑，採桑城南隅。青絲為籠繩，桂枝為籠鈎。」（〈九魚〉）

〔註40〕由於《韻補》注文形式，韻首字注其音讀，非韻首字的同音韻字注文無再錄音讀，上表注文未顯音讀者，與《古音叢目》實為音讀相同。

9	淵	一均切。《易》、《詩》同，今寫作渕。（〈十一眞〉）	一均切。深也。班固〈東都賦〉：「恥纖靡而不服，賤奇麗而不珍。捐金於山，沈珠於淵。」（〈十七眞〉）
10	賢	下珍切。《詩》。（〈十一眞〉）	下珍切。多才也。劉向校《列子》錄云：「字多錯誤，以賢爲形。」荀卿〈成相篇〉：「曷謂賢明君臣。」又曰：「堯讓賢以爲民。」（〈十七眞〉）
11	儀	牛何切。《詩》。（〈五歌〉）	牛何切。容儀也。《史記》：「艤舩待。」徐廣曰：「古音儀，一音俄」《太玄》：「爭首，陽氣氾施，不偏不頗，物與爭訟，各遵其儀。」（〈七歌〉）
12	宜	牛何切。《易》。（〈五歌〉）	所安也。《詩》：「如山如河，象服是宜。子之不淑，云如之何。」（〈七歌〉）
13	盲	音芒。《老子》。（〈七陽〉）	目病。《釋名》：「盲，茫也。茫茫無所見也。」荀卿〈賦篇〉：「天地易位，四時易鄉。列星隕墜，旦暮晦盲。」（〈十陽〉）
14	命	彌幷切。《詩》。（〈八庚〉）	彌幷切。使也。《左氏傳》：「異哉，君之名子。」又曰：「今名之大，以從盈數。」《史記》皆作命。《太玄》：「勤首，勞有思勤，有諸情也。羈角之吾，不得命也。」（〈十七眞〉）
15	姓	音生。《詩》。（〈八庚〉）	姓氏也。《白虎通》：「姓，生也。人所稟以生者也。」漢童謠：「游平賣印自有平，不避高賢及大姓。」（〈十七眞〉）
16	弓	姑弘切。《詩》。（〈十蒸〉）	姑弘切。弧也。《公羊傳》書黑弓。《左氏》、《穀梁傳》作黑肱。《儀禮》：「侯道五十弓。」注云：「今文改弓爲肱。」屈原〈九歌〉：「帶長劍兮挾秦弓，首雖離兮心不懲。」（〈十七眞〉）
17	中	諸仍切。《詩》。（〈十蒸〉）	諸仍切。半也。劉貢父《詩話》云：「關中以中爲烝。」《周易》：

			「有孚窒惕，中吉剛來而得中也，終凶訟不可成也。」（〈十七眞〉）
18	躬	姑弘切。《詩》。（〈十蒸〉）	身也。《周易》：「震不于其躬，于其鄰。」又曰：「艮其限，危薰心也。艮其身，諸止躬也。」班固〈東都賦〉：「登靈臺考休徵，俯仰乎乾坤，參象乎聖躬。」（〈十七眞〉）
19	縱	音總。〈檀弓〉。（〈一董二腫〉）	祖動切。眾也。漢樂章：「騎沓沓，般縱縱。」孟康讀如總。（〈一董〉）
20	友	羽軌切。《詩》。（〈四紙〉）	羽軌切。朋友。漢〈天馬歌〉：「體容與迣萬里，今安匹龍與友。」（〈四紙〉）
21	有	《詩》。（〈四紙〉）	有，無也。《漢司馬相如·敘傳》：「文艷用寡，子虛烏有。寓言淫麗，託風終始。」（〈四紙〉）
22	軌	果許切。《詩》。（〈六語七麌〉）	車跡也。陸機〈凌霄賦〉：「削陋跡於介丘兮，省仙遊而投軌。覬情累以遂濟，兮豈時俗之云阻。」（〈八語〉）
23	舅	跑許切。《詩》。（〈六語七麌〉）	夫之父，亦母之兄弟。韓愈〈元和聖德詩〉：「皇帝曰：『吁！伯、父、叔、舅各安爾位，訓厥眈晦。』」眈音莽。（〈八語〉）
24	將	子兩切。《詩》。（〈二十二養〉）	子兩切。勸也。《漢書·衡山王傳》：「皆將養勸之。」顏師古讀。（〈三十六養〉）
25	簋	己有切。《詩》。（〈二十五有〉）	內方外圓曰簋。《說文》簋古作匭。徐鍇曰：「九聲也，又飯，簋聲。」許慎云：「讀若《詩》：『糾糾葛屨。』」《周官》以書敘昭穆之俎簋，故書簋作几，孔穎達曰：「簋聲几，軌聲九，於文易為懼，寫者亂之。」（〈四十四有〉）
26	草	此苟切。《詩》、《穆天子傳》：「薺麥之所草。」注：「草疑古茂字。」（〈二十五有〉）	百卉也。邊讓〈章華賦〉：「攜西子之弱腕兮，援毛嬙之素肘。形便纖以嬋娟，若流風之靡草。」（〈四十四有〉）

27	主	當口切。《詩》。(〈二十五有〉)	君也。《老子》:「受國之垢,是謂社稷主。受國之不祥,是謂天下王。」(〈四十四有〉)
28	攷	去九切。《易‧蠱小象》、《詩‧山有樞》。(〈二十五有〉)	去九切。成也。《說文》:「以丂得聲。」又曰:「丂音糗。」邊讓〈章華賦〉:「眾變已盡,羣樂既考。攜西子之弱腕兮,援毛嬙之素肘。」(〈四十四有〉)
29	考	去九切。《詩》。(〈二十五有〉)	去九切。成也。《說文》:「以丂得聲。」又曰:「丂音糗。」邊讓〈章華賦〉:「眾變已盡,羣樂既考。攜西子之弱腕兮,援毛嬙之素肘。」(〈四十四有〉)
30	愛	許既切。《易‧小象》。(〈四寘〉)	許既切。憐也。《說文》:「從心旡聲。」徐鍇《繫傳》曰:「炁者,惠也,於文心旡為炁。」《古文尚書》炁,古愛字。《集韻》許既切。《楚辭‧九章》:「世溷不吾知,心不可謂兮,知死不可讓,願勿愛兮,明以告君子,吾將以為類兮。」(〈五寘〉)
31	快	暌桂切。《易‧旅小象》。(〈四寘〉)	喜也。《禮記》:「不麾蚤。」注云:「麾之言快也。」《太玄》:「樂首,不實不雅,禮樂廢也、拂擊絕縑,心誠快也。」(〈五寘〉)
32	祐	于貴切。《易‧大有‧小象》。(〈四寘〉)	于貴切。助也。屈原〈天問〉:「驚女採薇鹿何佑,北至回水萃何喜。」喜,許既切。(〈五寘〉)
33	軷	蒲昧切。《詩》。(〈四寘〉)	出祭道神也。《周官》受祭犯軷。杜子春讀為別異之別,別亦蒲昧切。(〈五寘〉)
34	蹢	遲據切。《漢書》。(〈六御七遇〉)	遲據切。躕躇。漢武帝〈李夫人賦〉:「何魂靈之紛紛兮,哀裵回以躕躇。執路日以遠兮,遂荒忽以辭去。」(〈九御〉)
35	邁	力制切。《詩》。(〈十一隊〉)	力制切。行也。《說文》以蠆得聲。許慎讀蠆如厲。孔臧〈格虎賦〉:「都邑百姓,莫不于邁。陳列路隅,咸稱萬歲。」(〈五寘〉)

36	烈	力制切。《詩》。(〈十一隊〉)	列栗,烈寒也。古厲山氏亦作烈。張衡〈西京賦〉:「雨雪飄飄,冰霜慘烈。百卉具零,剛蟲搏鷙。」行,列也。晉曹攄〈圍棋賦〉:「二敵交行,星羅宿列。雲會中區,網布四裔。」(〈五寘〉)
37	亂	聖閏切。《易‧小象》:「翩翩不富,皆失實也。不戒以孚,中心願也。城復於隍,其命亂也。」實,音愼。願,音韻。亂,讀如疾病則亂之亂。《三略》:「士驕,則下不順,將憂,則內外不相信,謀疑,則敵國奮,以此攻伐,則致亂。」(〈十二震〉)	不理也。楊戲贊李正方:「不協不和,忘節言亂。疾終惜始,實惟厥性。」(〈二十一震〉)
38	反	孚絢切。《易》、《詩》、《荀子》。(〈十四願〉)	覆也。楊修〈節遊賦〉:「迴旋詳觀,目周意倦。極歡遊以從容,乃棄車而來反。」(〈三十二霰〉)
39	環	音宦。《漢書》。(〈十六諫〉)	熒絹切。肉好如一也。王延壽〈靈光殿賦〉:「連閣承宮,馳道周環。長途升降,軒檻曼延。」延,去聲。(〈三十二霰〉)
40	憂	一笑切。《詩》。(〈十九效〉)	一笑切。愁也。《左氏傳》:「齊人之歌曰:『數年不覺,使我高蹈。惟其儒書以爲二國憂。』」覺,古孝切。(〈三十四嘯〉)
41	霜	色壯切。霓霜,殺物也。(〈二十三漾〉)	色壯切。凝露也。潘岳〈馬敦誄〉:「馬生爰發,在險彌亮。精貫白日,猛烈秋霜。」(〈四十一漾〉)
42	方	甫妄切。《禮》。(〈二十三漾〉)	甫妄切。《毛詩》:「不可方。」《爾雅》:「舫,泭也」疏云:「水中爲泭筏也。」〈漢廣〉詩「不可方思」音義同。(〈四十一漾〉)
43	好	許候切。《詩》。(〈二十六宥〉)	許候切。愛也。屈原〈九章〉:「申生之孝子兮,父信讒而不好。行悻直而不豫兮,鯀功用而不就。」(〈四十九宥〉)
44	投	音豆。杜詩。(〈二十六宥〉)	大透切。上也。馬融〈笛賦〉:「法於節奏,察度於句投。」李善云:「《說文》:『逗,止也。』投與逗古字通,音豆。投句之所止也。」(〈四十九宥〉)

45	讖	與纖同。《後漢傳》贊。（〈二十九豔〉）	楚獻切。圖書也。《釋名》:「讖，纖也。其文纖微也。」郭璞〈䡅䡅獸贊〉:「見則洪水，天下昏墊。豈伊妄降，亦應圖讖。」（〈三十二霰〉）
46	渥	烏谷切。《易·鼎卦》四爻辭。（〈一屋〉）	烏谷切。洽也。陸機〈漢祖功臣頌〉:「彤雲晝聚，素靈夜哭。金精仍頹，朱光以渥。」（〈一屋〉）
47	徹	直質切。《詩》。（〈四質〉）	直質切。止也。陸雲〈九愍〉:「伊在初之嘉惠，每成言而永日。怨谷風之攸歡，彌九齡而未徹。」（〈五質〉）
48	沒	莫筆切。《詩》:「漸漸之石，維其卒矣。山川悠遠，曷其沒矣。」卒，即律切。（〈四質〉）	沈也。白居易〈對酒詩〉:「何況百歲人，人間百無一。賢愚共零落，貴賤同埋沒。」（〈五質〉）
49	法	方月切。《易·蒙小象》。（〈六月〉）	制也。張衡〈西京賦〉:「覽秦制，跨周法。狹百堵之側陋，增几筵之迫脅。」（〈十月〉）
50	發	方月切。《詩》。（〈六月〉）	起也。張衡〈西京賦〉:「鳥不暇舉，獸不得發。青骹摯於韝下，韓盧噬於緤末。」末，音蔑。說見上。（〈十月〉）
51	屈	丘月切。《周禮》。（〈六月〉）	曲也。《老子》:「大直若屈，大巧若拙。」歐陽參政〈程文簡公銘〉:「不學而剛，有摧必折。毅毅程公，其剛不屈。」（〈十月〉）
52	偖	與佸同。《詩》。（〈六月〉）	佸古作偖。《說文》:「偖，會也。以昏得聲」昏音厥。（〈十月〉）
53	契	丘傑切。《詩》。（〈六月〉）	書契。《老子》:「有德司契，無德司徹。」衛恒《字勢》:「黃帝之史沮誦、蒼頡眺彼鳥跡，始作書契」（〈十月〉）
54	世	私列切。《詩》。（〈九屑〉）	私列切。代也。《禮記》:「世柳之母死。」《晉·樂志》:「匡時拯俗，休功蓋世。宇宙既康，九域有截。」（〈十月〉）
55	戟	訖約切。《詩·無衣》。（〈十藥〉）	訖約切。矛，戟也。《釋名》:「戟，骼也。旁有枝骼也。」骼音各。《太玄》辭曰:「比禮爲甲，冠矜爲戟。被甲荷戟，以威不恪。」（〈十八藥〉）

56	客	克各切。《詩》。(〈十藥〉)	克各切。賓客。屈原〈九章〉:「順風波以流從兮,焉洋洋而爲客。凌陽侯之氾濫兮,忽翱翔之焉薄。」(〈十八藥〉)
57	貊	末各切。〈龜策傳〉。(〈十藥〉)	末各切。夷也。〈皇矣〉詩:「貊其德音。」《左氏傳》、《禮記》皆作莫。張載〈七命〉:「華裔之夷,流荒之貊。語不傳於輶軒,地不被乎正朔。」(〈十八藥〉)
58	福	音偪。《易·困井·小象》。《詩》、《禮記》同。(〈十三職〉)	筆力切。祉也。《漢·賈誼傳》:「疏者或制大權,以福天子。」顏師古曰:「福古逼字。」《禮記》:「福者,備也。備者,百順之名也。」秦瑯邪刻石:「皇帝之德,存定四極。誅亂除害,興利致福。」(〈五質〉)
59	戒	訖力切。《易·小象》。(〈十三職〉)	警也。諽以革得聲。許慎讀若戒。二字本皆音棘。《鹽鐵論》引《詩》:「我是用戒。」今作急。屈原〈九章〉:「何芳草之早夭兮,微霜降而下戒。諒不聰明而壅蔽兮,使讒諛而日得。」(〈五質〉)
60	麥	訖力切。《詩》。(〈十三職〉)	訖力切。來牟也。《白虎通》:「閶闔風至生薺麥,不周風至蟄蟲匿。」韋鋋〈敘志賦〉:「奉過庭之明訓,納微躬於軌則。勉四民之耕耘,遂能辨乎菽麥。」(〈五質〉)
61	意	乙力切。《詩》。(〈十三職〉)	乙力切。志也。秦之罘刻石「承順帝意。」《索隱》音億。賈誼〈服賦〉「請對以臆」,或作意。屈原〈天問〉:「厥萌在初,何所意焉。璜臺十成,誰所極焉。」(〈五質〉)

二表呈現《古音叢目》與《韻補》的差異,在比較過程中,筆者對《古音叢目》研究方式有三項懷疑推測:

(一)《古音叢目》音注釋文,有綜合引用情形

以《古音叢目·十四旱》「幹」注爲例:

讀作管。《東漢書·竇憲傳》:「內幹機密。」《太玄》:「井無幹,水

直衍。」

音注「管」音，釋文引《後漢書》、《太玄經》資料爲證。與《轉注古音略》相較中，其字屬「音讀相同，釋文部分類似」，《轉注古音略·十四旱》「幹」注亦讀作「管」，引〈竇憲傳〉爲釋文。然《韻補·二十三旱》古轉聲銑，《韻補·二十七銑》「幹」注，釋文引《太玄》「井無幹，水直衍。」，《古音叢目》「幹」注文，可能結合《轉注古音略》與《韻補》而來。又如「亨」、「英」注文，《古音叢目》與《韻補》相異處，均可由《轉注古音略》而得。因此筆者以爲楊愼於《古音叢目》引書過程中，在某些文字釋文上，有綜合引用情形。因此不論是與《轉注古音略》、抑或是與《韻補》比較，皆有二者音讀相同，釋文只屬部分類似的情形。

（二）《古音叢目》音注釋文，有楊愼自行增補之跡

以《古音叢目·二十五有》「栲」注爲例：

> 去九切。《詩》：「南山有栲。」《說文》本作枅，从尻爲聲。《詩》草
> 木疏云：「許愼讀栲爲糗，今人言考失其聲也。」《爾雅》栲山樗疏
> 亦云：「許愼讀爲糗。」徐鉉注《說文》作若浩切，不考之罪也。況
> 《詩》栲與杻合韻，乃正讀非叶。

與《韻補》相較，「栲」注屬切語相同，釋文部分類似。《古音叢目》多了《說文》與判斷徐鉉音注等分析。筆者發現，諸類釋文，不見於《韻補》，卻於《古音略例》「南山有栲，北山有杻」注見之：

> 愼按：栲，去九切。《說文》本作枅，从尻爲聲。《詩》草木疏云：「許
> 愼讀栲爲糗，今人言考失其聲也。」《爾雅》栲山樗疏亦云：「許愼
> 正讀爲糗。」是其明證。然則栲之音口正音，也非叶也。〔註41〕

原《古音叢目》較《韻補》增引部份，於《古音略例》注文見之。楊愼在引用各書資料中，本有刪減調整的行爲，筆者懷疑《古音叢目》的某些釋文，楊愼在引書資料的基礎上，進行增補。又如〈六月〉、〈九屑〉「渴」注，與《韻補》相較中，均可見宋人小說言「渴」字無對之等語，不見於《韻補》之釋文，亦屬楊愼增補的例證。

〔註41〕〔明〕楊愼：《古音略例》（《四庫本》），頁337。

（三）《古音叢目》音注釋文，疑有《詩補音》內容

《古音叢目》與《韻補》比較中，「音讀相同，釋文部分相似」、「音讀相同，釋文相異」共九十四例，其中增出釋文，與《詩》相關者五十二例，約佔百分五十五。這是否與吳棫《詩補音》音注相關？原本《詩補音》已亡佚，賴後人輯佚，筆者今以張民權〈吳棫《詩補音》彙考校注〉兩相比照，發現「裘」、「堅」、「玄」、「兄」、「亨」、「英」、「景」、「栲」、「迪」、「渴」、「夜」、「發」、「仇」、「試」、「哀」、「淵」、「賢」、「儀」、「宜」、「命」、「弓」、「中」、「躬」、「友」、「有」、「將」、「簋」、「草」、「主」、「考」、「愛」、「邁」、「烈」、「載」、「反」、「憂」、「方」、「好」、「渥」、「徹」、「沒」、「發」、「世」、「戟」、「客」、「戒」、「麥」、「意」等字音注，與張民權〈吳棫《詩補音》彙考校注〉相同，除「亨」、「英」外，其他韻字增出釋文皆非引自《轉注古音略》。上述各字，增出釋文大多與《詩》相關，與張民權《詩補音》彙考內容相較，彼此確有聯繫之處，如表中《古音叢目・二十二養》「景」注增出釋文引《詩經・二子乘舟》，音注「舉兩切」，張民權於〈二子乘舟〉引《慈湖詩傳》為證，「景」亦作「舉兩切」〔註42〕：「渴」注增「《毛詩》叶月」釋文，作「巨列切」，張民權《詩補音》彙考〈君子于役〉以《詩集傳》為據，「渴」亦作「巨列切」，所謂「叶月」，應即指該詩「不日不月」、「苟無飢渴」相叶。〔註43〕此外如「考」注引〈山有樞〉、「沒」注引〈漸漸之石〉、「戟」注引〈無衣〉，這些釋文內容皆與張民權《詩補音》彙考內容相關。故筆者以為這些增出的音注、釋文，可能出自吳棫《詩補音》。

參、《古音叢目》引書價值

《古音叢目》為結合《轉注古音略》、吳棫《韻補》、《詩補音》、《楚辭釋音》之作，《古音獵要・序》云：「予輯《古音叢目》，凡四千五百餘字，《詩補音》、《楚辭釋音》、《韻補》、《古音略》取十之六，亦既省矣，猶病其寡要也。」今日而論，此書除有音學研究外，當有輯佚價值。在《小學考》著錄中，《詩補音》、《楚辭釋音》已亡佚。〔註44〕按楊慎所言，《古音叢目》存有吳棫《詩補音》、《楚

〔註42〕 張民權：《宋代古音學與吳棫《詩補音》研究》，頁166。

〔註43〕 張民權：《宋代古音學與吳棫《詩補音》研究》，頁188。

〔註44〕 〔清〕謝啟昆：《小學考》（上海：漢語大辭典出版社，1997年），頁418。

辭釋音》內容，本節欲探究《古音叢目》是否具有輯佚的價值。

　　《詩補音》原名《毛詩叶韻補音》，駱瑞鶴《〈毛詩叶韻補音〉研究》根據《古音叢目》序文、明人陳士元《古今韻分注撮要》疑引《詩補音》者、明人陳第家藏書目《世善堂藏書目錄》錄有《毛詩補音》等三項證據，認爲「《詩補音》之亡，乃在明代末年清代初年。入明以後，《詩補音》雖已沉淪，但仍不絕如縷，猶存於世。」〔註45〕吳棫《詩補音》在學術研究上已有輯佚，與後世轉引《詩補音》相關，如張民權云：

> 吳棫《詩補音》原本不傳，其音釋內容散見於宋儒《詩經》學著作及有關文集中。如楊簡《慈湖詩傳》、朱熹《詩集傳》和王質《詩總聞》等，它們分別以不同的形式保存了《詩補音》的音釋內容。其中以楊氏著作存錄《詩補音》材料最爲完整和詳贍。此外，諸如楊氏《慈湖遺書》、《朱子語類》、樓鑰《攻媿集》、袁文《甕牖閒評》、廣輔《詩童子問》、王應麟《詩地理考》、熊朋來《經說》等宋元人文集中，也有《詩補音》內容的敍述文字。這些內容可以與楊氏《慈湖詩傳》所錄《詩補音》材料相互印證。〔註46〕

《詩補音》內容轉引至後世古籍，可藉此進行輯佚研究。今輯佚《詩補音》者有四家，分別爲劉曉南、周賽紅〈朱熹吳棫毛詩音叶異同考〉、駱瑞鶴《〈毛詩叶韻補音〉研究》、張民權《宋代古音學與吳棫〈詩補音〉研究》、王曉嵐《〈毛詩叶韻補音〉與〈毛詩古音考〉比較研究》。四家研究目的相同，輯佚方法有異，結論呈現差距。劉曉南、周賽紅對於《詩補音》輯佚方式有三：一爲楊簡《慈湖詩傳》注明「《補音》曰」和王質標明「吳氏曰」直認作吳棫原文；二爲王質音切若未標「吳氏曰」，則與楊簡引文比較，相同者可認作吳棫叶音。若楊簡書未引或殘缺者，則與朱熹叶音比較，如果朱、王所引全同，可看作吳棫原文。若朱熹與王質大多數相同，僅一、兩個不同，此不同可確定爲是朱子對吳棫的改動；三爲參考他書引吳棫《詩補音》者，如《甕牖閒評》。劉曉南、周賽紅以此方式輯佚吳棫《詩補音》一千三百五十九條。

〔註45〕駱瑞鶴：《〈毛詩叶韻補音〉研究》（武漢：武漢大學漢語言文字學研究所博士論文，2005年），頁107。

〔註46〕張民權：《宋代古音學與吳棫〈詩補音〉研究》，頁92。

〔註47〕汪業全《叶音研究》對劉曉南、周賽紅的方式提出反對意見，以爲：「朱熹叶音並非都『用棫例』，王質音除標有『吳氏曰』之類者，亦未可斷定取自吳棫。劉先生所輯可能失之於寬。」〔註48〕

駱瑞鶴《《毛詩叶韻補音》研究》較劉曉南、周賽紅輯佚方式嚴密，以《慈湖詩傳》爲主，並以十五種古書佐證，按其凡例：「所列之文，皆諸書稱述《詩補音》或《補音》、稱吳氏或吳棫讀之原文。若無《補音》、吳氏等標記，今原則上不錄，只用作說明材料。」〔註49〕其後補充「別有三類文字，今不入《詩補音》輯佚中，一是音叶雖直接出《詩補音》，但不稱『《詩補音》』、『《補音》』、『吳棫』、『吳氏』者，二是間接出《韻補》者，三是雖稱『吳氏』而不能確定爲誰者。」〔註50〕駱瑞鶴以此方式共輯佚三百四十二則材料。

相較於駱瑞鶴以十五種古書佐證，王曉嵐《《毛詩叶韻補音》與《毛詩古音考》比較研究》輯佚顯然不足，單以《慈湖詩傳》與《詩總聞》爲對象，輯二者有「《補音》云」、「《補音》曰」、「《補音》」、「吳棫音」、「吳氏」、「從吳氏」等字條。此外若「《詩總聞》中未注明吳音的字條，與《韻補》進行對照，若音切相同，亦視爲吳音」。共輯得《詩補音》四百零五字次，計三百二十七字。〔註51〕

張民權《宋代古音學與吳棫《詩補音》研究》，其下編〈吳棫《詩補音》彙考校注〉部分，則以楊簡《慈湖詩傳》爲基本，王質《詩總聞》、朱熹《詩集傳》爲旁證，並佐以其他宋儒著述而成，共得四百七十條。關於張民權的輯佚，金師周生對此提出「《韻補》內容置入《彙考校注》位置問題」、「《補音》是否常收單字字義問題」、「按語涉及學說正誤問題」、「少數未校出的錯誤」、「一種更好的呈現方式」等五項建議。〔註52〕

綜觀上述四家輯佚方式各異，基本上是以楊簡《慈湖詩傳》與王質《詩總

〔註47〕劉曉南、周賽紅：〈朱熹吳棫毛詩音叶異同考〉，《語言研究》（2004 年第 12 期）。

〔註48〕汪業全：《叶音研究》，頁 276。

〔註49〕駱瑞鶴：《《毛詩叶韻補音》研究》，頁 4。

〔註50〕駱瑞鶴：《《毛詩叶韻補音》研究》，頁 103。

〔註51〕王曉嵐：《《毛詩叶韻補音》與《毛詩古音考》比較研究》（泉州：華僑大學漢語言文字學研究所碩士論文，2011 年）。

〔註52〕金師周生：〈讀吳棫《詩補音》彙考校注〉，收錄於金師周生：《吳棫與朱熹音韻新論》（臺北：洪葉文化事業有限公司，2005 年）。

聞》爲主。金師周生〈論《毛詩叶韻補音》的編寫體例〉認爲今若欲以此二書輯佚《詩補音》原貌，十分困難：

> 《慈湖詩傳》提到《補音》的篇章，引用也不完全，以長篇的〈皇矣〉詩爲例，《詩集傳》共爲「赫獲宅椐柘友兄慶喪悔子岸邦怒下京池閑安禍附茀忽拂」二十四字注出叶音，《詩總聞》也爲「赫獲度宅屏椐柘拔友兄慶比悔子援岸邦共怒祜下京池革閑安禍」二十七字注出反切，但《慈湖詩傳》只爲「赫禍」二字注音，並引用《補音》的一些音證，顯然並沒有完全引用《補音》的內容，甚至可以說引用甚少，因此想用《慈湖詩傳》瞭解大部分的《補音》原貌，是有一定差距的。《四庫全書・慈湖詩傳提要》認爲「《補音》久佚，惟此書所引尚存十之七六」，我認爲稍有誇大，如說十之二三，應該比較可信……徐蕆說刪節本的《補音》，「於最古者、中古者、近古者各存三二條」音證，那每字後至少有六條證據，朱熹也說：「每一字多者引十餘證，少者亦兩三證」，說法與徐蕆近似，而《詩總聞》或《慈湖詩傳》每字的引證數目，往往不及於此，可見後人引用的過程中，已經做了節錄，要復原《補音》的原貌，似乎困難重重。〔註53〕

故以《慈湖詩傳》、《詩總聞》等古籍輯佚《詩補音》，具有一定限制。《古音叢目・序》云引自吳棫《韻補》、《詩補音》、《楚辭釋音》等著作，是否亦具有輯佚價值？上述四家在輯佚過程中，未將《古音叢目》作爲參考資料。唯有駱瑞鶴以序文證明《詩補音》於明代仍有流傳。但駱瑞鶴亦以此序文認爲楊慎所言的《楚辭釋音》，有僞作之疑：

> 《楚辭釋音》似無刻本，今慎言如是，不知其何以得見。一楊慎所見之《楚辭釋音》，或是古傳抄本，或是好事者之僞作本，而以後一種情況可能性較大。〔註54〕

駱瑞鶴同以《古音叢目・序》證《詩補音》於明代尚有流傳，另一方面卻推測楊慎所述《楚辭釋音》可能作僞，論證過程失之過簡。雖然《四庫全書總目》

〔註53〕金師周生：《吳棫與朱熹音韻新論》，頁545。
〔註54〕駱瑞鶴：《《毛詩叶韻補音》研究》，頁107。

言楊慎「好偽撰古書，以證成已說」〔註55〕，梁容若〈談楊升庵的作品〉認為楊慎作偽與「炫才」、「嘲諷」相關。〔註56〕《楚辭釋音》是否屬於此類？筆者對此秉持保留態度，明正德六年（1511），楊慎曾為翰林修撰，有機會接觸祕閣藏書，根據記載，楊慎藏書甚多，或有此本亦未可知。〔註57〕此外，除《轉注古音略》、《詩補音》、《韻補》、《楚辭釋音》外，基於上述問題，《古音叢目》是否亦有受到其他資料影響？本節已對於《古音叢目》引《轉注古音略》、《韻補》等資料進行全盤分析，在此基礎上，從中探討其中的輯佚價值。

肆、《古音叢目》輯佚分析

根據筆者考察，《古音叢目》所列韻字，完全與《韻補》、《轉注古音略》無關者，共有一千一百三十例，表列如下。並與張民權〈吳棫《詩補音》彙考校注〉的輯佚成果相較，二者相同者以「＋」表示，無法對應者以「－」表示：

表 3-2　《古音叢目》輯佚表

韻	序號	字	音注	《詩補音》相同者
東	1	盈	餘封切。	－
	2	信	思容切。	－
	3	升	書容切。	－
	4	宋	平聲。《詩·擊鼓》。	－
	5	諶	市隆切。《楚辭》。	＋
	6	堂	叶音同。〈九歌〉。	－
	7	陽	七公切。《楚辭》。	－
	8	房	符風切。〈中嶽仙人歌〉。	－
	9	郮	音盲。縣名。《漢書》	－

〔註55〕〔清〕紀昀、陸錫熊、孫士毅等著，四庫全書研究所整理：《欽定四庫全書總目《整理本》》（北京：中華書局，1997 年），頁 1591。

〔註56〕林慶彰、賈順先編：《楊慎研究資料彙編》（臺北：中央研究院中國文哲研究所，1992 年），頁 866。

〔註57〕豐家驊：《楊慎評傳》（南京：南京大學出版社，1998 年），頁 117。

	10	勔	蓋同。郭璞。	－
	11	巩	古紅切。《說文》：「褒也。」	－
	12	明	音萌。《易林》。	－
	13	岡	音工。柳文。	－
	14	氷	與掤同。音毛。《詩》、《左傳》：「氷矢房也。」	－
	15	皇	音近中。《春秋·運斗樞》	－
	16	民	音萌。《說文》、《易林》。	－
冬	17	牖	舊音庸。《禮記》。	－
	18	蚰	蟲同。《爾雅》。	－
	19	用	音庸。《詩》。	－
江	20	舂	音窻。《墨子》。	－
	21	蔥	音窻。〈喪車〉。	－
	22	橦	幢同。《韓非子》。	－
	23	舩	古雙切。又東韵。	－
	24	控	音腔。《莊子》。	－
	25	紅	音江。曲紅，地名。《水經》江夏，〈蒼麓碑〉作紅夏。	－
支	26	事	市支切。《易·益小象》。	－
	27	夂	《易·既濟小象》，音菑。	－
	28	媒	謨悲切。《詩》。	＋
	29	伎	音祁。《詩》。	－
	30	郵	干其切。《詩》。	－
	31	態	士宜切。《楚辭》。	－
	32	沬	莫之切。《楚辭》。	－
	33	待	徒奇切。《楚辭》。	－
	34	咍	呼其切。	－
	35	羛	許宜切。羛陽，地名。《漢書》。	－
	36	沐	音獼。沐猴即獼猴。	－
	37	它	音移。《後漢書》。	－
	38	纖	音緦。《漢書》。	－
	39	蓮	蔫同。《佩觿》。	－
	40	霺	音頤。〈玉藻〉。	－
	41	辟	音弭。《禮記》。	－
	42	郗	人姓。	－

	43	辟	音紕。〈玉藻〉。	—
	44	迆 檵 陀 他 僞	並委蛇之蛇。	—
	45	鐵	古夷字。禺夷，《史》作鐵夷。	—
	46	訢	音熹。	—
	47	隗	古夒字。	—
	48	紃	緇。	—
	49	頛	音規。又作頯。	—
	50	孈	愚戀多態曰孈。	—
	51	嬰	細腰曰嬰。	—
	52	墨	音迷。《列子》。	—
	53	屎	音痴。《列子》。	—
	54	腇	音綏。萎腇，耎弱也。	—
	55	苷	音時。地名。	—
	56	喜	音嬉。《楚辭》。	—
	57	泜	小渚為泜。	—
	58	娭	音怡。	—
	59	釁	音眉。鼎文借作眉壽字。	—
	60	茊	古茲字。《史》注。	—
	61	卭	古文熙字。	—
	62	雎	古雌字。	—
	63	抱	音嶷。《淮南子》。	—
	64	鸄	鸄同鷄。	—
	65	衣	齊衰之齊。《禮》。	—
微	66	地	平聲。	—
	67	虀	音析。《楚辭》、《爾雅》。	—
	68	郗	人姓。	—
	69	祗	古禗字。	—
	70	昕	音晞。	—
	71	暈	音暉。	—
	72	隑	巨依切。曲岸也。	—

73	碕	同上。	—
74	埼 磯 墼	并同上	—
75	渾	音揮。《淮南子》。	—
76	謝	音舒。韓文公〈遣瘧鬼詩〉:「屑屑水帝魂,謝謝無餘輝。」	—
77	許	音虛。〈淮南子〉:「邪許。」歌名。	—
78	屠	音除。《漢書》:「休屠王。」	—
79	繻	音儒。〈兒寬傳〉。	—
80	𢠳	丘于切。傷也。	—
81	户	音烏。烏孫或作户孫。	—
82	序	音徐。《禮》。	—
83	務	音無。《左傳》。	—
84	嫵	音呼。與嫭同義。《楚辭》。	—
85	嫚	音無。《揚子》。	—
86	列	㪿同。音誅。	—
87	㪿	上同。	—
88	礖	《詩》:「陟彼礖矣。」今作岨。	—
89	旴	火于切。	—
90	旰	同上。	—
91	甫	音夫。〈甫田〉,篇名。	—
92	娛	東方朔〈繆諫〉。	—
93	穀	姑孰,《書》注作穀孰。	—
94	昫	煦同。	—
95	雨	《易林》。	—
96	郁	《史記》禺夷作郁夷。	—
97	附	跗同。《禮‧祭義》注。	—
98	戲	叶音灕。《楚辭》。	—
99	湑	濡。《歸藏易》《禮‧月令》:「土潤湑暑」。	—
100	盧	音爐。《仙經》爐鼎作盧鼎。	—
101	侯	與兮同。《史記》三侯之草即三兮。	—
102	諟	音題。《尚書》。	—
103	諦	古啼字。《管子》。	—

	104	繄	音伊。語辭。	－
	105	蚈	音蹊。	－
	106	繋	音稽。《漢書》:「繋獄。」	－
	107	係	《孟子》:「係累其子弟。」	－
	108	氐	音低。《漢志》。	－
佳	109	樏	音柴。《國語》:「山不樏枿。」	－
	110	其	藞稭同。子建詩。	－
	111	鮭	與膎同。音諧。	－
	112	奚	音諧。大腹也。《莊》注。	－
	113	䜥	同上。	－
	114	痿	《漢・哀紀》。	－
	115	駭	音該。《春秋》:「無駭」,人名。	－
	116	佅	同上。《穀梁》。	－
	117	薢	音皆。《爾雅》:「薢茩決光。」	－
	118	疥	《左傳》一作痎。	－
	119	痎	見上。	－
	120	稗	本音沛,一音俳。	－
灰	121	遺	夷回切。	＋
	122	珚	古瑰字。《初學記》。	－
	123	載	音栽。《詩》。	－
	124	塺	音黣。	－
	125	隗	嵬同。《漢書》。	－
	126	汭	音隈。《漢書》引《詩》。	－
眞	127	炳	叶音彬。《易・小象》	－
	128	隕	于貧切。	＋
	129	膞	音純。《儀禮》。	－
	130	櫄	古椿字。	－
	131	杶 橁	并同上。	－
	132	摑	而純切。	－
	133	瑡	音圇。	－
	134	堇	音鄞。	－
	135	滇	音眞。地名,在汝南。	－

136	愼	同上。	—
137	㴂	音巡。《史・倉公傳》。	—
138	睔	如倫切。	—
139	駢	音頻。《管子》。	—
文	140	郋	與殷同。國名。	—
	141	員	古文云字。	—
	142	囩	甘氏《星經》與雲叶。	—
	143	㶊	音殷。地名。	—
	144	澐	同上。	—
元	145	獻	虛言切。	—
	146	患	胡門切。《楚辭》。	—
	147	冒	音鞔。《漢書》。	—
	148	奠	古文酒尊之尊。	—
	149	蠸	况袁切。地名。	—
	150	院	古垣字。	—
	151	膌	溫同。《禮記》:「柔色以脂之。」今作溫。又去聲。	—
	152	撝	音宣。《易》撝謙,鄭玄讀。	—
	153	擐	古揎字。	—
	154	攟	《字林》揎字。	—
	155	讙	喧。〈樂記〉。	—
	156	甗	音言。《春秋》。	—
	157	昕	音軒。《爾雅》。	—
	158	橀	音門。木名。	—
	159	遠	音鴛。《詩・唐棣》。	—
	160	京	讀作原。〈檀弓〉。	—
	161	蠸	音昆。劉向〈九歎〉:「爬蠸蠹於筐簏。」	—
寒	162	勔	音殫。《呂覽》。	—
	163	贊	音攢。贊茅,地名。湯所封商子。	—
	164	黵	音端。《商子》。	—
	165	審	潘。《莊子》。	—
	166	何	音近韓。《史記》注。	—
	167	宣	音檀。船纜也。杜詩註。	—
	168	浣	平聲。韋詩。	—

169	恒	叶音桓。《易林》。	—
170	嘆	他安切。《詩》。	—
171	濡	乃官切。水名。	—
172	運	音媛。劉向〈九歎〉。	—
173	髡	音完。《漢書》髡爲城旦。	—
174	嬬	音完。《史記》。	—
175	洀	古盤字。《管子》。	—
176	旬	古翰字。《漢書》。	—
177	亹	音殫。《文子》。	—
178	鱗	讀近蘭。《淮南子》。	—
179	糞	音般。韓文:「糞除天地山川。」	—
180	媛	于權切。《詩》。	+
181	咽	音淵。《詩》:「鼓咽咽」。	—
182	奰	音拳。《說文》。	—
183	啞	古文咽字。	—
184	仝	古文全字。	—
185	邢	口堅切。國名。人姓。	—
186	叀	音專。	—
187	酏	之然切。〈內則〉。	—
188	密	音眠。《爾雅》。	—
189	敕	音田。《詩》	—
190	摶	而專切。《詩》注。	—
191	斯	音鮮。《詩》:「有兔斯首。」	—
192	胘	音賢,《公羊傳》。	—
193	硯	古作研。《說文》。	—
194	硱	見上。	—
195	蓂	鼎文眠字。	—
196	鎭	音滇。馮衍〈顯志賦〉。	—
197	菀	劉向〈九歎〉與淵叶。	—
198	佞	音年。《穀梁》、《國語》。	—
199	翦	音箋。《周禮》。	—
200	煇	昌延切。《文選》。	—
201	蚈	音牽。螢火蟲也。	—

先

	202	篅	音顓。受穀器也。	—
	203	袉	古氈字。《淮南子》。	—
	204	愞	尺椽切。	—
	205	邥	音綿。國名。	—
	206	申	音田。《漢書》。	—
	207	和	音桓。《禮・祭義》：「日出於東，月生於西。陰陽長短終始相巡，以致天下之和。」西音先。巡音沿。	—
蕭	208	遌	尺招切。《楚辭》。	—
	209	憂	於喬切。《易・文言》。	—
	210	箾	音消。《左傳》。	—
	211	毲	力彫切。	—
	212	俚	音聊。《史記》。	—
	213	由	音妖。《淮南子》。	—
	214	侯	與朝叶。《史》。	—
	215	湫	音寥。《管子》。	—
	216	膠	音聊。古文。	—
	217	嚼	與鐃叶。《後漢》童謠。	—
	218	繆	音綃。〈檀弓〉。	—
	219	兆	與昭叶。《晉志》。	—
	220	蘽	音苗。《淮南子》。	—
	221	潦	音遼。水名。	—
	222	擾	音饒。《尚書》。	—
	223	蹻	《漢書》注，蹻音如，今作樂蹻行之蹻。	—
肴	224	刡	口交切。音敲。《左傳》。	—
	225	墩	古墝字。《詩》注。	—
	226	浮	或作匏。《禮》注。	—
	227	鶌	音嘲。鳥名。	—
	228	校	音交。《淮南子》。	—
	229	斜	音交。〈思玄賦〉。	—
豪	230	糧	與糕同。《玉篇》。	—
	231	繇	音陶。〈百官表〉。	—
	232	留	與茅叶。《楚辭》。	—
	233	艘	徒勞切。今作艘。	—

	234	丘	音尻。劉向〈九懷〉。	－
	235	䶂	古鍬字。	－
	236	告	音嘷。《史記》。	－
	237	趙	伯趙，左傳官名，即伯勞也。	－
	238	綢	音叨。《爾雅》：「綢杠。」	－
	239	葆	保毛切。〈禮器〉。	－
	240	縿	悉刀切。〈祭義〉。	－
	241	勦	楚交切。音抄。	－
	242	䳡	䳡河，鳥名。	－
	243	勞	《漢書》注豪字。	－
歌	244	陂	叶音波。《詩》。	＋
	245	縭	叶音羅。《詩》。	＋
	246	羆	彼何切。《詩》。	＋
	247	掎	居何切。	＋
	248	扡	湯何切。	＋
	249	左	祖戈切。《詩》。	＋
	250	奇	古禾切。《楚辭》。	－
	251	爹	音多。人姓。	－
	252	衰	古蓑字。	－
	253	詖	古文頗字。	－
	254	干	音柯。《佩觿》。	－
	255	隋	音駝。《史記正義》。	－
	256	堶	七禾切。飛瓦礫戲曰堶。	－
	257	我	古俄字。《說文》：「我，頃頓也。」	－
	258	蠡	音螺。	－
	259	蝸	同上。	－
	260	蠃	同上。	－
	261	螺	同上。	－
	262	捼	奴禾切。	－
	263	挼	素何切。澣衣也。	－
	264	懷	音窠。《淮南子》：「載黃帝令。」	－
	265	鄲	音多。地名，在濟陰。	－
	266	火	平聲。《莊子》。	－

	267	柴	音槎栟之槎。	－
	268	槎	音磋。《國語》。	－
	269	墮	音多。〈衡婆傳〉。	－
	270	蟠	蒲何切。〈學記〉。	－
	271	倚	作婆切。〈中庸〉。	－
	272	履	古文靴。	－
	273	咼	古卞和作卞咼，今楚有此姓。	－
	274	砠	與磋同。	－
	275	瘥	同上。《史記》。	－
	276	磻	同上。	－
	277	斯	音梭。孔子〈臨河歌〉以斯叶波。	－
	278	螯	音蛾。歐文「車螯」作「車蛾」，蓋音之轉也。	－
麻	279	羅	盧加切。《楚辭》。	－
	280	歋	與揶同。歋歈手相笑也，今作揶揄。	－
	281	犧	音沙。《慈湖語錄》。	－
	282	挓	側加切。捱也。	－
	283	冶	音揶。冶由，女子笑。	－
	284	塗	音茶。《漢書》。	－
	285	沁	古文沙字。	－
	286	悇	宅牙切。馮衍賦悇憛。	－
	287	渦	音爪。水名。	－
	288	啞	音牙。《易林》。	－
	289	蠡	音蛇。禹妃家也。	－
	290	筊	女加切。	－
	291	牵	音耙。	－
	292	祖	音嗟。祖厲，地名。	－
	293	堵	音遮。《三國志》有上堵吟。	－
	294	惹	奴奢切。惹苴，粗罢也。	－
	295	蘸	惹或作蘸。	－
陽	296	薪	叶音襄。《詩》。	＋
	297	苹	叶音旁。	＋
	298	爭	叶音章。《詩》。	＋
	299	嚴	音莊。《詩·商頌》、《楚辭》。	－

	300	瓊	渠陽切。《楚辭》。	—
	301	㮣	古文檣字。	—
	302	黨	平聲。《戰國策》:「田單上卒倡。」	—
	303	恦	音與忼同。《詩》。	—
	304	讜	當陽切。《尙書》:「汝亦讜言。」	—
	305	亮	力章切。《尙書》:「亮陰三祀。」	—
	306	廣	音光。《相馬經》。	—
	307	蕩	音湯。蕩陰,地名。	—
	308	邟	古枋字。地名。	—
	309	蔣	平聲。《淮南子》。	—
	310	痒	音羊。又作蛘。	—
	311	蛘	見上。	—
	312	蟗	見上。	—
	313	刃	古文瘡字。	—
	314	歇	音鴦。歇喑,失聲也。	—
	315	創	初良切。	—
	316	碭	音唐。芒碭,山名。	—
	317	腠	《儀禮》:「升腠觚」注讀爲洋。	—
庚	318	井	子盈切。《易・小象》。	—
	319	睘	音瓊。	—
	320	聖	《公羊傳》:「聲姜」作「聖姜」。	—
	321	鄄	平聲。《風俗通》。	—
	322	即	音精。燭頭燼也。《管子》。	—
	323	烾	古文行字。	—
青	324	絅	涓榮切。《三墳書》。	—
	325	泂	滎泂澤,即今滎澤。	—
	326	皿	即丁切。象衆聲。	—
	327	陘	音邢。西陘,山名。《戰國策》。	—
	328	甹	音苹。《爾雅》引《詩》:「莫予甹蜂。」	—
	329	鈃	鉶。	—
	330	蚈	螢。	—
	331	耿	古邢、耿同音。	—

	332	贈	音增。《詩》。	−
	333	承	音蒸。承陽，縣名。	−
	334	證	音蒸。《周官》。	−
	335	佷	音恒。佷山，縣名。	−
蒸	336	倗	即朋字。《管子》。	−
	337	氷	與凝同。《爾雅》：「氷，脂也。」	−
	338	氷	與凌同。《鹽鐵論》。	−
	339	音	一陵切。《詩》。	+
	340	珡	陵同。《穆天子傳》。	−
	341	鞠	徐堅云：「即毱字。」	
	342	要	音憂。〈深衣〉。	−
	343	燠	音憂。《左傳》。	−
	344	蒙	音謀。〈洪範〉。	−
	345	藪	平聲。《楚辭》。	−
	346	口	音彄。法雲〈三洲歌〉。	−
	347	嗂	〈楚相碑〉優游字作㳎嗂。	
	348	蕡	〈禮運〉：「蕡桴而土鼓」注：「蕡音臼。」	−
	349	臼	平聲。〈禮運〉注。	−
	350	漏	力侯切。〈內則〉。	−
	351	撰	〈少儀〉釋文撰或為騶。	
尤	352	枸	與囚同。《史記》。	−
	353	桴	音浮。《易林》。	−
	354	窈	讀如幽。《淮南子》。	−
	355	醜	《詩》：「嬿婉之求，得此竈醜。」七由切。	−
	356	虛	音丘。《書》：「宵中星虛。」《史》注。	−
	357	又	叶音由。《詩》。	+
	358	右	叶音由。〈周頌〉。	+
	359	之	叶音周。《楚辭》。	−
	360	汝	《說文》：「㳇，行水也。一作汝。」	−
	361	斛	音仇。《詩》：「賓載手斛。」	−
	362	爵	音緅。爵，頭色也。	−
	363	憷	同上。	−
	364	摯	遒同。《說文》。	−

	365	櫾	音由。木名。《國語》即柚也。	一
	366	覆	音罘。宋玉〈大言賦〉罘罳作覆思。	一
	367	葅	音與緅同。	一
	368	租	同上。《周禮》。	一
	369	手	平聲。《易林》。	一
侵	370	驂	疏簪切。《詩》。	＋
	371	諗	叶音深。《詩》。	一
	372	仇	持林叶。	一
	373	僭	七尋切。《詩》。	＋
	374	戠	《易》：「朋盍簪」虞翻本作「朋盍戠」。	一
	375	撍	《淮南子》：「撍撍，欲臥也。」	一
	376	煔	《廣雅》音淫。	一
	377	廉	晉童謠與臨叶。	一
	378	錣	《淮南》注音針。	一
覃	379	爓	音燖。〈祭義〉。	一
	380	減	胡南切。《詩》。	一
	381	潯	《淮南子》音覃。	一
	382	隆	《淮南子》終南作終隆。	一
	383	斬	側銜切。《詩》。	＋
鹽	384	箇	讀若沾。竹上皮也。《說文》。	一
	385	槧	鑑廉反。庾肩吾詩。	一
	386	姌	音鉗。	一
	387	晻	漢碑作晻留字。	一
	388	戎	漢碑殲字。	一
	389	蕁	《淮南子》：「火上蕁。」音作炎。	一
	390	綅	音恬。《淮南子》。	一
	391	磏	音廉。	一
	392	鑒	平聲。《易林》。	一
咸	393	險	巖同。《史記》。	一
	394	碭	石臾切。	一
	395	柉	古凡字。	一
	396	降	函谷古作降谷。《書》立政注。	一
	397	免	音奐。星名。《史·正義》。	一
	398	黭	於咸切。《左傳》，	

	399	厖	莫孔切。〈商頌〉。	＋
	400	犢	音綂。《史記》。	－
	401	襩	同上。	－
	402	襱	同上。	－
	403	鞏	音拱。人姓。	－
	404	鬨	同上。	－
董腫	405	菫	音董。鼎菫，草名。	－
	406	軷	音宂。《說文》。	－
	407	僮	《易》：「幢幢往來。」京房作僮。《釋文》：「大蒙切。」	－
	408	溶	弋孔切。〈大人賦〉。	－
	409	蛬	音拱。《爾雅》。	－
	410	兇	上聲。《左傳》。	－
	411	蛩	音拱。《爾雅》。	－
講	412	聳	雙講切。摧物令仆也。	－
	413	蠪	古文蚌字。	－
紙	414	查	同上。《說文》。	－
	415	軒	軹同。	－
	416	罷	符彼切。《左傳》。	－
	417	杍	《尚書》作梓。	－
	418	灑	音髓。《楚辭》。	－
	419	蘺	音同。	－
	420	馳	劉向〈七歎〉與指叶。	－
	421	姐	音子。夷種名。	－
	422	褘	音委。	－
	423	灑	音洗。地名。	－
	424	彌	音敉。《周官》。	－
	425	而	音爾。《正始之音》。	－
	426	億	音已。《易》：「億喪貝。」	－
	427	髊	古文髓字。	－
	428	芝	音芷。《淮南子》。	－
	429	倕	音惴。《文子》。	－
	430	垂	人名，堯時工官。《文子》注，音惴。	－

431	疑	音擬。《易·文言》:「陰疑于陽必戰。」《禮》:「西河之人疑女子夫子。」《莊子》:「用志不分,乃疑于神。」《韓非子》:「內有疑妻之妾,妾有疑適之子。朝有疑相之臣,臣有疑君之權。」《漢書·食貨志》:「遠方之能疑,有並起而爭者矣。」	－
432	汖	音委。二水也。	－
433	芘	音紫。《山海經》:「洱水,其中多芘碧。」	－
434	缺	去蕤切。《儀禮》:「緇布冠缺頂。」	－
435	視	母鄙切。《詩》。	－
436	涕	音體。	－
437	耦	叶音擬。《詩》。	＋
438	替	上聲。與鄙合韻。《楚辭》。	－
尾	439	分	或讀作匪。《集辭》	－
	440	彙	《易》註古偉字。	－
	441	微	音尾。《史記》引《書》鳥獸字微。	－
	442	肥	《史記》:「無肥德。」音匪。	－
	443	黂	音蜚。麻布也。《文子》。	－
	444	岪	《禮》注:「夾岪曰角。」	－
語麌	445	漁	音語。《淮南》。	－
	446	梧	音敔。柷敔樂𡎊。	－
	447	柱	如女切。〈禹貢〉。	－
	448	戎	而主切。《詩》。	＋
	449	蝓	音黍。《爾雅》。	－
	450	姁	音矩。水名。	－
	451	拒	音矩。招拒,白帝神也。	－
	452	枓	音主。〈喪大記〉。	－
	453	堡	音普。小城也。	－
	454	葆	同上。	－
	455	䨷	古文。《易》:「咸其䨷。」	－
	456	御	音語。《詩》:「亦以御冬。」	－
	457	務	《詩》:「外禦其務。」音侮。	－
	458	樹	上主切。《詩》。	＋
	459	豬	渚同。	－
	460	稽	音啓。稽首至地。	－
	461	縷	《說文》引《詩》。	－

薺	462	堤	音抵。滯也。	－
蟹	463	捭	見上。	－
	464	夥	胡買切。《史記》。	－
	465	掛	置而不用曰掛。《周易》。	－
賄	466	𠦑	《說文》：「外卦曰𠦑，其字從卜。」	－
	467	匯	水四會也。	－
	468	豈	苦亥切。樂也。	－
	469	畏	音委。	－
	470	佳	音嘴。古詩：「畏畏佳佳石谷水。」	－
	471	遠	音委。人姓。亦作蘧。	－
	472	蘧	見上。	－
軫	473	盾	允同中盾，官名。	－
	474	盡	音儘。〈曲禮〉。	－
	475	沔	忘忍切。《書》注。	－
	476	淪	力允切。《尚書》。	－
	477	臏	音胅。《爾雅》。	－
	478	轔	來忍切。	－
吻	479	扮	伏粉切。《博雅》。	－
	480	苑	《詩》：「我心苑結。」	－
	481	欠	丘認切。《禮》：「欠伸跛倚張口為欠。」《說文》：「張口氣悟也。」韓退之詩：「噫欠為飄風。」宋孟顗以亢聲大欠被劾。	－
阮	482	願	五遠切。《詩》。	＋
	483	皖	地名。胡板切。	－
	484	緄	袞同。漢碑。	－
	485	鄢	音偃。《春秋》。	－
	486	霅	雨而晝見曰霅，今俗謂遣晝是也。	－
旱	487	婐	古婉字。	－
	488	丸	音卵。《伊尹書》。	－
	489	奱	或用為卵字。《山海經》。	－
	490	曼	音緩。人姓。	－
	491	莫	古莫字。《史記》注。	－

	492	苣	同上。	─
	493	榦	榦一作幹。屈原〈天問〉:「榦維焉係。」賈誼賦:「榦流而遷。」〈竇憲傳〉:「內榦機密。」《鹽鐵論》:「榦運山海。」顏師古云:「俗作烏結切,非。」	─
潸	494	諓	兒遠切。《詩》。	─
	495	騰	雞睆切。曹子建詩。	─
	496	饌	饗具。《儀禮》。	─
銑	497	緊	《說文》:「或以為繭字。繭者絮中往往有小繭也。」	─
	498	齊	即淺切。陸詞曰:「俗作剪,非。」	─
	499	剬	同上。《爾雅》注。	─
	500	肙	音演。《論衡》。	─
	501	跰	漢隸用為足繭之繭。	─
	502	竊	音淺。《左傳》。	─
	503	纖	音淺。纖離,馬名。	─
	504	縳	音篆。《爾雅》。	─
	505	殿	上聲。《左傳》。	─
	506	端	音冕。〈玉藻〉:「玄端。」	─
	507	繯	下犬切。揚雄賦:「青雲為紛,虹蜺為繯。」	─
	508	省	思淺切。〈郊特牲〉注。	─
	509	絹	音捲。《淮南子》。	─
篠	510	篠	與窵同。	─
	511	窔	窈同。	─
	512	窔	窈同。	─
	513	削	音杓。	─
	514	絹	音恂。並《淮南子》。	─
	515	篗	見上。	─
巧	516	鮑	部巧切。《說文》。	─
	517	靤	部巧切。《周禮》。	─
	518	鞄	同上。	─
	519	蚤	《儀禮》爪字。	─
皓	520	裯	都皓切。《詩》。	─
	521	騏	同上。《說文》。	─

	522	嘮	朗老切。《詩》。	＋
	523	受	時倒切。懮受，憂思也。仄音作潦倒，平音作勞仭。	＋
	524	敡	《說文》討字。	－
	525	懤	擣。同心病也。	－
	526	疛	同上。	－
	527	鳭	古文鴇字。	－
	528	鴇	同上。	－
	529	鴀	同上。	－
	530	丵	音保。行列也。	－
	531	攉	音鎬。《淮南子》。	－
	532	旭	讀若好。《詩》：「旭日始旦。」	－
	533	繰	古藻字。	－
舸	534	瑳	上聲。《詩》。	－
	535	阿	五可切。《詩》。	－
	536	蠃	力果切。《左傳》。	－
	537	瘰	見上。	－
	538	脞	音瑣。《尚書》。	－
	539	菏	士可切。〈禹貢〉。	－
	540	苛	音可。華葉也。	－
	541	何	上聲。《詩》。	－
	542	坐	〈高紀〉：「遂坐上坐。」注：「上坐字在果切，下坐字在臥切。」	－
	543	霊	雲不族也。通作䨩。	－
馬	544	蟲	同上。	－
	545	蟲	古冶子或作古蠱子。	－
	546	槎	士雅切。〈禹貢〉注。	－
	547	保	胡瓦切。《史・紂紀》注。	－
	548	堵	音者。路堵，父人名。	－
養	549	匡	丘往反。〈禮運〉。	－
	550	莄	上聲。《左傳》莄。	－
	551	孟	音莽。	－
	552	浪	音朗。《莊子》。	－
	553	蒼	上聲。《莊子》。	－

	554	彊	且兩切。人姓。	－
	555	方	音罔。	－
	556	良	音兩。《周禮》。	－
	557	誩	音強。	－
	558	奘	粗朗切。大也。	－
	559	皇	音往。〈少儀〉。	－
	560	茫	音莽。《淮南子》	－
	561	椆	音仰。《呂覽》。	－
梗迥	562	檠	燈薦也。	－
	563	冥	《詩》：「維塵冥冥。」莫迥切。	＋
	564	邢	音耿。《史記索隱》。	－
	565	辟	音屏。《莊子》：「至信辟金。」	－
	566	輪	音領。〈曲禮〉。	－
	567	正	音整。《孫武子》。	－
	568	甀	音電。甀帶也。《淮南子》。	－
	569	竟	境同。	－
	570	悅	虛請切。《博雅》。	－
	571	熒	音迥。《爾雅》。	－
	572	並	部迥切。〈過秦論〉。	－
有	573	齺	齒九切。《詩》。	＋
	574	棷	同上。	－
	575	逅	狼口切。《詩》。	－
	576	棷	蘇吼切。《詩》。	－
	577	稻	徒苟切。《詩‧七月》。	＋
	578	埽	蘇吼切。《詩》。	＋
	579	戊	莫吼切。《詩》。	＋
	580	猶	余久切。《詩》。	＋
	581	褒	徐久切。《詩》。	＋
	582	醹	奴口切。	＋
	583	孝	呼候切。《詩》。	＋
	584	奭	音醜。《說文》引《史篇》。	－
	585	囝	音剖。山名，今在宜興。	－
	586	媿	本《說文》愧字，漢隸借作醜字。	－

	587	修	讀爲卣。《周禮》。	－
	588	揪	側柳切。《左傳》。	－
	589	攸	以帚切。《尚書》。	－
	590	穀	奴口切。《左傳》。	－
	591	禺	讀作偶。《史記》。	－
	592	輶	音酉。《詩》。	－
	593	詢	《淮南子》：「忍詢而輕辱。」	－
	594	丣	音桺。虞翻云：「古桺丣同字。」	－
	595	甄	力口切。小罋也。	－
寢	596	簟	徒錦切。《詩》。	＋
	597	僔	僔耳，地名。音審。	－
	598	湛	音瀋。古沈字。《淮南子》注。	－
	599	帛	古文錦皆作帛。	－
感	600	凜	耒感切。寒凉也。	－
	601	醶	音醯。又音喝，又音臆。	－
	602	邯	胡感切。人姓。	－
	603	撖	胡敢切。容也。	－
	604	濫	力感切。〈樂記〉。	－
	605	簟	徒檢切。《詩》。	＋
	606	竷	音坎。《說文》。	－
	607	戡	《易》：「朋盍戡。」王肅本。	－
	608	淰	奴感切。石水不泒也。	－
	609	函	頷同。《詩》注。	－
琰	610	醓	他感切。《儀禮》。	－
	611	嚴	魚檢切。《書》：「日嚴柢敬六德。」	－
	612	礐	顲文也。	－
	613	曮	同上。	－
	614	鮯	徂慘切。魚鮺。	－
	615	霠	古文奄忽作霠飍。	－
	616	黤	渰同。《漢書》引《詩》。	－
	617	漸	音琰。《水經》有漸江。	－
	618	厭	魘同。	－

	619	軋	音范。《周禮》。	－
賺	620	軓	車軾前曰軓。	－
	621	鋄	忙范切。馬冠也。	－
	622	鈨	同上。	－
	623	檻	戶掩切。又去聲。	－
送宋	624	詷	徒貢切。	－
	625	銅	音洞。《山海經》洞庭作銅庭。	－
	626	鸗	盧動切。鸗豆，小鷹名。	－
	627	隤	與洞通。《急就章》。	－
	628	鬨	同上。	－
	629	霿	同上。	－
	630	鍾	之用反。〈明堂位〉。	－
	631	公	音共。《淮南》。	－
	632	倥	去仲切。〈思玄賦〉。	－
	633	封	葑田也。	－
	634	丰	芳用切。	＋
	635	贛	子貢之貢，古作此字。	－
絳	636	部	音棓。同上。《文子》。	－
寘	637	喜	許意切。《易‧賁卦》	－
	638	災	子例切。《易‧革小象》	－
	639	褆	音替。《詩》。	－
	640	儀	音義。《詩》。	＋
	641	醫	音瘞。木自斃也。《詩》：「其菑其醫。」	－
	642	詒	音異。《楚辭》。	－
	643	佩	叶音備。《楚辭》。	－
	644	埶	贄同。	－
	645	暨	巨至切。人姓。	－
	646	粊	兵媚切。惡米也。《周書》有粊誓，今作費。	－
	647	跂	古文企字。又音繭。	－
	648	窽	古竅字。	－
	649	煞	式吏切。陸機賦叶契。	－
	650	始	音試。〈月令〉：「桃始華。」	－
	651	虧	去聲。揚雄賦。	－

	652	⿰馬豈	漢〈韓勑碑〉驥字。〈文王世子〉鄭注引《孝經》說：「大夫勤於朝州里⿰馬豈於邑。」借⿰馬豈作冀。	－
	653	示	音寘。《中庸》：「其如示諸掌乎。」	－
	654	凱	音冀。〈曲禮〉注。	－
	655	委	于僞切。《周禮・月令》注。	－
	656	彝	音事。《周禮》。	－
	657	烓	圭惠切。人姓。	－
	658	剚	同上。	－
	659	⿰朿支	同上。《說文》：「插地曰⿰朿支，从朿从支。」	－
味	660	尙	古文貴字。	－
	661	洎	古溉字。灌釜也。	－
	662	伂	扶味切。《史・三王世家》：「無作怨，無伂德。」	－
御遇	663	祛	起據切。《詩》。	－
	664	鐻	音虡。人名。《左傳》。	－
	665	藥	音義與籞同。《漢書》注。	－
	666	⿰魚又	同上。	－
	667	⿴行魚	同上。	－
	668	暇	胡故切。《詩》。	＋
	669	壽	人名。音鑄。	－
	670	梧	五故切。敔同。《儀禮》。	－
	671	訝	同上。	－
	672	⿰矛予	音序。《山海經》。	－
	673	府	蔀同。《漢書》。	－
	674	婁	龍遇切。《論語》：「婁空。」	－
	675	擩	而遇切。韓退之〈房公墓碣〉：「目擩耳染。」本作擩。擩亦染也。字見《儀禮》，今作濡，非。	－
	676	擩	見上。	－
	677	偶	音寓。從喪。有木偶人求雨，有木偶龍。	－
	678	禺	同上。《史記》：「木禺馬。」	－
	679	忬	豫同。	－
	680	萼	音午。《漢書》：「萼布於午。」《禮》注：「午有萼也。」	－

	681	胡	音互。《漢書》。	－
	682	逗	古住字。	－
	683	孚	芳付切。〈月令〉注。	－
	684	燠	於喻切。燠休，痛念之聲。	－
	685	噢	燠亦作噢，瓊林狀。	－
	686	休	虛喻切。與煦同。	－
	687	咻	休又作咻，瓊林狀。	－
	688	贖	音恕。《尙書》。	－
	689	吘	音誤。《尙書》音。	－
	690	砮	乃固切。〈禹貢〉。	－
	691	苦	楛路切。《穀梁》。	－
	692	酺	音步。《詩》注。	－
	693	稌	音杜。《詩》。	－
	694	烏	古文借作顧字。《義雲章》。	－
	695	主	音注。《荀子》。	－
	696	輸	音戍。《漢書》。	－
	697	漁	子雲〈解嘲〉。	－
	698	銗	俞句切。《漢志》。	－
	699	羽	音戶。《考工記》。	－
	700	俞	先俞，地名。《戰國策》。	－
霽	701	用	於記切。《易‧剝豐‧小象》。	－
	702	翟	去聲。與髢合韻。《詩》。	＋
	703	好	虛計切。《詩》。	－
	704	鑃	郎計切。《說文》。	－
	705	苦	直例切。又讀作誓。	－
	706	擩	音芮。《儀禮》：「魚擩。」韓文：「目擩耳染。」擩亦染也，今作濡，非。	－
	707	擊	音計。《穀梁》注。	－
	708	鮠	音媿。《說文》：「魚也。」	－
	709	鱥	同上。	－
	710	寐	《說文》：「瞑言也。」	－
	711	齂	同上。	－
	712	矢	古誓字。	－
	713	錫	讀作髢。	－

	714	髮	同上。	－
	715	鬄	同上。	－
	716	栖	鳥宿也。	－
	717	裂	厲滯切。〈內則〉注。	－
	718	痢	癘同。《公羊傳》。	－
	719	坻	丁計切。龍坻，地名。	－
	720	萆	音蔽。〈淮陰侯傳〉。	－
	721	鼊	音蔽。水名。	－
	722	忕	音逝。〈馮翼傳〉。	－
	723	傒	音筮。	－
	724	傒	音繫。〈文子〉。	－
	725	墆	音滯。《漢書》。	－
泰	726	而	音耐。《易》：「其人而且劓。」	－
	727	渙	音翽。水散也。《詩》：「方渙渙兮。」	－
	728	鉞	居會切。《詩‧庭燎》	－
	729	麾	音會。《禮記》。	－
	730	伏	音大。地名。	－
	731	容	古文饖字。	－
	732	奪	音兌。地名。〈檀弓〉。	－
	733	夫	音大。宋景文說。	－
卦	734	羍	下介切。《詩》。	＋
	735	牽	同上。	－
	736	蕆	劃同。	－
	737	蒟	同上。	－
	738	莿	同上。	－
	739	崩	同上。	－
	740	嶒	同上。	－
	741	喟	苦戒切。《論語》。	－
	742	䚷	同上。	－
	743	莽	古隘字。《說文》。	－
	744	蠆	戶快切。《左傳》。	－
	745	洆	水浦也。	－
	746	汊	同上。	－

隊	747	胏	《詩・東門之楊》:「其葉胏胏。」音霈。	—
	748	綔	音佩。《後漢・志》。	—
	749	遝	與墜同音。《隸釋》。	—
	750	莤	讀若綴。	—
	751	艴	音配。曙色。	—
	752	昢	同上。	—
	753	刘	刈同。《戰國策》。	—
	754	甾	音載。地名。	—
	755	材	木再。《禮記》。	—
	756	棣	大內切。《詩》。	—
	757	茅	音妹。《儀禮》注。	—
	758	餼	許穢切。《爾雅》。	—
	759	蜼	音耒。《爾雅》。	—
	760	裁	音在。	—
	761	末	音昧。相如賦。	—
	762	祓	音廢。《漢・外戚傳》。	—
	763	毒	音玳。《漢書》。	—
震	764	隕	音蘊。《詩・小弁》。	—
	765	巛	古文鬠字。	—
	766	釐	《歸藏易》震字。	—
	767	夤	去聲。《易》。	—
	768	眣	以忍切。《公羊》。	—
	769	諄	之閏切。《詩》。	—
	770	訰	同上。	—
	771	甄	音振。《周禮》。	—
	772	興	音釁。《禮記》。	—
	773	筍	私閏切。	—
	774	梭	私閏切。	—
	775	焚	音憤。《左傳》。	—
	776	珍	音鎭。《周禮》。	—
	777	引	去聲。《禮記》。	—
	778	遴	古叒字。	—

	779	腕	音問。〈采薇〉注。	－
問	780	掀	立近切。《左傳》。	－
	781	㖚	古問字。	－
	782	奔	音奮。〈行葦〉注。	－
願	783	惛	呼困切。	－
	784	轅	子願切。地名。	－
	785	退	與褪同。	－
	786	錞	音頓。《淮南子》。	－
翰	787	宣	《易·說卦》：「巽爲宣髮。」注：「髮早白也。」音蒜，今人謂少年白髮爲隸髮是也，今本作寡髮，非。《韓非子》：「身不待老而僁，髮不待年而宣。」	－
	788	鱄	般去聲。《左傳》。	－
	789	俞	讀作慢。《大學》。	－
	790	紛	音貫。《爾雅》。	－
	791	壇	徒旦切。《漢書》。	－
	792	亶	讀作旦。子雲賦。	－
	793	潘	普拌切。地名。	－
	794	棺	乃喚切。《左傳》。	－
	795	果	讀爲裸。《周禮》。	－
	796	館	音觀。《史記正義》。	－
	797	連	音爛。《淮南子》。	－
	798	澶	音憚。遠也。杜詩：「澶漫山東二百州。」柳子厚〈鐃歌〉：「澶漫萬里宣唐風。」	－
諫	799	烏	烏秅，國名，音晏挐。	－
	800	扳	去聲。《公羊》。	－
	801	還	音宦。《儀禮》。	－
霰	802	瞑	音盼。《說文》。	－
	803	榗	子濺切。《說文》引《詩》：「榗楛濟濟。」	－
	804	第	音但。《漢書》。	－
	805	別	音變。〈玉藻〉。	－
	806	蝝	音院。	－
	807	孨	音撰。	－
	808	洵	玄徧切。《公羊》。	－

	809	羣	音眷。《爾雅》。	—
	810	寰	古縣字。《穀梁傳》。	—
	811	冥	莫見切。〈子雲傳〉。	—
	812	衍	亦戰切。子雲賦。	—
	813	埏	一戰切。相如賦。	—
	814	屛	音踐。地名。	—
	815	砠	漢碑「墠」字。	—
	816	省	仙善切。《禮‧大傳》。	—
	817	洒	西見切。〈內則〉。	—
	818	腈	與蒨同。〈雜記〉。	—
	819	簨	音撰。《禮‧喪大記》。	—
	820	纆	音戰。	—
	821	涎	徒見切。光澤貌。漢童謠叶見。	—
	822	潛	音甗。〈大人賦〉。	—
	823	懦	洒絹切。	—
嘯	824	保	音鮑。《詩》。	—
	825	苚	徒弔切。今作蓧。	—
	826	蓧	《說文》引《論語》「荷蓧。」	—
	827	樂	音療。《詩》可以樂饑。一作沛。	—
	828	癆	同上。	—
	829	劉	音料。《壁經音辨》引《詩》：「狡人劉兮。」	—
	830	嫽	《埤蒼》引《詩》：「狡人嫽兮。」注：「妖也。」今文作嫽。	—
	831	椒	子料切。《詩》。	—
	832	澆	五料反。《左傳》。	—
	833	稍	音哨。《周禮》。	—
	834	鮹	羊紹反。	—
	835	滌	徒哨反。〈郊特牲〉。	—
	836	搖	以照切。〈喪大記〉。	—
	837	膲	音醮。《淮南子》。	—
	838	削	鞘同。〈少儀〉。	—
	839	皵	同上。	—
	840	焦	音噍。《文子》。	—
	841	摻	摻肖切。《儀禮》。	—

效	842	窌	音砲。地名。	－
	843	礮	音砲。石名也。韓退之詩：「投礮閙破石。」李賀詩：「沙砲落泉紅。」	－
	844	交	音較。《鴻烈解》。	－
號	845	藳	故號切。《詩》。	－
	846	牢	去聲。〈董卓傳〉：「搜牢，淫署婦女也。」	－
	847	匋	《說文》：「讀若導服之導。」	－
	848	受	音道。人姓。	－
	849	夒	同上。	－
	850	嫇	同上。	－
	851	褒	音報。《周禮》。	－
	852	督	音歊。《莊子》。	－
	853	濤	音冒。《公羊傳》。	－
	854	臑	奴到切。《說文》。	－
	855	臚	胡到切。《說文》。	－
	856	嫽	力到切。《要雅》。	－
	857	騷	去聲。〈李斯傳〉。	－
	858	昭	宜照切。《詩》。	－
箇	859	猗	於个切。《詩》。	＋
	860	愞	皮過切。《左傳》。	－
	861	波	音播。〈禹貢〉：「滎波既豬。」	－
	862	嶓	岷嶓之嶓。韋昭音播。	－
	863	火	《詩》：「王室如燬。」郭璞音貨。	－
	864	坷	乃貨切。揚雄賦：「坎坷」注：「呇紺切。」	－
	865	個	與个同。	－
	866	呼	呼賀切。《左傳》。	－
	867	嚤	咤同。	－
	868	貰	時夜切。	－
	869	蔗	音詐。《禮記》。	－
	870	嚇	音與好同。	－
	871	貉	必駕切。《周禮》。	－
	872	泍	與跂同。	－
	873	宅	知稼切。〈王制〉注。	－

	874	永	弋亮切。	＋
	875	皇	音晃。《詩》。	－
	876	襄	讀作讓。《周禮》。	－
	877	鵤	去聲。	－
	878	鎗	同上。	－
漾	879	攘	讀作讓。《漢‧藝文志》	－
	880	杭	苦浪切。	－
	881	往	于況切。《禮》。	－
	882	滂	與榜同。〈時則訓〉。	－
	883	埅	讀作望。《淮南子》。	－
	884	襄	音壯。吳均詩。	－
	885	永	音詠。《書》：「聲依永。」	－
	886	明	音孟。《史記》。	－
	887	頳	慈性切。《說文》引《詩》：「頳首蛾眉。」	－
	888	榜	北孟切。進舡也。	－
敬	889	秉	與柄同。《漢‧五行志》。	－
	890	盟	音孟。《穀梁傳》。	－
	891	襚	音盛。〈少儀〉。	－
	892	宗	讀爲榮。《禮‧祭法》：「幽宗。」	－
	893	淘	音罄。厭極也。	－
	894	乘	孕同。古文《易》：「婦乘不育。」	－
	895	眙	音瞪。《史》注。	－
	896	脀	蒸去聲。香氣也。	－
	897	憑	皮孕切。王維詩。	－
	898	輕	去聲。《左傳》。	－
徑	899	窆	逋鄧切。《說文》：「葬下棺也。」	－
	900	封	同上。《禮記》。	－
	901	堋	同上。	－
	902	塴	同上。	－
	903	湖	同上。	－
	904	窀	同上。	－
	905	承	音贈。〈禮運〉。	－
	906	承	音證。縣名。	－

	907	造	《易‧乾象傳》：「大人造也。」劉向作聚，叶組救反，又子苟切。	－
	908	陶	徒候切。	＋
	909	抽	勑救切。	－
	910	猶	于救切。《詩》。	＋
	911	集	疾救切。《詩》。	＋
	912	道	徒候切。《詩》。	＋
	913	昊	許候切。《詩》。	＋
	914	柳	音霤。《禮記》。	－
	915	蔄	音漏。人姓。	－
	916	疣	于救切。鶹也。今人作贅疣字，非。	－
宥	917	王	欣救切。篆玉工也。	－
	918	櫾	與柚同。	－
	919	伏	扶阜切。	－
	920	窖	地名。	－
	921	蜏	余救切。獸名。	－
	922	貿	與貿同。	－
	923	菫	音奧。	－
	924	掊	音仆。	－
	925	講	古豆切。	－
	926	牡	茂后切。〈月令〉注。	－
	927	牢	音灂。《淮南子》。	－
	928	歐	烏垢切。《漢書》。	－
	929	哨	七笑切。《禮》。	－
	930	焄	讀若唅。《說文》。	－
	931	戡	竹甚切。刺也。	－
沁	932	僭	側廕切。《詩》。	－
	933	霂	音滲。	－
	934	罧	同上。	－
	935	給	其鳩切。《禮》。	－
	936	含	戶暗切。《左傳》。	－
勘	937	咸	音憾。《左傳》	－
	938	戀	下紺切。	－
	939	坎	下紺切。揚雄賦。	－

	940	剡	音豔。剡妻，幽王嬖人。	—
豔	941	函	他念切。舌貌。	—
	942	淡	音豔。《列子》。	—
	943	炎	與焰同。	—
	944	淹	俞驗切。〈祭義〉。	—
	945	譜	稔變切。〈少儀〉。	—
	946	占	與苫同。	—
	947	檢	居儉切。〈黃霸傳〉。	—
陷	948	蹢	丑犯切。《西京雜記》。	—
	949	減	音陷。減刦。	—
	950	掐	音范。《淮南子》。	—
	951	兼	古念切。〈內則〉。	—
屋	952	蓇	禾稼也。〈陳平傳〉：「食糠覈而肥。」覈當作蓇。	—
	953	覈	見上。	—
	954	䆂	古《歸藏易》〈小畜〉、〈大畜〉皆作此字。	—
	955	董	音督。《正始之音》。	—
	956	鞫	子六切。《尚書》。	—
	957	勤	同上。	—
	958	併	俶同。《尚書》。	—
	959	醫	醫，濁不明也。音斛。	—
	960	𠬝	扶目切。服字從此。	—
	961	鱳	音鹿。地名。	—
	962	封	音復。〈秦紀〉。	—
	963	髡	音禿。	—
	964	完	音與髡同。《漢書》：「完為城旦。」	—
	965	告	音鞫。〈文王世子〉。	—
沃	966	奏	音族。詩樂具入奏。	＋
	967	玖	《說文》讀作句莽之句，句音局。	—
	968	數	音速。〈曾子問〉。	—
	969	句	音局。	—
	970	速	音促。《易》：「不速之客。」	—
	971	橋	呼酷切。《史記》：「山行乘橋。」	—
	972	樏	同上。	—

	973	欚	同上。	－
	974	桐	同上。	－
	975	輂	同上。	－
	976	藃	《詩》:「綠竹猗猗。」《韓詩》作藃。	－
	977	喙	音逐。《易》:「爲黔喙之屬。」	－
覺	978	赭	音罟切。《詩》。	－
	979	搦	昵角切。	－
	980	箾	音朔。《左傳》。	－
	981	鷢	音剝。《詩》注。	－
	982	棸	同上。	－
	983	齱	側角切。《史記》。	－
	984	殼	口卓切。《左傳》。	－
質	985	子	《詩》:「既取我子,無毀我室。」子叶入聲。	＋
	986	至	《詩》:「我征聿至。」叶入聲。	＋
	987	卒	崒同。《詩》。	－
	988	鴌	莫筆切。烏鷩也。《文選》。	－
	989	橘	《易林》:「三人求橘,反得大栗。」音吉。東坡有〈黄甘陸吉傳〉,借吉爲橘,古音也。	－
	990	驪	音粟。〈八駿圖〉馬名有纖驪。纖音淺,驪音粟。淺粟色馬也。	－
	991	尼	女乙切。《尸子》。	－
	992	置	讀爲植。《詩》。	－
	993	琵	音必。唐詩。	－
	994	器	欺訖切。曹植〈鼎贊〉。	－
	995	載	驌又作載。《說文》。	－
	996	鈇	載又作鈇。《文選》注。	－
	997	軛	古詩軛叶益。	－
物	998	祋	都律切。《詩》。	＋
	999	具	居律切。《詩》。	＋
	1000	屑	蘇骨切。	－
	1001	厥	九勿切。突厥。	－
	1002	蚍	湯骨切。海物。《異名記》。	－
	1003	誹	音佛。《史記》。	－

	1004	罻	讀爲罻。網也。《荀子》。	—
	1005	殼	同上。	—
	1006	瀭	宏入聲。水名。	—
月	1007	葛	居竭切。《詩》。	—
	1008	內	音越。《隸格》。	—
	1009	戲	同上。	—
	1010	呺	同上。	—
	1011	廢	音發。劉向〈九歎〉。	—
	1012	姡	音滑。《爾雅》。	—
	1013	摩	亡髮切。〈學記〉。	—
曷	1014	太	音闥。太末，地名。黑太，人名。皆作此音。	—
	1015	呋	音沫。〈檀弓〉。	—
	1016	按	音遏。《詩》。	—
	1017	鮮	音鮛。《荀子》。	—
	1018	蔡	素葛切。《左傳》：「周公蔡、蔡叔正」《書》作㷊。	—
	1019	粲	同上。《說文》。	—
	1020	敠	音奪。故敠稱量也。《莊子》注。	—
	1021	懲	同上。王吉引《詩》：「中心懲兮。」	—
	1022	黜	丁葛切。	—
	1023	鴠	鳥名。《山海經》。	—
	1024	兊	音奪。龍兊。地名。	—
	1025	蝎	胡葛切。桑蠹。	—
黠	1026	紇	恨發切。	—
	1027	軐	上八切。與秸同。	—
	1028	截	音札。《宋志》：「軍士截柳。」今札柳也。	—
屑	1029	厲	力桀切。《詩》。	—
	1030	埶	音臬。《說文》引《易》。	—
	1031	夢	音蔑。《春秋》地名。	—
	1032	敲	《蒼頡篇》竊字。	—
	1033	紒	古結字。	—
	1034	刷	音雪。	—
	1035	蛆	音蠽。《春秋》注。	—

	1036	泄	古列字。	－
	1037	灖	音滅。《淮南子》。	－
	1038	威	武劣切。《詩》。	－
藥	1039	沼	音灼。	＋
	1040	踖	七畧切。《詩》。	＋
	1041	庶	陟畧切。《詩》。	＋
	1042	芼	音莫。《詩》。	－
	1043	日	叶音若。若木日所出也。	－
	1044	瑟	叶音朔。《楚辭》。	－
	1045	罩	胡郭切。王雪山詩注。	－
	1046	瞿	同上。	－
	1047	魊	其虐切。倦也。相如賦。	－
	1048	俗	同上。	－
	1049	靚	疾郭切。女容。	－
	1050	穛	之若切。禾皮也。	－
	1051	鳥	音朔。鸞鳥。地名，即鸞朔也。	－
	1052	箹	音倬。《韓詩》。	－
	1053	毇	子洛切。與鑿同精米也。	－
	1054	燿	與鑠同。《漢·藝文志》。	－
	1055	匰	音蠁。《淮南子》：「古之所為不可更，則推車至今無蟬匰」注：「蟬匰車屬。」	－
陌	1056	副	孚迫切。《詩》。	＋
	1057	鹹	況璧切。《詩》。	＋
	1058	白	音弼。《楚辭》。	－
	1059	糧	去夕切。人姓	－
	1060	躇	音戟。《史記》。	－
	1061	味	以麥切。《味漱》，養鷹書。	－
	1062	瀉	斥同。古文《尚書》。	－
	1063	搦	昵格切。	－
	1064	䕷	音繢。草名。	－
	1065	鵝	音額。鳥名。	－
	1066	措	與稽同。《淮南子》：「猿狄之疾來措。」	－
	1067	乍	措又作乍。《文子》：「虎豹之文來乍。」	－
	1068	莫	音陌。《詩》：「君婦莫莫。」	－

	1069	洛	音礐。洛澤，氷壯也。	－
	1070	隘	音阮。《楚辭》。	－
	1071	蟄	音釋。《淮南子》。	－
	1072	茠	古赫字。	－
錫	1073	簀	側歷切。《詩》。	＋
	1074	局	居亦切。《詩》。	＋
	1075	鍉	鏑。《漢書》。	－
	1076	打	音滴。《歸田錄》。	－
	1077	條	音滌。《周禮》：「條狼氏。」	－
	1078	額	音鵙。《說文》：「鵙鵙也。」《詩‧七月》：「鳴鵙。」	－
	1079	瓯	並狄切。破也。	－
	1080	荑	音覓。《爾雅》。	－
	1081	蓨	音錫。《爾雅》。	－
	1082	篴	古文笛字。	－
	1083	踢	《詩》：「踢踢山川。」	－
	1084	荻	又作萩。《說文》引《詩》。	－
	1085	淢	又作洫。《羣經音辨》引《詩》。	－
	1086	荼	申荼，香草。	－
	1087	脩	音滌。《周禮》。	－
	1088	棘	音力。棘陽，縣名。	－
	1089	皀	音逼。小豆也。	－
	1090	淑	《管子》書寂寥作淑湫。	－
	1091	酈	音蹢躅之蹢。人姓。	－
職	1092	側	莊力切。《詩》	＋
	1093	贈	音則。《詩》。	＋
	1094	襋	衣領也。舊音棘，非，當音棘。	－
	1095	子	叶音則。《詩》：「假樂君子，顯顯令德。」	＋
	1096	域	音義與國同。《楚辭‧抽思》。	－
	1097	嶷	魚力切。《楚辭》：「天白皓皓，寒嶷嶷。」	－
	1098	淰	乃黙切。水凍也。	－
	1099	鼻	徐鉉曰：「籀文以鼻爲則。」	－
	1100	貌	音墨。畫像曰貌。	－
	1101	貸	吐得切。《呂氏春秋》。	－

	1102	襯	初飾切。《禮·雜記》。	－
	1103	朸	居力切。《韓詩》:「如矢斯朸。」《毛》作棘。	－
	1104	翰	《韓詩》:「如鳥斯翰翅也。」《毛》作革。	－
	1105	冐	音墨。《左傳》。	－
緝	1106	弇	於拾切。《考工記》。	－
	1107	楫	音集。《尚書》。	－
	1108	訊	五合切。又音唵，又以爲繭字，又音顯。	－
	1109	蓋	人姓。音搭。	－
	1110	摺	音拉。《史記》。	－
	1111	靁	古文霅字。	－
合	1112	屆	古闔字。	－
	1113	業	五荅切。《書》:「兢兢業業。」	－
	1114	合	音閤。《書》:「合止柷敔。」	－
	1115	盍	音榼。大杯也。《急就章》注。	－
	1116	欱	見上。	－
	1117	荅	《易林》:「黃鳥來葉，既嫁不荅。」	－
	1118	荅	讀作黿。《史記》:「荅布百疋。」	－
葉	1119	斯	音戛。斯榆即葉榆也。	－
	1120	饁	于刼切。《詩》。	－
	1121	給	其刼切。《禮》。	－
	1122	抾	音怯。揚雄賦。	－
	1123	躍	音煠。《楚辭》。	－
	1124	衙	音押。《楚辭》。	－
	1125	燿	古文煠字。	－
	1126	鸑	同上。	－
洽	1127	攝	色甲切。〈檀弓〉注:「以布衣木如攝。」與翣同。又《國語》:「屏攝之位。」注:「屏，屏風也。攝形如要扇，皆所以分別尊卑祭祀之位。」	－
	1128	澀	同上。	－
	1129	燮	同上。	－
	1130	箑	同上。	－

　　根據筆者統計，此表與張民權輯佚《詩補音》相同者，惟有六十五例，約佔整體 5.7%。前文引述金師周生研究，以爲如今《詩補音》輯佚，以楊簡《慈湖詩傳》爲主體，但《慈湖詩傳》引述《詩補音》的比例可能不如預期，且屬節錄性質。這可解釋何以上表中，《古音叢目》雖有與《詩補音》相同音注，但比例卻偏低。此六十五例與《詩補音》相同音注中，有五十例釋文皆與《詩》相關，約佔整體比例 77%。這些音注釋文皆過於簡略，大都爲音注後，附一《詩》字。在少數證據中，仍與張民權彙考《詩補音》聯繫，如上表《古音叢目・二十五有》「稻」注引〈七月〉作「徒苟切」，張民權彙考《詩補音・七月》，以《詩集傳》證「稻」作「徒苟切」〔註58〕；《古音叢目・八霽》「翟」注：「去聲。與髢合韻。《詩》。」張民權彙考《詩補音・君子偕老》以《詩集傳》證去聲〔註59〕，所謂「合韻」，即指該詩「其之翟也」與「不屑髢也」關係。《古音叢目・二十三梗二十四迥》「冥」注引〈無將大車〉「維塵冥冥」句作「莫迥切」，張民權彙考《詩補音・無將大車》以《慈湖詩傳》證此音。〔註60〕

　　筆者藉此進一步懷疑，楊慎《古音叢目》中，非引自《韻補》、《轉注古音略》，釋文言引其《詩》者，是否與《詩補音》相關？若爲如此，根據筆者考察，此一千一百三十例中，亦有七十二例釋文注《詩》，張民權《詩補音》輯佚未收的情形，其中是否爲《詩補音》亡佚的部份？

　　若上表所述引《詩》者與《詩補音》相關，另一部份釋文引自《楚辭》，是否即指吳棫《楚辭釋音》？筆者以爲此具有一定可能性。

　　《古音叢目》可能具有《轉注古音略》、《韻補》、《詩補音》、《楚辭釋音》等文獻，但由前述與《韻補》相較分析可知，《古音叢目》的引用，參雜著楊慎自身增補材料，其中疑有參考其他著作。如表中序號【281】「犧」注「音沙。《慈湖語錄》。」考張民權《詩補音》輯佚作「虛宜」、「虛何」二反，不爲「沙」音，楊慎此言《慈湖語錄》，疑指宋人楊簡《慈湖遺書》，楊簡《慈湖遺書》曾針對「犧」與「沙」音的關係，述其音讀源流變化：

　　　　古列聖之於禮器，有不說之至教焉。而諸儒莫之知也。犧尊有沙牛

〔註58〕張民權：《宋代古音學與吳棫《詩補音》研究》，頁 246。

〔註59〕張民權：《宋代古音學與吳棫《詩補音》研究》，頁 170。

〔註60〕張民權：《宋代古音學與吳棫《詩補音》研究》，頁 310。

之象焉，嘗官楚東知彼俗以牛之大者爲沙牛。牛之爲獸，重遲而順者也。人之所以去道遠者，以其輕肆放逸，故多違也。觀犧之象必不作乎輕肆放逸之心，心不輕肆放逸，則道固未嘗不在我。而陸德明輒更之曰娑尊，蓋因《毛詩傳》犧尊有沙飾，孔〈疏〉不知牛之爲沙，誤謂羽飾，改讀沙爲娑，陸承其誤，又并改犧爲娑，差之又差，妄謂本之毛、鄭，毛、鄭受誣甚矣。〔註61〕

筆者懷疑楊愼以《慈湖遺書》之言，以爲「犧」作「沙」音。但此證不能視爲楊愼藉《慈湖詩傳》等書轉引《詩補音》資料，序號【281】「犧」字音「沙」，在張民權《詩補音》輯佚並未出現。且假若楊愼藉楊簡等著作轉引《詩補音》內容，在如今考察過程中，《古音叢目》除了引自《韻補》、《轉注古音略》資料外，其釋文言引《詩》者，應大部分與張民權《詩補音》輯佚相連繫，但所得結果卻不然。

此外，表中序號【986】「至」注：「《詩》：『我征聿至。』」叶入聲。」序號【1095】「子」注：「叶音則。《詩》：『假樂君子，顯顯令德。』」此些韻字皆與《轉注古音略》、《韻補》無涉，而音注、釋文內容與張民權彙考《詩補音》聯繫，但張民權是以朱熹《詩集傳》爲證。根據張民權研究，吳棫《詩補音》是不作「叶」音的：

> 朱熹《詩集傳》的叶音雖取自《詩補音》，但兩書在古音研究的性質上卻有所不同……《詩補音》音釋切語不用「叶」字，而是直接取韻……朱熹《詩集傳》的叶音，雖建立在才老古音考證的基礎上，但觀念上卻把《詩經》古音看作叶讀音，著眼的是《詩經》協讀。
>
> 〔註62〕

若吳棫《詩補音》不作「叶」音，「至」、「子」注「叶」又與《詩補音》相關，筆者以爲即受到朱熹《詩集傳》影響。但這並非指《古音叢目》引自《詩補音》者，皆取自《詩集傳》。若爲如此，張民權彙考《詩補音》亦以《詩集傳》爲佐證資料，筆者又與此對照，輯佚結果比例絕不會如此低，僅達 5.7%。上

〔註61〕　〔宋〕楊簡：《慈湖遺書》（《四庫》本），見《景印文淵閣四庫全書》第 1156 冊，頁 746～747。

〔註62〕　張民權：《宋代古音學與吳棫《詩補音》研究》，頁 97。

述「稻」、「翟」例,《詩集傳》皆注「叶」,但《古音叢目》卻直言聲調及切語,因此僅以注「叶」,並不能證明楊愼未見《詩補音》,應是《詩集傳》對當時環境影響所致。包麗虹《朱熹《詩集傳》文獻學研究》曾云:「元、明兩代,《詩經》學研究呈現出衰頹之勢,整個學界都在宋學的統治之下,研究的成果無非是對朱熹《詩集傳》的疏釋和補充。」〔註63〕如《詩集傳》「音釋本」爲時代下的產物,顧永新〈《詩集傳》音釋本考〉曾對此解釋「隨著朱子《詩集傳》在《詩經》學領域一統天下的格局的形成,元人對《詩集傳》進行再注釋、再研究的著作不斷湧現。就注音而言,《詩集傳》僅對《詩經》的個別經文做了釋音,未及《集傳》本身文字,於是兼釋《詩集傳》經、傳文讀音的音釋本應運而生。」〔註64〕在此影響下,「元明之際,《詩集傳》音釋本數量較多,數量複雜。」〔註65〕這或可解釋《古音叢目》何以某些音注同《詩集傳》注「叶」。因此筆者以爲《古音叢目》除收錄《轉注古音略》、《韻補》、《詩補音》、《楚辭釋音》等材料外,亦可能有置入其他資料的情形。

第三節　《古音叢目》擇音標準考

本章第一節研究,《古音叢目》實際應用「三品」理論,具有困難與侷限。第二節透過引書分析,認爲《古音叢目》除其序文所言,搜羅《轉注古音略》、《詩補音》、《楚辭釋音》外,可能受到其他資料影響。《古音叢目》綜合各家資料時,是否具有依據準則。筆者發現楊愼《古音叢目》,與《轉注古音略》相同的韻字,有些音注卻呈現差異。就《古音叢目》編輯方式解釋,韻字注文若與《轉注古音略》有異,代表受到其他資料影響,未直引《轉注古音略》。筆者欲探析《古音叢目》與《轉注古音略》音注呈現的差異原因,了解楊愼擇取的音注資料,是否具有依據與標準。二者比較中,隨其釋文特徵作區分探討,分別爲「釋文相異」、「釋文部分相似」、以及「釋文相似」三者。

〔註63〕 包麗虹:《朱熹《詩集傳》文獻學研究》(杭州:浙江大學中國古典文獻學研究所博士論文,2004 年),頁 1。

〔註64〕 顧永新:〈《詩集傳》音釋本考〉,《文獻季刊》(2012 年 10 月第 4 期),頁 3。

〔註65〕 顧永新:〈《詩集傳》音釋本考〉,頁 17。

壹、釋文相異

「釋文相異」，即《古音叢目》與《轉注古音略》於相同韻目中，有相同韻字，但音注、釋文有異，表示這些《古音叢目》注文非引用《轉注古音略》，二者差異的音注判斷標準爲何。經筆者分析，可分「《廣韻》音同」、「明代語音音同、音近」、「譌誤情形」三方面解釋。

一、《廣韻》音同

在「釋文相異」中，有一部分《古音叢目》韻字，音注呈現雖與《轉注古音略》不同，於《廣韻》實爲同音，茲以表格分析說明如下：

序號	字	歸類	音讀	釋文差異	《廣韻》歸類
1	華	《轉注·七虞》	古音同敷	《毛詩》：「隰有荷華」，「都」、「且」爲韻。《楚辭》：「采疏麻兮瑶華」與「居」、「疏」爲韻。《周易》：「枯楊生華，老婦得其士夫。」《後漢書》：「仕宦當作執金吾，娶妻當得陰麗華。」此類極多，乃知古「華」字本有敷音，非叶也。	敷母三等合口虞韻
		《叢目·六魚七虞》	芳無切	◎〔註66〕	
2	著	《轉注·七虞》	音除〔註67〕	太歲在戊日著雍。又表著。顏師古〈五行志〉注曰：「朝內列位有定處，所謂表著也。」	澄母三等開口魚韻

〔註66〕文獻中無著錄文字，則以「◎」表示。

〔註67〕《轉注古音略》直音方面，本文第二章研究其引書來源，若與韻書相關具切語者，本章藉以使用，欲以近楊慎音讀之旨。「除」音引自《增修互註禮部韻略》、《古今韻會舉要》，作「陳如切」。楊慎以自身「轉注古音」理論，搜羅古籍中的古今異音，有些切語或直音依據，由於文獻收音的性質，並不符合實際語音系統。如《古音叢目·十一眞》「田」作「徒因切」，《廣韻》屬定母三等開口眞韻，端系應歸一、四等韻。韻書自《集韻》始收「叶音」，康欣瑜：《《集韻》增收叶韻字字音研究》（臺北：輔仁大學中國文學系碩士論文，2005年），即對諸類字音進行探究，並認爲這些「叶音」與實際語音範疇有著落差。楊慎搜羅的古今異音，一部分即包含此性質。

		《叢目・六魚七虞》	直居切	◎	
3	宁	《轉注・七虞》	通作著	門屏也。	澄母三等開口魚韻
		《叢目・六魚七虞》	音除	《詩》：「俟我于宁。」	
4	崒	《轉注・十灰》	音崔〔註68〕	《毛詩》：「山冢崒崩。」	從母一等合口灰韻
		《叢目・十灰》	音摧	◎	
5	蕡	《轉注・十三元》	借音翻〔註69〕	《山海經》：「桂林八樹」作「蕡隅」。	敷母三等合口元韻
		《叢目・十三元》	音番	蕡禺，地名。	
6	攓	《轉注・十三元》	音虔	攓子，樗蒲名，今音作「蹇」，非。	群母三等開口仙韻
		《叢目・十三元》	音犍	◎	
7	踡	《轉注・十四寒》	讀如相如賦蹩跚之蹩	《國語》注「踡蹇」。宋景文公曰：「《玉篇》、《珠叢》並無『踡』字。」今按《賈子》云：「旋如濯絲，踡蹫之容也。」字從足。	並母一等合口桓韻
		《叢目・十四寒》	音盤	◎	
8	差	《轉注・五歌》	音瑳〔註70〕	《禮》：「御者差沐。」注：「淅飯米取其潘爲沐。」	清母一等開口歌韻
		《叢目・五歌》	七何切	《詩》。	
9	呿	《轉注・六麻》	音渣	張口貌。《莊子》：「口呿而不能合。」	莊母二等開口麻韻
		《叢目・六麻》	音查	◎	
10	京	《轉注・七陽》	音與僵同	〈大荒經〉曰：「北方神名曰禺強，靈龜爲之使。」莊子注作「禺京」。	見母三等開口陽韻
		《叢目・七陽》	居良切	《詩》。	

〔註68〕「崔」音引自《集韻》、《五音集韻》，作「昨回切」。

〔註69〕「翻」音引自《集韻》，作「孚袁切」。

〔註70〕「瑳」音引自《古今韻會舉要》，作「倉何切」。

11	衡	《轉注・七陽》	戶郎切	見《詩》:〈采芑〉、〈韓奕〉、〈閟宮〉、〈烈祖〉、〈長發〉,《楚辭・九歌・惜誓》,史游《急就章》。	匣母一等開口唐韻
		《叢目・七陽》	寒岡切	荀卿賦。	
12	命	《轉注・八庚》	音名〔註71〕	《左傳》:「異哉君之名子也。」又「令名之大,以從盈數。」《史記》皆作「命」,可證古「命」、「名」同音也。《周易》:「終有譽命」,謂譽名也。《史記》:「孟子命世之才」,名世之才也。「殺人亡命」,亡匿姓名也。《太玄》:「勞有思勤,有諸情也。」「羈角之,吾不得命也。」古樂府「雙燕初命子」謂燕語哺子,如人之名子也。	明母三等開口清韻
		《叢目・八庚》	彌并切	《詩》。	
13	風	《轉注・一送》	方鳳切	〈詩序〉:「下以風刺上。」《儀禮》注:「采時世之詩,以為樂歌,所以通情,相風切也。」切音刺。	非母三等開口送韻
		《叢目・一送二宋》	音諷	◎	
14	作	《轉注・七遇》	音做〔註72〕	《毛詩》:「侯作侯祝。」《漢書》:「金可作,世可度。」又「廉叔度,來何暮。不禁火,民夜作。」梁元帝詩:「芙蓉作舡絲作索」六朝詩話云:「『作』讀為『做』。」	精母一等合口暮韻
		《叢目・六御七遇》	則故切	《詩》:「采薇采薇,薇亦作止。曰歸曰歸,歲亦莫止。」又「思無斁思,馬斯作。」斁音度。	

〔註71〕 「名」音引於《韻補》,作「彌并切」。

〔註72〕 「做」音引自《古今韻會舉要》、《增修互註禮部韻略》、《韻補》,《古今韻會舉要》、《增修互註禮部韻略》作「臧祚切」,《韻補》作「宗祚切」。

15	屬	《轉注・七遇》	讀作注〔註73〕	《考工記・函人》：「犀甲七屬。」	照母三等合口遇韻
		《叢目・六御七遇》	音炷	《騷經》。	
16	黴	《轉注・九泰》	音昧〔註74〕	《集韻》：「濡筆也。」《三蒼》：「濡華曰黴。」《說文》音歷。「物中雨而青黑也。」字一作「黣」，又作「塺」。	明母一等合口隊韻
		《叢目・九泰》	音妹	◎	
17	舝	《轉注・二十二禡》	音稼〔註75〕	《周禮》：「舝彝、黃彝，皆有舟。」	見母二等開口禡韻
		《叢目・二十二禡》	居訝切	◎	
18	世	《轉注・九屑》	古與泄通	《禮記》：「世柳之母死。」注：「『世』古與『泄』通。」《晉・樂志》：「匡時拯俗，休功蓋世。宇宙既康，九域有截。」齊王元長〈雙樹歌〉：「亭亭宵月流，朏朏晨霜結。感運復來儀，且厭人間世。」	心母三等開口薛韻
		《叢目・九屑》	私列切	《詩》。	
19	意	《轉注・十三職》	音億〔註76〕	秦〈之罘刻石〉：「承順聖意。」《索隱》音億。賈誼〈服賦〉：「請對以臆。」或作「意」。屈原〈天問〉：「厥萌在初，何所意焉？璜臺十成，誰所極焉？」杜子美詩：「人生有情淚沾臆，江草江花豈終極。」	影母三等開口職韻
		《叢目・十三職》	乙力切	《詩》。	

　　上述《古音叢目》與《轉注古音略》韻字音注呈現有異，引述釋文不同。透過《廣韻》歸類，發現《古音叢目》音注，與《轉注古音略》實爲音同關係。

〔註73〕「朱」音引自《增修互註禮部韻略》，作「朱戍切」。

〔註74〕「昧」音引自《集韻》，作「莫佩切」。

〔註75〕「稼」音引自《增修互註禮部韻略》、《古今韻會舉要》，作「居訝切」。

〔註76〕「億」音引自《韻補》，作「乙力切」。

表示《轉注古音略》屬《古音叢目》的擇音標準，所以即使釋文、音注呈現有異，但仍不離《轉注古音略》。

《古音叢日》同一韻目中，有韻字複重情形，當中一例直引《轉注古音略》。如《古音叢目‧十一隊》「艾」有二字，分別音注釋文爲「音刈，〈祭統〉。」、「魚肺切，《詩》。」彼此音注呈現、釋文相異。根據筆者考察，「艾」引述〈祭統〉一例，與《轉注古音略‧十一隊》「艾」注：「音刈。〈祭統〉：『草艾則墨。』」相關，《古音叢目》音釋引於此。《古音叢目》韻字覆重中，其他非引自《轉注古音略》音注釋文者，其音注亦與《轉注古音略》有著《廣韻》同音的關係，以下分述之：

序號	字	歸類	音讀	釋文差異	《廣韻》歸類
1	慃	《轉注‧十一尤》	音惆	慮也。又〈二冬韻〉○毛氏《韻增》。	邪母三等開口尤韻
		《叢目‧十一尤》	音惆	慮也。	
			音囚	音義與「𧨼」同。	
2	不	《轉注‧四紙》	讀爲比	阮籍詩：「願爲雙飛鳥，不翼共翺翔。」	幫母三等開口旨韻
		《叢目‧四紙》	◎	阮籍詩「比翼」作「不翼」。	
			補美切	荀子賦。	
3	昏	《轉注‧十一軫》	音憫〔註77〕	《書》：「不昏作勞。」	明母三等開口軫韻
		《叢目‧十一軫》	音憫	《書》。	
			音啓	◎	
4	態	《轉注‧四寘》	他計切	《戰國策》藉秦語日「科條既備，民多僞態。」盧藏用讀。	透母四等開口霽韻
		《叢目‧四寘》	他計切	〈九章〉。	
			音替	《楚辭》。	
5	償	《轉注‧二十三漾》	音上〔註78〕	還也。《左傳》：「西隣責言，不可償也。〈歸妹〉之〈睽〉，猶無相也。」	禪母三等開口漾韻
		《叢目‧二十三漾》	音上	《左傳》。	
			音尙	〈檀弓〉注。	

〔註77〕 「憫」音引自《增修互註禮部韻略》，作「弭盡切」。

〔註78〕 「上」音引自《古今韻會舉要》，作時亮切。

　　《古音叢目》中，「憈」、「不」、「脣」、「態」、「償」等字，皆爲同一韻目，韻字覆重，其中一例音釋與《轉注古音略》相關。由上表分析，即使音注釋文與《轉注古音略》無關者，《廣韻》亦屬同音關係，表示楊愼除引用《轉注古音略》音注釋文於《古音叢目》外，亦以《轉注古音略》的音注觀念，搜尋與此相關的補充資料。

二、明代語音相同、相近

　　「明代語音相同、相近」，《古音叢目》以《轉注古音略》音注作爲參考標準，但由於時代關係，楊愼於判斷二者音過同程中，留下了明代時期的語音現象，以下分述之：

（一）滂母與平聲並母不分

序號	字	歸類	音讀	釋文差異	《廣韻》歸類
1	蒲	《轉注·七麌》	頗五切	《周禮》：「弦蒲，澤名。」	滂母一等合口姥韻
		《叢目·六語七麌》	傍古切	《詩》。	並母一等合口姥韻

　　依王力《漢語語音史》，平聲並母字與滂母字，於明代同爲送氣雙唇清塞音〔p'〕。《廣韻》「傍」屬「步光切」，並母一等合口唐韻。按王力研究，明代「傍」、「頗」聲母相同。

（二）知母與仄聲澄母不分

序號	字	歸類	音讀	釋文差異	《廣韻》歸類
1	憃	《轉注·三絳》	陟絳切	《說文》：「愚也。」徐鍇引《史記》：「汲黯之憃」，今文作「贛」，而「憃」今爲丑用切，古今之讀轉異耳。	知母二等開口絳韻
		《叢目·三絳》	直絳切	◎	澄母二等開口絳韻

　　根據王力《漢語語音史》，明代聲母研究，知母字與仄聲澄母字歸照母〔tʂ〕，《廣韻》「直」屬「除力切」，澄母三等開口職韻。按王力研究，明代「陟」、「直」聲母相同。

（三）喻三與喻四不分

序號	字	歸類	音讀	釋文差異	《廣韻》歸類
1	囿	《轉注・一屋》	叶音育	《選》顏延年詩：「前瞻京臺囿。」	喻母三等開口屋韻
		《叢目・一屋》	于六切	劉向：「莞芸棄于澤州兮，炮蠶蠹于筐簾。麒麟奔于九皐兮，熊羆舉而溢囿。」	爲母三等開口屋韻

根據王力《漢語語音史》，晚唐、五代喻三、喻四混合喻母，至明代喻母齊齒字同爲影母〔j〕，故「育」、「于」聲母相同。

（四）支、脂、之韻不分

序號	字	歸類	音讀	釋文差異	《廣韻》歸類
1	嶉	《轉注・四支》	音崔	星名。	精母三等合口脂韻
		《叢目・四支》	遵爲切	鰭頭上角。	精母三等合口支韻
2	來	《轉注・四支》	讀爲釐	《儀禮》：「來女孝孫。」注云：「『來』讀爲『釐』。」《釋名》：「往，歸于彼也，故其言之昂頭以指遠也。來，使之入也，故其言之低頭以招之也。」《毛詩》：「惠然肯來。」《楚辭》：「天路險難兮獨後來。」《漢書》：「無說詩，匡鼎來。」	來母三等開口之韻
		《叢目・四支》	音犁	◎	來母三等開口脂韻

《轉注古音略》「嶉」字音「崔」，根據前章直音引書考證，與《五音集韻》相關，作「醉綏切」，屬精母三等合口脂韻。王力《漢語語音史》認爲，《經典釋文》和玄應《一切經音義》等例可證，隋唐時代，支、脂、之三韻已經合流。明代歸支思韻部〔ɿ〕，故楊愼視「崔」與「遵爲切」同音。《轉注古音略》「來」字，根據直音引書考證，與《韻補》相關，《韻補》作「陵之切」，因支脂之韻

合流，至明代爲衣期韻部〔i〕，故「鼇」、「犁」同音。

（五）歌、戈韻相混

序號	字	歸類	音讀	釋文差異	《廣韻》歸類
1	皮	《轉注・五歌》	蒲波切	《說文》「波」、「坡」皆以「皮」得聲。《儀禮》：「君射，則皮樹中。」皮今作「繁」，音婆。《左傳》：「牛則有皮，犀兕尚多，棄甲則那？」吳棫說。	並母一等合口戈韻
		《叢目・五歌》	蒲河切	《詩》。	並母一等開口歌韻
2	爲	《轉注・五歌》	吾禾切	《史記》引《書》「南譌」字作「爲」。莊忌〈哀時命〉：「知貪餌而近死兮，不如下遊乎清波。寧幽隱以遠禍兮，孰侵脣之可爲。」	疑母一等合口戈韻
		《叢目・五歌》	吾何切	《易》、《詩》。	疑母一等開口歌韻

楊慎「皮」注爲「蒲波切」、「蒲河切」，按王力《漢語語音史》同屬梭波韻部，但「波」爲合口〔uɔ〕、「河」爲開口〔ɔ〕，二者開合有異。根據葉寶奎《明清官話音系》考察，認爲此時期有著「脣音合口韻的變化」：

> 脣音合口韻變爲開口韻。這是一種異化的現象，脣音聲母與合口韻相拼，其介音也是 u-也是脣音，結果導致 u-介音的丟失。這種現象《韻略易通》、《耳目資》等均已發生，但不普遍，清代官話音中脣音合口韻全變成開口韻。〔註79〕

筆者懷疑，「波」屬〔u〕介音丟失的階段。此外按楊時逢《四川方言調查報告》，新都方言「波」、「河」屬同韻〔o〕，因此楊慎將此二切視爲同音。按王力《漢語語音史》，明代韻母「禾」屬合口〔uɔ〕、「何」屬開口〔ɔ〕，但新都方言同爲〔o〕，並無介音之分。〔註80〕

〔註79〕葉寶奎：《明清官話音系》（廈門：廈門大學出版社，2001 年），頁 301。

〔註80〕楊時逢：《四川方言調查報告》，頁 868。

（六）止、薺韻不分

序號	字	歸類	音讀	釋文差異	《廣韻》歸類
1	泥	《轉注‧八薺》	音瀰	泥泥，露貌。杜子美詩：「況乃山高水有波，秋風蕭蕭露泥泥。虎之饞，下巉巖。蛟之橫，出清沘。」	泥母四等開口薺韻
		《叢目‧八薺》	音你	《詩‧蓼蕭》。	泥母三等開口止韻

　　按前章直音引書考證，《轉注古音略》「泥」音「瀰」，與《古今韻會舉要》相關，作「乃禮切」，屬泥母四等開口薺韻。根據王力《漢語語音史》，明代二音韻部為衣期韻部〔i〕，實為同音。

（七）宋、送韻相混

序號	字	歸類	音讀	釋文差異	《廣韻》歸類
1	雺	《轉注‧二宋》	莫綜切	《古文尚書》「雨、霽、雺、圛、克」注：雺，地氣上天氣不下也。圛，升雲半有半無也。字一作「霿」，又作「蒙」。《漢書》引《易傳》云：「有蛻蒙，霧上下合也。」又曰：「德不試，空言祿，茲謂主窳臣夭。蒙起而白……下相攘善，茲謂盜明。蒙黃濁下……專刑，茲謂分威。蒙而日不得明。」注：「此皆陰雲之類。」	明母一等合口宋韻
		《叢目‧一送二宋》	莫鳳切	袁宏〈三國名臣贊〉。	明母三等開口送韻

　　《古音叢目》一送、二宋韻合併，《轉注古音略》未有此呈現方式。根據王力考證，明代「綜」、「鳳」字同屬中東韻部，但介音有異，「綜」屬〔uˀŋ〕韻、「鳳」屬〔yˀŋ〕韻。根據葉寶奎《明清官話音系》觀察，該韻部呈現變

化性質：

> 《耳目資》iuŋ 已與 iuəŋ 併作 iuŋ，但 uŋ 與 uəŋ 仍然有別。《等韻圖
> 經》已經將《中原》的東鍾、庚青兩部併作通攝 əŋ、iŋ、uŋ、yŋ、
> iuŋ 與 iuəŋ、uŋ 與 uəŋ 均已混併。〔註81〕

「莫綜切」、「莫鳳切」或與混併相關，按楊時逢《四川方言調查報告》，新都二
韻亦不分，同屬〔oŋ〕。〔註82〕

三、謁誤情形

上述可知，《古音叢目》音注呈現、釋文與《轉注古音略》雖有異，彼此音
注間仍具有緊密關連。藉此筆者考訂《古音叢目》音注謁誤情形。

1. 洍：記同。（《古音叢目·四支》）

按：《廣韻》「記」屬見母三等開口志韻，《古音叢目》歸於四支韻，似有不
合。《轉注古音略·四支》「洍」云：「音怡。《說文》引《詩》：『江有
洍。』今本作『汜』。」《廣韻》「怡」屬喻母三等開口之韻，支、脂、
之韻不分，故歸支韻。疑「記」當為「汜」，字形謁誤。

2. 奎：隳同。（《古音叢目·四支》）

按：《廣韻》「隳」屬曉母三等合口支韻，歸韻無誤。但《轉注古音略·
四支》「奎」云：「敗城皀也。許規切。俗作『隳』，非。徐鍇曰：『《說
文》無『奎』字，蓋二左也。眾力左之，故從二左。』見〈皀部〉
注。」《轉注古音略》對於「奎」作「隳」抱持著反對，二者觀念似
有差異。

3. 赫：呼呀切。今作嚇。（《古音叢目·二十二禡》）

按：《廣韻》「呼呀切」屬曉母二等開口麻韻，不歸於禡韻。《轉注古音略·
二十二禡》「赫」云：「呼訝切。唐·馬吉甫〈蝸牛賦〉：『缺爪牙兮自
達，無羽翼以相借。本忘情於蚌守，亦何憚於鴻赫。』」《廣韻》「呼訝
切」屬曉母二等開口禡韻，疑「呀」形謁為「訝」。

〔註81〕葉寶奎：《明清官話音系》，頁303。
〔註82〕楊時逢：《四川方言調查報告》，頁873。

4. 甸：音腰，漢制。（《古音叢目・二十四敬》）

按：《廣韻》「腰」有二韻，分屬三等合口虞韻、一等開口侯韻，皆爲平聲，不應歸去聲。《轉注古音略・二十四敬》「甸」云：「音腠。《漢・地理志》甸氏道，在廣漢。」《廣韻》「腠」屬三等開口證韻，王力《漢語語音史》，證韻與敬韻同屬中東韻，疑「腠」形誤爲「腰」。

5. 譣：與驗同。（《古音叢目・二十九豓》）

按：《廣韻》「驗」屬疑母三等開口豓韻，歸韻無誤。但《轉注古音略・二十九豓》云：「曹憲曰：『譣，證也。今人以『馬』旁『僉』字爲『正驗』，失之矣。』」二者觀念不同。

6. 夒：古文麩字。（《古音叢目・一屋》）

按：《轉注古音略・一屋》「夒」注：「古文麴字。」二者字形觀念有異。今考《集韻・一屋》「麯」注：「丘六切。《說文》：『酒母也。』或作『鞠』、『麴』、『麯』、『夒』。」與《轉注古音略》所言相同，疑「麴」形誤爲「麩」。

7. 苗：他六切。音廟。（《古音叢目・一屋》）

按：《廣韻》「他六切」屬透母三等開口屋韻，「廟」屬明母三等開口笑韻。《轉注古音略・一屋》「苗」注：「他六切。《說文》：『蓨也。』又徒歷切。○今按『由』古有『苗』音，『痏』亦音蓨，是其例也。」根據前章直音考證，「痏亦音蓨」與《古今韻會舉要》相關，作「他谷切」，屬透母一等開口屋韻，疑「痏」形誤爲「廟」。

8. 聊：力虯切。《戰國策》。（《古音叢目・十一尤》）

按：《廣韻》「力虯切」屬來母一等開口上聲厚韻不爲平聲。《轉注古音略・十一尤》「聊」注：「音留。《漢・地理》：『志華聊綠耳之乘。』《國策》：『上下相愁，民無所聊。』音留。」根據前章直音考證，該音注釋文與《集韻》、《五音集韻》相關，作「力求切」來母三等開口尤韻。疑《古音叢目》「虯」字有誤，應爲「虯」，《廣韻》「虯」屬見母三等開口幽韻。按王力考察，牙音韻與幽韻明代同屬齊齒尤求韻〔^{i}əu〕韻，「虯」、「求」同韻，「力虯切」與「留」音同。

貳、釋文部分相似

「釋文部分相似」，即《古音叢目》在同一韻目中，與《轉注古音略》相同韻字，彼此音注呈現有異，引述釋文部分相似。上述「釋文相異」，筆者認為此類現象與《轉注古音略》的音注、明代時音、譌誤相關。「釋文部分相似」仍以此論點依序推展。

一、《廣韻》音同

《古音叢目》、《轉注古音略》音注呈現雖有差異，由《廣韻》分析，彼此卻為同音，茲整理如下，釋文加框註記為二者相同處：

序號	字	歸類	音讀	釋文差異	《廣韻》歸類
1	朋	《轉注‧一東》	音與蓬同	沈約韻「朋」在蒸韻，而「肱」、「輄」、「堋」、「薨」、「弘」皆從之，疑編次之誤。考之約以前韻語，無有以朋叶蒸韻者。《毛詩》：「每有良朋，烝也無戎。」《左傳》引逸《詩》：「翹翹車乘，招我以弓。豈不欲往？畏我友朋。」劉楨〈魯都賦〉：「時謝節移，和族綏宗。招歡合好，肅戒友朋。」則古韻「朋」與「戎」、「宗」、「弓」相叶無疑。且《毛詩》為詩詞之祖，其韻亦韻之祖也。捨聖經不宗，而泥守沈約偏方之音，其固甚矣。此所當首辨也。	並母一等開口東韻
		《叢目‧一東》	蒲蒙切	劉楨賦、《淮南子》：「玄玉百工，大貝百朋。」《太玄》：「一與六共宗，二與七為朋。」	
2	天	《轉注‧十一眞》	汀因切	《白虎通》：「天者身也，天之為言鎮也。」〈禮統〉：「天之為言神也，陳也，珍也。」《毛詩》與《周易》，凡「天」字皆當為此讀。劉熙曰：「豫、兗、冀以舌腹言之，天，顯也；青、徐以舌頭言之，天，坦也。」《楚辭》：「乘	透母三等開口眞韻

				龍兮鱗鱗，高馱兮沖天。結桂枝兮延佇，羌愈思兮愁人。」《史記》：「三年不飛，一飛沖天。三年不鳴，一鳴驚人。」吳‧韋昭〈玄化篇〉云：「玄象以天，陛下聖眞，率道以安民。」	
		《叢目‧十一眞》	鐵因切	《易》、《詩》、《楚辭》。	
3	庚	《轉注‧七陽》	音亢〔註83〕	《莊子》有庚桑楚。《漢書》：「大橫庚庚，余爲天王。」	見母一等開口唐韻
		《叢目‧七陽》	居郎切	《釋名》、《漢‧文紀》。	
4	渴	《轉注‧九屑》	音竭〔註84〕	水盡也。《周禮》：「渴澤用鹿。」《國語》：「辰角見而雨畢，天根見而水渴。」	群母三等開口薛韻
		《叢目‧九屑》	巨列切	《詩》：「日之夕矣，羊牛下栝。君子於行，苟無饑渴。」《國語》：「天根見而水渴。」《周禮》：「渴澤用鹿。」《黃庭經》：「時念太倉不饑渴，役使六丁神女謁。」○宋人小說謂天下字義皆有對，如饑飽、勞逸之類，惟渴字無對，非也。《孟子》：「溝澮皆盈，其渴也，可立而待也。」渴即竭也，竭即盈之對也，何謂無對乎。	
5	節	《轉注‧十二錫》	音即	《易》「其暉吉也」與「亦不知節也」叶韻。	精母三等開口職韻
		《叢目‧十二錫》	子悉切	《易‧小象》、《詩》、《楚辭》。	
6	革	《轉注‧十三職》	音亟〔註85〕	「諽」以革得聲。〈檀弓〉：「夫子之病革矣。」《周易》：「或躍在淵，乾道乃革。飛龍在天，乃位乎天德。」秦〈琅邪刻石〉：「節事以時，諸産繁殖。黔首安寧，不用兵革。」	見母三等開口職韻
		《叢目‧十三職》	訖力切	《詩》、《禮記》。	

〔註83〕「亢」音引自《五音集韻》，作「古行切」。

〔註84〕「竭」音引自《古今韻會舉要》、《增修互註禮部韻略》，作「巨列切」。

〔註85〕「亟」音引自《集韻》，作「訖力切」。

「釋文部分相似」方面，亦有前述「釋文相異」韻字覆重、《廣韻》彼此音同情形。再次證明楊慎《古音叢目》，以《轉注古音略》的音注觀念，補充著其他相關釋文資料，筆者整理有「救」、「依」二字：

序號	字	歸類	音讀	釋文差異	《廣韻》歸類
1	救	《轉注·十一尤》	音鳩	《左傳》：「如川之不滿，不可游也。鄭方有罪，不可救也。」《三略》：「使仇治仇，其禍不救。」《盤銘》：「溺于淵尚可游，溺于人不可救。」《吳越春秋》：「同病相憐，同憂相救。瀨下之水，因復俱流。」	見母三等開口尤韻
		《叢目·十一尤》	音鳩	《左傳》。	
			居尤切	《三略》、《大戴禮》。	
2	依	《轉注·五尾》	音扆〔註86〕	譬喻也。《禮記》：「不學博依。」注：「博依，廣喻也。」	影母三等開口尾韻
		《叢目·五尾》	音扆	《禮記》。	
			於豈切	《詩》、《禮》。	

二、明代語音相同、相近

「釋文部分相似」方面，除與「釋文相異」般，楊慎在判斷擇取注音呈現時，亦殘留著明代時音現象。茲分述如下：

（一）非母與奉母不分

序號	字	歸類	音讀	釋文差異	《廣韻》歸類
1	不	《轉注·七虞》	音義與芣同	草木下房曰不。《毛詩》：「棠棣之華，萼不韡韡。」萼，蕊也。不，蒂也。借作「不然」之「不」，音否。又音浮。	奉母三等合口虞韻

〔註86〕「扆」音引自《古今韻會舉要》，作「隱豈切」。

		又音彪，人名，《晉書》有不準，發墓得汲冢書者。人作「比翼」之比，今音卜。	
《叢目・六魚七虞》	音跗	草木下房曰不。《詩》：「萼不韡韡。」古樂府〈羅敷行〉：「不」與「夫」合韻。	非母三等合口虞韻

根據王力《漢語語音史》，宋代全濁聲母已全部消失，奉母併入了非、敷二母，至明代聲母，同爲唇齒清擦音〔f〕。

（二）支、脂、之韻不分

支、脂、之韻不分，「釋文相異」已有論述，此處亦呈現此語音現象：

序號	字	歸類	音讀	釋文差異	《廣韻》歸類
1	逵	《轉注・四支》	音奇	《左傳・莊公二十八年》：「眾車入自純門，及逵市。」注：「郭內九軌逵道之市。」○按逵市即今言棊盤市，古字借用。	群母三等開口支韻
		《叢目・四支》	音棊	逵道如棊。	群母三等開口之韻

「奇」、「棊」皆屬平聲，按王力《漢語語音史》，明代平聲群母字併入溪母〔k‘〕，韻部同屬衣期韻部〔i〕，二字實爲音同。

（三）廢、志韻不分

序號	字	歸類	音讀	釋文差異	《廣韻》歸類
1	艾	《轉注・四寘》	魚忌切	《書》：「自怨自艾。」《詩》：「夜如何其？夜未艾。」《禮記》：「草艾，則墨。」	疑母三等開口志韻
		《叢目・四寘》	魚刈切	「沛艾」作姿容貌。《詩・庭燎》與「噦」叶。張衡〈東京賦〉與「裔」叶。	疑母三等開口廢韻

根據王力《漢語語音史》，《廣韻》志韻與廢韻至明代屬衣期韻部〔i〕，故「忌」、「刈」韻母相同，「魚忌切」音同「魚刈切」。

三、譌誤情形

二書比較，《古音叢目》疑有**譌**誤唯有「頟」例：

1. 頟：音頟，龍頟，地名。（《古音叢目・十藥》）

按：《古音叢目》直音與韻字同字，釋文矛盾。考《轉注古音略・十藥》「頟」
字云：「字與雒同，漢有龍雒侯。」《廣韻》「雒」屬來母一等開口鐸韻，
與藥韻同屬明清梭波韻部，疑「雒」形**譌**爲「頟」。

參、釋文相似

「釋文相似」，即《古音叢目》與《轉注古音略》於相同韻目中，有相同韻
字，但音注呈現不同、釋文卻相似，此一部分，音讀應爲相同。按前述研究脈
絡分述。

一、《廣韻》音同

《古音叢目》與《轉注古音略》對照中，有相同韻字、釋文資料相似，但
音注呈現有異。由上述可知，楊慎以《轉注古音略》音注成果作爲《古音叢目》
之擇音標準，故即使二者音注呈現差異，但《廣韻》實爲同音：

序號	字	歸類	音讀	釋文差異	《廣韻》歸類
1	怠	《轉注・四支》	音怡〔註87〕	《周易》：「謙輕而豫怠。」虞氏本作「怡」。《國語》范蠡曰：「得時無怠，時不再來」來，讀如釐。《史・秦本紀》：「皇帝明德，經理宇內，視聽不怠。作立大義，昭設備器。」劉歆〈列女贊〉：「齊姜公正，言行不怠。勸勉晉文，反國無疑。」	喻母三等開口之韻
		《叢目・四支》	音台	《易》、《史記》。	
2	柴	《轉注・四支》	初曦切	《毛詩》：「射夫既同，助我舉柴。」《莊子》：「柴立其中央。」揚雄	初母三等開口支韻

〔註87〕「怡」音引自《韻補》，作「盈之切」。

				賦：「柴虒參差。」不齊貌。	
		《叢目・四支》	初羲切	《毛詩》。	
3	絮	《轉注・六魚》	音如〔註88〕	人姓，《漢・張敞傳》「絮舜」。	日母三等開口魚韻
		《叢目・六魚七虞》	音駕	人姓。	
4	敦	《轉注・十灰》	音堆〔註89〕	《詩》：「敦彼獨宿。」又：「敦琢其旅。」又軍後曰敦。《逸周書・武順解》：「一卒居前曰開，一卒居後曰敦。」又敦丘，丘名。見《爾雅》。班固〈賓戲〉：「從埄敦而欲度高乎泰山。」	端母一等合口灰韻
		《叢目・十灰》	都回切	《詩》。	
5	甸	《轉注・十一眞》	讀與「維禹敶之」之「敶」同。〔註90〕	丘甸也，《周官》：「掌令丘乘田之政令。」注云：「四丘爲甸，讀與『維禹敶之』之『敶』同。」又劉劭〈瑞龍賦〉：「有蜿之龍，來遊郊甸。應節合義，象德效仁。」	澄母三等開口眞韻
		《叢目・十一眞》	音陳	《周禮》。	
6	天	《轉注・十一眞》	汀因切	《白虎通》：「天者身也，天之爲言鎭也。」〈禮統〉：「天之爲言神也，陳也，珍也。」《毛詩》與《周易》，凡「天」字皆當爲此讀。劉熙曰：「豫、兗、冀以舌腹言之，天，	透母三等開口眞韻

〔註88〕 「如」音引自《古今韻會舉要》相關，作「人余切」。

〔註89〕 「堆」音引自《古今韻會舉要》，作「都回切」。

〔註90〕 「敶」音引自《韻補》，作「池鄰切」。

			顯也；青、徐以舌頭言之，天，坦也。」《楚辭》：「乘龍兮轔轔，高馱兮沖天。結桂枝兮延佇，羌愈思兮愁人。」《史記》：「三年不飛，一飛沖天。三年不鳴，一鳴驚人。」吳韋昭〈玄化篇〉云：「玄象以天，陛下聖眞，率道以安民。」	
		《叢目・十一眞》	鐵因切	《易》、《詩》、《楚辭》。	
7	苑	《轉注・十三元》	音鴛〔註91〕	人姓，《左傳》有苑何忌。	影母三等合口元韻
		《叢目・十三元》	音鵷	人姓。	
8	澇	《轉注・四豪》	音澇〔註92〕	水名。關中八水之一也。相如賦：「灃、鎬、澇、潏。」	來母一等開口豪韻
		《叢目・四豪》	音勞	關中八水之一。	
9	儀	《轉注・五歌》	音俄	洪适《隸釋》云：「《周官》注：『儀、莪二字，古皆音俄。』」《詩》以「實惟我儀」叶「在彼中河」，「樂且有儀」叶「在彼中阿」。《太玄》以「各遵其儀」叶「不偏不頗」。《史記》徐廣音「犧舡」作蛾，漢凡「蓼莪」皆作「蓼儀」。	疑母一等開口歌韻
		《叢目・五歌》	牛何切	《詩》。	
10	繁	《轉注・五歌》	音婆〔註93〕	人姓，漢有繁延壽，三國魏有繁欽，本殷人七族繁氏後。	並母一等合口戈韻
		《叢目・五歌》	音婆	人姓。	

〔註91〕「鴛」音引自《集韻》，作「於袁切」。

〔註92〕「澇」音引自《古今韻會舉要》、《增修互註禮部韻略》，作「郎刀切」。

〔註93〕「婆」音引自《五音集韻》，作「薄波切」。

11	彭	《轉注・七陽》	音傍〔註94〕	《易》:「匪其彭。」《詩》:「出車彭彭。」《釋名》:「軍器曰彭排以禦攻也。」	並母一等合口唐韻
		《叢目・七陽》	音旁	《釋名》。	
12	售	《轉注・十一尤》	借讎爲售	《史記》:「酒讎數倍。」《漢書》作「售」。樂彥曰:「借『讎』爲『售』。」樂府〈隴頭水〉歌:「將頓樓蘭膝,就解郅支裘。勿令如李牧,功多信不售。」又借「售」爲「讎」。	禪母三等開口尤韻
		《叢目・十一尤》	時流切	《史記》、樂府。	
13	三	《轉注・十二侵》	音森〔註95〕	《毛詩》:「摽有梅,其實三兮,求我庶士,迨其今兮。」吳棫讀。	疏母三等開口侵韻
		《叢目・十二侵》	疏簪切	《詩》。	
14	纖	《轉注・十二侵》	音箴〔註96〕	〈文王世子〉:「其刑罪則纖剸。」	照母三等開口侵韻
		《叢目・十二侵》	鍼同	《禮・文》。	
15	氾	《轉注・十五咸》	音帆〔註97〕	鄭地,在許州襄城縣。《史・匈奴傳》「氾邑」。又姓,漢有氾勝之,撰書十八篇,言種植之事,又〈梵韻〉。	奉母三等合口凡韻
		《叢目・十五咸》	音凡	人姓。	
16	怠	《轉注・四紙》	音以	《左傳》:「〈讒鼎之銘〉曰:『昧旦不顯,後世猶怠。況日不悛,其能久乎?』」吳棫讀。	喻母三等開口止韻
		《叢目・四紙》	養里切	〈讒鼎銘〉。	

〔註94〕「傍」音引自《古今韻會舉要》、《增修互註禮部韻略》,作「蒲光切」。

〔註95〕「森」音引自《韻補》,作「疏簪切」。

〔註96〕「箴」音引自《集韻》,作「諸深切」。

〔註97〕「帆」音引自《古今韻會舉要》,作「符咸切」。

17	庋	《轉注·四紙》	音紀	《史記·梁孝王傳》：「竇太后義格。」如淳曰：「庋閣不得下。」周成《雜字》：「庋，閣也。」《通俗文》云：「高置立庋棚曰庋閣。」《字林》：「音紀。又音詭也。」與「庪」、「庪」同。	見母三等開口止韻
		《叢目·四紙》	音己	《史》。	
18	岠	《轉注·六語》	音拒	《漢·食貨志》：「元龜，岠冉長尺二寸。」《晉·卞壺傳》：「戴若思之峰岠。」	群母三等開口語韻
		《叢目·六語七麌》	音距	〈卞壺傳〉。	
19	筓	《轉注·十九皓》	讀爲槀〔註98〕	《考工記·矢人》：「以其筓厚。」	見母一等開口皓韻
		《叢目·十九皓》	讀爲藁	《考工記》。	
20	綮	《轉注·二十四迥》	音謦〔註99〕	《莊子》「肯綮」注：「結處也。」	溪母四等開口迥韻
		《叢目·二十三梗二十四迥》	棄挺切	《莊子》。	
21	塿	《轉注·二十五有》	音摟〔註100〕	《左傳》：「部塿無松柏。」	來母一等開口侯韻
		《叢目·二十五有》	音樓	《左傳》。	
22	瘁	《轉注·二十六寢》	音審〔註101〕	《說文》：「寒病也。」徐按《字書》：「寒噤也。」《增韻》：「又洛澤謂之瘁瘷。」	審母三等開口寢韻
		《叢目·二十六寢》	所錦切	寒病也。	
23	唫	《轉注·二十六寢》	音噤〔註102〕	口急貌。《太玄》有〈唫〉首。○俗用作「吟」字，非。	群母三等開口寢韻

〔註98〕「槀」音引自《集韻》、《五音集韻》、《古今韻會舉要》、《增修互註禮部韻略》，作「古老切」。

〔註99〕「謦」引自《古今韻會舉要》、《增修互註禮部韻略》、《集韻》，作「棄挺切」。

〔註100〕「摟」音引自《集韻》、《增修互註禮部韻略》，作「郎侯切」。

〔註101〕「審」音引自《古今韻會舉要》，作「所錦切」。

〔註102〕「噤」音引自《古今韻會舉要》，作「渠飲切」。

· 278 ·

24	鴻	《叢目‧二十六寢》	巨錦切	《太玄》。	
		《轉注‧一送》	讀如子贛之贛〔註103〕	《淮南子》:「頌濛鴻洞。」	見母一等開口送韻
		《叢目‧一送二宋》	音貢	鴻洞也。《淮南子》。	
25	織	《轉注‧四寘》	音志〔註104〕	《毛詩》:「織文鳥章。」沈約〈高士贊〉:「取足落毛,寧懷組織。如金在沙,顯然自異。」	照母三等開口志韻
		《叢目‧四寘》	之吏切	沈約〈高士贊〉與異叶。	
26	薆	《轉注‧四寘》	以愛爲薆〔註105〕	掩也。揚雄《方言》注引《詩》:「愛而不見」,以「愛」爲「薆」,其說曰:「薆,掩翳也,謂蔽薆也。」《太玄》:「瞢瞢之離,中薆薆也。」「瞢如之惡,著不昧也。」	曉母三等開口未韻
		《叢目‧四寘》	許既切	《太玄》。	
27	瞿	《轉注‧七遇》	久住切	視貌。《禮》:「瞿瞿如有求而不得。」《東漢‧魯恭傳》:「瞿然而起。」	見母三等合口遇韻
		《叢目‧六御七遇》	久注切	《禮》。	
28	厲	《轉注‧九泰》	音賴〔註106〕	《詩》:「厲假不瑕。」《莊子》:「厲之人夜半生子。」又地名,老子生于厲鄉。	來母一等開口泰韻
		《叢目‧九泰》	落蓋切	《詩》。	
29	勞	《轉注‧九泰》	音瀨	《漢‧地理志》:「益州郡有同勞縣。」《水經注》作「銅瀨」,瀨亦勞也。	來母一等開口泰韻

〔註103〕「贛」音引自《韻補》,作「古送切」。

〔註104〕「志」音引自《古今韻會舉要》,作「職吏切」。

〔註105〕「愛」愛引自《韻補》,作「許既切」。

〔註106〕「賴」音引自《集韻》、《五音集韻》、《增修互註禮部韻略》、《古今韻會舉要》,作「落蓋切」。

		《叢目‧九泰》	音賴	地名。	
30	媒	《轉注‧十一隊》	音昧〔註107〕	《莊子》:「媒媒晦晦也。」	明母一等合口隊韻
		《叢目‧十一隊》	音妹	《莊子》。	
31	邲	《轉注‧十七霰》	音卞	《水經注》云:「濟水又連邲水。《春秋‧宣公十二年》:「晉、楚之戰,楚軍于邲。」	並母三等開口線韻
		《叢目‧十七霰》	音汴	《左傳》。	
32	假	《轉注‧二十二禡》	音嫁〔註108〕	《周禮》:「六書」,一日假借。今多音檟,非也。陸法言說。	見母二等開口禡韻
		《叢目‧二十二禡》	音稼	《周禮》。	
33	穀	《轉注‧二十六宥》	音搆〔註109〕	樹名。《史》:「桑穀共生。」穀皮可爲紙,故〈王羲之傳〉云:「禿千兔之翰,聚無一豪之勛。窮萬穀之皮,斂無半分之骨。」	見母一等開口候韻
		《叢目‧二十六宥》	音構	《史記》。	
34	音	《轉注‧二十七沁》	借作蔭	《左傳》:「鹿死不擇音。」杜預說。	影母三等開口沁韻
		《叢目‧二十七沁》	借作廕	《左傳》。	
35	姞	《轉注‧四質》	極乙切	《說文》:「黃帝之後伯鯈姓,后稷之元妃。」或作「吉」。《詩》:「謂之尹、吉。」注:「鄭音吉。」箋:「尹氏、姞氏,周昏姻舊姓。又姓作『郅』。」《後漢‧郅惲傳》注引《潛夫論》:「周先姞氏封于燕。河東有郅都,汝南有郅惲,皆姞後也。」	群母三等開口質韻
		《叢目‧四質》	極一切	《說文》。	

〔註107〕「昧」音引自《古今韻會舉要》、《增修互註禮部韻略》相關,作「莫佩切」。

〔註108〕「嫁」音引自《廣韻》、《集韻》、《五音集韻》、《古今韻會舉要》,《集韻》作「居迓切」、《廣韻》、《五音集韻》作「古訝切」、《古今韻會舉要》「居訝切」,皆音同。

〔註109〕「搆」音引自《五音集韻》,作「古候切」。

36	崒	《轉注·四質》	音蜜	《山海經》:「崒山,其上多丹木,丹水出焉。其中多玉膏。」	明母三等開口質韻
		《叢目·四質》	音密	《山海經》,地名。	
37	客	《轉注·十藥》	音恪	周封虞、夏、商三代之後爲三恪,恪者,客也。《詩》云:「有客有客,亦白其馬。」《左傳》:「宋,殷後也,於周爲客。」《易林》:「山鳥野鵲,飛集六博。三梟四散,主人勝客。」甘氏《星經》:「炎火之狀,名曰格澤。不有土功,必有大客。」「格澤」音閣奪。	溪母一等開口鐸韻
		《叢目·十藥》	克各切	《詩》。	
38	路	《轉注·十藥》	音落〔註110〕	疊也。《漢書》「虎路」,謂以繩周繞之。通作「落」。	來母一等開口鐸韻
		《叢目·十藥》	音絡	「虎路」,軍中繞繩也。	
39	佗	《轉注·十藥》	與託通	寄也。宋韓佗冑名取此,作平音。非。	透母一等開口鐸韻
		《叢目·十藥》	與托同〔註111〕	韓佗冑名取此。	
40	厭	《轉注·十七洽》	音押〔註112〕	〈檀弓〉:「死而不弔者三:畏、厭、溺。」	影母二等開口狎韻
		《叢目·十七洽》	音壓	〈檀弓〉。	

〔註110〕「落」音引自《集韻》,作「歷各切」。

〔註111〕《廣韻》無「托」字,《集韻》作「闥各切」。

〔註112〕「押」音引自《增修互註禮部韻略》,作「乙甲切」。

二、明代語音相同、相近

「釋文相似」處比較下，亦呈現時音情形，茲分述如下：

（一）幫母與仄聲並母不分

序號	字	歸類	音讀	釋文差異	《廣韻》歸類
1	波	《轉注·四寘》	音賁	循水行也。《漢書·諸侯王表》：「波漢之陽。」〈西域傳〉：「傍南山北波河。」《左傳》「波及晉國。」	幫母三等開口寘韻
		《叢目·四寘》	音被	《左傳》：「波及晉國。」	並母三等開口寘韻
2	編	《轉注·十七霰》	音變	〈西南夷傳〉：「編髮魁結。」	幫母三等合口線韻
		《叢目·十七霰》	音辨	〈西南夷傳〉。	並母二等開口襇韻

根據《轉注古音略》直音引書考察，「波」音「賁」，與《古今韻會舉要》相關，作「彼義切」，屬幫母三等開口寘韻，與《古音叢目》「被」音為同韻關係。然根據王力《漢語語音史》，明代仄聲並母字歸於幫母〔p〕，故「賁」、「被」聲母相同。同理，「辨」屬仄聲並母字，與明代「變」音屬同聲母。

（二）滂母與平聲並母不分

序號	字	歸類	音讀	釋文差異	《廣韻》歸類
1	馮	《轉注·十蒸》	音砯	《春秋傳》：「震電馮怒。」徐邈讀	滂母三等開口蒸韻
		《叢目·十蒸》	音憑	《左傳》	並母三等開口蒸韻

前述分析已有時音滂、並母不分之例，根據《轉注古音略》直音引書考察，「砯」與《集韻》、《五音集韻》相關，作「披冰切」，屬滂母三等開口蒸韻，明代平聲並母字歸滂母〔pʻ〕，「砯」、「憑」聲母相同。

（三）非母與奉母不分

序號	字	歸類	音讀	釋文差異	《廣韻》歸類
1	伐	《轉注‧四寘》	音廢	《周官‧大司馬》：「九伐之法。」《考工記》：「以象伐也。」劉昌宗讀。	非母三等合口廢韻
		《叢目‧四寘》	扶廢切	《周官‧大司馬》：「九伐」，劉昌宗讀。	奉母三等合口廢韻

前述分析已有非、奉母不分之例，明代非、敷、奉母同屬脣齒清擦音〔f〕，「廢」與「扶廢切」聲母相同。

（四）見母與群母不分

序號	字	歸類	音讀	釋文差異	《廣韻》歸類
1	近	《轉注‧四寘》	音記	《毛詩》：「徃近王舅。」注：近，辭也。	見母三等開口志韻
		《叢目‧四寘》	音忌	《詩》。	群母三等開口志韻

根據《轉注古音略》直音引書考察，「記」與《古今韻會舉要》相關，作「居吏切」，屬見母三等開口志韻。王力《漢語語音史》認爲明代見母與仄聲群母字屬不送氣舌根清塞音〔k〕，「記」、「忌」聲母相同。

（五）初母與徹母不分

序號	字	歸類	音讀	釋文差異	《廣韻》歸類
1	蘭	《轉注‧一屋》	又作閦	《字林》：「眾也。」又作「閦」。佛典有《阿閦經》，字又作閦。	初母三等開口屋韻
		《叢目‧一屋》	音畜	眾也。	徹母三等開口屋韻

《集韻》「畜」作「敕六切」，屬徹母三等開口屋韻，「閦」作「初六切」，屬初母三等開口屋韻。根據王力《漢語語音史》，宋代聲母舌葉音消失，初母一部分併入穿母，至明代與徹母同爲舌尖後不送氣清塞擦音〔tʂ‘〕，「閦」、「畜」聲母相同。

（六）支、脂、之韻不分

序號	字	歸類	音讀	釋文差異	《廣韻》歸類
1	意	《轉注・四支》	音噫〔註113〕	《史・韓信傳》：「意烏猝嗟。」	影母三等開口之韻
		《叢目・四支》	音伊	《史・韓信傳》。	影母三等開口脂韻
2	提	《轉注・四支》	音時〔註114〕	《詩》：「歸飛提提。」又朱提，縣名，在越巂。朱，音殊。提，音時。其山出銀。《諸葛亮集》：「漢嘉金，朱提銀。」	禪母三等開口之韻
		《叢目・四支》	音匙	朱提，地名。	禪母三等開口支韻
3	禠	《轉注・四支》	音斯〔註115〕	福也。《選》：「祈禠禳災。」	心母三等開口支韻
		《叢目・四支》	音思	福也。	心母三等開口之韻
4	懿	《轉注・四支》	音噫〔註116〕	《詩》：「懿厥哲婦。」箋云：「有所傷痛之聲。」	影母三等開口之韻
		《叢目・四支》	音伊	《詩》：「懿彼哲婦。」	影母三等開口脂韻
5	希	《轉注・四紙》	音與紙同	《周禮・司服》「希冕」注：「本作『絺』又作『黹』。」	照母三等開口紙韻
		《叢目・四紙》	音止	《周禮》：「希冕」。	照母三等開口止韻

　　如同前述，支、脂、之韻至明代分入支思韻與衣期韻，故按王力《漢語語音史》，影母「噫」、「伊」屬〔i〕韻；照系「時」、「匙」與「紙」、「止」屬〔ʅ〕韻；精系「斯」、「思」屬〔ɿ〕韻。

〔註113〕 「噫」音引自《增修互註禮部韻略》、《古今韻會舉要》。《增修互註禮部韻略》作「於基切」，《古今韻會舉要》作「於其切」。

〔註114〕 「時」音引自《五音集韻》相關，作「市之切」。

〔註115〕 「斯」音引自《古今韻會舉要》，作「相之切」。

〔註116〕 「噫」音引自《古今韻會舉要》，作「於其切」。

（七）之、齊韻不分

序號	字	歸類	音讀	釋文差異	《廣韻》歸類
1	皆	《轉注‧四支》	音箕	《漢書》:「箕子者，萬物方荄兹也。」師古曰:「荄，音皆。」古「皆」、「荄」與「箕」同音。	見母四等開口齊韻
		《叢目‧四支》	音基	《漢書》。	見母三等開口之韻

根據《轉注古音略》直音引書考察，「箕」與《韻補》相關，作「堅奚切」，屬見母四等開口齊韻。前述已有「止、薺韻不分」情形，此例同屬衣期韻〔i〕，「箕」、「基」同韻。

（八）先、添韻不分

序號	字	歸類	音讀	釋文差異	《廣韻》歸類
1	罕	《轉注‧一先》	謙音	《漢‧地理志》枹罕，縣名，在金城。夫、謙二音。	溪母四等開口添韻
		《叢目‧一先》	音搴	抱罕，地名。	溪母四等開口先韻

根據王力《漢語語音史》，明代先、添韻屬齊齒言前韻〔iæn〕，「謙」、「搴」韻母相同。

（九）歌、戈韻不分

序號	字	歸類	音讀	釋文差異	《廣韻》歸類
1	獻	《轉注‧五歌》	音娑	《禮‧明堂位》:「周獻豆。」王莽設斗獻。	心母一等開口歌韻
		《叢目‧五歌》	音莎	〈明堂位〉、《漢書》。	心母一等合口戈韻

根據《轉注古音略》直音引書考察，「娑」與《集韻》、《增修互註禮部韻略》、《廣韻》、《五音集韻》相關，《集韻》、《增修互註禮部韻略》作「桑何切」，《廣韻》、《五音集韻》作「素何切」，屬心母一等開口歌韻。根據王力《漢語語音史》，齒音歌韻與戈韻同屬〔uɔ〕韻，「娑」、「莎」同韻。

（十）先、鹽韻不分

序號	字	歸類	音讀	釋文差異	《廣韻》歸類
1	跕	《轉注·十五咸》	音與顛同	以手揣度曰跕，俗作「掂」，市井語掂斤播兩。《莊子》「犬馬之捶鈎」注：「跕播犬馬之鈎。」跕音點，亦音顛。《朱子語錄》「腳跟不點地」，注「平聲」是也。	端母四等開口先韻
		《叢目·十五咸》	音與掂同	以手揣物也，俗語掂斤播兩。	端母三等開口鹽韻

考《廣韻》、《集韻》無「掂」，《字彙》作「丁廉切」，屬端母三等開口鹽韻，根據王力《漢語語音史》，明代先、鹽韻同屬齊齒言前韻〔ⁱan〕，「顛」、「掂」同韻。

（十一）黝、有韻不分

序號	字	歸類	音讀	釋文差異	《廣韻》歸類
1	憂	《轉注·二十五有》	於糾切	《國語》：「謙謙之德，不足就也。不可以矜，而祗取憂也。謙謙之食，不足狃也，不能為膏，而祗離其咎也。」	影母三等開口黝韻
		《叢目·二十五有》	於九切	《國語》。	影母三等開口有韻

根據王力《漢語語音史》，明代喉音有韻與黝韻同屬齊齒由求韻〔iəu〕，「於糾切」、「於九切」同韻。

（十二）送、宋韻不分

序號	字	歸類	音讀	釋文差異	《廣韻》歸類
1	凇	《轉注·二宋》	音宋	液雨也。《風土記》：「立冬後逢壬而入液，三旬逢壬而出液。」《字林》作「淞」，解云：「凍洛也。」《曾鞏集》「霧淞」。	心母一等合口宋韻

《叢目・一送二宋》	音送	凍洛也，又液雨也。俗云：「霜松」。曾鞏詩：「香消一榻氍毹暖，月澹千門霜松寒。」白注：「齊地寒甚，夜氣如霜，凝於木上，日出飄滿庭階，尤爲可愛。齊人謂之霜松，語日：『霜松加霜松，窮漢買飯瓮。』以爲豐年之兆。」又詩日：「園林初日净無風，霜松花開樹樹同。記得集英深殿裏，舞人齊插玉籠　。」	心母一等開口送韻

根據王力《漢語語音史》，明代一等送韻與宋韻同屬合口中東韻〔uⁿŋ〕，「送」、「宋」同韻。

（十三）祭、至韻不分

序號	字	歸類	音讀	釋文差異	《廣韻》歸類
1	陂	《轉注・八霽》	彼利切	《易》：「無平不陂。」《書》：「無偏無陂。」	幫母三等開口至韻
		《叢目・八霽》	彼例切	《易》。	幫母三等開口祭韻

根據王力《漢語語音史》，明代至韻與祭韻同屬齊齒衣期韻〔i〕，「彼利切」、「彼例切」韻同。

（十四）線、襉韻不分

序號	字	歸類	音讀	釋文差異	《廣韻》歸類
1	編	《轉注・十七霰》	音變	〈西南夷傳〉：「編髮魁結。」	幫母三等合口線韻
		《叢目・十七霰》	音辨	〈西南夷傳〉。	並母二等開口襉韻

前文已述「變」、「辨」聲母關係，根據王力《漢語語音史》，明代「變」、「辨」同屬齊齒言前韻〔ian〕，「變」、「辨」同韻。

三、譌誤情形

二書比較，《古音叢目》音讀呈現疑有譌誤唯有「厖」例：

1. 厖：謨逢切。《毛詩》、《荀子》。《古音叢目‧一東》

按：《轉注古音略‧一東》「厖」注：「《詩》：『爲下國駿厖。』荀卿讀如『蒙』借用『蒙』。」《廣韻》「蒙」屬明母一等開口東韻，「謨逢切」屬明母二等開口江韻，二者韻母不同。依王力《漢語語音史》，明代分屬中東韻及江陽韻，疑「逢」爲「逢」字譌誤，《集韻》「逢」作「蒲蒙切」，與「蒙」同韻。

肆、出例韻字推究

根據本節考述，《古音叢目》擇音標準與《轉注古音略》密切關聯，其中牽涉及明代時音、方言。在相同韻字，音注呈現有異的比較中，除《廣韻》、明代時音、方言相同、譌誤等原因外，仍有出例、無法判斷的韻字，如下表所示：

序號	字	歸類	音讀	《廣韻》歸類	時音關係	釋文類型
1	田	《轉注‧十一眞》	與陳同音	澄母三等開口眞韻	聲異韻同	釋文相異
		《叢目‧十一眞》	徒因切	定母三等開口眞韻		
2	橦	《轉注‧一東》	傳容切	澄三等合口鍾韻	聲異韻同	釋文部分相似
		《叢目‧一東》	徒紅切	定母一等開口東韻		
3	濁	《轉注‧一屋》	音獨	定母一等開口屋韻	聲異韻近〔註117〕	釋文部分相似
		《叢目‧一屋》	殊玉切	禪母三等合口燭韻		
4	蛇	《轉注‧五歌》	唐何切	定母一等開口歌韻	聲異韻同	釋文相異
		《叢目‧五歌》	士何切	牀母一等開口歌韻		
5	綏	《轉注‧二十哿》	音妥	透母一等合口果韻	聲異韻同	釋文相異
		《叢目‧二十哿》	士果切	牀母一等合口果韻		
6	舟	《轉注‧二蕭》	音刀	端母一等開口豪韻	聲異韻同	釋文相似
		《叢目‧二蕭》	之遙切	照母三等開口宵韻		
7	治	《轉注‧四支》	音持	澄母三等開口之韻〔註118〕	聲異韻同	釋文相異
		《叢目‧四支》	音怡	以母三等開口之韻		

〔註117〕據王力《漢語語音史》研究，明代「獨」屬姑蘇韻〔u〕，「殊玉切」屬居魚韻〔y〕。

〔註118〕「持」音引自《古今韻會舉要》，作「澄之切」。

8	囊	《轉注・八庚》	讀作毻	泥母二等開口庚韻	聲異韻同	釋文相似
		《叢目・八庚》	倉庚切	清母二等開口庚韻		
9	硰	《轉注・二十一箇》	音挫〔註119〕	精母一等合口過韻	聲異韻近〔註120〕	釋文相似
		《叢目・二十一箇》	乃賀切	泥母一等開口箇韻		
10	憲	《轉注・十三元》	音軒	曉母三等開口元韻	聲異韻同	釋文部分相似
		《叢目・十三元》	即言切	精母三等開口元韻		
11	亨	《轉注・七陽》	火剛切	曉母一等開口唐韻	聲異韻同	釋文部分相似
		《叢目・七陽》	鋪郎切	滂母一等開口唐韻		
12	禕	《轉注・四支》	音猗〔註121〕	影母三等開口支韻	聲異韻同	釋文相異
		《叢目・四支》	音祁	群母三等開口脂韻		
13	國	《轉注・十三職》	越逼切	匣母三等開口職韻	聲異韻同	釋文相異
		《叢目・十三職》	干逼切	見母三等開口職韻		
14	碩	《轉注・十藥》	實若切	神母三等開口藥韻	聲異韻同	釋文相異
		《叢目・十藥》	常灼切	禪母三等開口藥韻		
15	揣	《轉注・四紙》	初毀切	初母三等合口紙韻	聲異韻同	釋文相似
		《叢目・四紙》	音捶	照母三等合口紙韻		
16	水	《轉注・十一軫》	式允切	審母三等合口準韻	聲異韻同	釋文相似
		《叢目・十一軫》	音準	照母三等合口準韻		
17	壽	《轉注・二十五有》	受音	禪母三等開口有韻	聲異韻同	釋文相似
		《叢目・二十五有》	直西切	澄母三等開口有韻		

　　上述出例韻字，筆者以爲有幾種可能情形：一爲《古音叢目》羅列此音時，即與《轉注古音略》屬不同音例，只是正好歸同一韻部，此可能僅限於「釋文相異」範疇中；二爲譌誤可能，如序號【13】「國」，「越逼切」「越」字疑「戉」字轉寫形譌爲「干」，由於屬「釋文相異」範疇，無法進一步論證。

〔註119〕「挫」音引自《集韻》、《五音集韻》。《集韻》作「祖臥切」，《五音集韻》作「則臥切」。

〔註120〕據王力《漢語語音史》研究，明代但「挫」屬合口〔uɔ〕，「乃賀切」屬開口〔ɔ〕。

〔註121〕「猗」音引自《古今韻會舉要》，作「於宜切」。

　　上述音韻差異，楊慎是否可能視爲音同？若以此假設出發，上表聲母比較似有「舌尖後音與舌尖清塞音相混」情形，如序號【1】「田」字，《轉注古音略》作「陳」音，屬澄母三等開口眞韻，明代聲母爲送氣舌尖後清塞擦音〔tʂʻ〕，《古音叢目》作「徒因切」，屬定母三等開口眞韻，明代聲母爲送氣舌尖清塞音〔tʻ〕。序號【2】「橦」字，《轉注古音略》作「傳容切」，澄母三等合口鍾韻，明代聲母屬送氣舌尖後清塞擦音〔tʂʻ〕，但《古音叢目》爲「徒紅切」，屬定母一等開口東韻，明代聲母爲送氣舌尖清塞音〔tʻ〕，皆是送氣舌尖後清塞擦音與送氣舌尖清塞音相混情形。

　　序號【4】「蛇」字，《轉注古音略》作「唐何切」，屬定母一等開口歌韻，明代聲母爲送氣舌尖清塞音〔tʻ〕，《古音叢目》作「士何切」，屬牀母一等開口歌韻，明代聲母爲舌尖後清擦音〔ʂ〕。序號【5】「綏」字，《轉注古音略》作「妥」音，屬透母一等合口果韻，明代屬送氣舌尖清塞音〔tʻ〕，《古音叢目》爲「士果切」，屬牀母一等合口果韻，明代聲母爲舌尖後清擦音〔ʂ〕。二者皆爲送氣舌尖清塞音、舌尖後清擦音相混情形。

　　除「舌尖後音與舌尖清塞音相混」外，「碩」、「揣」、「水」、「壽」等「聲異韻同」例，呈現「舌尖後音相混」情形，如序號【14】「碩」分爲「實若切」、「常灼切」，依王力《漢語語音史》，隋、中唐神母屬舌面前濁塞擦音、禪母屬舌面前濁擦音，晚唐五代神、禪合流，宋代併入穿、審兩母，明代一部分爲舌尖後送氣塞擦音〔tʂʻ〕，一部分爲舌尖後清擦音〔ʂ〕。序號【15】「揣」分爲「初毀切」、「音捶」，明代「初」字聲母屬送氣舌尖後清塞擦音〔tʂʻ〕，「捶」字聲母屬不送氣舌尖後清塞擦音〔tʂ〕。序號【16】「水」分爲「式允切」、「音準」，明代「式」字聲母屬舌尖後清擦音〔ʂ〕，「準」字聲母屬不送氣舌尖後清塞擦音〔tʂ〕。序號【17】「壽」分爲「受音」、「直酉切」，明代「受」字聲母屬舌尖後清擦音〔ʂ〕，「直」字聲母屬不送氣舌尖後清塞擦音〔tʂ〕，四例皆屬「舌尖後音相混」情況。

　　「舌尖後音與舌尖清塞音相混」現象，考楊時逢《四川方言調查報告》、陳長祚《雲南漢語方音學史》均未記錄此特徵。彭金祥《四川方言語音系統的歷時演變》認爲「四川方言的 tʂ 組聲母在宋代以後就慢慢往 ts 組合流了。在漢語方言中，tʂ 組有兩個發展方向，一是往舌尖音轉變，這種情況包括少量北方方

言和部分南方方言，西南官話中一般都發展爲 ts 組，四川方言就屬於這種情況」〔註122〕。彭金祥藉傅崇矩《成都通覽》材料爲證：

> 《成都通覽》上有這樣的同音材料：「子直＝紙直、鋤＝粗、繩＝孫」，帶下橫線的字是舌間前音，其他都是舌間後音，兩者已經沒有什麼區別。另外，還有個歇後語能夠說明問題：「二升米少六合——紳士人家」，這裡「四」與「士」完全同音。〔註123〕

彭金祥四川方言範疇過於廣泛，且屬塞擦音、擦音相混情形，與本文塞音有異，故無法爲之說解。

「舌尖後音相混」方面，楊時逢《四川方言調查報告》，曾言新都方言〔tʂ〕組捲舌音特色爲：

> tʂ 組 tʂ，tʂʻ，ʂ，ʐ。這組聲母較國音的 tʂ，tʂʻ，ʂ，ʐ 舌尖部位不很太捲，舌尖只翹起作勢，而不往後捲起。〔註124〕

是否由於楊慎新都方言捲舌音特色，導致「舌尖後音相混」情況？未有直接證據之下，筆者未敢直下斷語，且與「舌尖後音與舌尖清塞音相混」相較，則又無法自成體系。以上出例過少、難以統整，筆者暫視爲爲《轉注古音略》外另設之音。

第四節　小　結

本章以三種研究方向對於楊慎《古音叢目》進行研究，分別爲《古音叢目》「三品」應用分析、《古音叢目》引書分析及《古音叢目》擇音標準考，希冀能進一步了解《古音叢目》的音釋內容。

繼《轉注古音略》後，楊慎著《古音叢目》。按其〈序文〉所言，該書引用吳棫《詩補音》、《楚辭釋音》、《韻補》及己身《轉注古音略》等資料。對於吳棫的古音研究成果，楊慎並非全然贊同，強調以「三品」作爲擇音的標準。所謂「三品」，即「當從而無疑者」、「當疑而闕之者」、「當去而無疑者」三者。分

〔註122〕彭金祥：《四川方言語音系統的歷時演變》（成都：巴蜀書社，2012 年），頁 100。

〔註123〕彭金祥：《四川方言語音系統的歷時演變》（成都：巴蜀書社，2012 年），頁 131。

〔註124〕楊時逢：《四川方言調查報告》（臺北：中央研究院歷史語言所，1984 年），頁 861。

析楊慎於各品中的字例，筆者發現「三品」體系具有矛盾性。「當從而無疑者」說法，乃延續前人之說而成。「當疑而闕之者」，與自身「轉注古音」觀念衝突。「當去而無疑者」的字例，並非與吳棫古音學相關。楊慎「三品」觀念，要求韻文的叶音例標準一致，筆者透過《韻補》與《古音叢目》的對比，發現《古音叢目》的擇音標準並不符於「三品」之說，這呈現「三品」理論在實際應用上具有侷限。此外，在楊慎〈答李仁夫論轉注書〉中，對於吳棫古音研究，提出「三品」外的批評，即「文獻語料的時代重視」。由於楊慎受學術風氣的影響，無法運用時代標準檢視吳棫古音研究。但《古音叢目》「三品」理論，其實際應用價值不如預期。

「三品」理論既具有侷限，筆者進一步探究《古音叢目》的引書資料及運用方式。發現《古音叢目》確實引用《轉注古音略》資料，並在其基礎上增注、補充。亦有收錄《韻補》資料，有些韻字釋文乃綜合《轉注古音略》、《韻補》而成。此外，在與《韻補》的對照過程中，筆者發現有些《古音叢目》增引釋文，與《詩補音》相關。吳棫《詩補音》今已不全，張民權等人藉由楊簡《慈湖詩傳》等文獻，輯佚《詩補音》，如今可見部份之貌。筆者整理出《古音叢目》與《轉注古音略》、《韻補》無關的韻字資料，得一千一百三十例，按〈序文〉所言，這些資料應與吳棫《詩補音》、《楚辭釋音》相關，與張民權《詩補音》輯佚相較，其中確有相符處，並透過釋文比較方式，筆者懷疑，這一千一百三十例，亦包含今已不傳的《楚辭釋音》。因此，由於《古音叢目》的引書內容，使該書具有一定的輯佚價值。在一千一百三十韻字例中，有些音釋注「叶」，這應是受到朱熹《詩集傳》等文獻影響。從《慈湖遺書》證據可知，其他文獻資料亦影響著《古音叢目》的收字。

楊慎對於吳棫的古音研究，「三品」理論應用既具侷限，《古音叢目》的擇音標準究竟為何。筆者發現《古音叢目》與《轉注古音略》同一韻目的相同韻字，音注呈現卻有差異，按〈序文〉所言，應是受到吳棫等其他文獻影響，筆者透過《廣韻》歸類分析，發現除與明代語音、新都方言、訛誤等原因外，音注的差異呈現，彼此實為音同。筆者以為藉此可知，《古音叢目》釋文雖受吳棫等其他資料影響，其中或有增補、改動，但在音注方面，楊慎《古音叢目》的擇音標準，仍是以《轉注古音略》研究成果為主要重心。

　　古音學研究與時俱進，從《古音叢目》文獻中，可見楊慎對於吳棫古音成果的繼承，並配合己身研究進行精進。在學術發展脈絡上，楊慎《古音叢目》留下可貴的文獻證據。